ポー殺人事件

ヨルゲン・ブレッケ
富永和子 訳

NÅDENS OMKRETS
BY JØRGEN BREKKE
TRANSLATION BY KAZUKO TOMINAGA

ハーパー
BOOKS

Published by K.K. HarperCollins Japan, 2021

どんなときも信じてくれる、
エヴァに捧げる

怪物が住まう見知らぬ島などに
わざわざ足を踏み入れずとも、
だれもが愛してやまぬものを
探し求めてさまよう機会は、
そなたにはいくらでもある
――ウィリアム・モリス

ポー殺人事件

おもな登場人物

フェリシア・ストーン——リッチモンド警察殺人課刑事
イライジャ・モリス——リッチモンド警察殺人課刑事。特別捜査班リーダー
レイノルズ——リッチモンド警察殺人課刑事
パターソン——リッチモンド警察殺人課刑事
ローバック——リッチモンド警察の鑑識担当
エフラヒム・ボンド——エドガー・アラン・ポー・ミュージアム館長
ジョン・ショーン・ネヴィンス——エドガー・アラン・ポー・ミュージアムの学芸員
オッド・シンセーカー——ノルウェーのトロンハイム警察重大犯罪課警部
グロー・ブラットベルク——トロンハイム警察重大犯罪課課長
トルヴァル・イェンセン——トロンハイム警察重大犯罪課刑事
ヨン・ヴァッテン——ノルウェーのグンネルス図書館警備主任
ペール・オッタル・ホルネマン——グンネルス図書館館長
グン・ブリータ・ダール——グンネルス図書館司書
イェンス・ダール——グン・ブリータの夫
シリ・ホルム——グン・ブリータの後任司書
シルヴィア・フロイト——グンネルス図書館の学芸員
ヨハンネス司祭——『ヨハンネスの書』を記した16世紀のノルウェー人司祭

プロローグ

　怪物がいるのはベッドの下じゃない。

　一週間近くかけて作った宇宙船が壊れ、ばらばらになったレゴブロックが床に飛び散っていた。少年が隠れているベッドの端っこまで飛んできたブロックもある。部屋に駆けこんだときに、うっかりして、父さんとイケアで買ったプラスチック製の緑のテーブルから叩《たた》き落としてしまったのだ。どうしよう、階下《した》にいる怖い人に、レゴが飛び散った音が聞こえていたら？　ずっと前から欲しくて、誕生日にもらったばかりのルーク・スカイウォーカーのフィギュアが、顔のすぐ前にあった。茶褐色のうつろな目でこっちをじっと見ている。

　落ち着いて、音をたてないように息をしなきゃ。じっとして静かにしていれば、見つからずにすむかもしれない。あいつがあきらめて行っちゃうかもしれない。けど、ほんとにそれでいいの？　あいつがこのまま立ち去ったら、母さんも連れていかれちゃう。

　さっき玄関で目に入ったのは誰かの腕と、母さんの耳のすぐ上に振りおろされた金てこ《バール》だけだった。細くて白い首がぼろ人形のように後ろに折れ、飛び散った血の雫《しずく》が、空中を漂った。声もあげずに倒れた母さんの下敷きにならないように、あわてて一歩さがったとき、影が落ちて、誰かが戸口に立った。だけど、怖くてそっちを見られなかった。男か女かもわからない。わかったのは、そいつがぼくたちにひどいことをしたがっていることだけ。一瞬、深く息を吸いこみながら迷った。ぼくは……母さんを守らなきゃ。でも、そいつが一歩近づくと、手にしたバールが見えた。血のついたバールが。母さんの血が。

だから、きびすを返して逃げだした。

静かに呼吸しろ。音をたてるな。

階段を上がってくる足音が聞こえた。父さんみたいに重い足音。父さんだろうか？　帰ってきたの？　ぼくと母さんを助けてくれるの？　足音が階段のいちばん上で止まり、少年は息を止めた。胸がぎゅっと締めつけられる。それから再び足音が聞こえた。まっすぐこっちにやってくる。

二本の足が宇宙船のブロックを踏み潰しながら床を横切ってきた。

このベッドの下には怪物はいない。ベッドの横にそびえたっている。その怪物がゆっくりとかがみこみ、聞き慣れない呼吸音が近づいてきた。それから声が聞こえた。

「わたしはどこにでもいる」

にゅっと伸びてきた手に髪をつかまれ、部屋の真ん中に引きずりだされながら、少年は口をぎゅっと結んで悲鳴をこらえた。これで母さんと一緒にいられる。

神は明らかな球体であり、
そのなかでは中心が至るところにあって、
外辺はどこにもない
——アラン・ド・リール（一二〇〇年頃）

第一部
エドガー・アラン・ポー・ミュージアム

1

一五二八年九月　ノルウェー、ベルゲンの町

その修道士は、ベルゲンに関するよい噂《うわさ》をほとんど聞いたことがなかった。ノルウェーのよい噂はもっと耳に入ってこない。修道士自身はノルウェーの生まれだが、子どものころの記憶はもう薄れ、ほとんど消えてしまった。ノルウェーは風の吹きすさぶ、失われた土地だ、と人は言う。町と町のあいだも遠く離れている。しかし、少なくともベルゲンはある程度の大きさがある町で、もしもあの床屋がここに落ち着いているとすれば、探していたものを町の少年たちのなかに見つけたからに違いない。

修道士がロストックから乗ってきたのは、ハンザ同盟（北海およびバルト海沿岸のドイツ諸都市が結成している経済的・政治的同盟）の水夫たちが昔使っていたような機帆船だった。北の海では、まだそういう古い船が使われているのだ。機帆船は申し分なくその役目を果たすが、速さではドイツやイングランドの商船にとうていかなわない。船には、小麦粉や塩、水夫たちが航海のあいだせっせと飲む酒の樽《たる》が積みこまれていた。ベルゲンに着く前の晩、水夫たちは前甲板で酔っ払って羽目を

はずし、なかのひとりが手すりを越えて海に落ち、溺れ死んだ。溺死した水夫がまだ十四にしかならない若者で、みんなに好かれていたため、水夫たちの気分は一気に落ちこんだ。しかし、何を落ちこむことがある？　修道士には、そのすべてが少しばかり滑稽に思えた。家族を恋しがり、死んだ少年が毎晩大声で泣きつづけていたせいで、修道士はこの航海のあいだほとんど眠ることができなかったのだ。とはいえ、ありがたいことに突然の大波に船が傾き、甲板から落ちた少年が海にのみこまれたおかげで、ベルゲンに到着する前にたっぷり睡眠をとることができた。これもまた運命。水夫は短い一生を勝手気ままに生きる。酔っ払った若い水夫の死を心から悼む者はほとんどいない。

船が滑るように港に入ったあと、水夫たちは帆を下ろし、錨《いかり》を下ろす場所を見つけるのに忙しかった。いまは秋だが、町の上にそびえる山々の頂上から吹きつける風は身を切るように冷たい。周囲に見える七つの山はどの頂もうっすらと白い冠をかぶり、下の港は小雨に濡《ぬ》れそぼち、雨の雫が暗い水面に絶え間なく輪を作っていた。

修道士は町を見渡した。住民の数は一万ぐらいか。港の入り口を見下ろす要塞と、二、三の教会と、散在する商家を除けば、すべての建物が木造だ。木造の建物がこれほどびっしり軒を連ねている町も珍しい。それをぐるりと囲む壁ですら荒削りの丸太でできているようだ。こういう町が火事になったらさぞよく燃えることだろう、機帆船が錨を下ろす直前にそんな思いがちらっと頭をよぎり、頬がゆるんだ。

修道士は桟橋に到着するのを待って船賃を清算し、一等航海士にそれを払うと、革の財布を外套《がいとう》のベルトからさげた。本来は創設者フランシスコの清貧の理念を体現し、所持金を持たずに善意の施しを頼りにするのが建前だが、この財布の中身はずっしりと重い。町から町へと旅をする身とあって、フランシスコ会の戒めを少々ゆるめに解釈せざるをえないこともある。そうやって不必要な様々な遅れや迂回《うかい》を避けるのだ。

「よい旅を」航海士はそう言って最寄りの市場へ向かったが、修道士はその場にたたずんでいた。空腹にはロストックで乗船したときから悩まされているが、新鮮な食べ物で腹を満たすのはもう少し先に延ばさねばならない。

物事にはすべからく手順というものがある。

そう教えてくれたのは、マスター・アレッサンドロだった。マスターが言ったのは人体を解剖するさいの心得だが、見知らぬ町で急ぎ仕事を果たすときにも役に立つ。マスターが口にしたほぼすべての言葉同様、これも多くの状況に当てはまる。目的のものを手に入れ、無事にこの町を出るつもりなら、きちんと手順を踏むことだ。

まずは、急いでここを出る方法を見つけるとしよう。

ナイフを手に入れたらすぐに、さらに北のトロンハイムへ向かわねばならない。そのためにはノルウェーの船が必要だが、今朝、彼がドイツの船を降りたこの桟橋には、あいにく一隻も見当たらなかった。

〝焼きたてのパンやビスケットはどうかね〟と停泊している船の水夫たちに声をかけなが

ら、年寄りの女が手押し車を押してこちらにやってきた。修道士がその女に声をかけ、ノルウェーの船が停泊している場所を尋ねると、女は港の反対側にある浜を指さし、桟橋までの複雑な近道を長々と説明しはじめた。ノルウェーを離れていた十四年の月日が嘘《うそ》のように、女の言葉がすんなりと耳に入ってくる。長い年月を経ても忘れなかったのは、この言語と……母の顔だけかもしれない。

修道士は女に礼を言い、小さな焼き菓子を買った。港をぐるりとまわるのは、できれば仕事を終えてからにしたかった。もしも途中であの床屋にばったり出くわし、気づかれたらどうする？　とはいえ、ノルウェーの船が近くにないとあっては致し方ない。港の反対側に停泊している一本マストの小型船や、漁船、小舟はここからでもよく見えた。山と海に囲まれた沿岸の町に乗客や物資を運ぶ、小さな船ばかりだ。修道士はフードを目深にかぶり、そちらに向かった。

海沿いの町の空気には解放感があるとよく言われるが、そこに漂うにおいは決して心地よいとは言えない。このベルゲンも例外ではなかった。例外どころか、道端の溝や下水、腐敗物に加え、腐った魚や朽ちていく木のにおいまで加わっているぶん、もっとひどいかもしれない。ここ数日は海上にいて、海沿いの町の悪臭を忘れかけていた修道士は、港のはずれにある路地を急ぎ足で進みながら、片手で鼻を覆いたいのをかろうじてこらえた。いらざる注意を引きつけてはまずい。彼は通り過ぎる人々とも目を合わせず、まっすぐ前を見つめて歩きつづけた。

浜がある側の通りにたどり着くと、そこはさらに大勢の人々で込み合っていた。誰もが明るく弾むようなノルウェー語を話している。周囲の家は小さく、芝屋根が多い。修道士は道を尋ね、北部へ向かう船の取次店を見つけた。

「いや、わしんとこには今朝出港する船はねえな」並外れて小柄な商人はそう言いながら、修道士にさぐるような目を向けた。歳は五十に近く、肌は干物と同じ灰白色。干物の束や樽が積んである薄暗い倉庫のなかで、ひと区切りしゃべるたびに床に唾を吐いている。

「フランシスコ会の修道士が、なんだってそんなに急いでるんだ?」

「片付けなければならないことがあるのだ。船賃を払う金はちゃんと持っている」修道士は外套のベルトに付けた財布のひもをゆるめはじめた。

「金を持ってるフランシスコ会士かね?　胡散臭《うさんくさ》いと思うもんもいるだろうな」商人は鋭く言い返したが、見るからに重そうな財布とそのなかで硬貨が触れあう音を聞いて態度を和らげた。

「明日の朝、北のアウストロットに向けて出港する帆船がある。わしの船じゃねえが、一等航海士に話をつけてやろう。だが、そいつはあんたみたいな修道士を好かん高貴なレディの持ち船だから、フォーセンの港に入る前に降りるこった」

「ああ、そうするとも。聖なるキリスト教の信仰を捨てた貴族と関わるのはごめんだからな。そういう連中にはドイツのあちこちでうんざりするほど出くわしたよ」修道士はきっぱり言って、その一等航海士が雇い主の不信心に逆らい、真のキリスト教徒を乗せる危険をおかしてくれるなら、船賃ははずむと告げた。

次は旅を続けるのに必要なものを揃《そろ》えねばならない。修道士は良質の革袋と乾燥肉、それとワインを何本か買ったあと、商店兼取次店に戻って魚の干物も買い、袋に入れた。ついでに小柄な店主が約束どおり一等航海士に話をつけてくれたのを確認し、泊まる場所を探すことにした。店主は宿屋に行く道を教えてくれた。

「町で商売をしている人間のことは、誰に訊《き》けばわかる?」修道士は立ち去る前に尋ねた。

「宿の女将《おかみ》は三度の飯より噂話が好きでな。町のもんのことなら、そいつが生きていようが死んでいようが、なんでも知っとるよ」

店主の言ったとおり、宿屋の女将は噂話に目がなかった。

女将が語る床屋に関する噂は、すでに知っていることばかり。修道士は右から左へ聞き流した。知りたいのは、床屋がいる場所だけだ。呆《あき》れるほどばかげた噂や、半分でまかせのような与太《よた》話とほら話の合間に、修道士は翌朝どこをどう行けば床屋が見つかるかわかるだけの情報を仕入れた。これでこの町に来た本来の目的が果たせる。明日の朝は早起きすることになるが、あまり早すぎてもまずい。仕事を片付けたら、その足で船に乗り、ここを出る、そういう段取りにすることが肝心だ。

その晩はベッドに横になり、ロザリオを指のあいだに滑らせ聖母マリアの七つの喜びに思いを馳《は》せながら、主の祈りとアヴェ・マリアの祈りを唱えた。ベルゲンの秋の夜は冷えこむ。凍るような空気が木造の部屋のあらゆる隙間から入りこみ、結局、修道士は一睡もできなかった。

雄鶏《おんどり》が刻《とき》を告げる前に、修道士は町に出ていた。芝を葺《ふ》いた屋根を霜がきらめかせ、昨日の雨が残した水たまりには薄い氷が張っている。彼は外套の前をかきあわせ、昨夜、宿の女将から仕入れた情報を頼りに目当ての場所に向かった。

やがて床屋の店に着き、ドアを開けた。店のなかは暗かった。腕がいいと評判の床屋は、起きたばかりらしくナイフを研いでいた。早朝とあって、出されたエールを飲み、世間話に興じながら散髪してもらう客は、まだひとりもいない。修道士はフードを目深にかぶったまま一歩なかに入った。

「ここはあんたが来るような場所じゃない」床屋が言った。「わしは、ただ働きはやらん主義だ。食べ物もないぞ」

修道士はフードの陰から黙って床屋を見つめた。床屋はこちらの正体にまるで気づかない。が、これは不思議でもなんでもなかった。あれから多くの夏と冬が過ぎ、彼ももはや子どもではないのだから。

「食べ物をもらいに来たのでも、散髪に来たのでもない」修道士は言った。

床屋は、小さなテーブルに広げたそれぞれ用途の異なるひと揃いのナイフの横に、研いでいたナイフを置いた。ナイフを持たせれば、この床屋の右に出る者はまずいない。とはいえ、いまは髭《ひげ》を剃《そ》り、でき物の切開をするだけ。それとときどき波止場に呼ばれて、壊疽《えそ》にかかった水夫の脚を切るだけだ。偉大な仕事を任された日々は、過去のものだった。

世界の果てにあるこの寂しい町に引っこむ前、床屋ははるか南にあるパドヴァでマスター・アレッサンドロの助手をしていた。人体に関するアレッサンドロの多くの発見の陰には、この床屋の働きがあったのだ。床屋がナイフを、マスターがペンと羊皮紙を手にして悪臭を放つ死刑囚の死体にかがみこみ、幾度密やかな夜を過ごしたことか。

当時まだ子どもだった修道士は、死体を横たえた台の下で床屋が肉を切る音に耳を澄ませ、腐った肉と血のにおいを吸いこんだものだった。そうやって眠りこんでしまうと、床屋がベッドに運んでくれた。広げてあるナイフを目にすると、そのころの記憶がよみがえってきた。木と研いだばかりのナイフのにおい、腐乱死体の息が詰まりそうなほどの悪臭が。

「食べ物を乞うためでなければ、ここに来た理由はほかにあるんだろうな」

「そのとおり」修道士はすばやく前に出て、床屋に拳を見舞うと、乱暴にフードを払いのけ、壁に設けられたハッチから射《さ》しこむ夜明けの光に顔をさらした。倒れた床屋が戸惑いを浮かべ、修道士を見上げる。

「神よ、わが魂にお慈悲を」床屋はつぶやいた。「おまえか」

「性根の腐りきった異教徒が、いまさら主に慈悲を願っても遅すぎる」

「地獄から戻ったわけか。ここに来たのはなんのためだ?」床屋の声には許しを請うような響きがあった。

「そこにあるナイフをもらっていく。神を信じるどの国を探しても、それ以上のナイフは見つからないからな」

2

二〇一〇年八月　ヴァージニア州リッチモンド

人生はローラーコースターのようなものだ。初めはきしみながらのろのろと坂を登っていくが、そのあとは大半が下り坂。少なくともエフラヒム・ボンドの人生はそうだった。ボンドはもう長いこと人生が終わるのを待っていたが、どうやら彼の乗ったコースターは終点へと向かう最後のカーブで引っかかってしまったらしい。

この博物館《ミュージアム》に来てから何年になる？　二十年は超えているに違いない。ここで働きはじめたときはまだ家族がいて、そのころの子どもたちのことも思い出せる。かつてボンドは文学を学ぶ前途有望な学生だった。ところが、ハーマン・メルヴィルに関する博士論文を書いている途中で行き詰まり、結局、それを仕上げることができなかった。くそったれ『白鯨』め。あれのせいで有望とはほど遠い作家にしかなれなかったのだ。大学を出たあとの十年で、売れる見込みのない詩集を二冊世に出したが、そんなものは世間どころかボンド自身も忘れて久しい。その十年のあいだにボンドは結婚し、子どももふたりできた。

立派な子どもたちだ。ふたりとも成人し、立派な大人になった。ボンド自身よりもはるかにましな大人に。ふたりとはもう何年も連絡を取っていない。

書くのをあきらめたあと、このヴァージニア州リッチモンドでカトリックの学校の教師となったのだが、生徒たちに我慢ができなかった。そこでいくつか職を転々として、やがてこの博物館にたどり着いた。そうこうするうちに妻が出ていき、その後は、一週間に一度、人が来て床に掃除機をかけるだけの埃《ほこり》っぽいオフィスで、古い本に囲まれ、ほとんどの時間を窓の外を見て過ごすようになった。雨が降る日もあれば、晴天の日もある。天気がいいと、このオフィスは耐えがたいほど暑くなる。なぜ冷房が効かないのかさっぱりわからない。エアコンが正常に機能していないのはたしかだが、問題を突きとめようと努力する気にもなれなかった。長いこと、自分の人生はこのまま終わるのだ、とボンドは思っていた。だが、それはこれまでの話。ようやくツキが回ってきた。もう一度ローラーコースターに乗るチケットが、ただで手に入ったのだ。

つい最近まで、エフラヒム・ボンドがノルウェーについて知っていることと言えば、どこかにホーテンという小さな町があり、七〇年代には、世界の果てのその町で毎年ロックフェスティバルが催されていたことだけだった。あれは一九七八年の夏だったか？　ノルウェーの夏にありがちな強い雨と風の日、そのフェスティバルに参加したボブ・マーリーが、ぶるぶる震えながらトロピカルなサウンドに乗せて悲しみと失意を歌ったのは？

ボンドがホーテンに降った雨のことを知っているのは、ボブ・マーリーの歌を聴いていた時期があったからだ。以前読んだインタビュー記事で、この偉大なレゲエ歌手が、夏の真っ盛りなのに寒くてひどい悪天候だった、とこぼしていた。ホーテンのコンサートについて読んだのはそれだけ。どこかの雑誌に載った悪天候に関するボブ・マーリーの愚痴だけだ。

しかし、博物館を訪れた客とその話をしたことがあった。昔はよくそうやって客と言葉を交わしたものだ。ノルウェーから来たその男性客は、ポー博物館にとくに関心を持っているわけではなかった。夫よりも知識も教養もあって見目もいい、外交的な妻のお供で仕方なく来たのだ。あの男はそのうち、捨てられるに違いない。それはともかく、偶然にもこのノルウェー人は、ボブ・マーリーのコンサートを聴きに行ったのだった。そこではボブ・マーリーを非難する若者のグループが、〝この第三世界最大のヒーローは堕落した、最新アルバムは革命的な鋭さに欠けている〟と糾弾するパンフレットを配っていたという。当時の最新アルバムというのは『カヤ』だろうが、『カヤ』にはボブ・マーリーが十年近く前に書き、レコーディングした曲がいくつも収録されている。若いにわかファンはそれを知らなかったのだろう。

ボンドがノルウェーとそこに住む人々について知っているのはそれくらいだ。言い換えれば、ほとんど知らないに等しい。ところが数カ月前、はるか北にある南北に長いこの国に対するボンドの関心は急速に高まった。ノルウェーで起きた犯罪について調べると、全人口に占める割合は驚くほど低いことがわかった。政府が意図的に情報を操作しているのではないかと疑いたくなるくらいだ。ある種の社会民主主義的手段で、国が計画的に犯罪行為を統制しているのではないか？　ほかの西洋諸国とは異なり、ノルウェーで知られている連続殺人鬼はたったひとり、南米の先住民が毒矢作りに用いたという猛毒クラーレを注射し、老人ホームの人々に〝安楽死〟をもたらしたメランコリーな看護師だけだった。

とはいえ、いまはもう違う。この一カ月の精力的な調査の結果によれば、平和なノルウェーにも残酷きわまりない連続殺人鬼がもうひとりいたことは明らかだ。ノルウェーの人々が何百年も知らずにいた殺人鬼が。いまボンドの前には、その厳然たる証拠がある。殺人鬼自身が殺しをひとつ残らず記した書き物が。しかも、おそらくその犠牲者のひとりに由来するとおぼしき有機物まである。それがこのポー博物館にたどり着いた経緯はひと言では語れないが、すべての分析が終わればこの推理は立証される。

ボンドは告白を記したきめの粗い〝紙〟に指を走らせた。よくもまあ、こんなに次から次へと血みどろの描写ができたものだ。それもこんなに何度も重ね書きして――とはいえ、いまや先進技術のおかげで、そのほとんどを解読することが可能になった。

そのとき、誰かがオフィスのドアをノックした。説明のつかない罪悪感にかられ、ボンドは急いで机のいちばん上の引き出しを開けて、まるで自分のもののように告白が書かれた紙をそこに押しこんだ。引き出しを閉め、ノックに応じる。

「どうぞ！」大学から使いの者が分析結果を届けてくれたのだといいが。

残念ながらその期待は裏切られた。ドアを開けたのは、知らない人間だった。ボンドは首を傾《かし》げそうになり、はっと気づいた。実際に会ったことはないが、写真で見たことがある。写真のなかではにこやかにほほ笑んでいた。だが、これは友好的な訪問ではないだろう。この訪問者は、いまのボンドが誰よりも会いたくない人物だった。

「なるほど、自分の大発見について思いを巡らしているところですか？」訪問者はほとんど訛《なま》りのない英語で言った。

ボンドは不愉快なショックに体が震えた。この訪問者はどうしてそんなことまで知っているのか？　いったい誰に聞いた？　この件は内密にしておくという約束だったのに。いったいどこから洩《も》れたのか？　だが、いまのはたんなる挨拶代わり、この件を話しに来たわけではないのだ。手にしたバールがその証拠だ。

エフラヒム・ボンドはこのオフィスが嫌いだった。あまりにも狭すぎる。ドアから机までわずか二、三歩しかなく、オフィスに多少とも箔《はく》をつけるはずの小さなペルシャ絨毯《じゅうたん》が机の脚に押され、敷居のところで丸まるせいで、出入りするたびにつまずくはめになった。しかも椅子の位置があまりにドアに近いため、部屋に入ってきた者は、座っているボンドの上にほとんどかがみこむ格好になる。つまり、この訪問者は簡単にボンドの頭にバールを振りおろせるのだ。絨毯につまずかなければ、だが。

「わたしの一存で、表の扉は閉めておきましたよ。誰にも邪魔されず、静かに仕事をするのがお好きとあって、誰かが訪ねてくる予定もない」訪問者はくつろいだ様子で言った。Vネックの薄いウールのセーターと、ゆるみのあるカジュアルなズボン。裾からはゴム底《デッキ》の靴《シューズ》が覗《のぞ》いている。

「誰にも邪魔されずに……」ボンドはうつろな声で繰り返した。ペン立てにあるレターオープナー、右手からあそこまでどれくらいある？　あれを摑《つか》むのにどれくらいかかる？　十分の一秒か？　バールを振りおろされる前に摑めるだろうか？　あれはスチール製で、銃剣のように尖《とが》っている。バールを受けとめ、でたらめに突きだせば、幸運に恵まれるかもしれない。それで逃げられるか？

ボンドは昔から勇敢な男ではなかった。人を攻撃しようと思ったことなど一度もない。襲いかかってくる相手の武器を取りあげようとしたことも、反対に殺そうとしたこともなかった。だが、生き延びるにはそうするしかないとなれば、勇気うんぬんの問題ではない。メルヴィルの『白鯨』、作家のキャリア、妻と子どもたち——どの場合も、勇気と強さをふるい起こさなくてもべつの方法があった。賢い選択ではないにせよ、常に逃げ道があった。逆境を恐れ、努力を放棄してさっさとあきらめる人間には、逃げ道があるものだ。愚かとはいえ、どうにか我慢して生きていける逃げ道が。

だが、これは違う。行動するか死ぬか、そういう単純な選択だ。

ほんの一瞬、ボンドはためらった。この一カ月の興奮と高揚感、自分の発見をすぐさま発表できぬじれったさ。何度マスコミ向けの記者会見で語る自分を思い描いたことか。これから書く本はノルウェー語にも翻訳されるはずだ。講演を依頼され、講義も受け持つことになる。ついに生きる価値のある人生が始まるのだ。すべてが公になる前に、長男に電話をかけようかと考えたくらいだ。電話番号は、ペン立てのすぐ横に置かれた住所録に書かれている。

　ボンドは再びレターオープナーを見た。自分では稲妻のような素早さで動いたつもりだったが、相手のほうが速かった。ボンドが右手を伸ばすと同時に、訪問者はバールを振りおろした。テレビにスローモーションで映しだされる野球選手のように、落ち着き払い、集中して。その一撃はボンドではなく、伸ばした指のすぐ先にあるペン立てに当たった。ペンとレターオープナーが吹き飛び、ボンドの右側に置かれた書棚にぶつかる。バイロン卿《きょう》の初版本があった場所の真下に。特異な素材で装丁されたその本があった場所は、まだ抜きだしたときのまま空いていた。

「急がなくても」訪問者はバールを持ったまま言った。「時間はたっぷりありますからね」

3

二〇一〇年九月　ノルウェー、トロンハイム

トロンハイム市の教会通り《キルケガータ》に面した古い木造のこの家は、しだいに朽ちていくのが相応《ふさわ》しい。ヴァッテンはだいぶ前にそう決めたのだった。だから、事件から多少とも距離を置くために引っ越せ、とどれほど勧められても頑として首を縦に振らなかった。いまはもう全部の部屋を使っているわけではない。廊下からまっすぐキッチンに入り、そこから寝室とバスルームに行く。それだけだ。一階にある残りの部屋は、たまった新聞や本の置き場になっているし、三階にはもう何カ月も上がっていない。いや、何年も、だったか？　そこがどんなふうだったか、思い出せないくらいだ。

この家に引っ越したとき、ホーテンにいたころの学友である建築家が、三階全体を作り直す手伝いをしてくれた。スペースを節約する様々な案、窓の位置や大きさ、陽光をどう取り入れるか、そういう話し合いの中身はほぼ一語一句思い出せる。設計図も、くり型や戸棚の扉の詳細を描いたスケッチも頭に浮かぶ。仕上げ塗りをしたときに、古いジョギン

グ・パンツについたペンキの染みの色さえ覚えているが、覚えているのはそういうことだけだった。部屋の様子、壁の絵、床全体に散乱したレゴブロック、あれほど必死に取り入れた大聖堂の眺め、屋根裏の窓辺に置いた望遠鏡、毎年飾っては廃棄したクリスマスツリー、汚れたおむつ、吐しゃ物、愛撫《あいぶ》、叱責――要するに、三人がそこで過ごした日々のすべて。それはみな、いまは真っ暗な闇に沈んでいる。

ヴァッテンはキッチンに座り、テーブルに肘をついて、まだこわばっている両手で温かいカップを包むように持っていた。窓台の上では、蝿《はえ》が弱々しく翅《はね》をひらつかせている。三杯目のコーヒーが空《から》になってまもなく、その翅が動かなくなった。四杯目を注いだあと、再び座って死んだ蝿を見つめ、そのコーヒーも空になると、注意深く蝿をつまんで、ごみ箱に落とした。そろそろ九時になる。外に行く時間だ。

〝外〟とは、グンネルス図書館のことだ。ヴァッテンは仕事場と家を往復するだけ、それも常に同じ道しか通らない。誰かに、たとえば同僚に、どこにも出かけないのかと言われれば、そんなことはない、日曜日には散歩に行く、と答えるだろう。ときどき海洋公園を通ってニデルヴァ川の土手沿いを歩くし、スモーベルガンの丘へ登り、砦《とりで》に行くこともあれば、かつて三人家族だったころのように、その先のクーハウゲンまで登ることさえある、と。これは嘘ではない。日曜日にはちゃんと散歩に行くのだ。

そぼ降る小雨で濡れ、キルケ通り沿いの家々の羽目板がきらめいている。土曜日とあって、今朝はダウンタウンへ向かう人々と傘が多かった。ヴァッテンは下り坂でカーブをゆっくり曲がった。雨が降る寒い秋の日には、丘の道は滑りやすくなる。彼が漕《こ》いでいるのは、時代の最先端を行く競走用自転車《ロードバイク》だった。新品を買えば三、四カ月分の給料が吹っ飛ぶほど高価だ。が、いまは見るも哀れな状態になっていた。手入れを怠ったせいだ。車体には錆《さび》が浮き、ブレーキケーブルはゆるみ、サドルは穴だらけ、タイヤも継ぎはぎだらけだった。

無事に川沿いの旧市街バックランデットに達すると、ヴァッテンは速度をあげた。周囲に誰もいないのをたしかめ、わざと水たまりを突っ切って両側に水をはね散らした。合羽《かっぱ》の下でズボンの裾が濡れ、いつもは麻痺《まひ》している脛に軽いチクチク刺されるような感覚が生じる。

だが、この子どもじみた真似《まね》も、ヴァッテンの心を解き放ってはくれなかった。まるで半分死んでいるように、自分の一部だけが外の世界とかろうじて繋《つな》がりを維持している状態のままだ。

雨に打たれた大聖堂は、その影よりも濃い灰色に見える。まるで巨大な墓石だ。ヴァッテンはまだ三十八歳だが、あれを見ているとこの体にまだ命があることを忘れそうになる。ニーダロス大聖堂は嫌いではないが、あまりにも陰鬱すぎてまともに見られず、ヴァッテンはひたすらペダルを漕ぐことに集中し、息を荒くしながらその影のなかを突っ切った。こんな想像は突飛すぎるかもしれないが、大聖堂のあの影が毎朝、自分に出かける支度をさせるのではないかと思うこともある。

　一週間のなかでいちばん好きなのは日曜日だ。仕事は休みだが、散歩のあと図書館を独り占めできるから。だが、土曜日も仕事が半日で終わり、学生の数も平日より少なく、質問も、同僚の数も少ない点がいい。一種の移行期間のようなもので、オフィスがある建物はたいていがらんとして、図書館に来る学生も書架がずらりと並ぶ棟までは来ない。だから誰にも邪魔されずにそこに座り、ずっと読書をして過ごすことができる。実際、ときどきヴァッテンはそうしていた。土曜日のいちばんの長所はそれ——仕事をせずにただなかにいて、好きなことができる点だ。一、二時間しかいられないこともあるが、たいていは何時間も書架のあいだで過ごす。ヴァッテンは書架が並ぶ最上階に、とても座り心地のいい椅子を持ちこんでいた。たまには、ひと晩そこで過ごすこともある。

　短大の駐車場を横切り、中世の展示物が並ぶスーム館と科学博物館にはさまれた通りに入った。丘の斜面にどっしりと立っているグンネルス図書館が、最もよく見えるのはこの通りだ。書籍が置かれている棟の羽目板は赤茶色、遠目だと古い書籍に使われている子牛皮の背表紙に見えるから、この色が選ばれたのだろうか？　ただ、残念ながらほかの建物にはさまれているため、遠くから見ることはできない。すぐそばで見る赤茶色の羽目板は、錆《さ》びて放置された工場を連想させる。とはいえ、それがかもしだす腐敗と破滅を思わせる不気味な雰囲気は、奇妙にも、図書館が本来持つべき権威を表しているようでもある。あのなかにいると、本の重みが実際に感じられるような、赤茶色の棟がその重みで毎日何ミりかずつ沈んでいくような気がする。百年もすれば、地下に潜ってしまうのではないか。それも、なかで働いている人間にはまったく気づかれずに。赤茶色の羽目板の棟以外は、羽目板だけでなくガラスの部分も多い。グンネルス図書館を際立たせているのはこの軽やかさと重み、古さと新しさの独特の組み合わせだった。

ヴァッテンは外のラックに自転車を止め、鍵をふたつかけて、どちらもかかっていることを確認してから建物のなかに入った。考古学の修士号を取得すべく大学院で学んでいるヴェロニカが、貸し出しカウンターから笑みを投げてきた。軽くうなずいてそれに応え、管理棟のドアを開けながら、ほほ笑み返すべきだったかもしれない、と思った。だが、ヴァッテンは、笑みを返しても返さなくても、ヴェロニカがとくに気を悪くしないことがわかる程度には、自分の評判を知っていた。

合羽を脱いで、手狭なクロークルームに掛ける。もっとも、〝室《ルーム》〟とは名ばかりで、実際は廊下に造り付けのコート掛けみたいなものだ。上着とズボンを少し離し、上着の袖とズボンの脚がまっすぐ落ちるようにした。さもないと乾くのが遅くなり、合羽がいやなにおいを放ちはじめる。少し時間をかけてどちらもきちんと掛けたあと、オフィスへと向きを変えてから、もう一度戻って合羽の袖が丸まっていないのを確認した。

オフィスがある棟には、廊下をはさんで小さな部屋が三つずつ並んでいる。突き当たりの広い部屋には、毎日モップで掃除されるのに汚れて見える冴《さ》えない緑色のリノリウムが敷かれていた。積み重ねた本かコーヒーカップが置かれる以外はめったに使われない、脚が金属製のどっしりした大きなテーブルが置かれ、縞模様《しまもよう》に塗られた壁にある五つのドアは、五つのオフィスに通じている。みな廊下沿いのオフィスよりも広く、明るく、窓も大きい。ダイアル錠が付いた六番目のスチール製扉の先にある書庫には、グンネルス図書館が所蔵するきわめて貴重な手書き原稿や中世の上質羊皮紙、祈禱書《きとう》、天文学者ティコ・ブラーエや哲学者のデカルト、劇作家のホルベア、ニュートンらの初版本など、総計で数千万クローネにおよぶ〝宝物〟がしまわれていた。

図書館全体に設置された防犯システムのコントロール・パネルとモニター、監視機材があるヴァッテンのオフィスは廊下の端、つきあたりの広間のすぐ手前にある。彼はそのドアの前で足を止め、耳を澄ました。この棟に入ってきたときは、なかにいるのは自分だけだと思ったが、広い部屋で誰かの声がする。ヴァッテンは低い声で毒づいた。それから声がするほうに一歩近づき、ドアのところで立ち止まって鼻を掻《か》くと、飛びこみ台にでも立ったように息を吸いこみ、最後の一歩を踏みだしてなかに入った。

大きなテーブルの向こうには、二十代半ばの女性が立っていた。金色の巻き毛、緑色の瞳、色白の顔にはごく薄いそばかすが散っている。肩にメキシコ風の模様が入った濃緑色のワンピースを着て、片手に熱々のコーヒーか紅茶のカップを持ち、もう片方の手で目の前にある本をぱらぱらめくっている。ヴァッテンが部屋に入っていくと、顔を上げ、どきっとするほど理知的な目に笑みを浮かべた。

ヴァッテンは首を傾げ、曖昧な笑みを返して、挨拶代わりに振るつもりで上げた手で髪をかき上げると、何か言うべきだと思いながら黙ってその女性を見ていた。美しいというのとは少し違う。ノルウェーの男千人に尋ねれば、ほとんどが気のないそぶりで肩をすくめるに違いない。それでも、何人かは魅力的に思う男もいるだろう。ひと目で好意を持った自分は、たぶんそのひとりだ。こんなに鮮やかな緑色の、こんなに生き生きした瞳はめったにない。左右の造りが微妙に違う丸い顔。あの、あるかなきかのそばかす。相手にへんな男だと思われる前に、ヴァッテンは口を開いた。

「どなたですか?」

すると、その女性は笑った。ヴァッテンが無礼な態度を取りたいわけではなく、ただ自分に自信がないだけなのを、どうやらすでに見抜いているらしい。そういう相手の気持ちを察することができる女性なのだ。自分がその点を好ましいと感じているかどうかはよくわからなかった。

「シリよ」女性は温かい笑い声をあげながら言い、テーブルをまわってきて片手を差しだした。「シリ・ホルム」

ああ。

「新しい司書の方ですね」そう言って笑みに近い表情を作る。「失礼しました。このあたりにはふだん外部の人間はいないので、どなたかと思ったんです。でも、それはもう誰かが説明したでしょうね。おひとりですか? 勤務はたしか月曜日からでしたね」

シリ・ホルムは緑色の瞳にかすかな笑みを含ませてヴァッテンを見た。

「ヴァッテン博士ね？」

「これは失礼、警備責任者のヨン・ヴァッテンです」博士と呼ばれるのは慣れていたから、初対面の女性がそう呼んでもとくに違和感はなかった。実際、古代ギリシアの数学者アルキメデスに関する博士論文を書いているのだ。それなのに、大学の付属図書館で警備員として働いている。博士という称号は敬意と思いやりにトロンハイム風のユーモアを少々交えた表現だ、と思うことにしていた。

「お話は聞いているわ」シリの微笑からは、どんな話を耳にしているのかわからなかった。

「司書の資格はないのよね」

ヴァッテンはこれには答えず、口ごもるように言った。「ヨンでいいですよ」

「でも司書みたい。これまでここで会った誰より司書みたいだわ。おかしいわね、本当は違うのに」

ヴァッテンは軽いめまいに襲われ、座る場所を探した。が、テーブルのまわりにはいつものように椅子はひとつもない。きびすを返して自分のオフィスに戻りたかったが、いくらなんでも、それでは失礼だろう。

「へえ、司書はどんなふうに見えるのかな？」ヴァッテンは尋ねた。たぶん、まだ口のなかでもごもご言っているに違いない。

「外見じゃないの。動き方とか、髪をなでつける仕草とか。白状すると、わたしにもはっきり何とは言えないわ」

シリが笑ったので、彼女の言うことはいちいち真剣に受けとめなくてもいいのだとわかった。これはたんなる世間話。ふたりはたんに初対面の他人にすぎない。ヴァッテンはこんなふうに笑えるシリが羨ましかった。自分も同じように振る舞えたらいいのに。相手の気持ちを和ませるちょっとしたコツ。この女性はそれを知っている。ヴァッテンは昔から社交というやつが苦手だった。いまもそれは変わらない。

めまいが薄れ、急いでオフィスに戻りたいとは思わなくなっていた。

「さっきの質問に答えてくれませんでしたよ」ヴァッテンは落ち着きを取り戻した。

「あら、どの質問のこと？」

そのとき、ヴァッテンの問いに答えるようにドアのひとつが開き、ふっくらした体つきのグン・ブリータ・ダールが広間に入ってきた。シリはひとりではなく、今日で辞める司書のダールと一緒だったのだ。

グン・ブリータは赤い髪を短くしたのか？　いつもとどこかが違うようだ。

「おはよう、ヨン」グン・ブリータは何かのカタログに目を落としたまま挨拶した。「シリにおおまかな引き継ぎをしているところ。新しい勤務先での仕事がもう始まっているから、今日しか時間がとれなくて」

「そうか。それじゃぼくはこれで」ヴァッテンが一歩さがり、その場を離れようとすると、シリ・ホルムが肩を叩き、また低い声で笑った。

「よろしく。これから毎日顔を合わせることになるわね」

ヴァッテンは何も言わずに広間を出てドアを閉め、自分のオフィスの机の前にある椅子に腰を下ろした。いまの発言はどういう意味だ？　雨のなか自転車を走らせてきたせいでまだ少し湿っているズボンのしわを、意味もなく両手でなでながら思った。

一五二八年　トロンハイム・フィヨルドの近く

修道士はヒートラ島の浜にいた。ここからトロンハイムの町までは徒歩で数日。船のなかでは長いこと座りどおしで脚を動かしたかったから、歩くのは願ったりかなったりだ。旅の始まりは、島を横切ってフェリーが着く桟橋まで。そこでフェリーに乗って本土に渡り、フィヨルド沿いに歩けば街に着く。急ぐ旅ではない。むしろ、途中で長い〝休憩〟を取るつもりだった。宿を探すよりも、何日か森に野宿することにしよう。もちろん、自分のような托鉢《たくはつ》の修道士のことも気持ちよく泊めてくれる宿は見つかるだろう。この国では、異端のルター派は、信仰を利用して自分たちの強欲を正当化する、権力と富のある貴族や地主階級にほぼかぎられている。平民のほとんどは、真の信仰を持っているのだ。とはいえ、いま何よりも必要なのは、平和と静けさだ。善意でもてなしてくれるのはわかっているが、宿の亭主のさりげない詮索はありがたた迷惑、さらに北のトロンハイムへと歩く以外の時間は、作業のために使いたい。

もっとしっかり削りとり、この皮を完璧に仕上げなくてはならない。そのためには、枠を作らなくては。

一日目は焚火《たきび》で暖をとりながら、自分が航海してきた陰鬱な海を見晴らす丘の上で野営した。ベルゲンで買った革袋には、床屋のナイフがひと揃い収まっている。そのうちの一本を、焚火の明かりにかざしてじっくり調べながら、床屋がそれを手にしているところを想像した。マメだらけの荒れた大きな手が、驚くほど見事なナイフさばきを見せるところを。床屋はあの手ですべてを行った。切り、愛し、罰を与えた。あの男の手仕事はよく知っている。たこのある指先が触れたときの感触まで思い出せる。父親のように肩を叩く手、作業台でさりげなく触れる手、首に回された悪魔の鉤爪――あれこれ思い出しているうちに、いつしか眠っていた。

翌朝は枠にする材料を見つけるため、ナイフを手に森に入った。時間をかけて探したあと、トネリコの木からこの季節には珍しいほどしなやかな細い枝を四本切り落とした。それを枠の形に組んでベルゲンで調達した丈夫な麻紐《あさひも》で四隅をくくる。押したり引いたりして強度を試したあと、満足して、皮を枠に固定しはじめた。

4

二〇一〇年九月　トロンハイム

ヴァッテンの快適な安楽椅子は、最上階の書架のあいだにあった。高価な椅子ではない。ノミの市で買ったものだ。デザインで賞を取るには少しばかり丸すぎるし、膨らみすぎているが、合成皮革を張ったその椅子の座り心地は申しぶんない。流行のファッションやスタイルといった些末《さまつ》なことに拘泥しない人間なら、掘り出し物だと悦に入るはずだ。

メーカー品と同じように背もたれを倒すこともできるし、倒したときに足置きが下からせり出す。なぜだかもう思い出せない理由で、五年前なら見るからに安手の外見に眉をひそめたに違いないが、いまはすっかり気に入っている。もちろん、いちばん重要なのはそれが置いてある場所だ。ふつうなら、こういう安楽椅子が決して置かれることのない場所。ヴァッテンの安楽椅子は、書架いっぱいの本やアートワーク、ノートブック、古い片面刷りの印刷物など、この部屋に命を与えている大量の言葉や意見、真実や嘘に囲まれているのだ。それに座って夜を過ごすと、いつも奇妙な夢を見る。生き埋めになる夢に悩まされている、珍しいタイプの閉所恐怖症であるヴァッテンにとっては、書庫の天井が高いこともありがたい利点のひとつだ。なんらかの手違いで死亡したと診断され、まだ呼吸していることに誰も気づかないうちに埋められる——ヴァッテンがそういう場面を繰り返し想像するのには理由があった。以前、睡眠薬を大量に飲んで、もう少しで心臓が止まりかけた。完全に死んだわけではないが、仮死状態になったのだ。

生きながら埋められる恐怖は、実際の症状を伴うこともある。耐えがたいほど肺が圧迫され、土のにおいがして、細い棺と夜の闇、満水の湖のような静寂を、まざまざと感じるのだ。こういう空想に襲われるのは、狭くて細い場所にいるときが多かった。書庫の最上階では一度も起こったことがない。

ヴァッテンは落ち着いて座り、背もたれをまっすぐにした安楽椅子の上で前かがみになった。エドガー・アラン・ポーに関していくつかメモをとるために本を持ってきていた。いまのところ、一ページ分にしかならない走り書きがあるだけだ。ヴァッテンは自分が読んだ興味深い文章や、ふと頭に浮かび、あとで再考したいと思ったことをよく書き留める。メモをとるのは、いわば頭の体操のようなもので、何かに使うわけではない。そのままフォルダーに入れることが多いが、捨ててしまうこともある。あらゆる思いつきに保存する価値があるわけではないのだ。

時の経過と忍耐強い調査により、ポーの死は次のどれかが原因であることがほぼ明らかになった。髄膜炎、脳腫瘍、梅毒、卒中、ひとつかそれ以上の酵素の欠乏、糖尿病、なんらかの珍しい脳疾患、アルコール依存症、麻薬の過剰摂取、阿片《あへん》中毒、コレラ、水銀中毒、鉛中毒、他の重金属による中毒、鬱状態がもたらした自殺、心臓疾患、狂犬病、一八四九年の選挙のために無理やり拘束され、一服盛られて特定の党に投票するよう強制された可能性もある。

追記：生きているあいだポーが、自分が何で死ぬのかを心配する時間があまりなかったことを願うとしよう（もっとも、ポーの作品には、こうした心配に苦しめられていたと疑いたくなるものもある）。

　ヴァッテンはゆったり座り、自分の記述を読み直した。これだけで終わらすつもりはない。彼は変わり者のエドガー・アラン・ポーに関して、本腰を入れてまとめてみようかと考えていた。アメリカ合衆国屈指の作家であるポーが赤貧のうちに死に、ようやく相応しい記念碑を与えられるまで、〝80〟という番号しか書かれていない墓石の下に何年も眠っていたことを思うと、怒りさえ感じる。今日《こんにち》、ポーの処女詩集『タマレーン、その他』の初版本には、五十万ドルの値がつくというのに。

　ポーについて書くのは自分自身のため、自分が読んだものを消化するためだが、手抜きをするつもりはなかった。とはいえ、これまで書いたものを見直すと、ひとつとして内容のある記載は見当たらない。それでも、このメモは取っておこうと決めて、たたんでズボンのポケットに入れた。それから椅子の背もたれに体を預けて両脚を足置きに載せ、体を伸ばして……眠りに落ちた。

持参した昼食を取りに階下のオフィスへ下りたときには、すっかり遅くなっていた。土曜日の閉館は午後一時、その時間はとっくに過ぎていたから本館にはもう誰もいないはずなのに、オフィスのある棟の明かりはまだついている。ヴァッテンは驚き、かすかな期待に胸を躍らせた。彼女がまだいるのか？

まず自分のオフィスに入り、再びポーに関するメモに目を通した。机のすぐ横の壁にあるコントロール・パネルを見て、閉館後、警報装置が起動されていることを確認した。少し乱れている髪を指でとかしつける。三十八という歳のわりには豊かで艶やかな髪だが、ウエーブがかかっている分、まとまりが悪い。

残っていたのは、ヴァッテンが予想し、期待した相手ではなく、なぜかまだ仕事をしているグン・ブリータ・ダールだった。なんだかぼんやりした顔で、自分のオフィスの真ん中に立っている。グン・ブリータはワインのボトルを手にしていた。国営酒店のいちばん安いワインではないが、特別上等なワインでもない。それが昨日の歓送会を兼ねたランチのときに贈られた三つの餞別《せんべつ》のひとつであることを、ヴァッテンは思い出した。

「あら、ヨン」ヴァッテンがオフィスに入っていくと、グン・ブリータが言った。「残った私物をまとめているところなの」それから芝居っけたっぷりにオフィスのなかをぐるりと見まわし、沈んだ笑みを浮かべてため息をついた。まあ、半分くらいは本当に悲しそうに見える。「思ったより立ち去りがたいわ。何時間も古い書類に目を通して、引き出しを整理しているうちに、なんだか暗い気分になっちゃった」

「ええ、月曜日からは寂しくなりますね」これは嘘ではない。ヴァッテンはグン・ブリータの少々鼻につくフェミニズムがいやではなかった。少なくとも、自分に正直に生きている。それにヴァッテンとは同い年だ。

「お別れの前に、一緒にこれを味見しない？　イェンスは子どもたちと小別荘《キャビン》に行ってるの。土曜の夜、ひとりで家で飲むなんて気が進まないもの」

「腐るものでもないし、あとで飲めばいいじゃないですか」ヴァッテンはそっけなく返した。

「まあね。あなたは飲まないの？」

「ええ、めったに」

「〝めったに〟ってことは、完全な禁酒主義ってわけでもないのね？」

「ぼくはキリスト教徒でも禁酒主義でもありませんよ、そういう意味なら」

グン・ブリータが笑った。考えてみれば、グン・ブリータとこういう雑談をしたことはなかった。それに、とても素敵な笑い方だ。そのせいか、ヴァッテンは少しだけ心を開く気になっていた。

「でも、アルコールとは相性が悪くてね」

「へえ？」

「極度の過敏症で、グラス一杯で酩酊《めいてい》状態になってしまうんですよ」

「そうなの？」

「ええ。ひょっとすると、エドガー・アラン・ポーも同じ問題を抱えていたのかも」自分が読んだものを役に立てられるのに気をよくして、ヴァッテンは言った。

「つまり、怪奇小説の大御所は、世間で言われているほど大酒飲みじゃなかったってこと？　ただ、すぐに酔っ払ってしまうだけで？」

ヴァッテンは興味をひかれた。

「ポーをよく知っているんですか？」

「まあね。実は今年の春、リッチモンドにあるポーの博物館に行ったの」

ヴァッテンは驚いた。グン・ブリータがアメリカに行ったことはぼんやり記憶にあるが、行き先がヴァージニア州で、おまけにあの博物館を訪れていたとは。何年も同じ職場にいても、個人的なことはお互いにほとんど話さなかったのだ。実は、ヴァッテン自身も今年の夏、アメリカを訪れていた。あの事件以来、初めての休暇だった。グン・ブリータもポー博物館に行ったことを知っていれば、ちょっとした現地情報を仕入れることができただろうに。

「だったら、ポーのことをよく知っているに違いないな。ポーがアルコール依存症だったと主張したのは、主に宿敵のルーファス・グリスウォルドという男だったんだ」

「ルーファス・グリスウォルド？」

「そう、なんだか偽名みたいだね。しかし、ルーファス・グリスウォルドは実在の人物で、不幸にしてポーののちの評判に大きな影響を与えた。十九世紀半ば、小冊子や新聞、雑誌などを媒介にしてアメリカ文学が開花した第一期に、編集と評論をなりわいにしていた人物だ。当時の売れない物書きは、出版社を転々とすることが多かった。懸賞付きの作品募集や、新聞の文芸欄、安価なシリーズ物が盛んに書かれた時代でもあった。グリスウォルドは、一八四三年にポーから引き継いで、フィラデルフィアのグレアムズ・マガジン誌の編集者となったんだが、なぜか自分の前任者に我慢ができなかった。最大の理由は、ポーが自分よりもはるかに編集者として腕利きだったからだと言われている。のちにイヴニング・ミラー紙に載ったポーの最も有名な詩、『大鴉《おおがらす》』の掲載を拒否して、すっかり評判を落とした」

ヴァッテンは興奮気味にまくしたてた。大きな関心を抱いてポーに関する研究書を読んできたが、この作家について話すチャンスを手にしたのはこれが初めてだ。話しながら彼は、まるでなんらかの個人的な関係があるように、自分がポーという作家に魅せられていることに気づいた。

「グリスウォルドはポーの死後、その作品のエージェントとして、さらに悪名を馳せることになった。ポーの最初の作品集を編集したときに、序文代わりにポーの人格を貶《おとし》めるような回想録を書いたのさ。ポーは少々精神的に不安定で、頭のおかしい、アルコールと麻薬に溺れた人間嫌いだった、とね。ひどい誹謗《ひぼう》中傷だ」

「そのグリスウォルドって人は、いやな男だったのね」

「そうだな。しかし嘆かわしいことに、この序文にある、一部偽造された書簡に基づいたポーに関する描写が、長いことポーの人物像とみなされていたんだ。一九〇〇年代になるとより詳細な事実が明らかになりはじめたが、残念なことに、グリスウォルドによるポーの性格描写や人物評価はいまだに根強く残っている。ポーが救いがたいアルコール依存症だったという主張もそのひとつだ」

「でも、そうじゃなかったの？」ヴァッテンの話を聞きながら、グン・ブリータは小さなワインオープナーをバッグから取りだし、ワインのボトルを開けると、オフィスのなかに戻った。ヴァッテンは少し声を高くした。

「依存症だったかそうでなかったか、ぼくにはわからない。アルコールに溺れていた可能性もあるよ。だが、いまの研究者たちはアルコール依存症だったという確信を持てずにいる。当時の友人たちは、ポーがかなりのアルコールを飲んだことは認めているが、依存症ではなかったし、大酒を飲むことはめったになかった、とも言っているんだ。いまは、ポーが酒を飲んだのは苦しいときだけだったというのが一般的な見解になっている。何カ月も飲まずに過ごすことができたという証拠もある。こういう見解を読んでいるときに、ポーはアルコール過敏症だと主張している人物がいることを知ったんだ」

「すると、あなたとポーには共通点があるのね」グン・ブリータがマグカップをふたつ手にしてオフィスから戻ってきた。ひとつには〝世界一のママ〟、もうひとつには〝フォーセン・ウォータースキー・チーム〟とある。後者のほうには、一本のスキー板に乗って波の上を優雅に滑る、すらりとした長身の女性が描かれていた。およそグン・ブリータらしくない絵柄だ。なんだってこんな絵柄のマグカップを持っているのか？

「自分がアルコール過敏症だということはいつわかったの？」

「ある日突然わかったわけじゃなく、徐々にそう思いはじめたんだよ。問題が生じたのは大学生になってからさ。金曜日の夜に中ジョッキ半分のビールを飲んだだけで、完全にアウト。記憶がぶっ飛んでしまった」

「最後に飲んだのはいつ？」

「何年も前さ。あれは……」ヴァッテンは急に言葉を切った。だが、グン・ブリータの目を見れば、彼がのみこんだ言葉を理解しているのは明らかだ。

「もしかしたら、よくなっているかもしれないわ」

「まあね」ヴァッテンはふたつのマグカップに、またしても懐疑的な目を向けた。「試してみなきゃわからないが」

「ここで試すのは安全よ。マグカップ一杯のワインであなたが潰れたら、家まで送って寝かしつけてあげる。それに明日はお休みだし」

「わかった、試してみよう」愚かな間違いをおかしているかもしれないと思いながらも、ヴァッテンは〝世界一のママ〟のマグカップを受けとり、それを差しだした。

5

二〇一〇年八月　リッチモンド

エミリー・ウォーカーは、エドガー・アラン・ポー・ミュージアムの掃除を含め、四つの仕事を掛け持ちしていた。全部の賃金を足しても、まともな収入の半分にもならないが、なんとかそれで暮らしている。この日も午前三時に博物館に着き、いつものようにストーンハウスの鍵を開けた。驚いたことに、展示ケースのライトが点灯されたままだ。そういえば、この何週間か館長は奇妙にうわの空で、ぼんやりした顔で出勤してくることが多い。まるでとんでもない秘密に心を奪われているみたいに。世間話をしている暇などめったにないから、とくに支障はないのだが、ふだんは注意深い館長のことが少し心配だった。秘密のなかには、ひとりで抱えこまないほうがいいものもある。照明を消し忘れるなんて、うっかりミスもいいところ。そのうち鍵をかけ忘れ、ある朝仕事に来たら、ホームレスがひとりかふたり、床で寝ているなんてことになりかねない。

あの館長は少し耄碌《もうろく》してきたんじゃないかね？　ウォーカーはストーンハウスと記念館

の部屋に順繰りに掃除機をかけおえると、いつものように中庭で一服しながらひと息入れることにした。が、ポーの詩「天に召された人へ」にインスピレーションを得た噴水のそばの石のベンチに腰を下ろし、薄明かりのなか庭の奥にある大理石の胸像に目をやると、奇妙なものが見えた。あれはなんだろう？　ウォーカーは立ちあがり、近づいた。エドガー・アラン・ポーはいつもより顔が白く見える。しかも高さ百五十センチの赤煉瓦《あかれんが》の台から下りて、体を手に入れていた。下半身はカードキーがベルトに付いたズボンをはいているが、皮膚を剝《は》がれた上半身は血まみれで腱《けん》と筋肉と血管がむきだしだ。

エミリー・ウォーカーは悪魔に追われているように、必死の形相で展示館に飛びこみ、館長のオフィスに駆けこんで受話器をつかむと、警察の番号を押した。机の上は血だらけ、すぐ横にあるごみ箱からは、見開いた目で館長が宙をにらんでいる。

手にした受話器から声が聞こえてきたが、ウォーカーは悲鳴をあげることしかできなかった。

二〇一〇年九月　トロンハイム

目を開けると、見慣れた照明器具が目に入った。ちらちらして読書の妨げになるので、数日前に用務員に蛍光管を換えてもらったばかりだ。天井に固定された照明器具は並行に置かれた二列の書架のあいだ、ヴァッテンの安楽椅子の真上にある。書庫のこの部分には、自然の光が入ってこないのだ。ここに安楽椅子を置いてから初めて、ヴァッテンはまぶしすぎる光に目を閉じた。頭が猛烈に痛む。脈がふだんの何十倍も速く、脳の最も細い毛細血管まですごい勢いで血が流れているようだ。そのうずきのあいだに、ぼやけた記憶が閃《ひらめ》く。グン・ブリータが大きめのマグカップにスペイン産の赤ワインを注ぎ、自分が礼を言ったことは覚えている。ふたりでエドガー・アラン・ポーの話をしながら、それを飲んだことも。それからグンネルス図書館が所蔵している稀覯本《きこうぼん》へと話題が移った。

グン・ブリータは『ヨハンネスの書』と呼ばれる本のことを驚くほどよく知っていた。一五〇〇年代の一風変わった書物で、宗教改革以前はフランシスコ会の修道士であり、その後フォーセンの司祭となったヨハンネスが羊皮紙に記した日記だという。宗教改革後の時代を知るにはアブサロン・ペダーソン・バイエルの日記に次ぐ重要な資料だが、その内容は一風変わっているうえに、不可解な部分が多い。より広い読者層を意識して学術的に系統立てて書かれたバイエルの日記に比べると、『ヨハンネスの書』は自分が見聞きした文化と思想以外には無関心な執筆者の手になる、暗号のように難解で曖昧な記述に満ちている。明らかに自分のためだけに記されたもので、書いた人間が完全に正気だったかどうか疑われる箇所もあるが、『ヨハンネスの書』がほかのどの資料より優れている点がひとつあった。ヨハンネス司祭は異なる病に苦しむ数人について記述しているのだ。『ヨハンネスの書』に認《したた》められた解剖学、疾患の治療方法、外科手術の知識は、現存する当時の資料の大半に勝っている。ヨーロッパ大陸の端にあるノルウェーでは当時、解剖はほとんど行われなかったため、学者の多くがヨハンネス司祭は一時期大陸の南にある大学で学んだことがあると考えている……。

ヴァッテンは、グン・ブリータが『ヨハンネスの書』に関してずいぶん詳しいことに感心したのをぼんやりと思い出した。ただ、この本について何かを隠しているという印象を受け、その点を尋ねようとすると、話題を変えられてしまった。〝ここにいるあいだにあなたともっとよく知り合っていればよかった、図書館を去ることよりそのほうが残念だわ〟と。

グン・ブリータの話を聞きながら、ヴァッテンはワインを飲みほした。ふたりとも、ヴァッテンがよく持ちこたえている、この実験は成功だったという結論に達し、それを祝うためにグン・ブリータは残ったワインをふたつのマグカップにあけた。二杯目をひと口飲んだのは覚えているが……。

そのあとのことは、断片的にしか思い出せなかった。ぼやけたリノリウムの床、グン・ブリータのブラウスみたいなもの、あってはいけないところにある手。狭い場所は苦手なのに、稀覯本の書庫内の様子も何度か閃いた。そして最後には、便器の蓋を上げたトイレの光景と、口のなかに残る嘔吐《おうと》のいやな味。

それ以外のワインの名残は、このすさまじい頭痛だけだ。

ヴァッテンは時計を見た。もうすぐ十一時になる。まだ土曜日だということは、朝ではなく夜か。安楽椅子から立ちあがるのに、とてつもなく時間がかかった。ようやく立ちあがったとたんによろめき、吐き気がこみあげてきた。パニックに近い不安に追いたてられてエレベーターへと向かい、二階に下りて、まっすぐオフィスがある棟へ向かった。何もかも、いつものとおりだ。それを確かめると、心からほっとした。誰かがワインのボトルとマグカップを片付けていた。たぶんグン・ブリータだろう。ヴァッテンがワインをこぼしたとしても、床はきれいになっていた。稀覯本の書庫にもちゃんと鍵がかかっている。これもほっとすべきか？　それとも心配すべきだろうか？　できれば扉を開けて異常がないことを確認したいが、それはできない。書庫を開けるにはふたつの暗証番号が必要で、彼が持っているのはひとつだけなのだ。もうひとつの暗証番号は館長のホルネマンと、館長の信頼を得た司書が持つことになっている。今日まではグン・ブリータがその司書だった。彼女が今日付けで辞めたいま、司書の暗証番号は月曜日に変更される。この時点でヴァッテンにできるのは、書庫内になんの異常もないこと、断片的に残っている書庫内の記憶が実際に見たものではないのを願うだけだ。

少しだけ不安が和らぎ、荒い呼吸もらくになりはじめた。ヴァッテンは自分のオフィスに入り、館内の防犯カメラに接続されているコンピューターの前に座った。コンピューターの電源は落とされていた。ヴァッテンはモニターの隣の、カメラが映す光景を記録しているDVDドライブからディスクを取りだし、新しいものを入れた。取りだしたDVDを雨合羽のポケットに突っこむ。稀覯本書庫のなかにも防犯カメラがある。胸をかき乱す不安だけで持て余しているのだ、書庫内で何が起こったか知りたくなかった。

外に出て自転車のある場所に向かうと、酔った人々で賑《にぎ》やかな土曜日の夜のなかに漕ぎだした。酔って潰れたら送ってあげる、グン・ブリータはそう言わなかったか？　親しく議論し、ワインを飲み交わしたあとで、ひとりで帰ってしまうのは少しばかり奇妙な気がする。そういえば、グン・ブリータはリッチモンドにあるポー博物館を訪れたとも言っていた。あそこはノルウェーからアメリカを訪れる観光客に、とくに人気のある場所とは言えない。自分もこの夏同じ博物館を訪れたことを言い忘れたのは、この偶然があまりにありえない気がしたからかもしれない。

古い橋を渡る途中で、ヴァッテンは急に自転車を止め、ポケットのDVDを川に投げこんだ。それからペダルを漕いで自宅へ戻り、きちんと整えたベッドに潜りこんだ。

6

二〇一〇年八月　リッチモンド

フェリシア・ストーンはぼんやりと新しいiPhoneを見つめた。二日前に買ったばかりだが、もう嫌いになりはじめている。真夜中や早朝に自分たちをいきなり眠りから引きずりだすものは、殺人課の刑事にとっては憎悪の対象となるのだ。こういう時間帯の着信が意味するのは、通常たったひとつ、新たな犯行現場と、命を奪われ、腐敗の初期段階にある新たな死体だ。そしてまたしても法を破ったくそったれを追って、新たな狩りが始まる。さいわい、今朝はそんな大事件にとりかかる前にコーヒーを飲む時間がある。

いつもひとりで寝ているベッドを出て、キッチンと居間の境にあるカウンターとコーヒーメーカーへと向かいながら通話ボタンを押す。かけてきたのはパターソンだった。その声を聞いたとたん、フェリシアは的外れの推理と当て推量だらけの長い説明を覚悟した。スピーカーフォンにした携帯電話をカウンターに置き、コーヒーの粉をスプーンでフィルターにあけ、コーヒーメーカーに水を注ぐ。まもなくごぼごぼという聞き慣れた音が、パターソンの説明に合いの手を入れはじめた。

説明が終わるころにはだいぶ眠気が覚め、事件の概略をつかんでいた。今回の事件は明らかに通常の痴情や強欲や麻薬絡みではない。殺人課に配属されてから初めての大きなヤマだ。一生に一度出くわすかどうかの猟奇的な殺し。それを担当する準備ができているかどうかまるで自信がない。

電話を切る前に、それまで聞く一方だった会話に唯一の貢献をした。

「わかった。二十分でそっちに行くわ」

バスルームに入り、冷たい水で顔を洗う。ついこのあいだ三十歳になったが、鏡のなかの顔はそれよりも若く見えた。睡眠不足で目の下にうっすらとクマができているのは仕方がないが、気にするほど濃くも大きくもない。黒い髪はまだ艶やかだし、体形も崩れていない。フェリシアは昨日着たブラウスに、ベルトにバッジを付けたゆるみのある薄手のスラックスを手早く身に着け、銃を収めたホルスターを肩から吊るしてジャケットを着た。殺人課の女刑事の模範ともいうべき、色気のない定番の装い。男の同僚よりは、少しだけきちんとして見える。職場では、女性であることを忘れる。プライベートでも忘れているかもしれない、とときどき思うくらいだ。フェリシアはシャワーも浴びず、化粧をする手間もかけずに狭いアパートを出た。

博物館に向かう車のなかで、高校の詩の授業のことがふと思い出された。教師がエドガー・アラン・ポーの大ファンだったから、ポーに関しては、ほかの詩人よりも詳しく学んだ。まさか、その知識がこんな形で役に立つことになろうとは。

　ポーに関していちばん心を惹《ひ》かれたのは、その不可解な死に方だった。

　エドガー・アラン・ポーは、子ども時代のかなりの年月を養父母とともにヴァージニア州リッチモンドで過ごし、シャーロッツヴィルにあるヴァージニア大学で何年か学んだあと、軍に入隊した。ポーが優れた認識力を存分に発揮した場所は、奇《く》しくもリッチモンドが最後となった。

　一八四九年九月二十七日、彼はリッチモンドからフィラデルフィア行きの列車に乗った。自分ほど知られていないアメリカの詩人マルグリット・セント・レオン・ラウドの詩集「ウェイサイド・フラワーズ」を編集するために、フィラデルフィアへと旅を続けることになっていたのだ。何年も続いた逆境の時代には浴びるように酒を飲んだと言われているが、このころはまともな精神状態で、彼が酒を飲んでいるところを見た人間は半年以上いなかったという。

　フェリシアは、一九七〇年代に閉鎖されたあと、二〇〇三年に改装されたメインストリート駅の格調高い駅舎を通りすぎながら、ラジオのスイッチを入れて、クラシック音楽のチャンネルに合わせた。音楽は考える助けになる。ベートーベンを聞きながら、フェリシアの思いは再びポーに戻った。

　フィラデルフィア行きの列車に乗りこんだポーが知人に目撃されたのは、それから一週間近くも経《た》ってからだった。しかもフィラデルフィアではなく、メリーランド州ボルティモアで。見るからに悲惨な状態のポーを診るために、ジョセフ・E・スノッドグラス医師が呼ばれた。ポーをよく知るスノッドグラスは、この友人がサイズの違う服を着ていることに気づいた。譫妄《せんもう》状態のポーは、ボルティモアのワシントン大学病院に運ばれた。そして朦朧《もうろう》とした状態で、自分の身に何が起こったかをまったく説明することができないまま、四日後に金切り声でレイノルズという名前を叫びはじめた。これは高熱に浮かされた男の断末魔の叫びのようなものだったのか？　それともレイノルズ氏がポーの陥っている状態を解く鍵だったのか？　だが、レイノルズという男が誰なのかは、結局わからずじまいだった。フェリシアの刑事の勘はレイノルズ氏など存在していなかったと告げているが、詩とミステリーをこよなく愛する一面は、ひょっとすると……と思いたがる。

十月七日の早朝、スノッドグラス医師は「神よ、この惨めな魂に慈悲を与えたまえ」というポーの最後の祈りを耳にした。死亡証明書に書かれた死因は脳炎。犯罪小説の父エドガー・アラン・ポーは、二日後、解剖されずに埋葬された。

ポーの死から七十年あまりあとの一九二一年、年々増えるポー・ファンのうちの数人が、リッチモンドの最も古い建物のひとつであるストーンハウスの裏にある庭に集まった。ストーンハウス自体はポーと直接の繋がりはなかったものの、彼らはこの庭を〝エンチャンテッド・ガーデン〟と名付け、ポーの思い出に捧《ささ》げたのだった。

フェリシア・ストーンが朝の七時半に初めて警官としてこの庭に入ったときには、そこはすでに八十九年間存在していた。現在はポー博物館となっている建物に付属しているエンチャンテッド・ガーデンが開園するのは、一時間半後の九時と決まっている。

仕事とは関係なく最後にここを訪れた日のことが、鮮やかによみがえってきた。あれは三年前だったか？　まだ麻薬捜査課にいたころ、学校時代からの親友のひとり、ホーリー・レヴァルトがこの庭を借りきって結婚式を挙げた。招待状の追記には、〝誰でもちょっぴり不安な気持ちで祭壇に行くもの。だから、わたしたちはその不安を逆に利用することにしたの！　風刺的喜歌劇《バーレスク》と怪奇の大御所がわたしたちの結婚式のホストよ〟とあった。何につけ神聖視などしないホーリーらしいユーモアだ。

あれはとても素敵な結婚式だった。フェリシアはトイレに行きたくてうわの空だったが、花盛りの庭で牧師がポーの詩「天に召された人へ」を読みあげた。高校の授業では、文学は周囲の状況に影響されずに味わうべきだ、と考えていたポーは短い詩を好んだと教わった。でも、どんなに優れた文学でも、自然の欲求には勝てない。朗読が終わらないうちにフェリシアは化粧室に走っていったが、式の残りはとてもすばらしく、自分が結婚しているような気になったものだ。あくまでも〝ような〟だが。

でも、この結婚がどんな結末を迎えるかは、そのときすでにわかっていたような気がする。ホーリーは二年後に離婚した。

フェリシアは「おはよう」とパターソンに声をかけた。パターソンは百九十センチ以上もある大男で、横幅もトラック並み。さきほど電話で説明してくれたときの声は元気そうだったのに、ずいぶん疲れた顔をしている。フェリシアは暗い気持ちで再びポーのことを思った。これは風刺と怪奇の大御所になんと相応しい事件だろう。

「誰が来てるの？」

「モリスが自ら采配をふるってる。いまは署に戻ったが、さっきまでなかにいたよ」パターソンが答えた。「レイノルズもいたが、モリスと一緒に戻った。ついさっきローバックが到着し、仕事にかかったところだ」

「ローバックが。それは朗報ね。あなたが言ったとおりの怪奇な事件なら、経験豊かで優秀な鑑識官が必要だわ」

「自分の目で確かめるといい」パターソンはそう言いながら煙草《たばこ》に火をつけた。

ふたりは黙って庭の奥へ歩いていった。同僚のほとんどはフェリシアよりもはるかに多くの死体を見ているが、警官になってから七年、殺人課の刑事としても二年のキャリアを持つフェリシアも、それなりに経験はある。だが、エドガー・アラン・ポーの胸像にくくりつけられている死体は、これまで見たどれともまるで異なっていた。どんなに残酷な殺され方であっても、死体そのものはどこかしら安らいでいる。でも……どう言えばいいだろう？　ポーの庭でこんなことを言うと芝居がかっているようだが、目の前の死体は安らぎを得たようには見えなかった。

そう感じるのは、おそらく、皮膚が剥がされているからだ。それとも、首のない死体がまっすぐに立っているせいか？　とうてい現実のものとは思えない、幽霊でも見ているようだ。筋肉がむきだしになった首なし死体を目にしたとたん、とうに克服したはずの反応に襲われた。吐き気の下にうごめく、何やら暗い、危険なものが不安をもたらす。怪物への恐怖は子どものころに克服したはずなのに、ずっと抑えこんできた無力感がみぞおちの奥をかきまわした。

フェリシアとパターソンが近づくと、胸像の台座に死体を縛りつけているワイヤーをはずそうとしていたローバックと、名前を思い出せない検死官が手を止めた。

「何かわかった？」自分の発したこの問いで頭が切り替わったのか、吐き気が消えた。アフリカ系アメリカ人の血が半分混じったローバックは、フェリシアの父親と言ってもいいほどの年配で自信を絵に描いたような男だ。背が高く、白くなりはじめた髪はまだ艶やかだ。深南部の者らしく落ち着いた雰囲気の、頭の回転が速い男で、ふだんは簡潔かつ機知に富んだ台詞《せりふ》を連発する。しかし、今朝はいつになく深刻な表情だった。

「被害者があっさり死なせてもらえなかったことはたしかだな。ワイヤーで腕と足と腰を台座に縛りつけられた。皮膚が残っているところもある。針金を巻いた箇所が腫れて出血しているのは、縛られたときにはまだ生きていたからだ」

「すると、ここに立たされてから、首を切られ、皮を剝がれたの？」フェリシアは頭に浮かびそうになる光景を押しやりながら尋ねた。

「いや。少なくとも、その順番じゃないね。皮を剝がれているのは上半身、首から肩、臍までと背中だが、縛りつけた状態では無理だ。だから皮を剝がれてから台座に縛りつけられたことになる」

「縛りつけられたときはまだ生きていたのね？　つまり、生きながら……」

「皮を剝がれた」ローバックがあとを引きとる。

「くそっ！」パターソンが毒づいた。「だが、被害者の首があったのは上階のオフィスだ。上で殺してから皮を剝ぎ、ここに引きずってきて縛ったと考えるほうが、論理的じゃないかな？」

「この殺しには論理的ではないところがたくさんある。頭部は死ぬ前に何度も殴られているし、オフィスには血が飛び散り、争った形跡がある。しかし、まだすべてがわかっているわけじゃない。掃除に来た女性が現場をめちゃくちゃにしてくれたからな。そうでなくてもややこしい事件が、もっと難しくなった。被害者はオフィスにいるとき鈍器で殴られ、意識を失った。だが、死んではいなかった、とわれわれは思っている。犯人は被害者をここへ引きずってきた。かなりの血が流れているところを見ると、そっちの芝生に寝かせて皮を剝いだんだろう」ローバックはそう言って噴水のそばを指さした。「それから台座に縛り付け、首を切った。小型の斧《おの》か非常に大きなナイフ、おそらく複数の刃物で何度か切りつけて首を切り落とし、それを持ってオフィスに戻り、ごみ箱に入れた」

「どうしてそんなことをしたの？　筋がとおらないわ」

「この殺しに筋のとおるところがあるか？」ローバックが言い返す。「まあ、言いたいことはわかる。首をオフィスに運ぶ必要があったとは思えんからな。俺たちを混乱させるためにやったのかもしれん。なんの目的があったのか見当もつかんな。もしかすると、犯人からのメッセージか?」

「テレビの見すぎだよ」パターソンが言った。

「こいつは、事実は小説より奇なりという珍しい例のひとつだぞ」

フェリシアとパターソンはつかの間黙りこみ、ローバックの説明を反芻《はんすう》した。それから、パターソンが全員の頭にあることを口にした。

「連続殺人鬼の仕業かな?」

「犯行現場を見たかぎりでは、ホシは以前も殺したことがあると思う」ローバックはフェリシアを見た。「どう思う、ストーン?」

ローバックがこう尋ねたのは、フェリシアが去年、ワシントンDCにあるFBI本部で連続殺人鬼に関する三カ月の講習を受けたからだ。

「そのとおりだと思うわ、犯行現場だけを見たらね。だけど……」

「だけど、なんだい?」パターソンが尋ねた。わたしよりも年上で経験も積んでいるのに、まるで短気な子どもみたい、フェリシアはそう思った。でも、パターソンが腕利きなのは、この性急さのおかげでもある。

「犯人がこれと同じ方法で犯行におよんだことは一度もないと思う」

「どうしてわかるんだ?」パターソンが尋ねる。

「これはかなり猟奇的で、目立つ殺し方よ。まるで世間の注目を浴びたがっているようだわ。同様の事件が起きていれば、絶対目に留まっている。犯人のやり口はさまざまな角度から検討され、どの警官の頭にも刻まれているはず。生きたまま皮を剝ぎ、縛りつけて直立させ、首を切り落とした？　そんな事件の記事は読んだ覚えがないわ」

「エド・ゲインがいるぞ」ローバックが指摘した。

「たしかに。でも、現在の話をしているのよ」エド・ゲインのことはフェリシアも知っていた。一九五〇年代にプレーンフィールドという小さな町で盗掘と殺しを重ねた殺人鬼だ。被害者の皮だけでなく、町の墓地から盗んだ死体の皮まで剝いだ。だが、この事件はそれとは違う。「なぜ犯人はここを犯行現場に選んだのかしら？」フェリシアは頭に浮かんだ疑問を口にした。「エドガー・アラン・ポー・ミュージアムを。偶然ではない気がする。同種の殺人はまだ起こっていないけど、これから始まるのかもしれない」

「これまでも殺したことがあるが、しだいにこういうやり口になったという可能性はあるかな？」パターソンがつぶやく。

「だけど、ここに達するまでの段階ってどんな殺し？」

ローバックが口をはさんだ。「ホシがほかの国で殺していたとしたらどうだ？　メキシコとかブラジル、ロシアなんかで？　外国の猟奇的連続殺人鬼について、俺たちはどれだけわかってる？」

「ＦＢＩは驚くほど詳しく把握しているわ。どんな国際機関よりも詳しいと思う。去年の講習では、外国の事件もいくつか検討したの。ヨーロッパで起きた、おそらくは未解決の事件も含まれていたけど、これと似た事件はひとつもなかった。もちろん、外国で同種の殺人が起きている可能性はないと断言はできない。でも、外国人がリッチモンドに来て、わざわざ殺しをする？　それに、なぜこの博物館で殺すの？」フェリシアはホーリーの招待状にあった〝風刺的喜歌劇《バーレスク》〟と〝怪奇〟という言葉を思い出した。

「モリスはもっと広い範囲に網を投げろと言うでしょうけど、被害者と、少なくとも被害者の職場と犯人には繋がりがあると思う」

この言葉が合図のように、パターソンとローバック、フェリシアの携帯電話が揃ってメールを受信したことを知らせた。送信者はモリスだ。

〝犯行現場は見たな。ローバックは鑑識チームを指揮してくれ。レイノルズは博物館のスタッフから話を聞くためそっちに戻る。残りは一時間後に署で会議だ。戦略を練るぞ〟

7

二〇一〇年九月　トロンハイム

日曜日に目が覚めたときには、朝食どころか散歩の時間もとうに過ぎていた。ヴァッテンはコーヒーを飲み、しばらく窓の外を見てから、長年はいているが頑丈なハイキングブーツに足を突っこみ、合羽を着て散歩に出た。ずんずん歩いてクーハウゲンに登り、ベンチに座って街とフィヨルドを見下ろした。霧雨が露のように顔を濡らす。雨が頭をはっきりさせ、昨日図書館で何があったのか、ぼやけた断片だけでなく思い出させてくれないものか。それが無理でも、スペイン産の赤ワインをマグカップに二杯飲んだあと、何かとてつもなく愚かなことをしたという不快感を洗い流してくれればいいのに。だが、雨はそのどちらもしてくれず、ただ彼の顔を濡らしただけだった。

帰りは、来た道よりも遠回りをした。そして思いがけなく新しい司書のシリ・ホルムにばったり出会った。シリは気位の高そうなアフガンハウンドを連れて散歩していた。ヴァッテンに最初に気づいたのは犬のほうだった。

「あら、わたしたちの警備主任じゃないの」シリはにっこり笑ってそう言った。

「やあ。もう少しで気づかずに通りすぎるところだった。考え事をしていたものだから」ヴァッテンは無理をして笑みを浮かべながら、すまなそうに応じた。犬はつんと顎を上げ、宙を見つめている。

「きみの犬？」

「いいえ。ついそこで見つけて、とっさに手綱を摑んだのよ」シリはからかうように笑った。「このあたりのアフガンハウンド族に属しているんじゃないかしら」

「ばかな質問だったな。ただ、きみが犬好きだとは思わなくて」

「わたしには、驚くほどいろんな面があるのよ」シリは笑みを浮かべ、ヴァッテンが赤くなるほどじっと見つめてきた。「日曜日の散歩の途中なら、うちでお茶を飲む時間があるかしら？」

　ヴァッテンはためらった。

「いいでしょ。口説いたりしないから。まあ、いますぐはね」

　シリはヴァッテンよりも十五歳若い。この年齢の女性をヴァッテンはあまりたくさん知らなかった。とはいえ、物事が自分の二十代初めのころとそれほど大きく変わったとは思えない。それにシリは若いだけでなく、とても個性的だった。いまの言葉を文字通りに受けとり、送ってくるシグナル――温かいほほ笑みや、話しながら彼の肩に手を置いてくるという一連の仕草を正しく解釈すれば、シリはヴァッテンに気があることになる。

本当にそうか？　俺だけでなく、誰にでもこんな調子なんじゃないか？

「コーヒーはあるかい？」ヴァッテンは尋ねた。

シリは首を振ったが、ヴァッテンは結局誘いを受けることにした。シリ・ホルムはローゼンボリ坂の行き止まりにある、木造の二間のアパートに住んでいた。街全体とフィヨルドを見下ろすそのアパートは、〝少しばかり安易な方法で儲《もう》けすぎた〟父親からもらったのだという。

少しでも油断すると家のなかがどれだけ散らかるか、ヴァッテンはよく知っていた。片付けるだけの気力が湧かないせいで、自宅の部屋は読みおえた本や雑誌、新聞その他の無駄なものでいっぱいだ。だが、少なくとも箱に入れるとかまとめて束ねるなど、多少の整理はしている。ところがシリ・ホルムの住まいはあらゆるものが出しっぱなし、置きっぱなしだった。こんなに散らかっている部屋は見たことがない。居間の壁際に置かれた書棚だけは驚くほどきちんと本が並んでいるが、それ以外は何もかもが場違いな場所にあった。服は床に脱ぎ捨てられ、コーヒーテーブルや敷物の上、ソファの下など、あらゆる場所に汚れた皿が放りだしてある。寄せ集めのアンティーク家具、床やテーブルに転がっている動物の縫いぐるみ。窓の幅広い下枠のひとつにはトランペットが置いてあった。これは埃をかぶっていない数少ないもののひとつだ。部屋の中央には、テコンドーの胴着を着て腰に黒帯をしめたマネキンが立っている。

アフガンハウンドはこの乱雑ぶりをまったく無視して、何ひとつ踏まずに居間を横切り、

〝ああ、疲れた〟と言わんばかりに、ドアのそばにあるクッションにどさりと横になった。シリがそのドアからキッチンに入り、郵便物と古新聞の下からティーポットを取りだすのが見えた。

「わたしの驚異の部屋にようこそ」シリはそう言いながら、カップをふたつ手に居間へ戻ってきて、最初は見えなかったコーヒーテーブルの二か所に置き、ソファから何冊か本や雑誌を落として、そこに座るように勧めた。

　ヴァッテンはおっかなびっくりソファに腰を下ろした。シリがすぐ横に来て、ヴァッテンの腿よりも引き締まった腿を押しつけてくる。

「最初のお給料をもらったら、お掃除の人を雇うわ。家事は大嫌いなの。時間がもったいなくて。そう思わない？」

「きみは司書だと思ったけど」

「頭のなかはきちんと整理されているのよ。それに本も」シリは笑いながら書棚を指さした。「残りはただ邪魔なものだけ。整理整頓が大好きなボーイフレンドでも見つけて、大きな戸棚をふたつばかり組み立ててくれるまで付き合おうかしら。そうすれば全部放りこめるわ」

　シリはヴァッテンの膝に手を置いた。「立候補する気はない？」

「本を見せてもらってもいいかな？」ヴァッテンは立ちあがって、ズボンをなでおろした。

「見せてもらいたいのは本だけ？」シリがふざけて口を尖らせる。「もちろん、かまわないわよ」

書棚は窓の向かいにある壁をそっくり占領していた。驚いたことに、そこに並んでいる本はすべて同じジャンルだ。

「ミステリーが好きなんだね」

「好きというより、マニアに近いわね」シリも立ちあがり、彼の隣に立った。「答えを集めているの」

「答え？」

「ええ。これを見て」そう言って背表紙に文字のない一冊を取りだした。見るからに高そうな、分厚い革表紙の日記帳だ。なかのページは短い手書きの文字でびっしり埋まっている。一行目は明らかに書名だろう。それから〝殺人犯〟という見出しの下に名前があり、そのあとに参照ページが入っている。

「これまで読んだ本の犯人の名前を書きだしてあるのよ。これはわたしが犯人を突きとめたページ。事件を解決するのがわたしの特技なの。昔のボーイフレンドに、それが最大の才能だ、と言われたことがあるわ。ミステリー小説の犯人を突きとめるのが。もっとも、わたしの才能について語れるほど、彼はわたしを知らなかったけど。それに考えてみると、彼には一度もちゃんとしたフェラチオをしてあげたことがなかったかも」

ヴァッテンは赤くなった。

「いちばん簡単なのは、アガサ・クリスティの作品。クリスティの本の犯人捜しは難しいと思っている人も多いけど、わたしは簡単だと思う」シリは続けた。「どんな作家にも、独自のパターンがあるの。だから初めて読む作家の本で、犯人を当てるのは難しいのよ。この作家はどういう考え方をするのか？　どんなふうに物語を作っていくのか？　小説の犯罪で殺人犯を突きとめるのは、現実の事件でそうするのとは違う。読者がおかす最大の誤りは、事件の事実に固執しようとすること。事実なんて全然関係ないの。重要なのは物語の流れ。その物語がどうレイアウトされているか、様々なキャラクターがどんな役目を果たしているか。そういうこと」

「面白い考え方だ」ヴァッテンは興味を惹かれた。「例を挙げてもらえる？　ぼくはいつも騙《だま》される口なんだ」ソファを離れてからなんとか鎮めようとしていた勃起が、ようやくおさまりはじめた。

「三分の一の法則」

「三分の一の法則？　なんだい、それ？」

「ほとんどの場合、殺人犯のことが詳しく描かれるのは、本の最初の三分の一あたりだってこと。そこで作家が犯人をちらっと見せるのよ。あとはそのキャラクターを取るに足らない人物として扱い、ほかの容疑者を前面に押しだすわけ」

「そして最後に犯人を帽子から取りだす？」

「そのとおり。ただ、なんでもそうだけど、法則がわかっていてもそれだけで犯人を突きとめるのは無理よ。探したり、経過を追ったりしなきゃいけない手がかりがたくさんあるの。経験の問題ね」自分が身につけた洞察力が奇妙で愚かなものだと気づいているらしく、シリは笑いながら言った。

「ポーも読んだんだね」ヴァッテンは得体の知れない不安に襲われながら、スウェーデン語に翻訳された選集のひとつを取りだした。今週末、女性を相手にポーの話をしたのは、これで二度目だ。一度目がどんな結果になったか思い出せないが……。

「ええ。でも、あまり好きじゃないわ。ファンタジーがからんだ小説は苦手なの。ホラーやファンタジー、SFはね。そういうものを書く意味がわからないんだもの。好きなようにでっちあげられるなんて、あまりにもお手軽すぎる。ミステリー作家としてのポーも同じ。『モルグ街の殺人』の結論なんて、いんちきだわ。オランウータンが殺人犯ですって？　読者に犯人を当てるチャンスを与えてくれなきゃ、犯罪小説とは言えないと思う」シリはそこで言葉を切った。「がっかりさせちゃった？　あなたはポーが好きなのね。顔に書いてある。彼の作品がすべてだめってわけじゃないのよ。手紙を見つけられない警官たちが出てくる話は好き」

「『盗まれた手紙』だ」

「ええ、それ」

シリはいきなり身を乗りだし、ヴァッテンの頬にキスしながら、彼が手にしていた本を取りあげて書棚に戻した。それが一ミリも出すぎず、引っこみすぎずに、ほかの本のあいだにぴたりと収まるのをヴァッテンはぼんやり見守った。シリは彼の手を取り、再び身を寄せて、今度は唇にキスをした。

「あなたの人生には何かが起きたのね？　そしてとても悲しんでいるか、大きな秘密を抱えている。その両方かも」

ふっくらした唇が顔を滑り落ち、首をなぞって、気がつくとブロンドの頭はヴァッテンの腰の高さに下りていた。シリがズボンのファスナーをさげ、すばやく彼のものを口に含む。ヴァッテンは書棚に並んだ本の背表紙に目を走らせ、窓の外に広がる街とフィヨルドに目をやった。ようやく、漂う霧に覆われた小島、ムンクホルメンに焦点が合う。最後にあそこに行ったのはいつだったか。あれの前、まだ人生が正常だったときだ。あのころは妻がよくこうして……。

思い出のなかの行為が鋭い快感をもたらし、ヴァッテンは精を放った。シリがそれを飲みこみ、いたずらっぽく片手で口を拭いながら笑った。

「ごめんなさい、口説かないと約束したのに」

「そろそろ帰らないと」ヴァッテンは口ごもった。

「そうね」シリはソファに戻り、腰を下ろした。

あんたはちっとも学ばないのね、ヴァッテンが立ち去ったあと、シリ・ホルムは自分を叱った。でも、これは何かいいことに繋がりそうな気がする。彼は緊張のあまり全身が固くなっていた。次に会うときには、もっと肩の力が抜けているはず。

狭いバスルームもほかの部屋と同じで散らかっていたが、床に落ちていた歯ブラシを見つけて歯を磨いた。それから居間に戻ると、トランペットを手にしてマイルス・デイヴィスの《カインド・オブ・ブルー》の一節を吹きはじめた。

音楽が頭を占領する直前、何年か前にヴァッテンの身に起きた事件のことが浮かんだ。ほかのみんなと同じように、シリもさきほど本人に尋ねた疑問の答えが知りたかった。ヴァッテンというパズルを解き明かしたい。彼は悲しんでいるのか？　それとも警察ですら突きとめられなかった秘密を抱えているのだろうか？

8

一五二八年九月　トロンハイム・フィヨルドの近く

羊皮紙を作る技術を教えてくれたのは、あの床屋だった。これは根気のいる仕事だ。乾いた皮をまず水に浸《つ》けて柔らかくし、枠にぴんと張る。それから表面に文字が書けるほど薄くなるまで削るのだ。子牛の皮が最も適しているとみなされているが、床屋はほかの皮を使い、異なる質の羊皮紙を作る方法も教えてくれた。座って、子牛ではない皮を丁寧に削っていると、これがどれほど素晴らしい素材かわかってきた。そして床屋に初めて会った日のことが思い出された。

一五一二年から一五一四年　トロンハイム

少年は尻尾を摑み、腹をすかせた赤ん坊の泣き声そっくりの耳障りな声で鳴く猫をぶらさげた。

「おとなしくしろよ」逃れたがって暴れる猫をたしなめる。猫が背筋の毛を逆立てて引っかこうとするが、腕を伸ばしている少年の顔と手には届かない。

「なんだよ、ただの泣き虫だぞ」

猫はどんな姿勢で落とされても必ず四本足で着地する。少年にそう言ったのは鍛冶屋のエーリックの息子ニルスだった。この猫を川に落とせば、それが本当かどうかわかる。猫は下の川にちゃんと着地して、泳ぐに違いない。きっとそうなる。猫を殺す気はなかった。片手で尻尾を掴み、もう片方の手で首を掴んで、猫を仰向《あおむ》けにする。少年が立っている岸壁の端から川までは、大人の男ふたり分ぐらいの距離がある。ふたつの倉庫にはさまれた影のなかには、少年以外は誰もいなかった。

「大丈夫だよ、うまくいくから」少年はそう声をかけて猫を放した。

猫が空中で体を反転させるのが見えた。ニルスの言ったとおりだ。四本の足がまっすぐ下を向き、前足の付け根の皮膚がまるで翼みたいに広がる。天使みたいに。それから猫は水面を打ち、水しぶきのなかに消えた。再び顔を出したときには、速い流れのなかに突きだした小さな頭が、いつもよりもっと小さく見えた。少年はそのあとを追いかけたが、ずっと岸壁の端を走ることはできなかった。場所によっては倉庫が先端まで突きだしていて、そこはぐるりとまわりこまねばならない。何度か見失っては、また見つけた。小さな頭、必死に水を掻く足。猫は水面に浮きつづけている。だが、少年との距離はどんどん開いていった。岸壁が終わると、フィヨルドに向かって流れる川沿いの小道になった。少年は猫のあとを追ったが、猫を救うことはできなかった。流れに運ばれていく猫を、ただ見ていることしかできない。河口に達すると、猫の頭は川が海水に合流している場所の白い泡のなかに消え、それっきり浮かんでこなかった。今年の夏で七歳になる少年は、土手の草むらに座りこんだ。もう夜が来ても一緒に寝る猫はいない。これからはひとりぼっちで、同じベッドのすぐ横に寝ている母を訪れる、獣のような声をあげる男たち、食べ物を買うお金を残していく男たちの声を聞かなくてはならない。食べ物を分けてやる相手も、一日中通りや母の友人のヨハンと鍛冶屋で時間をつぶしたあと家に戻ったとき、彼の脚にすり寄ってくるものもいなくなった。あの鍛冶屋は母のベッドに来たことは一度もないが、忙しい日には少年に仕事をくれる。

「ばかなことをしちゃった」少年はつぶやいた。が、泣きはしなかった。

「見ていたぞ」誰かが後ろから言った。「町の倉庫のあいだにいたな」

びくっとして、すばやく振り向いた。ふいを衝かれるのは大嫌いだ。自分がものすごく無力に思えるから。後ろにいるのは、黒い豊かな髭をたくわえたきれいな緑色の目の男だった。青いウールの外套の下に、清潔な亜麻糸で織った上等のシャツが見える。外套の留具からも裕福なことがわかった。疲れている様子だが、いつもそんなふうに見えるのかもしれない。

「思ったとおりにはいかなかったんだろう？」

少年はのろのろとうなずき、フィヨルドに目をやった。今日は水面が黒く見える。雨が降るのかもしれない。

「天国でまた会えるさ」

「動物も天国に行くの？」少年は尋ね、初めて男と目を合わせた。ふだんは大人の男の人と目を合わせることはない。鍛冶屋の目さえ見なかった。ぼくは天国に行ける？　本当はそう訊きたかったのだ。

「愛されていた動物はな」男は身をかがめ、少年の頭に手を置いた。

「ぼく、あの猫を愛していた？」

「違うのか？」

「わかんない」少年はまたフィヨルドに目を向けた。彼方《かなた》にある島に修道院が見える。鍛冶屋の窓から毎日見ているが、修道院は自分がいる世界とは違う、もっと平和な世界に属している。

「愛していたと思うぞ。それにこの一件で学んだこともある。動物の扱いを見れば、その人間のことがいろいろとわかるもんだ」

上等な外套を着たこの男は、母や鍛冶屋と違い、ぼくを大人として扱ってくれる。誰かがそれに気づいてくれるのを、ずいぶん長いこと待っていたのだ。ぼくはもう一人前の男だ、と少年は思った。

「来いよ。ビールをおごってやる」その男は言った。

床屋は二度目の冬が終わるまでトロンハイムに留まった。商売をする小屋を探したが、手ごろな家賃では見つからず、結婚する未亡人も見つからなかった。もっとも、さほど熱心に見つけようとしなかったせいもある。ベルゲンにある家を売った金がたっぷりあったから、好きなだけのんびりすることができたのだ。たいていは校長と仲良くなったラテン語学校で本を読み、そこで学ぶ少年たちにビールや食べ物をおごり、川に釣りに出かけて過ごした。床屋は組合の兄弟と暮らし、しだいに少年の母親と親しくなっていった。それにつれてテーブルに載る食べ物が増えた。町に着いた最初の秋、床屋は少年をラテン語の学校に入学させた。母親はもう生活のために町の職人たちの相手をしなくてもよくなっていた。しばらくすると少年と母は、町の人々にはオドムン・ザ・ハンマーと呼ばれていた気性の荒い大工の後家、イングヤルド・マッツダッテルの家に移った。オドムンの死を嘆く人間はほとんどいなかった。イングヤルドなど喜んでいたくらいだ。

二年が過ぎ、学校にもエーリク大司教の邸《やしき》にも読む本がなくなると、床屋は落ち着かなくなりはじめた。最初に気づいたのは少年だったが、ある夜、夕食にやってきた床屋に、母がそれを口にした。少年は母と寝ているベッド、母がもうほかの男たちの相手をしなくなったベッドに座っていた。母は息子に聞かれるのを恐れるように声を落としたが、少年には聞こえた。

「もうすぐこの町を出ていくの？」母が尋ねた。

「そういうことになるだろうな。ここではあまりすることがない。最初からそうだったが」

「だったら、どうしてこんなに長くいたの?」

「さあ。忘れたいことがあったのさ。だが、先に進む準備ができた」

「あの子を連れていってほしいの」

「本気じゃないんだろう?」床屋はそう言ったが、母の申し出に少しも驚いていないのは明らかだ。

「あなたはあの子に、あたしにはできないことをしてやれる。あの子は頭がいいのよ。それは昔からわかっていたわ。でも、何を考えているかちっともわからない。あたしにはあの子の心が摑めないの。まるで体のなかに小さな怪物がいて、あたしを閉めだしているみたい」母はため息をついた。「男の子だからかもしれないけど」

「今度の旅では遠くまで行くつもりだ。幸せを探そうと思っている。しかし、見つかるのが幸せにしろ不幸にしろ、わたしに預けたが最後、二度と息子には会えんぞ」

「だったら、幸せを見つけてちょうだい」母は言った。

9

二〇一〇年九月　トロンハイム

グンネルス図書館の館長ペール・オッタル・ホルネマンが衝動的な人物だということは、自分を採用してくれたときからシリ・ホルムにはわかっていた。自分がこの職を得たのは、若さと、七十歳にならんとする小柄でぽっちゃりした館長をどうすれば魅了できるか承知していたからだろう。司書の仕事に応募してきた人々のリストを見れば、それ以外にまともな理由があるとは思えない。

それでもシリは、歳のわりには驚くほど豊かなウエーブのきつい白髪頭の館長を、驚いて見つめずにはいられなかった。ホルネマンは鼻の先に眼鏡をのせ、実際は御しやすいのに、厳しい上司だと思わせようとして、鋭い目で机の向こうからシリを見返してくる。いくら衝動的でも、まさかこれほどとは。

「でも、わたしよりずっと長く働いている人がここにはたくさんいますよ。館長がわたしよりよくご存じの人たちが」

「そうかもしれんが、きみに任せることにした。今日からね。きみは学校を出たばかりだ。統計的には、ほかの誰よりも長くここで働くことになる。書庫の暗証番号をしょっちゅう変えたくないからな。今日からはきみにそれを管理してもらいたい」

「わたしがそんなに長くここにいると、どうしてわかるんですか?」シリは意味ありげな笑みを浮かべた。

「もちろん、確実なことは誰にもわからんさ。だが、ここの職員は長く働く者が多いのだよ。司書にとって、グンネルス図書館ほどの職場はめったにないからね。簡単な理屈だよ。さてと、オフィスも決まったし、書庫の暗証番号も渡した。ここで油を売ってないで、そろそろ仕事にかかってもらえんか」

この老人に効果があるかどうかはわからないが、シリはとりあえず気を惹くような笑みを投げ、ちらっと館長室を見まわした。グンネルスのように特別なコレクションを所蔵する図書館には、宝物がうなっている。ノルウェーの偉大な作家の初版本は言うまでもなく、アンティークの地図や世界最古の地球儀、一七〇〇年代に造られた望遠鏡などなど。ホルネマンより少しばかり尊大な館長なら、特権を行使して、箔をつけるためにそういう宝で飾ったことだろう。だが、ホルネマンはなんの飾りもないオフィスに座り、鼻からずり落ちそうな眼鏡越しに精いっぱい厳しい目でこちらを見てくるだけだ。

館長のオフィスを出ると、シリはヨン・ヴァッテンのオフィスに行き、ドアをノックした。数秒後、どうぞ、と応じる声が聞こえた。サンドイッチを食べていたヴァッテンは、驚いたことにシリを見るとにっこり笑った。

あら、大進歩だわ。ちょっとしたフェラチオがこんなに効果的だなんて。

「誰が書庫のふたつ目の暗証番号を管理することになったと思う?」シリは笑顔で尋ね、こう付け加えた。「今夜扉を開けて、一緒にあそこにある宝物を持って逃げない? バミューダ諸島で一生贅沢《ぜいたく》に暮らせるわ」

「あとかたもなく消えるには絶好の場所らしいね。船でも、公にできない資産でも」ヴァッテンが笑いながら答える。「しかし、新人をいきなり暗証番号の管理者に抜擢《ばってき》か。ホルネマンのやりそうなことだが」

「書庫のなかを見てみたいの。なかに何があるか知っておくのは悪い考えじゃないでしょ。これからわたしが管理するわけだから。ヨハンネス司祭の日記を見るのが楽しみ。あれは卒論のテーマだったのよ。実物は触れるどころか見たこともないけど。とても奇妙な日記なの」

「いまから見に行く?」サンドイッチの残りを口に入れながら、ヴァッテンがにこやかに尋ねてきた。

「きみの前任者のグン・ブリータも、ヨハンネス司祭の日記にはとても興味があったようだった」シリ・ホルムがキーパッドに新しい暗証番号を打ちこんだあと、ヴァッテンも自分の暗証番号を入力した。カチリと音をたて鍵がはずれるのを待って、ゆっくりと扉を引き開ける。

とたんに、恐ろしいにおいが押し寄せた。

「なんだ、これは――?」ヴァッテンがつぶやく。

シリは片手で鼻を覆って顔をそむけた。

「なんだ、これは――?」ヴァッテンが繰り返し、扉を完全に開けて一歩なかに入る。

シリはどうにか吐き気をこらえ、胃を押さえてかがみこむヴァッテンの後ろから書庫のなかを覗きこんだ。書庫のなか、書架のあいだに、誰かが倒れている。腰から下は服を着ているが、上半身は裸で、皮膚がない。首が切り落とされていたが、シリには被害者が誰だかすぐにわかった。あのスラックスは、土曜日にグン・ブリータ・ダールがはいていたものだ。

グン・ブリータは意外なほど細く見えた。殺した犯人は皮膚だけでなく、その下の筋肉が露出するように脂肪も剝ぎとったのだ。

10

二〇一〇年八月　リッチモンド

「驚いた、被害者の胃にそれがあったの?」フェリシア・ストーンは、検死官がエフラヒム・ボンドの死体から切りとったばかりのグレープフルーツ大の腫瘍を見つめた。

「ああ。善良なるボンド氏は重病人だったわけだ」

「すると、殺されなくても……」その先を口ごもる。

「これのせいで死ぬことになっただろうね」検死官は腫瘍をＬＥＤの明るい光に向け、人生の多くの謎に答えをもたらす水晶玉よろしく厳粛な面持ちで見つめてから、解剖台のそばの容器のなかに落とした。

「本人は癌《がん》だってことを知っていたのかしら?」

「どうかな。間違いなく症状はあった。便秘とか、寝汗とか。だが、たいていの人間は、そういう徴候をなんでもないと片付けたがるから」

「どちらがましだったのか……」フェリシアはため息をついた。「こんなふうに突然殺されるのと、じわじわ内側から蝕《むしば》まれていくのと」

「まあ、これで新聞の第一面に載ったし、テレビのトップニュースにもなった」検死官は苦笑いを浮かべて、皮膚の剝がれた死体に顎をしゃくった。ポー博物館の庭にローバックと一緒にいた男だ。フェリシアはまだ名前が思い出せなかった。歳は自分と同じくらい、フェリシアが殺人課に配属になったときにはもうそこにいた。ハンサムで、長身で、暗褐色の髪に青い瞳。もし職場ではなくバーで出会っていたら、目が合っただけで赤くなり、のぼせてしまうタイプだ。あまり話さないようにしているのは、まさにその理由からだが、いまから名前を尋ねるには遅すぎるほど何度も言葉を交わしている。時間ができたら、ウェブサイトで見てみるとしよう。それまでは、名前を失念していることがばれないようにしなくては。

「たしかに新聞の見出しにはなったわね」この二十四時間の騒ぎが頭をよぎった。あっという間に全国紙がこの事件を嗅ぎつけ、FOXニュースはもちろん、主なニュースサイトの大半もこの数時間報道しつづけている。ほかのどこでも類似した殺人が行われた事実はないのに、ブロガーは即座に犯人を〝合衆国最新の連続殺人鬼〟に祭りあげ、ありとあらゆる推理や憶測を書きたてている。当然ながら、そのほとんどが事件とエドガー・アラン・ポーの作品の世界を結びつけているが、アメリカ先住民族の儀式的な殺し、ローマの処刑方法、屠殺などが、殺害方法のヒントになったのではないかと議論されていた。記者会見で本部長のオッティス・トゥールを筆頭に、検事のヘンリー・ルーカス、捜査チームを率いるイライジャ・モリスが、これは単発事件であり、ほかの殺人事件と同様に捜査される、ときっぱり宣言したにもかかわらず、人々の逞《たくま》しい想像力に水をかけることはできなかった。

モリスがエアコンのあまり効かない職員用会議室で作戦会議を開いたのは、そのためだった。会議にはパターソン、ローバック、フェリシアが出席した。

「冷静に対処しよう。この事件は必ずわれわれの手で解決する」モリスは言った。「大量の血や猟奇的殺害方法に惑わされるな。これは殺人事件だ。そして殺人事件の捜査のやり方なら、ここにいる者はみなわかっている」

モリスは長身の、中年の男だった。生え際がかなり後退しているのを、短く刈りあげてごまかしている。額に刻まれた深いしわは、デスクで居眠りするほど穏やかな日でも決して消えることがない。被害者に首がなくても冷静そのものの、分別のある現実的な判断を下す。十五分後モリスは、マスコミのいう〝ポー殺人事件〟は解決できる事件で、犯人は通常と同じように被害者と関わりのある人間だ、と捜査員たちを納得させていた。

「この事件を起こした異常者がエフラヒム・ボンドとなんの繋がりもなければ、それこそ驚きだ。あらゆる殺人事件と同じように、われわれはまず直近の家族を調べ、情事の相手や同僚を調べる」

モリスの〝演説〟のあと、ほぼいつもどおりの捜査活動が始まった。そしてフェリシアは検死官からとりあえず初期段階の報告を聞こうと、解剖台のすぐ横に立っているのだった。これまでの経験から、何を尋ねればいいかはわかっていた。

被害者はおそらくバールか金属パイプのような鈍器で頭を何度か殴打されていた。この攻撃を生き延びたものの、意識を失った可能性はある。それから犯人は被害者を台座に縛り付けて首を切り落とす前に、上半身の皮膚を剝いだ。この手順はほぼ間違いない。被害者の死亡推定時刻は深夜だった。

「断頭に関しては何か?」青い瞳を少しばかり長く見つめすぎたかもしれない。フェリシアはそう思いながら尋ねた。この男と話すときにそばに死体がなければ、違う気持ちになれただろうか?

「模範的な断頭とは言えないな、そんなものがあるとすればだが」

「素人がやったみたいに見えるってこと?」

「そういうことになるかな。でも、現代には断頭のプロなんていないと思うけど」検死官はまたしても皮肉な笑みを浮かべた。

「どういう意味か、わかっているはずよ」フェリシアはにこりともせずに返した。「犯人はこれまでも、人間の首を切ったことがあるの?」

「難しい質問だ。が、強いて言えば、ない、かな。胴体から首をすばやく効果的に切り離すのが目的であれば、この犯人はその方法を知らなかった。正しい道具を使っていないんだ。使われた斧は小さすぎたと思う。ナイフも、決してなまくらではないがもっと鋭いものが必要だった。それに切り方も間違っている。ナイフを滑らせて切る代わりに、ぶった切ろうとしたようだ」

「つまり、実際に犯行におよぶまでは断頭の方法を知らなかった。そういうこと?」

「さもなければ、時間をかけて首を切りたかったか。すべての切り傷と叩き切るような傷には一定のパターンがある。まるでそれを楽しんでいたようだ」

「皮膚の剝ぎ方はどう?」

「そっちもぞんざいだな。首を切ったのと同じナイフを使ったんだろうが、あちこちで肉のなかにくいこんでいる。だが、腕と脚の皮膚を残し、うまく上半身の皮膚を剝ぎとったところを見ると、多少の経験はあるようだ。ハンターか肉屋……医者だという可能性もある」

「その経験は過去の殺人から得たものだとは思わない、ってこと?」

「そういう結論はきみたち専門家に任せるよ」

フェリシアはうなずいた。「解剖の報告書を急いでもらえる?」

「今日はオフィスで昼飯をとることにする。だが、ほかの連中には内緒だよ」検死官が表情も声も古いホラー映画のマッド・サイエンティストをかなりうまく真似て付け加えると、フェリシアは思わず吹きだした。この部屋で笑ったのは初めてかもしれない。

解剖室を出るときに、検死官の名前をようやく思い出した。クヌート・イェンセン。南部には珍しい、スカンジナビア系の名前だ。

記者会見が終わり、博物館の職員の聞き込みもひととおり終わった。現場の調べも着々と進んでいる。口頭の解剖報告には、新たな発見はひとつもなかった。街の報道局は大混乱、インターネットにはセンセーショナルな記事が溢《あふ》れ、フェリシアも説明のつかない吐き気にときおり襲われていたが、警察署は正常の状態に戻りつつある。捜査チームは、一回目よりも長い、綿密な打ち合わせを行った。おそらくは広範囲にわたる、長期的な捜査計画を立てなくてはならないだろう。モリスのほかには、レイノルズ、ローバック、パターソン、フェリシアが出席した。この五人が特別捜査班を組み、ポー博物館の事件に専任で当たることになる。当座の捜査は地元の警察が担当する。モリスはＦＢＩに応援を求める気はなさそうだ。少なくとも、新たな事実が出てくるまでは。ＦＢＩの介入があるとしても、それは先のことになる。モリスは部外者に捜査を掻きまわされるのを嫌うのだ。

会議はこの前の続きから始まったが、ありがたい変化がひとつだけあった。用務員がようやくエアコンを直してくれたのだ。おかげで、こめかみを伝う汗に気を散らされずにすむ。モリスはすでに重要事項に触れ、被害者が無作為に選ばれたわけではない、という前提のもとに捜査を始めると決定を下していた。エフラヒム・ボンドと犯人のあいだにはなんらかの繋がりがあるはずだ。その繋がりを見つけることが事件解決の鍵となる。

「わたしは博物館の職員は事件と関係ないと思うんだが、きみたちはどうだ？」モリスが言った。

「博物館のレディたちに、あんなむごたらしい殺しは無理でしょうね」いつものように誰とも目を合わせず、ガムを嚙《か》みながらレイノルズが応じる。レイノルズは秩序だった捜査が得意で、捜査の精度の高さはチームにとって不可欠だが、閃きや鋭い切れは期待できない。レイノルズの推理が事件の突破口となることはめったになかった。しかし、彼の地道な聞き込みなどから、事件の解決に繋がる手がかりが浮上することはある。今朝、博物館の全職員から話を聞いたのはレイノルズだった。〝レディたち〟と言ったのは、エフラヒム・ボンドと書籍などの保全や修復を担当する学芸員《キュレーター》を除いた職員は、全員が二十四歳から六十三歳までの女性だからだ。全員といっても、それほど大勢ではない。ポー博物館で働いているのは、交代でチケットを売る係がふたり、ギフトショップの店員がひとり、ガイドが三人（すべてパートタイムの、英文科の学生）、あとはボンドの秘書と、ふだんはリッチモンド大学に勤務していて、本のコレクションや展示品、稀覯本を確認するために月に一度、午前中に訪れる学芸員だけだ。

「ボンドが女性しか雇用しなかったことに、何か意味があるんじゃないかしら？」フェリシアはさりげなく指摘した。

「彼が男だったということだな。それにビジネスセンスもあった」パターソンはそう言って笑いながら、前脚が浮くほど椅子を傾け、その背にもたれた。

「もちろん、職員たちがボンドとどういう関係にあったかも尋ねた」レイノルズが言葉を続けた。「良好な関係だったが上司と部下の域を出なかった。これが全員の答えだ。ボンドは豊富な知識を持つ、公平な上司だったようだが、打ち解けないタイプだったらしい。言うまでもないが、誰かが何かを隠している可能性はある。ひそかに男女の関係を持っていた人間がいたかもしれない。しかし、全員が嘘をついている可能性はないと思う。これまでの聞き込みからして、女たらしだった様子もない。実際、職員のひとり、ええと、ギフトショップの店員だったと思うが」レイノルズは手帳をめくった。「うん、ジュリア・ワイルドだ。ワイルドは、ボンドは何年も前に離婚して以来、女性には興味を持っていなかったようだと言っている」

「女にまったく興味がなかった?」パターソンが鼻を鳴らした。「そう聞くと、何か隠していたって気がしてくるな」

こういう差別主義的な発言は腹立たしいが、パターソンの言うことも一理あった。自制心の塊みたいな人間は、何かを隠していることが多いのだ。

「骨の近くを調べれば、いろいろわかってくる」モリスが口をはさんだ。彼はこういう謎めいた台詞をときどき口にする。

「仕事場よりも被害者に近いところ、ってことですね?」フェリシアは念のために確認した。

「そのとおり。ボンドには家族がいた。そこから始めるのが自然だろう」

「しかし、わたしが聞いたかぎりでは、エフラヒム・ボンドはまったく家族とは連絡を取っていないそうですよ。両親はどちらも死んでいるし、兄弟姉妹もいない。子どもたちは全員ほかの州に住んでいて、感謝祭にすら会いに来ない。元妻はだいぶ前にヴァージニア州から、孫たちがいる北部に引っ越している」

「彼らに探りを入れる必要があるな。家族から完全に逃れるのは不可能だ」モリスが断言する。

　フェリシアはうめいた。何か重要なことを思いついたのかと、全員が問いかけるように見てくる。「つまり、手がかりはほとんどないってことですね」それからレイノルズに尋ねた。「今朝の聞き込みで、何か追えそうなものが見つからなかった？　最近、特別な出来事があったとか？」

「いいや。いつもとまったく同じだったそうだ。ただ、秘書と、死体を発見した掃除の女性が、ボンドはふだんよりさらに口数が少なかったと言ってる。掃除の女性は、ボンドには何か隠し事があったんじゃないかと疑っていた。それと、ボンドは博物館の本の表紙に使われていた素材を、大学に送って調べてくれと秘書に頼んだそうだ。本の名前は書き留めなかったが、どの動物の皮が使われているか知りたかったらしい。秘書は奇妙な要請だと思ったようだな。だから思い出したんだろう。それがこの事件とどんな関係があるか見当もつかないが……」

「わたしが調べるわ」フェリシアはすかさず言って、ちらっとモリスを見た。北部へ飛んで、とうの昔に縁の切れた元妻や子どもたちから話を聞くことに比べたら、はるかにましだ。それに、この件は何かに繋がるという気がした。館長の殺害は博物館となんらかの繋がりがある、最初からそう感じていたのだ。その繋がりは必ずしも職員とはかぎらない。博物館自体、あるいは展示品、ポーの作品かもしれない。製本に使われていた表紙をはずし、どんな動物の皮かを調べるのが奇妙なことかどうか、フェリシアには判断がつかないが、秘書がわざわざそれを口にしたとすれば調べるべきだ。重要な手がかりかもしれない。

「よし、まず家族を調べる」モリスが言った。「レイノルズとパターソンにやってもらおうか。全員がどこにいるか調べて、地元の警察に連絡を入れ、現地に出向く準備をしてくれ。ストーン、きみにはここで捜査を続行してもらう。博物館の職員に詳細を尋ね、その表紙について調べるんだ。ローバック、解散する前に、きみのチームからの報告を頼む」

「いまはまだ情報を集めている最中だ。犯行現場が比較的広い範囲にわたるため、徹底的に調べるにはもう少し時間がかかる。ボンドのオフィスからは三種類の指紋が検出されたが、おそらく秘書と、清掃員と、ボンド自身のものだろう。まだ最終的な分析結果は届いていないがね。大理石の胸像には大勢が触った跡がある。あれはポーのファンにとっては聖なる遺物のようなものだからな。それに完全な指紋はひとつもなかった。犯人が指紋を残したとは思えんな。おそらく非常に注意深い男だ」

「どうして男だと思うの？」フェリシアは言葉尻を捉えてそう尋ねた。「女性だったかもしれないでしょう？」

「ああ、厳密にはその可能性もある。並みの力があればできた犯行だ。最初の一撃を加えられたあと、ボンドは気を失い、まったく抵抗しなかったはずだからな。しかし、この殺しは紅茶にヒ素を入れるのとはまるでわけが違う」

「それは言い過ぎにせよ、犯人は男だろうな」パターソンが口をはさんだ。

　フェリシアもこの結論に異議があるわけではなかった。

「血と体液はたっぷり残されている」ローバックが報告を続けた。「すでに分析を始めた。決定的なことはまだ何もわからんが、まずほとんどが被害者のものだろう。何かわかれば、その都度、報告を入れるよ」

「本のことも忘れないで」フェリシアは釘《くぎ》を刺した。

「本？」

「製本に使われた素材が分析に送られたとしたら、ばらした本があるはずよ」

「ああ、たしかに」ローバックはにやっと笑った。「その本も捜すよ」

11

二〇一〇年九月　リッチモンド

フェリシアは向かいにある駐車場でパトカーにもたれ、去年の大晦日《おおみそか》以来の煙草を吸いながら、ジェファーソン通り越しに自分が勤務する警察署を見ていた。リッチモンド警察署の殺人課は、灰色に塗られた煉瓦造りの大きな建物のなかにあった。なかにいると息苦しくて、そこから出ないと頭が働かないと感じることが多い。あれは飛び切り頭のいい犯罪者が、警官をなかに閉じこめ、思考を鈍らせるために設計したのではないか？　駐車場に面した灰色の壁には、〝警官の顔〟が付いていた。中央に青い線が走っている警帽をかぶったその顔の、目の位置にあいた大きなふたつの穴を見ていると、よけいこのビルは警官を嘲るために造られたような気がしてくる。顔の下にある細いドアを入ると、刑事たちのオフィスがある。フェリシアはそれらのオフィスを〝盲目の刑事たちの地下牢《ちかろう》〟と呼んでいるが、この冗談がわかるのはローバックだけだ。ほかの同僚は自分たちの職場を誇りに思っているらしく、フェリシアの批判に腹を立てる。だから嫌味な当てこすりは心のなかで思うだけにして、口にするのはもうやめていた。

フェリシアは煙草の吸い殻を投げ捨てた。思っていたほどひどい味ではなかったが、吐き気を止める役には立たないようだ。この吐き気を止める方法はたぶんひとつしかない。フェリシアは高校を卒業したあとの地獄のような夏にそれを試した。同じことは二度とできない。でも、吐き気を止める方法はもうひとつあるわ、とフェリシアはもたれていたパトカーに乗りこみながら思った。この事件を解決すること。そうすればリラックスできる。

ウェストグレース通りを車で走りながら、連続殺人鬼について考えはじめた。正確に言えば、なぜ連続殺人鬼である可能性を考慮しているのかを考えはじめた。仕事から離れてひと息入れたくて、フェリシアはミネソタ州オスロで行われた追加講習を受けた。そのとき教官が言ったことはいまでもよく覚えている。連続殺人鬼は子ども時代に動物虐待や放火の経験があることが多いが、必ずしもそうとはかぎらない。乱暴な子どもでもなく、なんらかの虐待を受けていなくても連続殺人鬼になる可能性はある。すべての連続殺人鬼に共通しているのはただひとつ。子どものころに耐えがたい現実から逃避できる豊かな空想の世界を持っていたことだ。その世界はしだいに暴力や迫害、獣じみた行為を伴う、暗く気味の悪い場所になっていくが、自分がコントロールできる場所であり続ける。そういう子どもたちがのちに、自分たちの空想を実現しようとして連続殺人鬼になるのだ。

その教官は、もうひとつフェリシアの心に残るようなことを口にした。「連続殺人鬼が映画製作者や作家の目に魅力的な素材に映るのは、彼らの犯行が身の毛もよだつような方法で実現された虚構だからかもしれないね」この事件はまさに虚構のにおいがする。まるで犯人が実行する前に空想していたかのようだ。

何ブロックか先を左に折れ、馬にまたがったロバート・E・リー将軍の記念碑《モニュメント》をまわって右に向かう。そこからは記念碑《モニュメント》大通りを進んでダウンタウンの中心を離れた。フェリシアはこの通りが好きだった。リッチモンドがかつて、南部連合の首都としてアメリカ全土を治める野心を持っていたことを思い出させてくれる。

ポー博物館の館長秘書の名前はメーガン・プライス。住所はウィンザー・ファームズに近いカンタベリー通り沿いとあるから、秘書の収入だけで暮らしているとは思えない。たぶん家族を養える医者か弁護士の夫がいて、博物館の仕事はボランティアのつもりなのだろう。フェリシアはラファイエット通りに折れ、ウィンザー・ファームズへと向かった。たいていの人はマルヴァーン大通りを走るだろうが、あの通りはやむを得ないかぎり走りたくない。人生が真っ二つに引き裂かれた家の前を通ることになるから。

メーガン・プライスには電話を入れていなかった。殺人事件の捜査では、話を聞く相手に考える時間を与えないほうがいいのだ。プライス夫人が、〝職員は自宅に戻り、警官の訪問を待つように〟というレイノルズの指示に従っているといいが。当然ながら、警官がすぐに訪問するとはかぎらず、自宅待機を命じられた人々もそのうち家を離れ、ふだんの生活に戻る。とはいえ、彼らがどれくらい長く待つか、待つのに飽きたら何をするか、それを突きとめるのも捜査の一環だった。ちょっとしたツキに恵まれれば、そこから新たな手がかりが得られることもある。

本署を出る前、フェリシアはメーガン・プライスについて短い説明を受けた。いまのところは、殺人事件となんらかの関わりがあることを疑う理由はまったくなさそうだ。が、事件の初動捜査では、あらゆる関係者を疑うのがフェリシアのモットーだった。ビールを飲んでいる仲間の横でコーラを飲みながら、一度こう言ったことがある。「捜査官は法廷のルールとは真逆のルールに従うべきよ。無実の証拠を摑むまでは全員を有罪だと思わなきゃ。仮に証拠があったとしても、特定の疑いから免除されるだけ」フェリシアの記憶が正しければ、自分と同じように皮肉をこめて心から笑ったのはローバックだけだった。でも、ほんの少し真実を混ぜたユーモアはさておき、経験則にこだわって常識を無視するのは間違っている。昨夜、殺しが行われた時間のメーガン・プライスのアリバイは完璧だった。夫と自宅で眠っていたのだ。しかも昨夜は夕食に複数の客を招いており、客が帰ったのは真夜中だという。レイノルズによれば、メーガン・プライスは六十三歳の小柄な女性だった。犯人像についてはまだ特定されていないが、プライス夫人は当てはまりそうもない。

フェリシアが夫人に訊きたいのはひとつだけ、被害者が分析に出したという表紙のことだ。それがどの本からはずされたかはまだわかっていない。まもなくフェリシアは、想像どおり立派な、煙突が四本あるビクトリア朝様式の煉瓦造りの家の前に車を停《と》めた。車寄せは少なくともパトカーが十台は入るほど広いが、家とその所有者について少しでも知りたければ、車を乗り入れるよりも歩いて近づくほうがいい。あれはマホガニーだろうか？　フェリシアはそう思いながら濃い色の扉へと歩いていった。重厚な感じの白いモールディングがその扉を囲んでいる。どうやらプライス家についての想像は当たっていたらしい。プライス氏が妻の給料をあてにせずにすむほど稼いでいるのは明らかだ。車寄せにはジャガーが停まっていた。パターソンなら蘊蓄《うんちく》を傾けてくれそうな車だが、フェリシアにとっては無駄に高価な車輪付きのブリキの箱でしかない。木蓮《もくれん》が香る美しく手入れされた庭は、庭師の存在を仄《ほの》めかしていた。家そのものも手入れは万全、百年以上も前の建物とはいえ、窓はすべて入れ替えてあり、ドアや窓の飾り枠などの木部もペンキを塗ったばかりに見える。プライス夫妻が愛情をかけ、メキシコ人の職人を雇いつづけて手入れを続ければ、あと百年は持つに違いない。

フェリシアは呼び鈴を押した。豊かな響きが消えたあとは、背後の通りをときおり車が通るだけの閑静な住宅街を、静寂が包みこんだ。気がつくとフェリシアは両手を拳に握っていた。いよいよ捜査を始めるのだと思うと、ちょっとした証人さえ重要に思える。

扉はすぐに開いた。

プライス夫人の髪はとうの昔に白くなっているはずだが、錆色の瞳を引き立てる赤みがかった色合いに染めてあった。美容整形もしているらしく、顔のしわやたるみも少ないが、注意深く、控えめに取り除いたと見えて、とくに不自然には見えない。明らかに刑事だとわかるフェリシアを見て浮かべた曖昧な笑みにも、ぎこちなさはなかった。フェリシアは黙ってバッジを掲げた。

「ずいぶん早かったこと」プライス夫人はゆったりしたカジュアルな服を着ているのに、エレガントに見えた。曖昧な笑みが真剣な表情に変わる。「さっそく取りかかってくれてありがたいわ。恐ろしい事件ですもの。いったい誰が気の毒なボンドにあんなことをしたの？　あんなに善良で、用心深い人だったのに」

「お悔やみを申しあげます」フェリシアは言った。「それと、犯人がわかっていたら、こうしてお邪魔してはいません」

「もちろんね。どうぞお入りになって」プライス夫人は扉を広く開け、脇によって、フェリシアのアパートがそっくり入るほど広い玄関ホールに彼女を通した。

「靴はそのままで結構よ。今日の午後、お掃除の人が来るから」夫人はそう言いながらキッチンへ入っていく。キッチンの壁はオーク材のパネル、床は石で、電化製品は黒に統一されていた。夫人はアイランドキッチンのそばのスツールをフェリシアに勧め、たくさんの扉が付いた食器棚からウェッジウッドの花柄のカップをふたつと受け皿を取りだした。

　電話が鳴った。プライス夫人は生成りのジャケットに付いた花柄の大きなポケットから携帯電話を取りだし、つかのま耳を傾け、事務的な調子で言った。

「ええと……お名前はなんとおっしゃったかしら？　ゲイリー・リッジウェイさん？　ええ、リッジウェイさん、わたしたちはいくら払っているんだったかしら？　なるほど。で、どうして明日までにできないの？　とにかく、主人に話しますわ」夫人はため息をついて電話を切り、「まったく！」とあきらめたように両手を投げあげた。

「何か重要なことだったんですか？」

「いいえ、車の修理。わたしはフォルクスワーゲン・ビートルに乗っているの。何日も前から預けてあるのに。ジャガーを運転するのはいやなのよ」

フェリシアはうなずいた。自分の車に関する電話なのに、この人は〝主人に話す〟と言わなかった？　こういう郊外の裕福な家の妻たちは、自分の世界が男を中心に回っているかのように、何かというと夫を引き合いに出す。

「ちょうどお茶を淹《い》れたところなの。緑茶よ。とても健康にいいらしいわ。あなたはどうか知らないけど、わたしはコーヒーを飲むと気持ちが落ち着かなくて」

「緑茶は消化にもよいそうです」いまのわたしにぴったり、フェリシアはそう思いながらほほ笑んだ。

夫人はカップと揃いのティーポットから緑茶を注ぎ、マドレーヌを皿に載せた。手作りのようだが、作ったのはたぶんプライス夫人ではない。

「前置きなしでうかがいます」フェリシアは貝殻の形をしたお菓子をひと口食べてから言った。「今朝の聞き込みで、エフラヒム・ボンドが大学に、本の表紙を分析のために送ったとおっしゃいましたね。大学というのはリッチモンドですか、それともヴ《V》ァージニア・コ《C》モンウェルス大《U》学ですか？」

「ＶＣＵのほうよ。主人はフィリップス校の校長なの。あそこではもっぱら病気や遺伝子の研究をしているのよ。専門は頭、顎、喉、だったかしら。詳しいことはフレデリックに訊いてちょうだい。夫がどこで調べてもらえばいいかわかると言ったので、彼に渡したの。重要なことなの？　あれが事件と関係があるのかしら？」

「いまのところ、あらゆる可能性を調べているんです」

「フレデリックに訊いてみましょうか？」プライス夫人は携帯電話を取りだし、フェリシアの返事を聞かずに番号を押した。プライス氏に用件を話したあとは、「ええ」と気のない返事を繰り返している。電話で夫と話すときは、いつもこんなふうなのかもしれない。

　夫人は電話を切った。「分析の結果が出たそうよ。今日、博物館へ送ることになっていたけれど、事件のことを考えてまだ発送していないんですって。刑事さんがこれから主人のオフィスに行けば受けとれるわ」

「ご主人はいつまでオフィスにいらっしゃいます？」

「あなたが来るまで待つ、と言っていたわ」

　フェリシアは立ちあがった。玄関に向かう途中、足を止め、ホールのテーブルにある写真に目をやった。素人が高価なカメラで撮ったように見える。ほとんどがプライス夫妻の写真だが、黒っぽい髪の物おじしない笑みを浮かべた少年が一緒に写っている写真、少年がひとりで写っている写真もある。野球をしていたり、ヨットのデッキに座っていたり。チェサピーク湾かどこかの夏の別荘にいるとおぼしきスナップ写真も何枚かあった。どの写真でも、少年はせいぜい十歳。その少年が大人になり、家族や幼い子どもと一緒に写っている写真は一枚もない。この家に入ったときから感じていたどこか空虚な雰囲気は、それで説明がつくかもしれない。

フェリシアは写真から目を離し、玄関まで送ってきたプライス夫人を振り向いた。夫人はとても華奢《きゃしゃ》で、弱々しく見える。

「その表紙について、ほかにも何かご存じないですか？　どの本からはずしたものだったんでしょう？」

プライス夫人は考えこむような表情になった。「ボンドからは何も聞いていないの。でも、わかると思うわ。少し前にポーの個人的コレクションにある本の表紙がはずされていたんですもの。ボンドのオフィスにある書棚の本だった。あそこには、ポーの作品の初版本とポー自身の蔵書、死んだときに家族が所有していた本が収められているのよ。つい先日オフィスに郵便物を届けたときに、そのうちの一冊が机に広げてあったの。ボンドがオフィスにいなかったから、こっそり確かめてみた。書棚にある本は全部知っているけど、表紙のない本など見た覚えがなかったから。バイロン卿の『チャイルド・ハロルドの巡礼』の初版本だったわ。あの本に関しては、あまりわかっていないのよ。ポーがニューヨークに来たヨーロッパの移民から買ったという説もあるけれど、それを裏付けるような信頼できる情報はひとつもないの」

「ボンドはどうしてその本の表紙をはずしたんだと思います？　彼がはずしたんですよ

ね？」

「それは間違いないわ。でも、本の状態はよかったから、はずした理由はわからない。唯一考えつくのは、表紙に使われていた羊皮紙に何かが書かれているのを見つけた、ってことぐらい」

「どういう意味ですか？」

「あれは明らかに十八世紀に装丁された本だった。当時、子牛皮は手に入りにくかったから、時代遅れでもう誰も読まないような本の羊皮紙はほかの本に再利用されたわけ。だからいまでも古い本の表紙の内側になんらかの記述の一部が見つかるの。そうした記述には歴史的に重要なものや、文学的な情報もあるけれど、何度か重ね書きされているものもあって、ふつうは簡単には解読できないの。中世には一度使ったものを洗って使うことも珍しくなかったから。そういうものは上書きされた羊皮紙《パリンプセスト》と呼ばれているのよ。さいわい、いまは最新の技術を駆使すれば、下に書かれている文字まで解読できるようになった。下層の記述はスクリプタ・インフェリオリと呼ばれているの」

　フェリシアは夫人の知識に感心しながらうなずいた。

「被害者はそれを発見したかもしれない、と思うんですね？」

「さあ。たんなる推測よ。でも、最近何かを隠しているようだったのは、そのせいかもしれない」

「さきほど子牛皮と言われましたけど、ボンドが皮の種類を分析したがった理由に見当がつきます？　ほかの皮を本の装丁に使うこともあるんですか？　あるいは羊皮紙に？」

「子牛皮が最も上質だとみなされていたけれど、羊皮紙の材料には山羊《やぎ》や豚の皮もよく使われたようね」

「その本にどんな種類の羊皮紙が使われているか突きとめることが、なぜ重要だったんでしょう？」

「さっぱりわからないわ」プライス夫人は深いため息をついた。

フェリシアは礼を言って、プライス家をあとにした。


フィリップス校はリッチモンドの中心、ノース一一番通りにあった。議事堂のある地区からさほど遠くない、街の由緒ある建物や数々の記念碑があるこのあたりは、合衆国の独立宣言もしくは合衆国憲法に署名した政治家たちが、〝われに自由を与えよ、しからずんば死を与えよ！〟などの名言を口にした場所のすぐ近くだ。

ありあまる自由を享受しているいまの時代、自由はカフェラテに入れるシロップのフレーバーとか、ジョギングスーツに入っているロゴを選ぶのと同程度にしか扱われない。ただし、どんなロゴのジョギングスーツを選んでも、皮肉なことに、それを縫製しているのは自由を持たない国の民だ。とはいえ、自由がかつて意味を持っていたことを思い出すのは、悪いことではないし、この仕事を通して、自分なりに自由を維持しようと努めている。

このあたりに来たときは、できるかぎり議事堂のある地区を歩くことにしているフェリシアは、数ブロック離れたところに車を停め、国会議事堂の敷地を横切ってヴァージニア公民権記念碑を通りすぎ、フィリップス校に向かった。

フレデリック・プライスは眉こそまだ少し黒いものの、白髪の多い、肩幅の広い男だった。友好的だが、てきぱきと物事を進めるタイプだ。

「これが分析の結果です」フェリシアが名乗り、大きいが現代的なデザインのブナ材の机を前にして腰を下ろすとすぐに、そう言って封がしてある封筒を掲げた。「よかったら読みましょうか。科学的な専門用語を理解するのは少し難しいこともありますから」

警察には、フィリップス校の校長と同じくらいに〝科学的な専門用語〟を読める人間が大勢いるわ。そう思いながらも、フェリシアはにっこり笑ってうなずき、プライス氏に報告書を読んでもらうことにした。話している相手から自発的な協力を誘いだすのは、捜査テクニックのひとつでもある。

プライス氏は封を開け、黙って報告書を読んだ。それからこう言った。

「この分析にどんな答えを期待していたのかも、あの皮のサンプルがどこから来たのかも知らないが」プライス氏は机に身を乗りだし、両肘をついて深刻な表情で言った。「実に驚くべき結果ですよ」

それから彼は報告書の内容を説明した。それを聞いたとたんフェリシアは直感した。この小さな皮は些末な事柄ではない。それどころか、事件を解く鍵となる重大な手がかりだ。ボンドが分析を要請した本の表紙は、人間の皮膚の切れ端だったのだ。それも五百年前の。

12

一五二八年　トロンハイム

修道士は自分が生まれた街に着いた。母がもう死んでいることを突きとめるには、それほど長くかからなかった。病院の横にある教会の墓地に埋葬されるよう、鍛冶屋が骨を折ってくれたと告げられた。

母の墓には墓石はなかった。墓石は金持ちだけの贅沢だ。とはいえ、聖別された場所に眠っているのはありがたいことだ。墓地を訪れた午後、修道士は雨のなか一時間近くも墓の前にたたずんでいた。母がどうして自分を床屋に預けたのか、少年のころは何度も自問したものだ。いまではそう思うこともなくなったが、母にはせめてもう一度だけでも会いたかった。

墓地を出る途中、修道士は大司教を訪ねることにした。ノルウェーのこのあたりに落ち着こうと心が決まると、トロンハイムのぬかるんだ通りや路地を最後に歩いてからの年月を、ある程度落ち着いて振り返ることができた。

一五一六年　ヴェネツィア

床屋と少年は三日前、水の上に浮いているこの街に到着してから、宿屋の狭いひと部屋に泊まっていた。北の寒さを離れ、あちこちを放浪するあいだに二年の月日が過ぎていた。床屋はドイツのある町で、長い夏のあいだ人殺しや忌まわしい魔女の首を刎《は》ね、処刑人として働いたが、それ以外は所持金を少しずつ減らしながら移動し続けてきたのだった。

探している幸せはまだ見つからない。しかし、それはヴェネツィアにある、と床屋は少年に約束した。噂では、ヴェネツィアが交易している国々にはもっと大きな都市があるそうだが、床屋は世界一素晴らしいのはこの都市だと言う。

床屋は運命の女神《レディ・フォルトゥナ》が男の姿で住んでいる屋敷も見せてくれた。巨大な鐘楼が立っているサンマルコ広場からさほど遠くない、ゆるやかに流れる運河に面した家だ。そこに住んでいるのは、マスター・アレッサンドロだった。アレッサンドロは地中海沿岸の国々をまわって本を収集し、騎士団で有名な美しい島ロドスや、もっと東にある異教徒の土地で多くの宝物を見つけたのだった。噂によれば、アレッサンドロは昔の巨匠の書籍を数多く持っているこの街屈指の蔵書家で、有名な印刷職人のテオバルド・マヌーツィオはアレッサンドロに恩義があると言われていた。古代ギリシアとローマが成し遂げたことどもを記したマヌーツィオの珍しい続き物の本は、アレッサンドロの蔵書が主な資料源なのだ。といっても、読者が簡単に小脇に抱えて運べる珍しい小さな本を発明したマヌーツィオの名誉が、その事実で少しも損なわれるわけではない。

だが、床屋が高名な医者であるアレッサンドロの知遇を得ようと決めたのは、そうした本のためでも、この医者が音に聞こえた書籍収集家だからでもない。マスター・アレッサンドロは死体を切り開くことでも知られ、これまで誰も体内に見たことがなかったものを己が目で見たという、もっぱらの噂だった。

床屋の計画には、マヌーツィオの有名な本のひとつが含まれていた。特定の本ではなく、無作為に選ばれた本。この計画を実行したとき、たまたまマスター・アレッサンドロが朝の散歩に持って出るはずの本だ。

まだ太陽が昇る前、雄鶏がけたたましく刻《とき》を告げはじめるころ、床屋と少年は宿屋のベッドで目を開けていた。マスター・アレッサンドロは毎日、朝食のあとに散歩をする。そのときに必ず一冊、本を抱えていく。まるで若い女と手を繋いでもいるみたいに、大事そうに本を持って歩いていくんだよ、と八百屋のおかみさんが言っていた。

床屋はすでに悪ガキをひとりこの仕事のために見つけていた。少年のことはこれから先もそばに置くつもりだから、この企《たくら》みに使うのはまずい。わたしたちは目に見えない絆《きずな》で結ばれているんだ、というのが床屋の口癖だった。少なくとも、双方が幸せを見つけるまで、ふたりは離れてはいけないのだ、と。

　だから床屋はサンマルコ広場を訪れる人々に小銭をねだる物乞いのひとりに声をかけたのだった。ヴェネツィアにはペテン師や山師がいくらでもいる。そういう手合いは商店、床屋、宿屋など、至るところで街を訪れる人々を騙し、金を巻きあげる。だが、わずかな金のためになんでもするのは、器用な指でコートのポケットやバッグのなかを探る物乞いの子どもたちだった。彼らは、夜になるとゲットーと呼ばれる塀に囲まれた隔離居住区に閉じこめられるユダヤ人よりも悪しざまに言われていた。物乞いの少年たちとも打ち解けた調子で話す床屋は、いくつも小銭を渡さぬうちに、すぐに自分の手伝いをするようそのうちのひとりを説き伏せてしまった。

「じゃあ、そいつがおいらを見て、あとを尾《つ》けてくるようにすりゃあいいんだね？」物乞いの少年は、床屋の説明を聞いたあとで確認した。

「そのとおり」床屋はうなずいて、硬貨をもう一枚渡した。「足が速いといいが」

「任しとけ」その子は硬貨を受けとり、請け合った。

「ねえ、ぼくらの体のなかには何があるの、もう一度教えて？」オリーブとチーズと天然酵母のパンの朝食をとりながら、少年は床屋に頼んだ。ドイツにいたときのあの夜のことは、いまでも覚えている。その夜、床屋は、ふたりで滞在していた町の外にある小屋に、自分が夜明けに川に投げこんだ魔女の死体を引きずって戻ってきた。死体を川からすくいだすのも、床屋の仕事だった。ところが、このときは教会の墓地の外に埋めるために町から離れた場所に運ばず、一日中森のなかに隠しておき、夜になるのを待ってその魔女の死体を小屋に運びこんだのだ。もしも誰かに見られたら、床屋自身が川に投げこまれるか、火あぶりになっていただろう。

床屋は少年に寝ろと言い、たった二本の獣脂蠟燭《ろうそく》の明かりを頼りに、ひと晩中死体を相手に作業していた。ベッドで眠ったふりをしている少年には何をしているかよく見えなかったが、床屋がたてる音は聞こえたし、においも嗅ぐことができた。床屋がナイフで肉を切り、ごりごりと音をたてて骨を削るたびに、においはひどくなった。少年はかつてないほどの興奮を覚え、まんじりともせずに過ごした。翌日、床屋がようやくその魔女を地獄へ行く最短の道である教会の裏に埋めたあと、少年はなぜ死体を切り刻んだのかと尋ねた。なぜ自分の命を危険にさらしてまで人間の体のなかを見たかったのか？　だが、その答えはすでにわかっていた。

「この目で確かめずにはいられなかったからさ。人間の体のなかには、ひとつの世界ほどいろんなものがある」

しかし床屋が埋めたのは魔女のすべてではなかった。床屋は皮膚を手元に残し、適切な処理を施して、袋の底にしまいこんだ。

いま、ヴェネツィアの宿に射しこむ夜明けの光のなかで、床屋は考えこむようにパンを嚙んでいた。少年はこのとき初めて、床屋の石炭のように黒かった顎髭に白いものが混じっているのに気づいた。床屋の目はまだ澄んでいるが、魔女を調べたあとの朝のように激しく興奮しているときを除けば、顔のほかの部分には重苦しい疲れがよどんでいる。

「血がたくさんあった」床屋はしゃべりたくないときの常で噛みつくように答えた。

「その血は肝臓にあるんだよね？」

床屋がうなずく。

「そこから脳に行くの？」

床屋はまたうなずいた。

「心臓には魂があるんでしょう？　神さまはそこにいるの？」

「神はあらゆるところにおられる」床屋は言った。ようやく話す気になったらしい。「神は四体液のすべてにおられる。メランコリア、つまり黒胆汁のなかにもな。神は肝臓、腎臓、心臓にもおられるんだ。血が命そのものだと言う人々もいる。けがをした兵士が戦場で死ぬのは、命である血が流れでてしまうからだ。しかし、血が流れでてしまったからといって、神に見捨てられたことにはならん」

肝臓、腎臓、心臓。少年は見たことのない天使の名前を聞くように、じっと耳を傾けた。だが、この三つは天だけではなくこの世のものでもあり、あらゆる人間の体内にあって、まだ解明されていない方法で人に命を与えているのだ。

「人間は創造主の造られたこの体を理解すべきだとわたしは思う。そうして初めて、己というものが理解できるのだとな」床屋がこういう話をするとき、少年は自分が幸運だと感じた。この時代の最も賢い男のひとりが自分を弟子にしてくれた。ぼくもたくさん学び、いつかこの目で見てやる。そうすれば、本で読むよりもたくさんのことがわかるに違いない。床屋が言ったのは、そういうことじゃないか？　それこそが、マスター・アレッサンドロに会うためにはるばるヴェネツィアにやってきた理由だった。かの医者が本にあるよりも多くを知っているからだ。とにかく、噂ではアレッサンドロは多くを知っているという。これはほかの国では危険をもたらしうる噂だが、有名な学校があり、多くの医者がいるパドヴァ市と、それが属するヴェネツィア共和国で暮らす人間には危険はない。ヴェネツィアとパドヴァ市には、ほかの場所よりも自由があった。ここでは法律で解剖が許されている、と床屋は説明してくれた。人間の器官に関する知識を増やせるように、毎年、絞首刑になった男女の死体が高名な医者たちのもとに運ばれるのだ、と。ヴェネツィアは教皇の怒りを恐れていない。かつて教皇の逆鱗《げきりん》に触れたことのあるこの街は、もはやそれを超越しているのだ。

「さてと」床屋はパンの残りを口に入れた。「そろそろ行くか。太陽が運河の向かいにある屋根から顔を出したぞ。もうすぐわたしらの立派な先生が家を出てくる。今日は何があってても散歩中のあの人をつかまえたい」

床屋が雇った悪ガキは、約束した場所、運河越しにアレッサンドロ家の玄関扉が見える橋のたもとでふたりと落ち合った。床屋の立てた計画は簡単だった。マスター・アレッサンドロが家を出てくるのが見えたら、悪ガキは橋を渡って医者のほうへと走っていく。床屋と少年は反対側の土手を運河沿いに次の橋へと向かう。そこで再び悪ガキと落ち合い、自らの手で運命を変えるのだ。

アレッサンドロは書斎のドアのすぐ内側にある小ぶりの書棚に行き、そこに並んでいる本の背に人差し指を滑らせた。書斎のほかの場所にも、巻いた羊皮紙やら大判の本がびっしり置かれている。

肉づきのいい指がプラトンの残した本の背で止まった。厚かましくもレオ教皇に捧げられた本に。しかし、今日ならそのような行為も不敬ではないかもしれん。アレッサンドロは皮肉交じりにそう思い、パドヴァの自宅で待っているはずの死体に思いを馳せた。ただし、あの間抜けのピエトロが街の外にある墓地で指示どおりの仕事を果たしていればの話だ。あの男はあてにならない。しばらく前から、アレッサンドロはピエトロの代わりにもっと有能な召使いを見つけたいと考えていた。ピエトロはあまりにたびたび間違いをおかしすぎる。死体の扱い方をいつまでたっても覚えられず、荷馬車にくくりつけるのを忘れたりする。だから道端の溝に落ちて、手足がもぎとれたこともあった。せっかく処刑者が出た夜だというのに、墓守りに追われて手ぶらで逃げ帰ってきたこともある。おまけにナイフをうまく使えないため、解剖のときにも大して役に立たない。

アレッサンドロはプラトンの本を小脇に抱え、書斎をあとにした。しばしその本を玄関の扉のそばにあるテーブルに置き、深紅のベルベットでゆったりと仕立てた外套を身に着ける。これさえあれば秋の冷たい空気もなんのそのだ。彼は再び本を手に取ると、散歩に出かけた。

太陽は照っているが、体のなかを突き通るような冷たい海風が吹きつけてくる。アレッサンドロは野菜売りの女に挨拶し、昨夜は霜がおりたかどうか尋ねた。「霜はまだだね、先生」と野菜売りは答え、「運がよけりゃ、今年は収穫が終わるまでおりんかもしれねえな」と付け加えた。アレッサンドロは女に礼を言い、この次にはカブを買う約束をした。

いつも通る運河沿いの道をサンマルコ広場へと渡る橋に向かって歩いていると、まだ橋に達しないうちに、騒ぎは起きた。外套のベルトにかろうじて届くぐらいの背しかない小僧が、どこからともなく姿を現し、あっと思ったときには、手にした本をひったくられていた。奇妙なことに、小僧は急いで人込みに逃げこむ代わりに、すぐ前に立っている。だが、アレッサンドロが手を伸ばして捕まえようとすると、きびすを返して走りだした。

アレッサンドロは取り乱した。ああいう小僧に財布をひったくられたことは何度もあったから、財布には必要な金しか入れないことにしていた。だが、本は話がべつだ。失えば、取り返しがつかない。マヌーツィオが作ったビロードで装丁された小さな本でさえ、かけがえのないもの、神聖なものだ。本を盗むなど、言語道断だ。

ふだんは走ることなどないが、アレッサンドロは走った。体のなかで野生の獣が目覚めたように、逃げていく小僧のあとを必死に追った。同時に大声で叫んだ。

「止まれ、泥棒！」

その声に、運河で釣り糸を垂れていた男たちがふたりばかり立ちあがったが、間に合わなかった。小僧は男たちが伸ばした手の先をすり抜け、まもなく橋を渡っていた。

運河の反対側をふたり連れが歩いていた。くたびれてはいるが上等な外套を着た、豊かな黒髭の長身の男と十一、二歳の少年だ。アレッサンドロの怒鳴り声を聞いた男が、自分のほうに走ってきた子どもを見て、すばやく前をふさぎ、小僧の腕をつかんで、その手から本をもぎとった。小僧が男の手を振りほどく。男はあとを追おうとはせず、本を手にしてそこに立っていた。あのガキめ、ずいぶん簡単に逃げおおせたな。ちらっとそう思ったものの、その点については深く考えずにアレッサンドロは橋を駆け渡り、男のところにたどりついた。本を奪われずにすんだのだ。ほかのことはどうでもいい。

「この本はあなたさまのでしたか？」近づいてきたアレッサンドロに、黒髭の男が尋ねた。

「床屋のオーラヴと申します。はるか北の地からやってきたナイフ使いです。この子は弟子のヨハンネスです」

「わたしはアレッサンドロという。床屋のオーラヴとやら、自分の髭は剃らずにいるようだが、髭のほかにも切ることができるのかな？」

「ナイフの使い道は、いくらもあります」床屋はそう答えた。

宇宙の中心はあらゆる場所にあり、
その外辺はどこにもない
——ヨハンネス司祭（一五五〇年頃）

第二部
パリンプセスト

13

二〇一〇年九月　トロンハイム

朝が来て目が覚めるたびに、手術後に目覚めたときと同じことが繰り返される。最初は濃い霧――さもなければ真っ白で動かない、死の光景のように恐ろしい海しか見えない。それから徐々にまわりにあるものの輪郭が浮きあがってくる。天井から下がっている照明器具の花柄のシェード。ベッド脇のテーブルと、そこに積んである『ミッシング・パーソンズ』誌、スイスの警官が書いたノンフィクションの本。本の上の携帯電話。オッド・シンセーカーは自分が依存しているほかのすべてと同じように携帯電話が嫌いだったが、いまのように振動もせずなんの音も発していなければ、とくに気にならない。

脳腫瘍になる前、彼は一日の初めには必ず、ジャガイモから作る蒸留酒《アクアヴィット》の、オールボーの赤をショットグラスで一杯飲んだものだった。この酒のスパイシーなフレーバーを存分に味わうには、常温で置くことが肝心だ。手術のあと、再び健康になったと宣言されたあと、朝の一杯を二杯に増やした。この酒をデンマーク風にニシンの塩漬けとライ麦パンを食べながら飲む。これほど素晴らしい、一日の始め方があるか？　命の水と海の銀、最高の取り合わせだ。

ところが、トロンハイム警察本部の警部として仕事に復帰することになっているこの日、なんとオールボーのボトルは空っぽで、ニシンも最後のひとかけらが容器の底に張りついているだけ、ライ麦パンは乾いてぼそぼそだった。まだ病気休暇中であれば、買い物に出かける時間もあっただろう。だが、今日から職場に復帰するとあって、そんなゆとりはない。復帰初日から空腹を抱えて出勤とは、先が思いやられる。

玄関から出るときに、通りの向かいに住む隣人の姿がちらっと見えた。とても高価だが、かなり傷んでいるサーヴェロ社の競走用自転車《ロードバイク》に乗って門から出てくるところだった。あんな高価な自転車を、あそこまでぼろぼろにしてしまうとは。まったく気が知れない。もしかしたら、何かあったのかもしれない。大切だったものに関心を失うほどひどい人生の危機にでも直面したのか？

オッドは彼のことをあまりよく知らなかった。が、脳腫瘍のせいで記憶がめちゃくちゃになるずっと前に会っているのは確かだ。隣人はオッドには目もくれず、自分の世界に閉じこもったまま自転車を漕いでアシールバッケンのほうへ走り去った。

アパートからバッケ通りに出るほんの数メートルのあいだに、オッドはもうひとりの隣人を通りすぎた。イェンス・ダールは秋の陽射しのなかで車を洗っている。ダールはこの通り沿いに住む人々のなかで、オッドが言葉を交わす唯一の隣人だった。といっても、個人的なことは何も話さない。ちょっとした雑談をするだけだ。自分が離婚したばかりであることも、長いこと自分よりもましな人間だと思っていた妻のアンニケンに、脳腫瘍の手術の二週間前に浮気を告白されたことも話していなかった。この手術から生還できる確率は五十パーセント。外科医チームには、腫瘍と完全におさらばするか、その途中で死ぬかだ、と言われていた。

アンニケンは何年も煉瓦職人と逢瀬《おうせ》を重ねていたことを打ち明け、もうそれを隠しておきたくない、と言った。オッドは黙って聞いているしかなかった。おそらくこの二年あまりは、脳腫瘍が自分の人格に影響をおよぼしていたのだろう。もちろん、原因は腫瘍だけではないが、そのせいで一緒に暮らすのが難しい、怒りっぽい人間になっていたに違いない。この数年、妻にどんな態度をとってきたかを考えると、もっと早く捨てられなかったのが不思議なくらいだ。代わりに妻は浮気をした。煉瓦職人と。アンニケンは漆喰《しっくい》のついた手でその男から与えられたあらゆる愛撫に値する。

だが、アンニケンは、あなたと別れるつもりはない、代わりに煉瓦職人と別れ、やり直したい、と言った。たぶん、こんなふうに考えたのだろう。自分の罪を正直に打ち明け、腫瘍がふたりの結婚生活をだめにするのを防ごう、そしてふたりで真の敵である脳腫瘍と闘おう。そうすれば、夫はきっと助かる、と。だが、オッドにはそうは思えなかった。アンニケンが脳腫瘍から自分を救うことはできないし、脳に腫瘍ができたのはアンニケンのせいではない。細胞が暴走したからだ。妻の不貞のせいでも、病んだ結婚のせいでもないのだ。だから妻が浮気をやめたからといって治るわけではない。アンニケンが浮気した理由は理解できる。たぶん、半分ぐらいはすでに許しているかもしれない。だが、浮気の告白を忘れることはできなかった。ただ、妻の告白を聞いたあと、数カ月前に脳腫瘍という診断を聞いて以来なんとなく感じていたことが、はっきりと認識できた。この頭痛は自分の力で乗り越えるしかないのだ。気力と体力を、最も必要な箇所に向ける、要するにそういうことだ。そのためには家を出て、ひとりで暮らさなければならない。

だから、オッドはそうした。しかし手術が成功したいま、この決断が手術の結果に違いをもたらしたかどうかはわからない。腫瘍はたしかな手腕を持つ外科医チームが切除してくれた。手術のあと、アンニケンは花や紅茶を持って病院を訪れた。最後の見舞いではオールボーの赤を持ってきた。夫がもうすぐ自分のもとへ戻ってくると確信しているのが、ありありと見てとれた。

イェンス・ダールはそういうことを何ひとつ知らない。オッドがダールと話すのは天気や、街のサッカーチームであるローゼンボリＢＫ、洗車用洗剤のことだ。ダールがいちばん乗ってくるのは洗剤の話題だった。この隣人が少なくとも週に一回は洗車していることを考えると、それもうなずける。その洗い方の丁寧なこと。いつも何時間もかけている。オッドがダウンタウンに出かけて帰ってきても、まだ洗っていることもあった。警官であるオッドは、こういう習慣がどんな個人的な詳細よりもその人間について多くを語ることを知っていた。

ダールが今日は車がとくに汚れているとこぼすのを聞いて、オッドは立ち止まった。雑談をしている時間はなかったが、うなずいただけで通りすぎるのは無礼だろう。ダールは週末いっぱい子どもたちとキャビンで過ごし、妻が仕事に出かけてから戻ったのだ、と言った。たしかダールの妻はグンネルス図書館に勤めているはずだ。

「高速道路を下りてからキャビンまでの細い未舗装の道が、秋にはぬかるみになってしまうんですよ。霜がおりて雪が降ってくれれば、まだましなんだが」ダールがにこやかに言う。

オッドはダールと目を合わせようと顔を上げた。ダールは百九十センチ以上もある男で、常にきちんとした服装をしている。出勤するオッドがジーンズに黒いタートルネックとパーカーだというのに、洗車をしているダールはワイシャツにネクタイを締めていた。考古学者だと聞いたときは、こんなに長身でお洒落《しゃれ》な男が考古学という職業を選んだことに驚いたものだ。この男が石器時代の焚火の穴にひざまずいて、炭の名残を拾っているところなどとても想像できない。まあ、実際に発掘作業をするわけではないだろう。イェンス・ダールは科学博物館の職員だ。おそらく一日中机に向かって過ごすに違いない。だとすれば、月曜日の午前中、車を洗うために休みを取るのも簡単だ。どこに出かけるかには触れずに別れを告げながら、オッドはふと思った。この男が俺について知っているより、俺ははるかによくこの男のことを知っている。俺は自分が警官だということさえ話した覚えがないぞ。

数カ月ぶりに大股の早足になりながら、オッドはバッケ通りを下り、橋を渡って町の中心へと入っていった。週末の雨のあと、空は晴れわたっていた。橋を渡ってから右に曲がり、コンサートホールのオラフシャレンがある側の歩道を進み、ブラットトール運河を渡って警察本部に到着した。そこは去年の十二月の寒い日にあとにしたときと少しも変わっていないようだ。警察本部は、石油採掘用櫓《やぐら》と造船所、デンマーク行きの大型フェリーの発着所からなるベッディンゲンのまわりの建物のほとんどと同じ、海洋建築風にデザインされていた。中央に、〝警察署〟と書かれた灰色のコンクリートの塔がそびえている。この本部はトロンハイム警察の新しい〝戦艦〟だが、完成してから六年になるのに、オッドはくつろげたためしがない。しかし、昔の建物も居心地がよくなかったから、建物がその理由ではないのだろう。職員用入り口からなかに入ったときには息が切れ、手術の傷がある額の生え際のすぐ上にかすかな痛痒《つうよう》感があった。

前日、重大犯罪課の課長で上司でもあるグロー・ブラットベルクと話したとき、ブラットベルクは以前と同じオフィスがあなたを待っているわ、と言ってくれたのだった。それにしても、廊下が奇妙なほど静まり返っている。以前からこんなに静かだったろうか？　思い出そうとして、最後にここにいたときのことがほとんど思い出せないことに気づき、ショックを受けた。だが、不思議ではないのかもしれない。脳腫瘍と診断され、病気休暇を取る前の一年間は、いつも体がだるくて、しょっちゅうめまいに襲われ、霧がかかったように視界が霞《かす》んでいた。色鮮やかな幻影がちらつき、目の奥にはオールボーの赤をひと瓶飲んでも消えない低いうなりが常にあった。

　管理棟に達するころには、恐れていたより物事はもっと悪いかもしれないと思いはじめていた。まるで殺人の犯行現場のような静けさだ。途中で通りすぎてきたオフィスはみな空っぽ。この階には誰もいないように見える。いぶかりながら自分のオフィスのドアを開け……思わず息をのんだ。それからどうにか笑みを浮かべた。くそ、なんだってオールボーを切らしてしまったんだ？　親しい同僚に迎えられるだけでもきまりが悪いのに、まさか重大犯罪課の全員がここに集まっているとは。

　非番の同僚の顔まで見える。鑑識や交通課など、ほかの課の警官たちも廊下から彼を取り囲んだ。姿が見えないのは、署長のダグマル・オーヴェルビーだけだ。オーヴェルビーはふだんでもほとんど姿を見せない。最近では〝幻の幽霊《ファントム・ゴースト》〟と呼ぶ者もいる。だが、グロー・ブラットベルクのような上司を持ったおかげで、署長が不在でも困ることはない。実際、オーヴェルビーが顔を見せる気になったとしても、このなかに入れるかどうか。オーヴェルビーはがっしりした女性だし、いつのまにしのび寄ってきたのか廊下にも人が溢れている。自分のようなベテランの警官が、こんなふうに不意打ちをくらうのは恥ずべきことではないか？　最悪なのは、自分がとても感動していることだった。手術につきものの様々な検査や、何週間もの入院生活、ベッドでかいた何リットルもの汗、優しい看護師や、自分が死んだ夢――そういう経験のどこかで自制心をすり減らしてしまったらしく、オッド・シンセーカーはいとも簡単に心を動かされるようになっていた。ほんのちょっとしたことでも涙が止まらず、ばかげたコメディ番組を観《み》ては子どものように腹を抱えて笑っている。

オッドはなつかしい顔を見ていった。机の前には〝お帰り！〟という幕が張ってある。壁のそばの棚には花が活《い》けられ、グロー・ブラットベルクは歓迎の挨拶を走り書きしたに違いない紙を手にしていた。これでは逃げだすわけにはいかない。喉仏が水に浸けたキノコのように膨れ、頬を涙が流れはじめた。この部屋には知り合ってから三十年以上になる者もいるが、その同僚たちでさえオッドが泣くのを見たことはなかったはずだ。何人か近づいてきて彼を抱きしめた。これも新しい体験だったが、涙を止めてはくれなかった。

同僚のトルヴァル・イェンセンが肩に手を置き、体を触れあわせずにぎゅっと抱きしめた。その瞬間オッドは、自分の仕事はゴルフボール大の腫瘍のせいで職場を離れたときとは二度と同じにならないと悟った。寡黙で物静かな皮肉屋のオッド・シンセーカー警部はもうどこにもいない。どんな男が昔のオッドに取って代わるのか、ここにいる誰もまだわからない。わかっているのは、物事は決して以前と同じにはならない、ということだけだ。まあ、そのほうがいいのかもしれない。

さいわい、まもなく万事がふだんの調子に戻った。グロー・ブラットベルクが全員を代表してオッドの職場復帰を歓迎し、贈り物を差しだした。モレスキン社の手帳だ（自分がこの手帳を重用し、この伝説的な手帳は一級品だと主張していたことはほとんど忘れていた)。それからみんなでケーキを一切れずつ食べ、何人かと抱擁を交わしたあと、重大犯罪課の全員が会議室に移動し、昨日の会議以降の進展について報告を始めた。ほとんどの刑事が捜査中のヤマを抱えていた。深刻な家庭内暴力、教会内の性的虐待疑惑、十代の少年が同年代の少年に暴力をふるった事件。どうやら今日一日、部下に助言を与え、電話をかけて過ごすことになりそうだ。とはいえ、彼が特定の事件を受け持ちたがることを知っているブラットベルクは、教会内の性的虐待疑惑に信憑性《しんぴょうせい》があるとわかれば、それについて詳しく説明すると約束した。

ようやくオフィスでひとりになると、オッドは腰を下ろし、もらったばかりのイタリア製の手帳をぱらぱらとめくった。モレスキン社の手帳はほかの手帳とどこが違うのか？ この黒革の手帳が自分をよりよい刑事にしたことがあったのだろうか？ 手帳にはさまっているパンフレットからすると、ヘミングウェイのような偉大な作家もモレスキンを使っていたようだ。なんとなく、これはすでに知っていたという気がした。もっとも、忘れているのだから知らないのと同じだ。まあ、警官の仕事に手帳は必需品だ。だからありがたく使わせてもらおう。ふと、おんぼろサーヴェロに乗っていた隣人のことが頭に浮かんだ。あの男もそうだが、俺も昔大事だったものがどうでもよくなってしまった。

まっさらな手帳をひとしきりぱらぱらめくったあと、オッドは食堂に行き、ハムとチーズをはさんである固いビスケット《ドライ・ラスク》を買った。オフィスに戻り、ゆっくりそれを食べながら、ニシンとライ麦パンとオールボーのことを考えていると、電話が鳴った。

「さっき仕事をあげると約束したけど」ブラットベルクは気をもたせるように、いったん言葉を切った。「調子はどうなの？」

「仕事に戻る用意はできているよ。だから来たんだ」

「イェンセンを行かせてもいいんだけど、彼はまだ牧師と話しているの」

「言ってくれよ、何をすればいいんだい？」

「少し前に、殺しの通報が入ったの。場所はグンネルス図書館よ」

「くそ、図書館のなかでか？」

「ええ、それも書庫のなかですって」

「殺人だってことはたしかなのか？」

「犯行現場を保存するために警官が向かっている。まもなく確認が入るわ」

「誰が報告してきたんだ？」

「ホルネマンという館長」

「被害者は？」

　ブラットベルクが黙りこみ、ひとしきりせわしなく紙をめくる音がした。「グン・ブリータ・ダールよ」

　オッドは言葉もなく携帯電話を見つめた。グン・ブリータ・ダールはイェンス・ダールの妻だ。イェンスとは今朝ここに来る途中で言葉を交わしたばかりだった。車を洗っていたダールには、悲しんでいる様子はなかった。妻は自分がキャビンから戻る前に仕事に出かけたと信じていたのだろう。それとも……？　気がつくと、オッドは刑事の目でダールのことを思い出していた。イェンス・ダールの態度に不自然なところはなかったか？　家に着いたことを妻に電話で知らせないのは、少し奇妙ではないか？　だが、知らせたが、グン・ブリータの携帯電話は電源が切ってあったのかもしれない。仕事中そうする人間は多いのだ。とにかく、結論に飛びつくのは早すぎる。

しかし、犯罪が行われたあと、そうとは知らず被害者の夫と言葉を交わしたというのは、めったにない状況だ。オッドは客観的な目撃者としてダールの言動を再現してみた。今朝の印象では、人殺しと話しているとは思わなかった。イェンス・ダールは車を洗う時間的余裕のある、ごくふつうの夫であり、父親に見えた。

「聞いてるの、シンセーカー？」どこか遠くからブラットベルクの声がした。

「ああ、聞いてる。俺が行くよ」

「いきなり殺人事件を扱う用意ができてる？」

「ここに座って、壁をにらんでいるよりはましさ」

ブラットベルクはモーナ・グランを連れていくように言った。オッドが病気になる少し前に重大犯罪課に加わったこの新米刑事のことは、あまり記憶に残っていない。

オッドが倒れ、聖オーラヴ病院に運ばれる前夜に催されたクリスマス・パーティで、テーブルにのってトルヴァルと奔放に踊った娘ではなかったか？　いずれにしろ、頭の回転は速そうだった。

　ダウンタウンを走る車のなかで話題になったのは、そのクリスマス・パーティのことではなかった。

「図書館で人が殺されたなんて！　まるでアガサ・クリスティの小説みたい」モーナ・グランは興奮していた。これまでいくつ殺人現場を見てきたのか？　オッドはちらっとそう思った。

「だが、これは本物の事件だ」そう言ったあと、少し厳しすぎたかもしれないと急いで付け加える。「たしかに現実とは信じがたいけどね」オッドたちは、グンネルス図書館の外にいたふたりの制服警官から、書庫の死体についてざっと説明を受けた。

「被害者は皮膚を剝がれているんです。あんなひどい死体を見たのは初めてですよ」警官のひとりがオッドに耳打ちした。打ち解けた話し方からすると、手術の前からの知り合いなのだろう。

　彼らが話していると、年配の男が外に出てきた。説明を受け持った警官が館長のペール・オッタル・ホルネマンだと紹介した。オッドとグランは館長にしたがって二階の一般利用者が使うエリアに向かった。

「職員は全員クヌートソンホールに集めてある」ホルネマンは言った。「あれが発見されて以来、オフィスにも書庫にも誰も入っていない。彼は警備主任のヨン・ヴァッテンだ」館長はそう言ってかたわらの男を指さした。なんと、あのおんぼろ自転車に乗っている隣人ではないか。

まだ捜査が始まってもいないのに、またしても隣人の登場とは。オッドはヴァッテンに知人のように挨拶しかけ、何度か遠くから見かけただけなのを思い出した。この男はオッドが最近向かいに越してきたことなど気づいてもいないだろう。オッドは右手を差しだした。

驚いたことに、警備主任はこう言った。「久しぶりですね」

それだけ、ほかには何も言わない。だが、オッドは完全にふいを打たれた。いまのはどういう意味だ？　現場に復帰する用意はできていると思ったが、間違いだったようだ。ヨン・ヴァッテンは彼を知っていた。それもかなりよく知っているらしい。自宅の窓から姿を見ただけではなく、話したこともあるようだ。たぶん何度も。それに、いまの口調から、オッドと会ったことを愉快に思っていないのは明らかだ。つまり、ヴァッテンが会ったのは警部のオッド・シンセーカーだったことになる。だとすれば、再会を愉快に思わないのは仕方のないことだ。そういう相手を覚えておくのも仕事の一部なのに、これまでの記憶のいったいどれくらいが、手術のときに切除されてしまったのか？

「ええ、しばらく」オッドは混乱を隠そうとしてそっけなく返した。

「最初に何を見ますか？」警備主任があらたまった口調で訊いてきた。過去の繋がりについて話したくないのは明らかだ。

「まず犯行現場に行くべきでしょうね」オッドは気づまりな状況を打開できてほっとしな

がら答えた。

　グン・ブリータ・ダールはうつぶせに倒れていた。頭部を切られ、腰から上の皮膚を剝がれている。被害者のすぐ横には大きなビニール袋がふたつあった。ひとつを開き、なかを覗くと、脂肪が見えた。皮下脂肪だ。グン・ブリータの上半身にはずいぶん脂肪がついていたに違いない。ズボンをはいた下半身からもそれは明らかだった。死体が放つ臭気は耐えがたいほどひどく、書庫のなかについてきたモーナ・グランが顔を背け、急いで何歩かあとずさった。化粧室か、せめて嘔吐できるごみ箱を探しているのだろう。扉のすぐ内側、靴の上にビニール製の青いカバーをつけたオッドが立っている場所を除き、書庫の床全体が血に覆われている。オッドはすぐ後ろで悄然《しょうぜん》と床を見つめている警備主任を振り返った。

「ここは見つけたときのままですか?」血管と筋肉がむきだしになったグロテスクな死体に、ちらっと目をやる。

「このなかのものは、誰も何ひとつ触っていません」

「結構。ほかの職員のところに戻ってかまいませんよ。クヌートソンホールだったかな?」忘れたわけではないが、わざと尋ねる。

「ええ、この建物にある展示室です。クヌートソンの図書室を再現し、所蔵していた稀覯書とアートを置いている部屋ですよ」

「クヌートソンの図書室ね、なるほど。では、そこにいてください。われわれもすぐに行きます」聞き洩らしたことはないだろうか、オッドは頼りにならない記憶を探り、捜査の手順を思い出そうとした。「行く前にひとつだけ。この書庫からなくなっているものはありませんか？」

「正直言って、そこまで考えるゆとりはなかったな」

「ざっと見てもらえませんか？　ここに何があるかはご存じですね？」そう言って、相手の表情を見守る。

「ええ、わかってます」警備主任はきっぱりと答え、注意深く棚を調べはじめた。一度も足を止めず、死体を見下ろそうともしない。

「いや、すべてあるべき場所にあるようです」

「ありがとう。それと、もうひとつ」オッドは以前どこで会ったのかという質問をのみこみ、代わりにこう尋ねた。「書庫の開閉もあなたが管理しているんですか？」

「この書庫を開けるふたつの暗証番号のうち、ひとつを持ってます。だから、なかに入りたい職員は、ぼくに言わないと入れない。もうひとつの暗証番号を管理しているのは司書のひとりで、先週まではグン・ブリータでした。任された暗証番号を知っているのは、本人のぼくたちだけ。だから、ぼくに黙ってこの書庫に入れるのはホルネマン館長ひとりです。館長はふたつとも知っていますから」

「すると」オッドは相手の表情を探りながら言った。「被害者と殺人犯は、あなたかホルネマンの助けなしにどうやってここに入ったかが問題になりますね？」

警備主任はオッドの視線を受けとめたまま答えた。「ぼくもそれを考えていました」

オッドにはヴァッテンの表情は読めなかった。嘘のうまい男かもしれない。だが、事件とはなんの関係もない可能性もある。

「被害者はどれくらいこのなかにいたと思いますか？」

「グン・ブリータには土曜日の朝会いましたよ。公式には今日から新しい職場に出勤することになっていたから、その日が仕事納めでした」

「そうですか。しかし、理論的にはそのあとで戻ってくることもできましたか？　ひょっとすると、忘れものをして日曜日に取りに来たとか？　被害者があなたの暗証番号を知っていた可能性がありますか？　書庫を開けるとき、あなたが打ちこむ暗証番号をすぐ近くで見ていて暗記するとか？」

「その可能性はあるでしょうね。暗証番号を打ちこむときは、キーパッドを体で隠すようにしているが」警備主任は言った。「ぼくの知るかぎり、グン・ブリータはまだカードキーも返していない。だから日曜日に来てなかに入ることはできたでしょう。でも、そのとき外の扉をカードキーで開けていれば、記録が残っています」

「職員は今朝、何時ごろ出勤してきました？」

「ぼくが来たのは七時、ほとんどの職員は七時から九時のあいだに来ます」

「死体が発見されたのは、警察に電話のあった十時三十分の直前？」

「そうです」

「何時間か図書館にいたのに、誰もこのにおいに気づかなかったんですか?」

「書庫内は温度管理されていて、書籍に最適の湿度を保つため完全に外気が遮断されているんです。この扉からは一滴の水も、においの分子も外に出ることはありません」

「なるほど」オッドは内心驚きながらうなずいた。この警備員はまるで学者のような話し方をする。肩をすぼめた無気力な男にしか見えないが、警備員としての訓練以上の教育を受けているようだ。

「被害者が土曜日の午前中から月曜日の早朝までここに横たわっていたと仮定して、なぜ誰もその不在を報告しなかったんでしょう?　家族はいないんですか?」オッドはそしらぬふりで尋ねた。

「いますよ。ご主人と子どもたちが。だが、どうやら週末いっぱい別荘にいたようだ」

「だとすれば、日曜日の夜戻ったときに不在に気づくはずじゃありませんか?」

「その点は彼らに尋ねるしかないでしょうね」

「ええ、そうしましょう」

「グン・ブリータのご主人は考古学者で、隣の科学博物館で働いていますよ。名前はイェンス・ダールです」警備主任は書庫から出ながら言った。

悪臭を放つ腐乱死体と同じ部屋に長いことといたせいか、動揺しているようだ。

オッドは協力の礼を述べた。責任ある警官の仕事の範囲を超えているが、この男を死体と同じ場所に引きとめていたことは悔やんではいなかった。オッドは警備主任がほかの職員のところに戻るのを見送った。

　そして書庫にひとりになった。殺害現場はどんな場合も気持ちのよいものではない。しかし、オッドは長年のあいだに感情のスイッチを切り、人間の命がそこで終わった事実を深く考えないよう自分を訓練してきた。あらゆる殺人が何かを主張している。不幸にして、人を殺すのは人間にとって、自己表現のひとつなのだ。殺人は常に悪臭ふんぷんたる、へどの出るような汚れ仕事。だから死体を見るたびに、心のなかで犯人にこう問いかけずにはいられない。〝くそったれ、ほかの方法で訴えることはできなかったのか？〟

　この事件の犯人がグン・ブリータ・ダールの殺害で何を語ろうとしたのか、知っているのは神だけだ。これはオッドがこれまで見てきた殺人とはまるで異なっている。テレビの刑事ドラマが頭をよぎった。猟奇的殺人者、連続殺人鬼、楽しむために殺す連中、殺すだけでは飽き足りず、殺害という行為を凝った儀式にせずにはいられない連中のことが。首を切り落とし、皮を剝ぐことが犯人の目的だったのか？　目の前の死体は、何よりも狩りを想起させた。

　手術をする前は、毎年秋になると同僚のトルヴァル・イェンセンに誘われ、狩猟に出かけたものだった。とくに狩猟が好きなわけではないが、トルヴァルの巧みな説得にいつも負けてしまうのだ。それに秋の森で飲むオールボーの味はまた格別だった。だから皮を剝がれ、切り刻まれるのを待つ状態で太い枝から吊るされた、鹿やヘラジカの死骸は見慣れている。驚いたことに、首を切り落とし、皮膚を剝いでしまうと、人間の体も動物のように見えた。書庫の床に横たわっているグン・ブリータ・ダールは、狩りで仕留めた獲物のようだ。だが、獲物と異なり、枝に吊るされているのではなく、その下には血が染みこむ苔《こけ》も低木もない。被害者はオッドが立っている場所を除き、書庫の床全体に広がる血だまりのなかに倒れていた。

携帯電話が鳴りだし、考えこんでいたオッドはかけてきた相手を確認せずに応じた。おそらく同僚からだろう。

「ラーズだよ」聞き覚えがあるはずの声が言った。

「ラーズ？」オッドは訊き返した。

「そうさ。息子のラーズ」そのあとの沈黙には怒りがこもっていた。

「悪い、考え事をしていたもんだから。今日から仕事に復帰したんだ」

「経過は良好なの？」ラーズは明るい声を出そうと努めていた。

「腫瘍のことなら、良好だ。今後の人生のことだとしたら、まだよくわからない」

家族と最低限の連絡を取り合う努力をすれば、もっとましになるよ。そんな思いが電話の沈黙から伝わってくる。だが、ラーズは用心深い。思ったことをそのまま口にすることはない。小さいころからそうだった。山ほど不満を抱えていたに違いないが、めったに口にしたことはなかった。この子は俺をあっさり許しすぎる、オッドはよくそう思ったものだ。もっと要求していたら、もっと受けとっていただろうに、と。だが、ラーズを責めるのはお門違いだ。

　ベッドで眠っている小さいころのラーズを思い浮かべながら、オッドは死体に背を向け、書庫の外の広間に目をやった。父の帰宅が遅すぎて、寝る前のお話をしてもらえなかったラーズの寝顔を。息子が小さいころ、オッドは話を作りながら面白おかしく語って聞かせた。息子もそうだが、オッド自身もこの時間をとても楽しみにしていたものだ。寝る前のお話の時間が、ふたりで一緒に過ごすいちばん楽しい時間だったからだ。思い出のなかのラーズは、いつもドアに顔を向けて眠っている。まるでなかなか帰ってこない父親を待ちくたびれて、ドアを見つめながら寝てしまったように。時がたち、息子が成長しても、オッドのなかの息子は、相変わらず父が帰るのを待っているうちに眠ってしまった少年のままだった。ラーズは大学を卒業してエンジニアとなり、結婚して、いまでは子どももいる。ところが、オッドの頭にはそのどれも染みこもうとしない。成長したラーズの人生は電話で聞くだけのもの、オッドの頭にある息子はまだ、寝る前のお話を聞きそびれた子どもなのだ。

「洗礼式のことで電話をしたんだ」そういえば、ちょうど自分の脳が切り開かれているころに、ラーズ夫婦はもうひとり息子を授かったのだった。

「そうか」

「今度は絶対、父さんにも来てほしいと思って」

「いつだい？」オッドは死体に目を戻しながら尋ねた。この事件を抱え、週末をそっくり休んでラーズ一家が住むオスロに行くことができるだろうか？

「だから電話をしているんだ。日を決める前に父さんの都合を確認しようと思って。いちばん予定が詰まってるのは、たいてい父さんだから」

「いや、こっちの心配はしなくていいよ。おまえたちの都合で決めてくれ」

「わかった。でも、今度は父さんにもぜひ来てもらいたいんだよ」ラーズはあまり期待のこもらない声で力なく言った。

「行くとも」オッドはそう言って電話を切った。


オッドは犯行現場を離れたモーナ・グランを捜した。歩きながら携帯電話を取りだしブラットベルクにかけたが、留守電になっていた。トイレにいるに違いない。だとすれば、すぐにかけ直しても繋がらない。そう思ったあと苦笑した。すべての記憶が失われてしまったわけではないらしい。トルヴァル・イェンセンは呼び出し音が一回鳴っただけで応じた。

「署にいるのか？」オッドは尋ねた。

「いま戻ったところだ。あの牧師に関する噂は、おそらく噂だけだな。そっちはどうだ？図書館で殺しだって？　でかいヤマか？」

「ああ、でかい。捜査員も鑑識官ももっと必要だ。全員必要かもしれん」

「そんなにでかいのか」

「職員や関係者に聞き込みをする者もいるな」

「よしきた。すぐそっちへ行くよ」

「ありがたい。ついでに、ヨン・ヴァッテンという男に関してできるかぎり調べてくれ」

トルヴァルは少しためらった。「いまのは冗談だろ?」

オッドは思わずうめいた。トルヴァルが相手では、適当にごまかすのは無理だ。「俺はヴァッテンを知っているんだな?」

「どうやら、外科医は腫瘍のほかにも切除したらしいな」トルヴァルは本物の友だちならではの率直さでそう言った。

「ときどきそれが心配になる」

「あまり気にするな。こういうことは時間がかかるのさ。ヨン・ヴァッテンは五年ほど前に俺たちが尋問した男だ。長時間にわたり、何回も。俺とおまえで担当した。妻と息子を殺した容疑者だった。だが、妻子の死体は結局あがらず、ヴァッテンのアリバイも崩せなかった。現在は失踪事件扱いになってる。犯罪が行われたかどうかは不明だが、俺たちはやつを疑っていた。くそ、ああいう事件を忘れられるなんて、おまえは運がいいぞ。ところで、妻と息子が消えたとき、ヴァッテンは大学で有力な准教授候補だったんだが、事件のあとノイローゼみたいになって、しばらくオストマルカ精神科病院に入院していた。図書館に警備員として雇われたのはそのあとだ。そこで殺しがあったと聞いてすぐに、あいつのことが頭に浮かんだよ」

「要するに、忘れるのは難しい男ってことだな」

「ああ、そう言えるだろうな」

「この殺人にも、なんらかの形で関与しているのかな？」

「どう思う？　現場にいるのはおまえだろ」

「いまのところ言えるのは、犯人が誰にしろ、オストマルカよりも警備の厳しい精神科病院にぶちこむべきだ」

「そうか。よし、そっちで会おう」

「急いでくれ」オッドはそう言って電話を切った。


モーナ・グランは正面入り口の外で歩道に立っていた。

「あんなにひどいとは思いませんでした」青ざめてはいるが、嘔吐したようには見えない。

「あれを予想できる人間などいないさ」オッドはたまたまポケットに入っていたミント・キャンディを取りだし、グランにもひと粒差しだした。グランがそれを口に入れるか入れないうちに、再び携帯電話が鳴った。漠然とした恐れをともなう名前が表示されている。ヴラド・タネスキ——日曜日を除いて毎日発行されるトロンハイムの新聞、アドレッサヴィーセン紙の記者だ。いったい誰が新聞に洩らしたんだ？　そういえば、トルヴァルも自分も以前から署内に情報を洩らす者がいるのを疑っていた。だが、具体的な名前はもう思い出せない。オッドは着信を拒否し、親指の先で思い切り赤い通話終了ボタンを押した。

それからグランとふたり、黙ってキャンディを舐《な》めつづけた。

ブローデル・リスホルム・クヌートソンは、一八六四年、七十六歳でトロンハイムにおいてその生涯を閉じた。商人の息子だったが商売を嫌い、自身の手になるものは何ひとつ残さなかったとはいえ、科学、芸術、文学の振興に一生を捧げた。ごく内輪の手紙やメモを含め、自分が書いたものを死ぬ前にすべて燃やしてしまったため、本人に文学的な才能があったかどうかは定かでない。焼かれた書類のなかには、ノルウェーをはじめ、諸外国から受けとった手紙も多く、親しい友人だったバイロン卿からの手紙も含まれていた。さいわい蔵書は焼却されず、二点の浅浮彫と、高名なデンマークの彫刻家ベルテル・トルヴァルセンがノルウェー王立科学協会に献上した三点の胸像とともに、図書室ごと後世に遺《のこ》された。この子どものいない〝本の虫〟が提示した遺贈の条件は、蔵書と美術品を保全するための特別な一室を造ること、そして〝展示品保全の観点から、その部屋を禁煙とすること〟だった。クヌートソンホールは、おそらくノルウェーで最初に禁煙と明示された部屋に違いない。

現在はグンネルス図書館内に設けられているクヌートソンホールでは、書籍は唐草模様を彫りこんだマホガニーの書棚に展示され、部屋の壁にはトルヴァルセン作の浅浮彫「夜」と「昼」、ヤコブ・ムンクが描いた若きクヌートソンの肖像画が掛かり、天井からはクリスタルのシャンデリアが下がっている。蔵書のコレクションは二千冊程度とたいした数ではないが、質は高い。クヌートソンが遺した本には、様々な旅行記と、フランス語、英語（とくにバイロン卿の作品）、ドイツ語、イタリア語、デンマーク語の古典の初版本が相当数含まれている。なかには羊皮紙に印刷され、モロッコ革で装丁された稀覯本もあった。クヌートソンの死後に発見された、故人が本の装丁に使うために買い求めた大量の大きな羊皮紙も同じく遺贈された。

オッドは職員から話を聞くためにクヌートソンホールに入ったが、最後にそこに来たときのことはぼんやりとしか思い出せなかった。クヌートソンに関する様々な知識を、どこでどう仕入れたのかさえ覚えていない。しかし、最近はほとんどのことがそうだ。はるか昔に何かで読んだつまらない事柄はよく覚えているのに、人生の重要な出来事は頭からすっぽり抜け落ちている。だが、まだ文化的な体験を一緒に楽しんでいたころ、クヌートソンホールに妻とふたりで何度か講演を聴きに訪れたときの記憶は残っていた。そしてそのたびにふたりの心がより近しくなったと感じたこともぼんやり思い出せる。

図書館の職員は全員、長いテーブルを囲むアール・ヌーボー様式の椅子に座っていた。床には手織りのペルシャ絨毯が敷かれ、書棚の後ろの壁は艶やかな緑色、高い天井は白く塗られている。オッドはまるで小説の世界に入りこんだような不思議な気持ちになった。アガサ・クリスティの小説みたいな事件だ、とモーナ・グランが言ったせいだろうか？　タイトルをつけるならさしずめ、〝図書室の死体〟といったところか。容疑者全員がクヌートソンホールに集まり、いよいよ探偵の登場。オッドが後ろで手を組み、テーブル沿いにゆっくり歩きながら名乗っていると、またしても携帯電話が鳴った。ブラットベルクだ。オッドは職員たちに断り、いったん廊下に出た。ボスは簡潔な命令を口にした。

「イェンセンが着いたら、あなたはヨン・ヴァッテンを本部に連れてきて」

「わかった」そう答えて顔を上げると、人好きのする丸顔だが目つきの鋭いトルヴァルが廊下を歩いてきた。「イェンセンが着いた」オッドは電話を切り、トルヴァルを迎えた。

その後ろには、白衣を着た鑑識官が三人従っていた。

「職員は全員この部屋に集まっている」そう言ってクヌートソンホールを指さす。「あとを頼むよ。ひとりずつべつの部屋に呼んで話を聞き、終わった者から自宅に帰すといい。ヴァッテンはあと回しだ。鑑識の坊やたちを犯行現場に案内したら、俺が本部に連れていくことになっている」オッドは鑑識官に合図し、そのとき初めて三人のうちふたりは女性だと気づいた。ふたりとも〝これだから年寄りは〟と言いたげな表情を浮かべている。三人目はグロングスタ、猟犬のように鼻の利く男だ。グロングスタは皮肉交じりの笑みを浮かべ、英語で言った。

「しばらくだな」

「ああ。また会えて嬉《うれ》しいよ」オッドは心からそう言った。グロングスタは陽気で、呑気《のんき》で、仕事には厳しい、いい意味でトロンハイムの人間だ。加えて、この分野ではノルウェー一だと言われている。

「ボスがヴァッテンを引っ張れって?」トルヴァルが尋ねる。「まあ、あいつには初めての体験ってわけじゃないな」

「あの男の記憶を新たにするいい機会だ。俺の記憶もな」オッドは言った。


鑑識チームを書庫に案内し、大学病院の講義から駆けつけた検死官を迎えたあと、オッドはクヌートソンホールに戻った。職員はぴりぴりしながらまだテーブルの両側に座っている。立っているのは館長のホルネマンだけだ。ひとりずつの聞き取りが始まったかどうか尋ねると、すでに始まったという。警察としては先週末と今朝、図書館で何があったかおおまかに摑みたいだけなので、そんなに時間はかからない、聞き取りが終われば帰宅してかまいません、とオッドは全員に請け合った。緊張し、不安を感じるのは当然だが、犯人を見つけるためには全員の協力が重要なのだと強調しておく。この説明に職員たちが同意のつぶやきをもらすのを見て、オッドは遅まきながら気づいた。すでにトルヴァルがほぼ同じことを告げたに違いない。

ヨン・ヴァッテンはドアにいちばん近い椅子に座っていた。

「署まで来てもらえますか?　もう少し詳しいことを聞かせてもらいたいので」

オッドがそう言ったとたん、部屋にいる全員がヴァッテンを見た。くそ、もっと違うやり方をすべきだった。オッドはすぐに後悔した。もちろん、ここにいるみんなはヴァッテンの過去を知っている。ふだんはそれを忘れているか、頭の隅に押しやっているのだろう。

あの事件のあと、ヴァッテンは徐々に寡黙だが信頼できる警備員となり、彼の身に起きた悲劇は過去のものとなった。当時ヴァッテンにつきまとっていた疑惑も、彼の真面目な仕事ぶりを見るうちに鎮まった。だとしても、かすかな疑いはまだ残っていたはずだ。そしてこの事件が起きた。ここにいるほとんどの職員は、生きているグン・ブリータ・ダールを最後に見たのは、おそらくヴァッテンだと知っている。それにあの書庫が二種類の暗証番号で守られていることを考えれば、被害者となかに入ることができた者はそれほど多くはない。テーブルを囲んでいる職員たちの顔に、急にたったいま有罪判決に同意した陪審員のような表情が浮かんだ。が、鼻梁《びりよう》に薄いそばかすが散っているブロンドの若い女性だけはそのかぎりではなかった。テーブルの遠くの端から気遣うような目でヴァッテンを見ている。

次に話すのはあの女性にしよう、オッドはそう思いながらヴァッテンの肩に手を置き、部屋から連れだした。過去の取り調べの記憶が少しずつ戻りはじめていた。

14

二〇一〇年九月　トロンハイム

ヴァッテンは防犯カメラの映像のことを考えていた。過去の経験からすると、警察はあらゆることを事細かに調べる。まもなく自分が土曜日にDVDを差し替えたのを突きとめるだろう。それに、あの午後、グン・ブリータとなんらかの親密な接触を持ったという断片的な記憶――そのすべてから導きだされる結論は明らかだ。土曜日の午後、自分がワインに酩酊し、前後不覚になったあとにグン・ブリータが殺されたとしたら、警察に説明しなくてはならないことが山ほどある。警察本部へは自主的に足を運んだのだが、ヴァッテンはすでに囚人になったような気がした。五年前にここで取り調べを受けたときもそうだった。

取り調べが行われたのは、いまの職場からさほど遠くないカルヴシネにあったかつての本部の、ここよりも狭いじっとりした部屋だったが、当時と同じように殺風景な部屋の固い椅子に腰を下ろすと、そのころの記憶がよみがえってきた。

二〇〇五年五月　トロンハイム

セヴェリン・ブロムはドラグヴォルにあるこの国最大の総合大学、ノルウェー科学技術大学の歴史・古典学科の教授だった。自分のオフィスにあるほぼすべての本を読破した、この学科ほぼ唯一の教授でもある。ヴァッテンが呼ばれたオフィスは広くて明るい角部屋で、大学図書館にも近く、窓からはスポーツ学科の建物が見えた。ブロムはまた、唯一ではないにせよ、自室にこっそり煙草を置いているごく少数の教授のひとりで、よく知っている相手には、それを勧めることさえある。もちろん、煙探知機が鳴らないように窓を全開にして、だが。

だからブロム教授がマールボロの箱を開け、それを差しだしたとき、新進気鋭の若い学者であるヨン・ヴァッテンは、自分が教授に認められたと解釈した。建物の正面入り口の外では、何度も一緒に煙草を吸ったことがある。当時はほかのみんなもそうしていた。しかし、教授のオフィスで一服したことは一度もなかった。ヴァッテンはこれをよい前兆だとみなし、礼を言って、穏やかな春の空気を入れるために窓を開けながら、数年前に日本からこの大学を訪れたふたりの学者の話をした。日本人の学者たちは、この大学をどう思うかと訊かれ、何もかも素晴らしいと思うが、煙草を吸っている女子学生たちを娼婦《しょうふ》と間違え、〝正面入り口の前に娼婦がたむろしているのはいただけない〟と答えたのだった。

　セヴェリン・ブロムはこの話を知っていたらしく、ほがらかに笑い、オフィスで一服するほうがはるかにうまいな、と言った。それから煙草に火をつけ、深々と吸いこんで、ヴァッテンを好ましげに見た。

「まだ本決まりではないが、わたしは反対しないつもりだよ」

　なんの話か、ヴァッテンには即座にわかった。少し前に提出した准教授の申請のことだ。ブロム教授は、ヴァッテンがその地位を得た、と言っているのだった。ブロムは、ヴァッテンが現在取り組んでいるプラトンの作品に使われている言語について話したい、と彼を呼んだのだが、実際は准教授の選別に関する情報をそれとなく耳に入れることが目的だったのだ。いまやヴァッテンは、ブロム教授が本を読むのと同じくらい早く相手の気持ちを読むと同時に、とても率直な人柄であることを知った。おかげであれこれ気をもまずにすむし、将来に関して明るい見通しが持てる。

「きみとはこれまで以上に緊密に仕事をすることになるから、プラトンの気まぐれな言語について話す機会はいくらもある。今日はウィスキーで乾杯することにしよう」

　ブロム教授は机の下にある戸棚の扉を開け、上等のシングルモルトウィスキーのボトルとグラスをふたつ取りだした。

　ヴァッテンはグラスを見つめ、こめかみに汗がにじむのを感じた。小さなグラス一杯ぐらいならなんとかなるだろうか？

その後何日も続いた尋問で、ささやかな前祝いのウィスキーを教授と飲んでから、ブロム教授の机に空になったグラスを置いたあとの数時間に何が起きたのか、ヨン・ヴァッテンは説明することができなかった。事前に知らせてくれた礼を教授に述べながらも、ぼうっとした頭で、気を失う前に帰宅しなくてはと思いつづけていたのは覚えている。だが三十六番のバスに乗ったあと眠りこみ、運転手が交代するときにヴァッテンに気づくまでに街とドラグヴォルのあいだを三回も折り返したことはまったく覚えていなかった。ドラグヴォルを出たのは午後三時だったが、ダウンタウンのムンケ通りでバスから放りだされたときには午後七時を過ぎていた。この四時間におよぶバスの旅が、のちに彼のアリバイとなったのだ。

准教授になれそうだという朗報を一刻も早く妻に告げたいと家に向かって歩きだすころには、酔いはさめていた。だから妻のヘッダと息子のエドヴァルが家にいないとわかると、がっかりした。

ヘッダとは最近、言い争うことが多くなっていた。深刻なけんかではない。ちょっと辛辣な言葉を投げあうだけ、愛し合う間隔が少し遠くなっただけだ。これはふつうのことなのだろう。だが、まもなく准教授になるという朗報を聞けば、ヘッダの機嫌もずいぶんよくなるはずだ。ヴァッテンはヘッダが好きだが、ヘッダがときどき夫に感心する必要があるタイプの女性だということもわかっていた。大層なことでなくてもいい。研究の成果を本にして出版するとか、昇給するとか、そういうちょっとしたことがヘッダの愛を掻き立てるのだ。

一時間たってもまだふたりが戻らないと、ヴァッテンは心配になりはじめた。最初は心配しているとわからないようなおどけたメールを送ったが、二十分後にも返事がこないと電話をかけた。だが、携帯電話の電源は切れていた。そうなると、心配でいてもたってもいられなくなり、ヘッダの両親に電話をして、そちらに行っているか、エドヴァルを預かっていないか、と尋ねた。だが、両親は娘も孫も来ていないという。

「昨日話したときは」本人はそのつもりはないのだろうが、いつもヴァッテンを苛立《いらだ》たせる気取った声で母親が言った。「今日は来週学校で催されるコンサートにエドヴァルが着る服を縫う、と言ってましたよ」

ヘッダの友人たちや同僚に何本か電話をしたあと、ヴァッテンは悪いことが起きたと確信し、九時三十分に警察に電話した。エドヴァルがふだん寝る時間をとっくに過ぎているのに、ヘッダとエドヴァルからはなんの連絡もないのだ。

電話に対応した警官は、通常は行方知れずになってたった数時間では捜索を行わない、と説明した。ほとんどの場合が予定より少し遅れて帰宅し、遅くなった理由を説明して自然に解決するからだ、と。しかし、子どもが一緒であることと、ヴァッテンが間違いなく異常事態だと頑として言い張ったため、警官は事件として扱うことに同意した。

十時少し過ぎに到着したその警官は、ヴァッテンがまだヘッダとエドヴァルから連絡がないと言うと驚いたようだった。ふたりはキッチンに座り、わかっていることをひと通りさらった。警官に言われ、ヴァッテンは妻と息子がいそうな場所のすべてに電話をかけた。それからヘッダの実家や友人など、最初にかけた人々に再度電話をかけ、最初の電話のあとで立ち寄らなかったかどうかを確認した。ヴァッテンが恐れていたとおり、成果はまったくなかった。

「全国の警察で緊急手配します」警官は立ちあがってそう言った。「おそらくふたりとも明日の朝までには帰ってくると思いますが、戻ってこなければ、念のために捜査を始めます。鑑識官にここを調べてもらいましょう。犯罪が行われたとすれば、その証拠が残っているかもしれませんから。それまでは、できれば少し眠ったほうがいいですよ」

こんなときにどうやって眠れというのか？　ヴァッテンは警官を見ながらそう思った。

二〇一〇年九月　トロンハイム

「ヴァッテンのケースは未解決だったな」オッド・シンセーカーは机の向こうで爪やすりを使っているグロー・ブラットベルクをちらっと見た。

妻と息子が姿を消した事件の重要参考人だった男が、その五年後、今度は陰惨な殺人事件の関係者となった。ところが、五年前に長い尋問の大半を担当した当の警官は、脳腫瘍の手術を受けて長期にわたる病気休暇から仕事に復帰したばかり。同僚が思い出させてくれるまで、ヴァッテンが誰かさえ失念していたのだ。

「俺の記憶を少しばかり新たにしてくれないか」オッドはヴァッテンの事件をすっかり忘れていたことを打ち明けずに、ボスにそう言った。

「あれは難しい事件だったわ」ブラットベルクは爪やすりを置いた。「間違いなく途中で音をあげ、すっかり自白すると思ったけど、そうはならなかった。しかも、あの男が妻子を殺して始末したという証拠は何ひとつ見つからないとあって、自白が取れなければ完全な手詰まり。〝跡形もなく消え失せた〟という表現が適応される事件があるとすれば、あれがそうね。ヘッダ・ヴァッテンと息子の、エドヴァルだったかな、ふたりは二度と姿を現さなかった。あの家も何度か鑑識官に調べさせたけど、手がかりになりそうなものはひとつとして発見できなかった。ふたりが無理やり拉致されたしるしも、暴力がふるわれたしるしもなかった。隣人のひとりが午後四時過ぎに帰宅したふたりを見たのが最後、それ以降ふたりが家を出るのを見た者はいないし、どこかで姿を見かけたという目撃者もなし。まるで地面に穴があいて、のみこまれてしまったようだったわ」

グロー・ブラットベルクの話を聞くうちに、オッドもいくつか思い出してきた。

二〇〇五年　トロンハイム

始まって何日かすると、ヴァッテンに対する尋問は厳しくなった。警察は家で話を聞くのではなく、彼を警察本部に呼びだして尋問するようになり、一週間後には、おおっぴらに彼を〝容疑者〟として扱いはじめた。その時点では勾留するだけの証拠はなかったが、そのうち集まると楽観視していた。オッドが尋問を引き継いだのはそのころだ。

ヴァッテンの事件には、いくつか問題があった。ひとつは奇妙なアリバイだ。一体全体どうすれば、バスのなかでそんなにぐっすり眠れるものか？　バスの運転手が覚えているのは、ヴァッテンがバスに乗ったときと四時間後に彼を放りだしたときだけだった。何人かの乗客が出頭し、ヴァッテンが座席で眠っているのを見たと供述した。だが、四時間連続して乗車していたと立証できるだけの目撃者は現れず、一時間の空白が生じた。ヴァッテンは途中で降りて帰宅し、妻と息子を消してから再びバスに乗ることもできた。だが、家族を殺し、これだけ捜しても見つからない場所に死体を始末することが一時間のうちにできるだろうか？　それに、妻と息子が行方不明だと連絡をしてきたのはヴァッテン自身なのだ。ただ、警察がこの連絡を受けたのは、ヴァッテンが七時にバスから放りだされた二時間半後。この二時間半のあいだに何が起きたかは、ヴァッテン自身にしかわからない。ヘッダと子どもはヴァッテンが帰宅したとき家にいて、そのあと何かが起きた可能性もある。ヴァッテンが七時三十分少し前に帰宅したことは、ふたりの隣人が見ていた。ひとりはトロンハイムの春の宵を楽しみながら、自宅のバルコニーに九時近くまで座っていた男で、部屋の中に入ったのは二、三回、小用を足しに戻ったときだけだった、ヴァッテンの家からは誰も出てこなかったと断言した。出てきた人間がいれば、自分がいた三階のバルコニーからよく見えたはずだ、と。ヴァッテンはそのあいだ、妻にメールを送り、電話をかけ、とうとう義母に電話をしたのだ。これはみな電話会社の記録で確認された。ヴァッテン家の車もずっと家の前に駐車してあった。これだけ揃っていれば、ヨン・ヴァッテンのアリバイは崩すのが難しい。

動機の問題はもっと厄介だった。刑事たちがどれほど聞き込みをかけても、どれほど嗅ぎまわっても、ヴァッテンが妻を殺す動機になりそうな事実は何も発見できなかった。事件が長引くにつれ、警察の疑いには、女性が殺された場合、通常は夫か恋人が犯人だという古い経験則の根拠しかないことが明らかになるばかりだった。たしかにこの仮定は捜査の出発点としては素晴らしいが、それを立証する物証がなくては成り立たない。たんに夫だからというだけでは、殺人の強力な動機とはならないのだ。最低限、以前ヴァッテンが妻に暴力をふるったとか、大声で妻と怒鳴り合っていた、嫉妬にかられていた、金銭的なトラブルを抱えていた、などの状況証拠が必要だ。だが、ヴァッテンの事件では、そういう状況証拠すら皆無だった。ヴァッテンと妻はたしかに言い争いをした。だが、これはどこの夫婦でもすることだ。ちょっとしたけんかや、苛立ち、怒りはあったものの、どれも妻を殺すほど深刻なものではなかった。警官のひとりがいみじくも軽口を叩いたように、

〝何週間も警察が調べても、夫と妻のどちらも相手を殺害する動機が見つからなければ、かなり堅実な結婚生活を送っている〟と言えるのだった。ついに警察はヴァッテンを容疑者リストからはずすしかなくなった。しかし、彼に対する疑いを払拭できたわけではない。ほかの手がかりがまったくないという事実も、この疑いをさらに強める結果になった。

警察はかなりの時間をかけ、ヘッダ・ヴァッテンに婚外交渉の事実があったかどうか調べた。しかし最もそれに近いのは、ヘッダには誰にも言わない隠し事があるといつも感じていたわ、という女友だちの話だけだった。その友だちは率直な物言いをする隠し事の嫌いな女性で、友人どうしならあらゆることを話すべきだと思っていたのだ。一度、浮気をしているのかとずばりと尋ねたが、否定したヘッダに嘘をついている様子はなかった、とその女友だちは言った。それだけ。ほかにはヘッダ・ヴァッテンに愛人がいたという事実を指し示す手がかりはまったくなかった。だからと言って、いなかったとは言いきれない。ヘッダは隠し事がとてもうまかっただけかもしれないのだ。結局、ヘッダの友人には彼女に死んでほしいと思う動機を持つ者は見つからず、容疑者のリストにある名前はひとつずつ消えていった。それに両親や子ども、友人の男女を含め、ヘッダの周囲の人間にはみな強固なアリバイがあった。ヴァッテンのケースはいまでも未解決、謎のままだ。

二カ月ばかり警察からなんの連絡もないと、ヴァッテンは彼らがあきらめたのを知った。そのころには、警官をべつにすれば、誰とも話さなくなっていたから、警察から解放されたあとはひとりぼっちになった。その後、もういつのことだか思い出せないが、一通の手紙が届いた。准教授の選考に落ちたという知らせだった。申請した者たちのなかでヴァッテンはブロム教授が仄めかしたように一番目ではなく、三番目だったという。ヴァッテンが妻と子どもを殺したかもしれないという噂が、選考委員会の耳に入ったのだろう。ドラグヴォルの同僚は誰も、電話ひとつかけてこなかった。大学時代の友人たちはほとんどがオスロに住んでいる。ヴァッテンはオスロで修士号をとったあと、トロンハイムに移り、博士号をとったのだった。オスロの親しい友人たちはときどき電話をくれたが、ヴァッテンが話す気になれず避けているうちに、しだいにかけてくる相手もその回数も減っていった。夏が深まるにつれ、ひとりっ子で両親ともすでに他界しているヴァッテンが、ほかの人間と言葉を交わす日はどんどん少なくなっていった。

アパートの玄関の扉を開けたときヴァッテンは裸だったが、北から吹いてくる早秋の風の冷たさも感じなかったし、澄んだ空気のにおいもわからなかった。まるで自分のなかから湧いてくる霧のなかを歩いているようだった。

彼はよろめきながら何歩か進んで、もう何週間も車寄せに駐車したままの車にもたれた。車体は昼間のうちに降った小雨で濡れていたが、それにも気づかなかった。片手をボンネットにつき、体を揺らしてしばしそこに立っていたあと、再び歩きだした。夢遊病者のようにゆっくりと門へ行き、それを開けて、キルケ通りに数歩踏みだした。少し歩いてまた足を止め、何度か体を揺らしたあと、灰色の空を見上げ、うつぶせに倒れた。車が通りかかるまで、そうやって通りの真ん中で倒れていた。

車を運転していたのは、仕事から帰ってきた隣人だった。本当はローゼンボリとブランの試合を観戦しにレルケンダール競技場へ行くつもりで急いでいたのだが、裸で通りに倒れている男が不幸な隣人だと気づくと、今夜はサッカーの試合を観に行くことはできないと観念した。彼は車を停め、ぴくりとも動かないヴァッテンに歩み寄った。ヴァッテンが嘔吐しているのが見えた。吐しゃ物がアスファルトに広がり、顔のまわりにたまっている。脈をとると、とても弱い。彼は救急車を呼んだあと、大昔、軍隊で教えられたようにヴァッテンを横向きにした。ヴァッテンは錠剤の瓶を持っていた。瓶のラベルには〝ニトラゼパム〟とある。これはたしか睡眠薬だ。

二〇一〇年九月　トロンハイム

あのまま死んでいたほうがよかったのかもしれない、ヴァッテンは壁を見つめて待ちながらそう思った。ようやく頻繁にこの思いが頭をよぎることはなくなり、夏にアメリカに旅をしたあとは過去を吹っ切れたような気がしたのに。

また五年前と同じ状況になったら、今度こそ対処できない。

ヴァッテンは警察が知らないことについて考えた。警察はまだ自分がＤＶＤを換えたことも、自分とグン・ブリータが何をしたかも知らない。自分でもほとんどわからないのだ。警察に突きとめられる前に何を話し、何を黙っているかを考えなくてはならない。

それから、自殺未遂を起こしたときからずっと隠している秘密のこともある。誰かにその秘密を知られ、なぜ妻と息子の失踪に関するおそらくは唯一の説明となるものを持って警察に行かなかったのかと訊かれたら、彼にはどう答えればいいかわからなかった。

警察を信頼できなくなった、と言うことはできるだろう。証拠を持ちこんでも信じてもらえず、あの手紙を自分で書いたのではないかと疑われるのが怖かったから。あるいは、悪夢や脂汗、幻覚を伴う自分が落ちこんだ暗い穴から這《は》いだすためには、それしか方法がなかったからか。心的外傷後ストレス障害、オストマルカ病院の医師はそう診断した。だが、彼が警察に行かなかったのは、もっと容赦のない、動かしがたい理由からだった。あの手紙が届いた日、あらゆる希望が失われたからだ。ヘッダもエドヴァルも永遠に去ってしまった。それなのに、警察に手紙のことを知らせたところでどんな違いがあるというのか？

その手紙は羊皮紙に書かれていた。だが、古くもなければ、古代のものでもなく、真新しいものだ。小さな切れ端で、ふつうの封筒に入るだけの大きさしかない羊皮紙だった。記されていたのはたった一行。だが、それを送ってきたのは妻と息子を殺した犯人だとヴァッテンは確信した。そいつがヴァッテンの手にしている羊皮紙を何から作ったかも疑わなかった。ヴァッテンは届いたその日に手紙を薪《まき》ストーブで焼き、その灰を手にベランダに出て、風がそれをモレンベルクの街の空へと吹きとばすのを見守った。それから睡眠薬をひと瓶そっくりのんだのだった。二度と目を覚まさずにすむように。

だが、彼は目を覚まし、五年後また殺人事件に巻きこまれて警察の取調室に座っている。またしても警察には告げられないことを知っている。何よりも重要なのは、今度も犯人が被害者の皮膚を剝いだことかもしれない。ただ、今回の事件では、警察は自分と被害者を繫げる手がかりを見つけるだろう。睡眠薬もオストマルカ病院も、再び容疑者となることから彼を救うことはできそうにもなかった。

こうして警察の取調室で白い壁を見つめていると、ヴァッテンには、内側にシルクを張った棺に横たわる自分が見えた。その蓋がゆっくり閉じていくのが。目を閉じると、墓のなかへと下ろされていく棺の揺れを感じた。蓋に投げられる土の音が聞こえた。

シンセーカー警部が上司をともない取調室に入ってきたときには、喉が塞がり、息遣いが荒くなっていた。が、意志の力を総動員してどうにか自分をのみこもうとする空想を払いのけた。

15

ヨン・ヴァッテンの尋問

参加者：
トロンハイム警察本部重大犯罪課課長、グロー・ブラットベルク
同重大犯罪課所属オッド・シンセーカー警部
殺人事件の容疑者（二度目）ヨン・ヴァッテン

尋問はトロンハイム警察本部の取調室で行われた。部屋を囲む白い壁の一面はマジックミラーで、その向こうに常に誰かが立って部屋を覗きこんでいるという印象を与える。しかし、ブラットベルクを伴って入ってきたオッドが腰を下ろす前にしたように、鏡の前にあるブラインドを下ろせばべつだ。ふたりはラミネート加工された白い天板付きテーブルをはさんで、ヴァッテンの向かいに座った。ヴァッテンは疲れているように見えた。オッドはオリンパス社製デジタル録音機のスイッチを入れたが、尋問を始める前に、続けて二

度、電話がかかってきた。息子のラーズと、ヴラド・タネスキ記者からだ。オッドはどちらの電話にも応じず、携帯電話の電源を切った（取調室に入る前にそうすべきだった）。つかのまの静寂ののち、尋問が始まった。

シンセーカー：二〇一〇年九月五日、ただいまよりヨン・ヴァッテンの尋問を行う。目的は、グン・ブリータ・ダールの死について話し合うこと。ヴァッテンは目撃者として尋問される。（ヴァッテンを見て）これが手順なんです。準備はいいですか？
ヴァッテン：ええ。
シンセーカー：この人は上司のグロー・ブラットベルク、この事情聴取に同席します。
ヴァッテン：事情聴取？
シンセーカー：取り調べと言ってもかまいませんよ。そう呼びたければ。いまのところ、あなたは目撃者です。言うまでもなく、話すことを拒否する権利もあります。弁護士の同席を求めることもできますよ。その必要がありますか？
ヴァッテン：隠すことは何もありません。
シンセーカー：結構。われわれは知り合いと言えるでしょうね、ヴァッテンさん。
ヴァッテン：ええ、あなたは以前ぼくを尋問したことがある。
シンセーカー：少し遡って、前回の事件について話してもかまいませんか？
ヴァッテン：それがこの捜査とどういう関係があるのかわかりませんが。

シンセーカー：間接的にかもしれないが、関係はあると思います。しかし、見物人がいるわけではないのだから、お互い本音で話そうじゃありませんか。あなたが重大犯罪に巻きこまれたのはこれで二度目だ。前回は奥さんと息子さんの失踪。今回は殺人事件です。したがって、このふたつが関連しているかどうかを明確にするのは重要なことだと思います。わかっていただけますね。あなた自身にとっても、誤解を取り除くのはよいことだと思いますが。

ヴァッテン：なるほど。ただ、あの件は忘れようと努力してきたから……。

シンセーカー：で、忘れられましたか？

ヴァッテン：いや、忘れられるはずがない。

シンセーカー：ええ、忘れられないこともあるでしょうね。あなたの自転車について少し話したいんですが。

ヴァッテン：自転車？

シンセーカー：ええ。五年前、あなたはドラグヴォルからバスに乗って帰宅した。でも、あの日の朝も、自転車で出勤したんじゃないんですか？

ヴァッテン：たしか、そうだったと思う。

シンセーカー：乗っていったんですよ。当時のファイルで確かめました。ただ、なぜ自転車で帰宅しなかったのか、という質問をしたかどうか覚えていないんです。

ヴァッテン：酔っていたからです。

シンセーカー：そうでした。あなたはウィスキーを一杯飲んで酔っ払った。アルコールに過敏な、つまり極度に弱い体質、ということでしたね？
ヴァッテン：そうです。
シンセーカー：過敏というと、具体的にどうなるのか説明してもらえませんか？　身近であまり聞くことがないんでね。十代の女の子なら、ビール一本で酔っ払うことがあるでしょうが。アルコールに過敏というのは？　医学的な症状なんですか？
ヴァッテン：いや、そこまでは。しかし医者には、医学的な説明はできる、と言われました。
シンセーカー：どんな説明でしょう？
ヴァッテン：腸内にひとつもしくはそれ以上の酵素が欠けていると、極度に過敏になるらしい。ふつうはそれらの酵素がアルコールを分解し、そのまま腸に吸収されるのを防ぐため、ほとんどの人間は最初の二杯ではたいして酔わず、三、四杯でようやくアルコールが効いてくる。しかし、それらの酵素がないと、最初の一滴から血管に吸収されてしまうんです。いま十代の女の子の例が出たが、女性のほうが男性よりもそれらの酵素の量が少ないことは裏付けられているそうです。女性が男性よりも早く酔いがまわるのはそのせいだし、十代の女性は通常、体重も少ないから、よけい酔いやすい。
シンセーカー：ヴァッテンさん、あなたは大柄とは言えないが、若い女性とは違うでしょう。

ヴァッテン：体重に関して言えば、たしかにそのとおり。だが、ぼくの腸には明らかにアルコールを分解する酵素が欠けているんでしょう。それがほかの要因と組み合わさって……。
シンセーカー：ほかの要因というと？
ヴァッテン：生理学的条件とか、脳の働きとか。正直な話、ぼくにはよくわかりません。
シンセーカー：すると一杯のウィスキーで酔っ払った事実は、医学的には証明できない？
ヴァッテン：論理的な結論かと言えば、違うでしょうね。しかし、そんな話をでっちあげるのは、奇妙だと思いませんか？　一杯以上飲んで酔っ払ったと言うほうが、むしろ信憑性がある。
シンセーカー：いや、何杯飲んだかは調べればわかります。一杯以上飲んだというなら、どこで飲んだんです？　同僚と飲んだのか？　それとも、ドラグヴォルの居酒屋でビールを買ったのか？　そういう話は確認できるんですよ。
ヴァッテン：いずれにしろ、一杯以上飲んだと言えば嘘をついたことになったでしょう。ぼくは嘘をつかなかった。五年前、警察はぼくがあのバスに乗りつづけていた理由は大して重要だとは思わなかった。ぼくがバスに乗っていたのは事実で、警察はそれを覆せなかった。
シンセーカー：乗っていなかった証拠があった、ということですか？
ヴァッテン：（深いため息をつき）いや、そんなことは言ってません。ぼくはあのバスに乗っていましたよ。しかし、今回ここに来ているのは、まったく違う事件の話をするためだ、その話をすべきじゃありませんか？
シンセーカー：たしかに。今回の事件について話すとしましょう。書庫のなかで死んでいるグン・ブリータ・ダールを発見したのはあなたでしたね。
ヴァッテン：そうです。同僚と一緒に発見しました。
ブラットベルク：その同僚というのは？
ヴァッテン：シリ・ホルム。新人の司書です。
シンセーカー：ふたりであの書庫に行った理由は？
ヴァッテン：（一拍おいて）シリが新しい暗証番号が使えることを確認したいと言ったからです。
シンセーカー：新しい暗証番号？
ヴァッテン：ええ。さっきも書庫で説明したように、あそこの扉を開けるにはふたつの暗証番号がいる。ぼくはそのひとつを、司書がもうひとつを持つことになっているんです。
ブラットベルク：図書館の司書は全員がその暗証番号を持っているんですか？
ヴァッテン：いいえ、館長が選んだひとりだけです。
シンセーカー：そしてシリ・ホルムは新しい暗証番号を受けとったばかりだった？　シリ・ホルムがグン・ブリータ・ダールのあとを継いだわけか。ダールが辞めてから？
ヴァッテン：ええ。

シンセーカー：しかし、シリ・ホルムは新人でしょう？　それなのに、グン・ブリータのあとを受け継いだ？
ヴァッテン：そういうことになりますね。
シンセーカー：シリ・ホルムは今日が仕事始めだったんですか？
ヴァッテン：ええ、公式には。
シンセーカー：ということは、以前も図書館に来たことがある？
ヴァッテン：土曜日に会いました。
シンセーカー：土曜日に。その日はグン・ブリータ・ダールにも会ったんじゃなかったかな？
ヴァッテン：ええ。ふたりは一緒にいたんです。グン・ブリータはシリ・ホルムに引き継ぎをしていました。
シンセーカー：なるほど。シリ・ホルムのような雇われたばかりの司書が書庫の暗証番号の管理を任されるのは、ふつうのことなんですか？
ヴァッテン：いや。ホルネマンがなぜシリ・ホルムに暗証番号を託したのか、ぼくにはわかりません。まあ、ホルネマンのすることは誰にもわかりませんが。
シンセーカー：ホルネマンはいつシリ・ホルムにあの書庫の暗証番号を託したんです？
ヴァッテン：月曜日の朝、図書館が開く直前だと思います。
シンセーカー：あなたがシリ・ホルムに会ったのは、先週の土曜日が初めてですか？

ヴァッテン：ええ。ノルウェー東部の出身で、オスロの大学で司書の資格を取ったばかりだということは知っていますが。
シンセーカー：そのあとは、月曜日の朝まで会わなかった？
ヴァッテン：それが重要なことですか？
ブラットベルク：被害者がいつ殺害されたのかわからないので、この週末のあらゆる出来事を確認するのは、重要なことなんです。
ヴァッテン：日曜日に偶然会いました。シリ・ホルムが犬を連れてクーハウゲンを歩いているときに。その近所に住んでいると言って、お茶に招いてくれました。
シンセーカー：日曜日の何時ごろですか？
ヴァッテン：午前中。いや、正午だったかな。すぐに失礼しましたよ。
シンセーカー：なぜ？　紅茶がまずかったんですか？
ヴァッテン：いや。緑茶でしたが。
シンセーカー：緑茶は体にいいそうですね。浄化作用があるらしい。土曜日のことですが、あの日も何か飲みましたか？
ヴァッテン：紅茶を。それとコーヒーを。
シンセーカー：アルコール類はどうです？
ヴァッテン：この五年、一度も口にしていません。
シンセーカー：すると鑑識官があなたのオフィスを調べても、アルコールは一滴も見つからない？　空のボトルもなければ、床にこぼした染みもありませんか？
ヴァッテン：一滴もないはずです。
シンセーカー：図書館のほかの場所はどうです？　見つかる可能性があるでしょうか？
ヴァッテン：アルコール類が？　どうかな。グンネルス図書館では、仕事中に一杯やる人はあまりいないが、職員のすることすべてに目を光らせているわけではありませんから。
シンセーカー：書庫の外にある長いテーブルの下に赤い染みがあって、赤ワインの染みであることが警察の分析でわかったと言ったら？
ヴァッテン：それに関してぼくに言えることは何もありません。
シンセーカー：たしかに。話は変わりますが、館内には防犯カメラがありますね。
ヴァッテン：あります。あの書庫と、管理棟、クヌートソンホール、読書室、正面入り口のすぐ外の五か所に、五つのカメラが設置されています。
シンセーカー：あなたの仕事はカメラの映像をモニターすることですか？
ヴァッテン：ぼくは防犯システムの責任者ですが、一日中モニタースクリーンの前に座って、すべてを見ているわけではありません。カメラの映像はＤＶＤに保存され、それからハードドライブに移されて、何事もなく半年過ぎると消去されます。何か違法なことが起きた場合には録画で確認できるように、半年は保管されるんです。
シンセーカー：今回のように？
ヴァッテン：ええ、今回のように。

シンセーカー：では、お話をうかがったあとでもう一度図書館に戻り、その録画を見せていただけますか？
ヴァッテン：もちろん。ただ、残念ながらこの週末の一部は録画されていません。
シンセーカー：どうしてですか？
ヴァッテン：土曜日に気づいたんですが、金曜日にＤＶＤを取りだしたあと、新しいＤＶＤを入れるのを忘れていたんです。だから、金曜日から土曜日の夜までのあいだは、何も録画されていません。
シンセーカー：土曜日の夜ね。しかし、あなたが図書館にいたのは土曜日の午前中ではなかったんですか？
ヴァッテン：夜までずっといたんです。ときどき座って読書をするもので。
シンセーカー：いつその話をするつもりだったんです？　あなたは長時間にわたり図書館にいた、そのあいだに殺人が行われたかもしれないんですよ。
ヴァッテン：ぼくがいたのは図書館のまったく違う場所です。管理棟で何があったにしろ、見えなかったでしょう。
シンセーカー：どこにいたんです？
ヴァッテン：上階の書架のあいだに。
シンセーカー：書架のあいだというと？
ヴァッテン：本が置かれている場所です。ぼくは読書が好きで、午後はよく本を読んで過ごすんです。ひとり暮らしですからね。いけませんか？
シンセーカー：いや。しかし、図書館で話したときなぜ黙っていたんです？
ヴァッテン：あの書庫では、ほんの二、三言しか話さなかった。最後にグン・ブリータに会ったのはどこかと訊かれただけでしたから。
シンセーカー：書架のそばを離れたあと、どうしました？
ヴァッテン：帰宅しました。
シンセーカー：しかし、その前にオフィスに寄ったんでしょう？
ヴァッテン：ええ、寄りました。
シンセーカー：あの書庫の外にある広間にも行きましたか？
ヴァッテン：立ち寄ったのは自分のオフィスだけです。
シンセーカー：そして新しいＤＶＤを入れた？
ヴァッテン：ええ。
ブラットベルク：すると、もしもあなたが午前中被害者に会ったあと、夜オフィスに立ち寄る前に殺人が行われたとしたら、何が起きたのかを知る録画はないわけね？
ヴァッテン：ええ。
シンセーカー：犯人にとっては、ずいぶん都合がいいことだ。
ヴァッテン：申し訳ないと思っていますよ。しかし、間違いは誰にでもある。
シンセーカー：図書館の書庫のなかで誰かが殺されるというような間違いが、ですか？

ヴァッテン：ぼくは事件とはまったく関係ありません。
シンセーカー：以前にも同じやりとりをしたような気がしますね。
ブラットベルク：今日はここまでにしましょう。シンセーカー、ヴァッテンさんと図書館に戻って、その録画を見てくれる？　土曜日の夜挿入された新しいＤＶＤを確認してちょうだい。書庫の死体が映っていれば、もっといろいろわかるわ。死体が映っていなくても、犯人が映っているかもしれない。少なくとも、ヴァッテンさんの言うことが事実なら。
シンセーカー：ええ。ずいぶん大きな仮定ですがね。

16

オッドはヴァッテンをともない午後のラッシュアワーのなかをじりじり進んで街を通り抜けると、グンネルス図書館に戻って、誰とも言葉を交わさずにヴァッテンのオフィスへと上がった。ヴァッテンはすぐにコンピューターの電源を入れ、防犯システムのプログラムにログインした。

「どうして直接ハードドライブに録画しないのかな?」オッドはオフィスを見まわしながら、頭に浮かんだ疑問を口にした。

「ここのシステムは少し古いんですよ。だが、DVDドライブには録画できる。だからそれを定期的にハードドライブに転送するんです。そのほうが解像度もいいし」

モニターのすぐ横でDVDドライブが低い音を発しはじめた。これまで捜査を担当したどの事件よりも残虐な殺人の行為そのものが、録画されているかもしれない。だとすれば、もうすぐそれをビデオで見ることになる。長い病気休暇のあと、職場に復帰した初日だというのに。

「土曜日、午後十時二十一分」ヴァッテンが言ってマウスをクリックした。ドライブのうなりが消え、映像が再生された。あの書庫がモニターに現れる。何時間か前に見たのと同じ光景だ。グン・ブリータ・ダールの首のない、皮を剥がれた死体がうつぶせに床に横たわっている。この映像が意味するのはたったひとつ。

「被害者はきみがこのディスクを挿入する前、土曜日の午後十時二十一分より前に殺されたことになるな」

「そうなりますね」

「きみがまだ図書館にいるときに」

「ええ、そのようだ」ヴァッテンがあきらめたようにつぶやく。

「カメラが録画した映像は、このモニターでも見ることができるのかな？」

「ええ。そうしたければ、ここに座ってカメラが映しているものを見ていることもできますよ。しかし、そんなことをしても意味がない。防犯システムの主な仕事は、館内で起きていること、図書館に入ってくる人々を記録することですから」

「土曜日の夜ＤＶＤを挿入したときには、モニターは切ってあった？」

「あたりまえです。さもなければ、書庫に死体があるのが見えたでしょう」

「もう一度、署まで来てもらったほうがよさそうだ」オッドはためらいがちにヴァッテンの肩に手を置いた。

　ヴァッテンは重いため息をつき乱れた髪をかきあげただけで、何も言わなかった。

　あの事件から五年たつが、この男の髪は五年前と同じように豊かで、ため息も同じように重い、オッドはそう思った。

ブラットベルク、トルヴァル・イェンセン、オッドはクヌートセン検事を交えて短い打ち合わせを行い、ヴァッテンを容疑者として取り調べられるかどうかを検討した。だが、具体的な証拠はまだひとつもない。たまたまDVDを入れ忘れたというヴァッテンの説明はとうてい納得できるものではないが、彼の供述のどれひとつをとっても嘘だと立証できるものはなかった。これまでのところ、わかっているのは被害者が殺されたときヴァッテンは図書館にいたこと、殺害現場である書庫に被害者と一緒に入ることができたごく少数のひとりであること、過去にも妻子を殺害している可能性があることだけだ。ヴァッテンを容疑者として法廷審問を行うにしても、提出できる事実は、彼が防犯システムの責任者であり、殺人が起きたときDVDを入れ忘れたため書庫の防犯カメラの録画が残っていないことだけだった。殺人が起きたときの録画がないのは意図的にDVDを抜いたためで、単純な間違いではないと証明することはできない。オッドよりも引退が間近で、几帳面《きちょうめん》な性格のクヌートセン検事は、現在摑んでいる証拠だけで公判に持ちこむのは無理だ、という結論を下した。

「ヴァッテンには一日か二日、仕事を休んで自宅で待機してもらいましょう」ブラットベルクは言った。「それと、帰る前に唾液を採取させてもらって」

「五年前に採取したのがあったはずですよ」トルヴァル・イェンセンが言った。目の前にノートパソコンを置き、ためらいがちにマウスを動かしながら眉をひそめた。「とにかく、必要なものを採取します。ＤＮＡ、指紋、その他すべてをね」

「そうしてちょうだい。死体には生物学的な痕跡があるらしいわ。ついさっき、病院からそういう話が流れてきたの」ブラットベルクは言った。

「つまり？」

「被害者は殺されるまえに性行為をしているということ」ブラットベルクはそっけなく答えたが、その口調には内心の感情がにじんでいた。性行為に対する非難だけでなく、誤りをおかしがちな人間というものへの同情や悲しみ、そして深い洞察が。それこそがブラットベルクのいちばんの長所。ブラットベルクの冷淡で事務的なうわべの下には、大半の人々をはるかに凌《しの》ぐ深い知恵と人間味があるのだ。

「でも、解剖報告書があがってくるのはしばらく先になるわね。死体が病理学部に着いてからまだ一時間もたっていない。それにＤＮＡの分析には何日も、ひょっとすると何週間もかかるわ。それでも、次の尋問ではすでにわかっていることを使ってヴァッテンに少しばかり揺さぶりをかけられるはずよ。それと並行して、ほかの手がかりを追わなくては。主に被害者の夫であるイェンス・ダール。シリ・ホルムという女性も興味深いわ。事件が起きた日に図書館にいたわけだから。ただ、雇用されたばかりで、オスロから来たとなると、あまり有望ではないかも。イェンセン、あなたは引き続き職員の話を聞いてちょうだい。とくにヴァッテンのことを聞きだして。

ところで、シンセーカー、鑑識が見つけた赤い染みがワインだったというあなたのはったりだけど、ヴァッテンはあれに動揺したようだったわ。実際、あの染みはワインだったのよ。分析結果が届いてる。しかも、きわめて新しい染みだそうよ。土曜日についた可能性も十分ある。ただ、これに関しては鑑識にもう少し時間をあげましょう。それと、書庫のなかでいくつか指紋が検出されたわ。まもなく具体的な事実がわかるでしょう。それまでは、シンセーカー、被害者の夫と新米司書から聞き取りをしてちょうだい」

「アイ・アイ・サー」オッドは英語で答えた。

「アイ・アイ・マダムでしょ」ブラットベルクが笑みを浮かべて訂正を入れる。

「記者連中はどうします」トルヴァルが尋ねた。「この事件はあらゆるニュースサイトのトップ記事ですよ。図書館のほかの職員から話を聞いたらしく、ヴァッテンが警察に呼ばれたことも、すでにニュースになってます」

「マスコミにはまだ最小限のことしか話さないように。彼らには明日の記者会見まで待ってもらうしかないわ。運がよければ、そのころには、ヴァッテンに関してもっと何か話せるかもしれない」

「もうひとつ」オッドが口をはさんだ。

全員が彼を見る。

「ノルウェーには連続殺人鬼の専門家がいるのかな?」

「どうして?」ブラットベルクが鋭く訊き返す。「まだひとり殺されただけよ」

「でも、殺害された方法がかなり変わっている。それに、昔のヴァッテンの事件もあるし」

「オスロにそういう刑事がいたと思うな。名前は忘れたが」トルヴァルが言った。「九〇年代にオーストラリアで起きた連続殺人を解決したあと、酒浸りになったたって話だ」

「あまり信頼できそうもないな」

「連絡をとるだけとってみたらどうだ？」トルヴァルはいつものように楽観的だった。

「いいえ」ブラットベルクが言った。「アメリカの刑事ドラマじゃあるまいし、死体はひとつしかないのよ。この署ではそんなやり方はしないわ」

これ以上粘っても無駄なことは、ブラットベルクとは長い付き合いであるオッドにはわかっていた。残念だが、この思いつきはあきらめるしかない。酔っ払いの刑事に会うのは興味深かったろうに。

打ち合わせは終わった。ブラットベルクが出ていくと、トルヴァルが言った。

「ブラットベルクが犯人像に関心を示さなくても俺はかまわないが、ひとつだけ知りたいことがある」

「なんだ？」

「犯人は被害者の皮膚をどうするつもりなんだ？」トルヴァルはそう言って両手を振りあげ、会議室を出ていった。

オッドは少しのあいだ同僚の言葉を考えていた。トルヴァルの疑問は重要だという気がした。

打ち合わせのあと、妻の死を告知されたときのイェンス・ダールの様子を尋ねたくて、オッドはダール家を訪れた警官たちのひとりを呼んだ。ダールはひとりで自宅にいた、ちょうど仕事に出かけるところだった、とその警官は言った。妻が残酷な方法で殺されたという知らせに、ひどいショックを受けていた、と。再び警察から連絡があるまで自宅にいると話していたという。

イェンス・ダールを訪ねる前に、オッドはグーグルで彼のことを調べ、ダールが実際に考古学者であることを確認した。例によって、電話番号に基づいた様々なデータベースと、高額納税者リストにおけるダールの順位に関する無意味な情報——ダールのランキングはかなり高かった——を除けば、検索で表示されたのは科学関係の出版物やセミナー、会議、講義など。日刊紙の特集記事もいくつか見つかった。いやになるほどもったいぶった内容のものばかりだ。毎朝飲むオールボーをまだ飲んでいない頭にはとくにそう思える。まったく、トロンハイム警察で働きはじめてから、こんなタフな一日は初めてだ——覚えているかぎりでは、だが。

ひとつだけ、比較的面白そうなものが見つかった。英語で書かれたデータベースの一部だ。学会というのは、こういうけち臭いことをする。大衆の好奇心をくすぐるために最初の一ページだけ公開し、残りは文化人気取りの俗物と公的機関だけが払える高い購読料を受けとってからでなければ読ませない。しかし、オッドには、〝時の法医学〟というタイトルと、最初のページだけで十分だった。これで聞き込みのさいの話題ができた。

洒落たタイトルにもかかわらず、論文が扱っているのは、二十年前に行われたフォーセン半島における発掘だった。そこは中世後半に使われていた古い墓地で、序文からするとダールは、かなり慎重にではあるが、墓地から出てきた骸骨を調べた結果、その多くが殺された可能性があると仄めかしていた。古い骨の断片には、刺された跡など外部からの暴力的な暴力の痕跡が残っていた。ダールによれば、殺人がよくある死因のひとつだった時代に使われていた墓地から、そういう死体が発掘されることは決して珍しくないらしい。それはともかく、ダールは学者らしく慎重に言葉を選びながら、この墓地で特別なのは、骨の損傷のほとんどがよく似ていることだ、と言っている。オッドは無料で読めるページの最後の一文にとくに目を惹かれた。

そこにはこう書かれていた。〝われわれは過去から来た未知の連続殺人鬼に出くわしたのだろうか？〟


午後遅くなっても、イェンス・ダールの車はまだ車寄せに停まっていた。洗車されたばかりで、ぴかぴか光り、先週末にキャビンに行った跡はすっかり消えていた。

玄関の呼び鈴を鳴らしたあと、オッドは今朝の会話を頭のなかで反復しながら扉が開くのを待った。今朝のイェンス・ダールは健康で、満ち足りた男に見えた。実際、そうでないダールを見たことは一度もない。何度か言葉を交わしたが、常に申し分ない体調を維持しているという印象を受けた。いつ見てもウールのアンダーシャツを着て、身だしなみに気をつけている。あの男なら、キャビンへ行くだけで事務職員からアウトドア派に変貌できるに違いない。

呼び鈴を鳴らしてから一分近くして、ようやくドアの向こうに足音が聞こえた。眠っていたのか？　開錠される音がして、扉がゆっくりと開く。オッドはダールの顔に驚きを探した。これまでダールとは通りすがりに挨拶を交わす隣人どうしでしかなかったのだ。が、ダールの表情にはなんの変化もなかった。

イェンス・ダールは打ちひしがれているように見えた。まだ昼日中なのに、顔が暗く見える。顔中のしわや窪《くぼ》みが影を落としているのだ。ダールは思っていたよりも年配だった。まだ学校に通っているふたりの子どもの父親だが、あの年齢の子どもたちの親にしてはだいぶ歳をくっている。老いて、いまや悲しみに打ちのめされた父親だ。オッドは人殺しを何人も見てきた。そのなかには自分が殺した子どもや妻の死をひどく悲しんでみせた犯人もいたが、目の前にいるダールは妻を殺した男には見えなかった。

「お待たせしてすまない。何か用ですか？」

「いえ。あなたのお力になるために来たんです」

「そうですか。どういうご用件で？」

「これまでお話ししたかどうかわかりませんが、わたしは警察官なんです。奥さんの身に起こったことでお話を聞きに来ました」オッドはダールの顔を注意深く見守った。驚いたことに目の前の男の表情はほとんど変わらなかった。ダールはむっつりと押し黙り、悲しげだった。

「警察の方だったんですね」彼は無気力な声で言った。

「ええ。お邪魔してもよろしいですか？」

ダールはドアを大きく開け、脇に寄った。

「どうぞ」

ふたりは玄関に入ると向かい合った。改装の途中らしく、壁のマツ材のパネルはニスが塗られておらず、床板もところどころ剝がれている。どうやら改装はダール自身がやっているようだ。おそらく子どもたちが成長し、巣立つまで続くのではないか。ふつうの状況なら、これは会話の糸口になる。様々なタイプのパネルの寸法などを話題にできる。だが、いまはそういう状況ではなかった。

「お気の毒でした。ショックだったでしょう」

イェンス・ダールは悲しげな目でオッドを見つめた。「なんと言えばいいのか」ぽつりとつぶやく。「実を言うと、妻がいまにも仕事から帰ってくる気がして仕方がないんです。電話をもらったときは、ソファでうたた寝をして、妻のために夕食の支度をしている夢を見ていました。魚のスープをね。妻はあれが大好きなもので。だから、子どもたちが嫌いなのはわかっているが、魚のスープを作っていた。ああいう夢を見たのはずいぶん久しぶりです」

この男は最初の印象よりもひどい心神喪失状態にあるのではないか？　オッドは不安にかられ、ダールがきちんと理解するようにこう言った。

「わたしたちは隣人として何度か挨拶を交わしたことがあるから、少し違和感があるでしょうが、わたしがトロンハイム警察の警部だということはおわかりですね？　奥さんのグン・ブリータさんが殺された事件のことで、お話をうかがいに来たんです」

イェンス・ダールの目に少し光が戻った。「ショックは受けているが、気がふれたわけではない。あなたがどなたかちゃんとわかっていますよ」

「少しお訊きしたいことがあるのですが、込み入ったことをうかがっても大丈夫でしょうか？」オッドはそう尋ねたあと、付け加えた。「それとも、出直しましょうか？　質問に答えていただくのが早ければ、それだけ解決も早くなりますが」

「いま訊いてくださって結構ですよ」ダールは言った。「座りましょうか？」

そして先に立ってキッチンに入った。そこは最近改装されたようだ。オーク材と白いラミネート加工の合板で、とても上品に仕上がっている。こちらは明らかに職人の仕事のようだ。つまりダールにはそれだけの金があることになる。それにダール自身も多少は大工仕事ができるらしい。

ふたりは寄木細工の床のほとんどを占領している、どっしりしたオーク材のテーブルについた。

「コーヒーはいかがです?」ダールが礼儀正しく尋ねた。

「あなたが必要なら」

「自分に何が必要か、よくわからなくて」ダールはそう言いながら見るからに高価そうな造り付けのコーヒーメーカーへと向かった。「エスプレッソでいいですか?」

妻が殺されたことがわかったばかりなのに、なんと愚かな質問だ。ふと、昔アンニケンとした会話が頭をよぎった。〝エスプレッソ〟は、〝明示的《エクスプリシット》〟や〝急行列車《エクスプレス・トレイン》〟のように、ノルウェー語では〝エクスプレッソ〟と発音すべきなのだ。この三語はどれも、何かを表現するとか何かを押して通すという意味のラテン語の動詞、〝エクスプレッサーレ〟に由来しているからである。ところが、オッドのこの主張に、アンニケンは、〝エスプレッソ〟はイタリア語だから、ラテン語ではなくイタリア語として発音すべきよ、ともっともらしく言い返した。でも、あなたが〝エスプレッソ〟という言葉の発音について、低級なやり方で教養のある意見を述べたことは認めるわ、と付け加えた。

「ええ」そう答えながら、オッドは考えていた。明確なイタリア語でこの言葉を発音したイェンス・ダールは、なぜわざわざノルウェー風のブラックコーヒー以外のものを供することにしたのか?　コーヒーメーカーがひとしきりごぼごぼと音をたてたあと、ダールはオッドのためにダブルのエスプレッソを淹れ、自分にはグラスに水を入れてテーブルに戻った。

オッドはつかのまダールを見た。今朝着ていたシャツとネクタイから、ゆるみのあるクルーネックのセーターに着替えている。シャツとネクタイ姿で車を洗い、その後に着替えるのは、考えてみれば少し奇妙だ。もっとも、今朝顔を合わせたときは出勤する支度をしてから急いで車を洗っていたが、出勤するのを取りやめたので着替えたとも考えられる。しかし、妻が殺されたと聞いた直後に、いくら出勤を取りやめたからと言って、服を着替えるものだろうか？　とはいえ、この種の行動にはめったに論理的な説明はできない。妻が殺されたと告げられたあとの夫の行動に、型どおりの答えなどあるはずがないのだ。

「まず、いちばん重要なことから片付けてしまいましょう。奥さんは土曜日の午後十時よりも前に殺されたことがわかりました」

「そうですか」

「犯行現場である書庫内の防犯カメラの映像から判明したんです」

「犯行の映像もあるんですか？」ダールは恐怖にかられた顔で尋ねた。

「いいえ、犯行自体の映像は残っていません。残っていればあっさり片付いたんですが。しかし、土曜日の夜十時には奥さんの遺体は書庫に横たわっていた。おそらくその前からです。ですから、土曜日の朝から夜にかけてどこにおられたか、まずお訊きしなければなりません」

「今朝も言ったように、わたしはキャビンにいた。まさか、わたしがやったと思っているんじゃないでしょうね」

「いまはまだ具体的な仮説を立てるより、情報を集めている段階です。答える気になれなければ、後日また……」

「いや、かまわない。ただ、少しぼうっとしているものだから」

「お気持ちはわかります」オッドは落ち着いてそう言った。「あなたがその時間にキャビンにいたことを証言できる人間がいますか？」

「子どもたちなら。一日中キャビンにいましたから。もちろん、わたしは出たり入ったりしていたし、子どもたちはレゴや任天堂ゲームで遊んでいたが。夜はみんな早めに寝ました」

「なるほど。お子さんたちは何歳です？」

「十歳の娘と八歳の息子です」ダールは力なく答えた。

「で、ふたりはいまどこに？」

「学校から戻ったあと、それぞれの友人の家に行かせました。母親が死んだことはまだ話していない」

「そうですか。そのキャビンはどこにあるんですか？」

「フォーセンに。ブレクスタのわりと近くです」

「ほかとは離れた場所にあるんですか？　それとも、隣家から見える場所ですか？」

「岩山のあいだの林のなかにあるから、かなり隔離された場所と言えるかな。いちばん近い農場までも一キロはある。ただ、農場のイサク・クラングソースと奥さんのエリンは、わたしたちがいつ到着し、いつ立ち去ったかは知っていると思います。あのふたりは車に気をつけているから。しかし、週末のあいだずっとキャビンにいたかどうかまでは、わからないと思う」

「ブレクスタからトロンハイムまでは、車でどれくらいかかります？」

「ブレクスタからはフィヨルドの反対側にあるヴァルセットまでフェリーが出ています。ルアヴィークまで車で行き、そこからフェリーでフラックに渡ることもできる。どちらのルートも、フェリーの乗船も含めてトロンハイムから車で約二時間かな。フェリーの出る時間に合わせれば」

「二時間。どちらのフェリーも電子オートパス・システムを採用しているんでしょうね」

「いや、そのシステムを採用しているのはルアヴィークとフラック間のフェリーだけです」

「すると、ヴァルセットからフェリーに乗れば、電子記録を残さずにトロンハイムとキャビンを往復できるわけですか？」オッドはまたしてもイェンス・ダールを見つめた。妻の死を悲しんでいるこの男を、殺人犯として疑う理由はひとつもない。だが、オッドは念のためダールに揺さぶりをかけてみた。ダールはまるで動じた様子はなかった。

「フェリーの料金を現金で払い、道路に設置されたカメラを避ければね。それでも、トロンハイム周辺の料金所があるから、痕跡を残さずに往復するのは、そう簡単ではないだろうが」

もちろん、車でトロンハイムに入るさいに料金所を通過することはオッドも承知していた。興味深いのは、イェンス・ダールもその点を考えたことだ。どうやらイェンス・ダールはかなり冷静らしい。すべての料金所、スピード違反の取り締まりカメラ、フェリーの乗船所を調べ、ダールの車のナンバープレート、クレジットカード、その他彼が残したかもしれない痕跡を調べなくてはならない。おそらく、その調査はこの男のアリバイを立証することになるだろう。ダールは本心を読みとりにくい男だが、オッドがギャンブル好きなら、ダールが実際に週末のあいだずっとフォーセンにいたほうに賭けたに違いない。オッズはあまり上がらないだろうが。

「われわれはすべてを確認しなくてはならないんです」オッドは言った。

「でしょうね」ダールは水が入ったグラスを摑み、一気に半分も飲んだ。

「あなたは考古学者なんですね」

「ええ」

「科学博物館に勤務されている？」

「そうですよ」

「奥さんの職場の隣ですね。グンネルス図書館のことはよくご存じだったんじゃないですか？」

「まあね。仕事中はあまり行き来しないようにしていましたが。仕事場では、お互い別個の人間でいたんです。わたしが図書館の職員を知っているのは、仕事の関係で付き合いがあるからです。科学博物館と図書館はいろいろと協力し合っていますから。よく仕事で図書館にある資料が必要になるし」

「すると、頻繁に借りに行かれた?」

「そう言えるでしょうね」

「奥さんは図書館の誰かと特別親しい関係にありましたか?」

「どうかな。妻は同僚と仲良くやっている――いや、やっていたが、親しい友人はとくにいなかったと思う」

「奥さんに敵意を抱いているような人間はいなかった?」

「わたしが知るかぎりでは」

「職場の誰かが奥さんを殺したがっていたとは思えませんか?」

ダールは気落ちした顔で言った。「正直に言うと、図書館にしろほかの場所にしろ、そんな人間にはまったく心当たりがない」

「ええ、そうでしょうね」オッドはダールが淹れたエスプレッソをひと口飲んだ。ダール家がキッチンに備え付けたエスプレッソ・マシンはかなり性能がいいとみえて、すでに冷めていたが、いい味だった。あれを買いたいと主張したのは夫妻のどちらなのだろう?ふとそんな疑問が浮かんだが、いまはそういう質問をすべきときではない。

「科学博物館ではどういう仕事をされているんですか?」オッドは尋ねた。

「いまはリサーチ部門にいます。つまり、複数の発掘調査の指揮を執っているんです。大学の講義もいくつか受け持っているし、論文も書く」

「しかし、発掘作業自体に加わることはない？」

「めったにないですね。作業自体は、学生が夏休みのアルバイトでやるとか、臨時雇いの考古学者がやります。あまり快適な仕事ではないんですよ。労働規則を守っていたのでは、発掘はできません」ダールの顔に皮肉な笑みが浮かんだ。

「実は、あなたが昔書かれた論文を見つけましてね」オッドは言った。

「ほう、どの論文でしょう？」

「〝時の法医学〟です」

イェンス・ダールは記憶を探るような顔になり、それからにっこり笑った。「ああ、あれね。あれは科学論文とは言えないな。ずいぶん前に書いたものですよ。記憶に間違いがなければ、博士号を取ろうとしているときだったな。どうしてそんなものを？」

「インターネットのデータベースにありました」

「なるほど。デジタルな記録は誰にもコントロールできませんな。しかし、あの論文を載せた雑誌は、権利関係をきちんと処理しているはずだが」

「最初のページを読む時間しかなかったんですが、残りはどんな内容なんですか？」

「あれには、当時フォーセンのクラングソース農場で見つけたものについて書いたんですよ。さっき話したうちのキャビンの近くにある農場で、中世にはそこに礼拝堂と墓地があったんです。発掘した骸骨の多くに著しい危害を加えられた痕跡があった。で、その事実を少しばかり大げさに取りあげたわけです。死体の多くが同じ方法で殺された可能性がある、とね。しかし、悲しいかな、考古学者には五百年前の骨の名残から死因を特定できる知識はない。あの論文は推測の域を出ないのですよ。まあ、発表当時はかなり話題になりましたが。でも、あの発掘のいちばんの収穫は、『ヨハンネスの書』を見つけたことでしょう」

「『ヨハンネスの書』？」

「ええ。トロンハイム地域の中世の歴史を語る最も重要な資料のひとつでね。紙が普及し、一般に使われるようになった時代だったが、羊皮紙に手書きでしたためられている。宗教改革の直後に、フォーセンの司祭が書いたもので、計り知れない価値のある本ですよ。驚くほど優れた医学的知識でとくに知られています。それと格言でね」

「格言？」

「ええ、知恵の言葉です。たとえば、〝宇宙の中心は至るところにあり、外辺はどこにもない〟とか。格言を研究する者にとって、『ヨハンネスの書』は多くの疑問を提起させます。なぜ司祭のヨハンネスは、神についてではなく、宇宙について書いたのか？　信仰を失くしたからか？　ノルウェーにおいてルネッサンス期に勢いを増した科学的潮流を代表する人物だったのか？　どこの出身か？　大学で学んだのか？　わたしが先ほど例に挙げた格言は、いくつかの理由でとくに興味深いのですよ。紀元前二百年に、同じ言葉がグノーシス派を初めとするこの時代の宗教、哲学、科学思想を網羅した『ヘルメス文書《もんじょ》』にも出てくる。〝神は理解できる球体であり、その中心はあらゆる場所にあって外辺はどこにもない〟とね。また、一一〇〇年にはフランスの神学者で詩人のアラン・ド・リールがヨハンネスの書にあるのとほぼ同じ言葉を記しています。五百年後の一五八四年には、イタリアに生まれた哲学者ジョルダーノ・ブルーノも、〝宇宙の中心は至るところにあり、外辺はどこにもない〟と書いている。興味深いことに、ブルーノの言葉は、一五〇〇年代の半ばに記された『ヨハンネスの書』の数十年後に書かれている。しかも、二百年後には数学者で哲学者でもあったパスカルも〝自然はそのなかのあらゆる場所に中心が存在し、外辺がどこにもない無限の球体である〟と記している。この格言は、繰り返し登場するんです。一九四四年に刊行されたアルゼンチンの作家ホルヘ・ルイス・ボルヘスの『伝奇集』にも出てきます。われわれがいかに同じことを繰り返すか、真にオリジナルなアイデアがいかに少ないかの好例でしょうね。しかし、ボルヘスがこの短編集を書いたのは、『ヨハンネスの書』が発見される前だった。したがって、ボルヘスはそこから引用したわけではない。だが、こういう偶然が学者たちを煙に巻きつづけ、この奇妙な本を取り巻く謎に貢献しているわけです。ヨハンネス司祭は神秘主義者だったのか、一種のグノーシス主義者だったのか、あるいは、たんに統合する力としての神への信仰を失った自由思想家だったのか？」イェンス・ダールは一気にまくしたてた。得意分野の話をしはじめると、自分だけの世界に入ってしまうらしい。

「なるほど、すごい発見だったわけですね。その『ヨハンネスの書』はどういう形で墓地に収納されていたんです？」オッドは尋ねた。

「いや、墓地で見つけたわけではなく、さきほど言った農場にあったんです。そこの書棚に。あの夫婦はそれにどんな価値があるか、それがどんな意味を持っているかまったく知らなかった。十九世紀からずっとそこにあったんですよ。ある晩、コーヒーに呼ばれて、偶然に見つけたんです。あれが農場の書棚に収まることになったのには、奇妙な顚末《てんまつ》がありましてね。農場主の話では、曾々祖父にあたる人が手に入れたそうです」

「手に入れた?」

「そう、百五十年前のある日、街から上品な紳士が突然農場を訪れた。そして本の収集家だと名乗り、ここの住人にあげたい本がある、と言ったそうです。それが『ヨハンネスの書』です。当然、農場の主はその理由を尋ねた。すると紳士は、この農場こそそれがあるべき場所だからだと答え、昔この農場を離れ、二度と戻らなかった人殺しが書いた本だ、と打ち明けた。これは呪われた本だが、本来の場所に収まれば呪いも鎮まる、と。きっと面白い逸話として代々伝えられてきたんでしょう、イサク・クラングソースは嬉々として語ってくれましたよ。呪いが発動した様子はないから、この本は安らぎを見いだしたに違いない。だが、その紳士ははっきり〝呪い〟と口にしたそうだから、農場からこの本を持ちだしたら何が起こるか責任を持てない、とね。その夜、わたしはベッドに持ちこんで目を通し、翌朝には自分が素晴らしい宝を手にしていると確信したんです」

「それで、どうしたんです?」

「グンネルス図書館に寄贈したんですよ。まだそこにあるはずです」ダールはようやくわれに返ったような顔で答えた。
「その収集家が誰なのか、わかっているんですか？」オッドは会話を続けるためにそう尋
ねた。
「いや、謎のままです。もちろん、多くの人々が突きとめようとしたが、みな徒労に終わ
った。ブローデル・リスホルム・クヌートソンに違いないというのが大半の予想ですが」
「クヌートソンホールが捧げられている人物ですか？」
「そう。歴史上に名を残している有名な本の収集家です。ただし、フォーセンの農場を訪
れた謎の紳士とそのクヌートソンが同一人物だという手がかりは、ほかにはほとんどない。
たしかなのは、その紳士は自分の訪問を隠したかったことだけです。彼は農場の戸をたた
き、なんとも奇妙な説明をして本を手渡すと、それっきり戻らなかった」
「その本がどこかの人殺しではなく、司祭の書いたものだというのはたしかなんですか？」
「ええ、本の内容から確実です。司祭は自分自身のこともいろいろと書いている。先ほど
言ったように、一般に知られているルターの教えを超える概念なども見受けられます。本
のなかには、司祭が人殺しだった可能性を仄めかす事実は記されていません。しかし、羊
皮紙のページの一部が失われていた。引きちぎられた形跡がありました。誰が破ったのか
突きとめるのは、いまとなっては不可能ですが。農家の裏の草地にある墓地でわれわれが
見つけた〝被害者〟も、謎の紳士が言うようにヨハンネス司祭が殺したのかもしれない、
と冗談を言い合ったものですよ」

ダールは再び口をつぐんだ。話をしているあいだは妻が殺されたという現実から逃れられるのだろうか？　だから、『ヨハンネスの書』の話をこんなに長々と続けているのか？　オッドはダールの気持ちを推し量ろうとした。どんな関わりかは不明だが、いまの話は事件と関係がある気がする。

「本から引きちぎられていたページですが、あなたはどう思います？　誰が、いつちぎったんでしょう？」

「さあ？　それは誰にもわからない謎ですよ。しかし、イサクの農場に届く前に破られたのはたしかです。あの本のページは羊皮紙だった。それ自体で価値のあるものだったわけです。十二世紀あたりから紙が使われるようになると、羊皮紙はどんどん希少になっていった。まあ、たとえば豪華装丁版などには、今日でもまだ使われている。本の所有者が何ページかちぎって売ったとか、ほかの本の装丁に使ったのかもしれない。雑に扱われたせいで、綴じ紐からはずれただけだという可能性もある」

「『ヨハンネスの書』には相当な価値があるのでしょうね」

「ああいう本に値段をつけるのは不可能でしょうね。唯一無二の本ですから。ノルウェーの市場で、あれに類するものが売買されたことはありませんよ。ほかの国でもないはずです」ダールはこう付け加えた。「たとえ誰かが盗んだとしても、よほど変わり者の億万長者を見つけないかぎり換金するのはまず無理でしょう」

「あの書庫にある本は、大部分が同じような高価なものなんですか？」

「ええ。しかし、妻を殺したのは本泥棒だと思っているわけではないんでしょう?」

「いまのところ、どんな可能性も排除はできません」

殺害の方法を考えれば、盗みに入った人間が見つかって殺したとは考えにくい。少なくとも、金のために稀覯本を盗もうとした者が、邪魔をされたために殺した女の皮を剝ぐことはありえない。しかし、泥棒にはほかの、あまり論理的とは言えない動機があったとすればどうか? そういえば、何も盗《と》られていないことを裏付けるのはヴァッテンの言葉だけだ。早急にその点を確認するとしよう。

少しのあいだ雑談を続け、空《むな》しく響く慰めの言葉をかけたあと、オッドは立ちあがった。しかし、ダール家を辞す前に、もうひとつ告げておかなくてはならないことがあった。

「ひとつお願いがあるんです」オッドはそう言ってダールの肩に手を置いた。

「なんでしょう?」ダールは疲れ切った顔で訊き返した。

「つらいでしょうが、お子さんたちに奥さんのことを話してもらえませんか。いますぐではなくても、お子さんたちに確認をとらなくてはなりませんから。今日のうちに話したほうがいいでしょう。隠しとおすわけにはいかないですし、ほかから耳に入るよりあなたから聞くほうがいいと思います」

そのとおりだと気づいたらしく、イェンス・ダールはうなずいた。

17

オッド・シンセーカーは自分のアパートへと向かっていた。が、まっすぐ帰宅せずに、ノンネ通りとキルケ通りの交差点に出た。ノンネ通りをローゼンボリ中学校のほうに歩きながら、携帯電話を取りだして警察本部の番号を押す。モーナ・グランと話したかったが、すでに帰宅したあとだった。今日は仕事始め、自分もずっと前にそうしているべきだったのだ。だが、オッドは不思議と疲れを感じなかった。

重大犯罪課の誰かに繋いでくれ、と頼むと、知らない警官が応じた。

「シリ・ホルムという女性の住所を調べてくれないか。グンネルス図書館に採用されたばかりの司書だ」

「わかっているのはそれだけですか?」警官が尋ねてくる。

「いまのところはそうだな」

「折り返します」

電話を切り、最近建てられたばかりの中学校へと歩きつづけた。中学校と同じくらい新しい、ローゼンボリ公園に隣接するこのあたりの緑地帯とアパート群は、一平方メートルの単価が目の玉が飛びでるほど高い。とはいえ、トロンハイムでも屈指の大きさを誇る公園自体は、都市デザインとして成功を収めた場所のひとつだった。フェストニングス公園、古いローゼンボリ・サッカー競技場、クーハウゲンの三つが繋がり、広大な緑地帯となっているのだ。

ベンチを見つけ、腰を下ろして電話が鳴るのを待ちながら、ひょろりとした金属の彫刻群がある池をぼんやりと見つめた。スペインの建築家ガウディに触発されたという彫刻のなかには、魚もバレリーナも混じっている。どの彫刻からも水が噴きだしているが、唯一空高く垂直に水を噴きあげている魚の彫刻が噴水のいちばん端にあることが、オッドには気になった。そのせいで、ひどくバランスが悪く見える。もちろん、意図的にそういう配置がしてあるのだろう。が、自分のなかの秩序を貴ぶ警官の部分が、違和感を訴えてくる。左右対称でないものを目にすると、なんとなく落ち着かないのだ。

『ヨハンネスの書』とそれを農場にもたらした紳士のことが頭に浮かんだ。古い墓地、呪い、謎めいた格言に満ちた本――さながら怪奇小説の世界だ。書庫で起きた事件を思えば、紳士が言った呪いは本物だったのかもしれない。そして農場から本が持ちだされてから二十年近くたったいま、その呪いがやっと成就したのか？　そう考えながら、オッドは苦笑した。一杯あおれば、もっといい考えが浮かんだろうに。

腕時計を見ると、酒屋はすでに閉まっている時間だった。くそ、明日の朝食もオールボーなしか。それにしても、なんと苛立たしい事件だ。しかも、この事件にはどこか不合理なところがある。なぜグン・ブリータが殺されたのか？　なぜ死体は皮を剝がれたのか？　よりによって、なぜあの書庫で？

猟奇的とはいえ殺人は殺人、調査は常に同じ手順で始まる、オッドはそう自分に言い聞かせようとした。証拠を集め、それを分析し、目撃者や捜査線上で浮かんだ容疑者を尋問し、パズルのピースをすべて集めて適所にはめこむ。そうすれば最後は明確な絵ができあがる、と。だが、今回はピースの数が多すぎる。

過去に妻と息子殺しの容疑者だった男が、犯行が行われたとおぼしき時間に殺人現場のすぐ近くにいた。本来なら、この男に焦点を絞るべきだろうが、五年前には完全に犯行の痕跡を隠しおおせた男が、これほど多くの痕跡を残すだろうか？　今回、警察には精液と指紋がある。妻と息子が姿を消した事件で、ヴァッテンは警察がとうとう崩せなかった絶妙のアリバイを用意した。だが、今回彼は殺人が行われたあともまだ犯行現場である図書館にいたというのに、筋の通った説明がまったくできずにいる。しかも、客観的に見れば、ヴァッテンが関わったふたつの犯罪が、同一犯によるものだと仄めかす根拠はほとんどない。手口も状況も完全に違う。それにあの男がグン・ブリータを殺す動機はなんだ？

それからイェンス・ダールがいる。妻が殺された事件では、たとえ堅固に見えるアリバイがあっても、夫を容疑者から除外することはできない。夫が犯人である確率が圧倒的に高いのは周知の事実だ。しかし、妻の皮膚を剝ぎたがる夫がどこにいる？　いや、呪いのかかった本、そこから捜査を始めてはどうだろう？　そのほうがまだ合理的ではないか。

そう思ったとき、先ほどの若い警官から電話が入った。シリ・ホルムはアスビョルンセンス通りに住んでいるという。警官の告げた住所は、オッドがいるところから、歩いてもわずか五分の距離だった。


シリ・ホルムはバスタオルを巻いた姿でドアを開けた。ブロンドの髪が濡れ、肩と脚から水が滴っている。ふたつの知的な目が、笑みを含んでオッドの驚いた顔を見た。「あら、失礼。警察の方だとは思わなくて。わかっていたら、服を着てから開けたわ。シャワーを浴びていたの」

「オッド・シンセーカーです。今朝図書館で捜査に加わっていました。来客の予定でもあるんですか？」オッドはかすかに赤くなりながら尋ねた。

「いいえ。体を動かしに行くところだったの」

「体を動かす前にシャワーを浴びるんですか？」

「テコンドーの稽古は、相手とかなり接近することが多いの。汗臭いよりも、いいにおいのほうがいいでしょう？　心配しないで、稽古のあとにもちゃんとシャワーを浴びるわ。でも、お入りになって。わざわざいらしたのは、わたしの衛生状態を確認するためじゃないんでしょうから」

オッドはつい笑っていた。シリ・ホルムはフィヨルドの眺めが素晴らしい部屋に彼を招き入れた。そこはまた、これまでに見たどの部屋よりも散らかっていた。つかの間、オッドは部屋を見まわしながら、呆れて立ち尽くした。

「アンティークを集めているんですね」ようやくそう言って、古い羅針盤のように見えるものを床から拾いあげた。

「ほとんどが母のものよ。一年前に死んで、父が欲しがらなかったものをわたしが相続したの。残念ながら、何ひとつ捨てられない性格も受け継いだみたい」

オッドはかがみこんで羅針盤を床に戻し、代わりにナイフを取りあげた。美しい象牙の柄には、長い外套を着た男が彫刻されている。刃の部分は小さく薄いが、まるで現代のメスのように鋭い。このナイフも古いものに見えた。鉄の部分がところどころ変色しているのは、錆を磨いたからだろうか。

「あら、目が肥えているのね。それはわたしのコレクションでいちばんの宝物よ。父からの仕送りが途絶えたら、実際に高額で売れるのはそれだけ。一五〇〇年代の初めにイタリアにいた、アレッサンドロ・ベネディッティという有名な外科医のものだったらしいわ」

「聞いたことがないな」

「知っているべきよ」シリ・ホルムが叱るように言った。「ベネディッティは鼻の整形手術を行い、それを世界に初めて報告した外科医なの。腕からとった皮膚で鼻を再生したのよ。でも、いちばん有名なのは解剖学者としてね。ベネディッティは人体の構造にとても興味を持っていたの」

「あなたも人の体に興味があるんですか？」オッドはナイフをじっくり見ながら尋ねた。

「生きている人間の体ならね」シリ・ホルムは笑いながら答えた。今朝、死体を発見したというのに、よく笑う女性だ。「いえ、この答えはちょっと違うわね。だって、人間に興味があれば、人体にも興味があるはずだもの。それに、アレッサンドロ・ベネディッティが死体を切り開いてそのなかを調べはじめなければ、現代の医学はどうなっていたことか」

「ナイフに関してはどうです？　ナイフにも関心があるんですか？」

「ふだんよく使うのはパンを切るナイフだけ。そのナイフは、いま言ったように、一種の貯金なの」

「どうして本物だとわかるんです？」

「母がそれを買ったのは、ヴェネツィアのサン・マウリッツィオにある有名なアンティークの店だった。ちゃんと保証書も付いていたわ。決して少額とは言えない祖父の遺産の半分をつぎ込んだの。わたしもオスロで専門家に鑑定してもらったわ。ベネディッティのものでないとしても、同時期にヴェネツィアかパドヴァで開業していた外科医か解剖学者のものですって。どちらでも、それはど価値は変わらない。だったら、一五〇〇年代にヴェネツィアの誰かの鼻を美しくするのに使われたと考えるほうがロマンティックでしょ。それはともかく、医学の進歩はわたしたちが望むほど速くないのね」

シリ・ホルムは話しながらタオルをはずして体を拭きはじめた。まもなくそのタオルを洗濯物や毛糸の玉や古いミシンで覆われているソファに投げ、部屋の真ん中に置かれた古いマネキンに全裸のまま近づくと、着せてあったテコンドーの稽古着を取った。シリがそれを着るあいだ、オッドは背を向けてフィヨルドを眺めていた。

「もうこっちを見てもいいわよ」

オッドは振り向いて、シリ・ホルムが黒帯を締めるのを見守った。いま見たものに関して何か言うべきだろうか？　ちらっとそう思ったが、結局何も言わないことにした。

「図書館での殺人事件について、いくつかお訊きしたいことがあるんです」

「ええ、そうだと思ったわ」シリ・ホルムは汚れた皿を何枚かソファから床に移し、空いた場所に腰を下ろした。ミシンも床に下ろして、オッドが座る場所を作る。だが、彼は立ったまま尋ねた。

「あなたは死体発見者のひとりでしたね？」

「ええ、ヨンとわたしが見つけたの」

シリ・ホルムがヴァッテンを名前で呼んだのは少し奇妙ではないか？

「どんな気持ちがしましたか？」

「最悪だったわ。グン・ブリータとは土曜日の午前中ずっと一緒だったの。少し厳しいけど、気持ちのいい人だった。司書らしくとても几帳面で。彼女にあんなひどいことをする人間がいるなんて信じられない。しかも、あの場所で」

「死体を発見したときのヨン・ヴァッテンの様子はどうでした？」

「警察は彼を疑っているのね？　でも、それは間違いよ」まるで、これは一般的に受け入れられている真実だと言わんばかりの口調だった。

「どうしてそう断言できるんです？」

「ただわかるの。あなたが離婚して、人生の危機を乗り越えたばかりだということや、わたしの裸にまったく動じてないふりをしたこともわかるわよ」

オッドは驚きを隠そうとした。だが、本当に驚いたのか？　この部屋で相手の気持ちを読めるのは、シリ・ホルムだけではない。図書館で見かけたときから、この若い女性には変わったところがあるのはわかっていた。

「たんなる推測ならべつだが、知識は常になんらかの根拠に基づいているものですよ。それとも、いま言ったことはただのあてずっぽうですか？」

「犯罪小説はお好き？」シリ・ホルムは尋ねた。

「医者だからといって医療小説が好きかな？」

「あなたが犯罪小説を読む人ならわかるはずよ。事件を捜査する人間にはふたつのタイプがあるの」シリ・ホルムはオッドの皮肉を無視して続けた。「ひとつは理性的で、系統立った考え方をするタイプ。このタイプはコツコツ証拠を集め、すべての手がかりをまとめて事件を解決する。それほど系統立っていないタイプのほうは直観に従い、決定的な手がかりを探す。でも、どちらのタイプもすることは同じ。彼らは証拠を評価するの。ただ、ほかの人たちよりも速く考え、手がかりを関連付ける人もいるわ。シャーロック・ホームズがそうよ。すぐれた直観に見えるものは、実際のところとても迅速で系統的なデータ処理にほかならないの」

「現実の捜査でも、それが重要だと？」

「もちろん。たとえばあなた。ここに来てから十五回は額のすぐ上の同じ箇所を掻いているわ。もちろん、ただの悪い癖かもしれない。でも、頭を掻く人はめったに正確に同じ場所を掻かないものよ。だから、癖ではないってことになる。それに掻き方もふつうと違う。あなたはさりげなく目をそらすようにして、すばやく掻くわ。ほかの人たちの注意を引きたくないみたいに。掻いている場所のことは話題にしたくないからでしょうね。わたしの想像では、手術の傷ではないかしら？　そして額の生え際に手術の傷がある人の大半は、命にかかわる大病をしているわ」

「離婚のほうは？」

「簡単よ。あなたはこの夏、離婚した。薬指にまだ結婚指輪の跡が残っているところをみると、夏のあいだは指輪をしていたのね。だから、はずす前に手が少し日焼けして、指輪の跡が目立つんだわ。もちろん、今日だけ家に置いてきた可能性もあるけど、あなたの振る舞いと合わせて考えると、わたしの推理にほぼ間違いないわ」

「ぼくはどんな振る舞いをしていたのかな？」

「自分をコントロールしたい人みたいによ。ほかの人を管理したいわけじゃないわね。もしもそうなら、わたしに好きなように話させてくれないでしょうから。でも、自分のことはきっちり管理したい。わたしが裸になったとき、本当はそうしたくなかったのに目をそらしたこととか、部屋を見まわす様子からすると、これは想像だけど、あなたはとても重い病気にかかり、そのせいで自分の人生をコントロールできなくなったと感じているんじゃないかしら。そしてそれを取り戻そうとしてうまくいかず、自分から逃げた」

「大したものだ。しかし、ほかの点についてはどうかな？」

「わたしのことを欲しくないふりをしてる、と言ったこと？　欲しくなければ、とっくにここに来て隣に座っているはずよ」シリ・ホルムはそう言ってソファの隣を叩いた。「この部屋には、あまり座る場所がないもの」

　オッドはこらえきれずに笑っていた。なんと楽しい女性だ。ここまで抑制のない人間に会うことはめったにない。この職業ではとくに、これほど率直で、これほど正しく相手の性格を判断できる人間に会うのは珍しい。自分でも驚きながら、オッドはソファに行き、隣に腰を下ろした。シリの髪はまだ濡れていた。

「この事件に話を戻しましょうか」彼は言った。「さきほど、ヴァッテンはこの殺人とは関係がない、と言いましたね」

「なんの関係もないとは言ってないわ。殺したのはヨンじゃないと言っただけ。あなた方は間違った人間を疑っているのよ」

「そう断言する根拠は？」

「ねえ、刑事さん、わたしにあなたの仕事をしろと言ってるの？」

「いや。しかし、この事件に関する情報があるなら、ぜひとも教えてもらいたいな」

「わたしが事件について持っている情報は、ヨンは誰かの喉を切り裂き、皮を剝げるような人ではないってこと。実際の捜査は警察にお任せするわ」

オッドはため息をついた。が、こういう問答から何も得られないことはわかっていた。

「あなたは明らかに観察力の鋭い人だ。あの書庫で死体を発見したとき、ほかにも何か気づきましたか？」

「たとえば？」

「本が一冊なくなっているとか」

「あの書庫に入ったのは初めてだったのよ。わかるわけがないでしょ」

「たしかに」

「なくなった本があるの？」

「いや、そういうわけでは」オッドはためらった。「『ヨハンネスの書』という本をご存じですか？」

「もちろん」

「もちろん？」

「ええ、あなたがグンネルルス図書館に雇われたばかりの司書だったら、当然知っていることだから。『ヨハンネスの書』は書籍通のあいだではとても有名な本よ。それに、わたしはほとんどの人たちよりも詳しいの。司書になる勉強をしているときにあの本について論文を書いたんですもの」

「なるほど」オッドは考え深い顔になった。「では、呪いがかかっていることも知っていた？」

「ええ、それも」シリ・ホルムは笑いながらうなずいた。「だけど……あなたって意外な一面があるのね」

「いや、呪いを信じているわけでは。本にかかっていた呪いが、突然いまになって人を殺したと思っているわけではありませんよ」オッドは語気を強めた。「ただほかの人々はそう思うかもしれないと」

「よかった、びっくりしたわ。まあ、呪いはともかく、わたしたちが捜している犯人が理性的な人間でないことはたしかね」〝わたしたち〟という、まるで書棚にある犯罪小説のひとつから出てきたみたいなその言い方が、不思議とシリ・ホルムに似合っていた。「たんに理性が欠けているよりも、はるかにひどいかもしれない」

「つまり？」

「氷のように冷酷な犯人が理性のないふりをしている、とか」

「ミステリーの読みすぎではないかな」オッドは書棚のほうに顎をしゃくった。

「ミステリーをいくら読んでも、現実の殺人事件を解決する術は学べないわ。小説に描かれている捜査は、現実のものとはまるで違う。小説の事件を解くには犯人を突きとめなくてはいけないと思っている人が多いけど、実は作家を知ることが重要なの」

「興味深い視点ですね」

「読者が犯人の正体をつかむ早さは、作家がどれほどうまく犯人を隠せるか、反対にどれほど犯人を隠すのが下手かに関わってくる。作家の視点からすると、難しいのは、なんらかの方法で犯人を物語に登場させなくてはならないってこと。いちばん一般的なのは、犯人を複数の容疑者のなかに隠してしまう方法ね。そのさい、犯人をあまり疑わしくないように描こうとするのは、よくある間違い。それじゃ、あまりに見え見えだわ。でも、優雅にやってのけることも、微妙な方法でそうすることもできるのよ。アガサ・クリスティは犯人を隠す名人だと言われてる。子どもや語り手が犯人、容疑者全員が犯人の作品もあるくらい。被害者のひとりが犯人だったと判明する作品まであるわ。捜査をしている本人が犯人だという作品もね。ところどころ記憶が途切れるとか、記憶喪失で、自分が人殺しをしたと知らずに犯人を捜している、という設定だったかな」

シリ・ホルムは話しながら、オッドの膝に触れ、そのままそこに手を置きつづけた。オッドは顔が赤くなるのを感じた。シリの言葉が耳を素通りしていく。魅力的な若い女が自分の膝に手を置いていること、ずいぶん長いことセックスにはご無沙汰だということしか考えられなかった。しかもシリはひと目で彼が離婚していることを見抜いたのだ。

「そろそろ体を動かさないと」シリが言った。「どんな形でもかまわないんだけど」膝にあった手がオッドの頬へと移る。最初のキスのあと、オッドは抵抗する気をまったく失った。

シリ・ホルムは目を開けた。オッド・シンセーカーがアパートを出ていったあと、眠ってしまったようだ。ソファに横になったまま、少しのあいだ甘い記憶の余韻を楽しんだ。黒帯はまだ腰のまわりに残っているが、稽古着はすぐ横にあるコーヒーテーブルの上に放りだされている。体を起こし、笑みを浮かべて両手の親指を黒帯にかけると帯を下へずらし、床に落としてからバスルームに向かった。シャワーを浴びなくては。部屋は散らかし放題だが、体は清潔に保つよう心がけているのだ。

そのあと、下着をつけずにジーンズをはき、色鮮やかなブラウスの上から赤いレインコートに袖を通した。キッチンへ続くドアのすぐ横に掛けてあるアンティークの時計は、夜もだいぶ遅い時間であることを告げている。シリ・ホルムはアパートをあとにした。

ほんと、あの警部の言うとおり、わたしの観察力は抜群だ。

シリ・ホルムは自分の暗証番号に続いて、今朝こっそり見て暗記しておいたヴァッテンの暗証番号を書庫のキーパッドに打ちこんだ。電子錠がカチリと機嫌のよい音をたてる。扉を開いて、ちらっと天井の防犯カメラを見上げた。電源が落ちたままだから、あれは問題ない。なぜか鍵のかかっていないヴァッテンのオフィスで、すでに確認してあった。

警官ほどセキュリティにずさんな人たちも珍しい。犯罪が行われた場所で、すぐあとにべつの犯罪が行われるとは思わないのだろう。シリは鼻をひくつかせ、書庫のなかに残っているにおいを嗅いだ。警察は犯罪の証拠をすべて持ち去ったけど、死のにおいだけは持っていけなかったようだ。でも、それはかまわない。長いことここにいるわけじゃないもの。シリは革表紙の薄い小さな本がある書棚にまっすぐ向かった。その本を手に取り、めくりながら各ページを調べ、次いで表紙を注意深く調べた。

「やっぱりね」ぽつりと言葉をこぼし、手にした本をビニール袋に滑りこませて、レインコートのポケットに入れた。グンネルス図書館をあとにしたときは、午前零時を十三分過ぎていた。シリの入館と退館を録画している防犯カメラはひとつもなかった。自分のカードキーができるのを待つあいだマスター・キーを使っているから、シリが図書館に入ったという電子的な記録も残らない。

18

一九九六年六月　ヴァージニア州リッチモンド

「ショーン・ネヴィンスと？　本気なの？」スーザンが笑った。

「ショーンのどこがいけないのよ？」フェリシアはくってかかった。「誰かに決めなきゃいけないでしょ。バージンのまま卒業したくないもの」

「だけど、ショーン・ネヴィンスとするの？　あの父親にべったりの？　親があんなに金持ちじゃなければ、最低なやつよ」

「ひどい！　あたしが選んだ相手が最低ですって？」

「ほんとのことだもの。あんたもわかってるはずよ」

「あら、あたしは好きだな。ハンサムだし」ホーリーが口をはさんだ。

「ありがと、ホーリー」フェリシアは苦笑いした。なんてばかげた会話だろう。

「まあ、ハンサムには違いないけど」スーザンが手にしたマリファナを深々と吸う。「どのみち、初体験の相手と結婚するわけじゃないしね。バージンを捨てればいいんだから。

残ってるのはあんただけよ、フェリシア」スーザンはそう言ってほとんど吸いさしに近いマリファナ煙草を差しだした。「ほんとにいらないの？」

フェリシアはうなずいて、指にはさんだふつうの煙草を掲げた。

「ヴァージニアの特産品。こっちのほうが体にはずっといいわ」そっけなく応じる。「それに、頭をはっきりさせておきたいの」

三人はジェームズ川の土手に座っていた。スーザン・マドックスとホーリー・レヴォルトは子どものころからフェリシアの大事な親友で、誰にも言いたくないことさえ打ち明けられる相手だった。卒業を間近に控えているのに、まだバージンだという秘密もそのひとつだ。その件に関するスーザンの意見は単純明快だった。

「とにかく、目的は抱かれることよ。お上品と行かないまでも、あまり乱暴なやり方じゃなければいいとしなきゃ」

「だけど、せめてロマンティックに誘惑するふりぐらいしてくれないと、その気になれないでしょ？」ホーリーが言った。

「べつに大好きじゃなくてもいいの。でも、この人なら好きになれそうと思える相手がいいな」フェリシアは言った。

「バージンを捧げた相手と結婚するの？　それともただ寝るだけ？」

正直に言えば、フェリシアはどちらも避けたかった。もっとも、最近は初体験することを想像するとどきどきする。ただバージンを捨てるというより、もうすぐ十八歳で心も体もその準備ができているからだろうか。そろそろいいかな、と感じるのだ。こんなに長く待ったせいか、実際にしたい気になっている。スーザンの言うとおり。恋に落ちるのはまだ先の話。それでも、これだけは譲れない。抱かれるならハンサムな相手でないといやだ。

スーザンはマリファナの残りを土手に弾く前に、もう一度だけ深く吸いこんだ。赤い光に横顔が浮かびあがって消える。三人の後ろ、リバードライブへ登っていく小道のはずれからは、ブライアン・アンダーソンが催しているパーティの喧騒《けんそう》が聞こえた。三人が土手でひと息入れているあいだに、騒音のレベルはさらに上がっているようだ。もうすぐ警官が到着し、解散させられるだろう。父の同僚と顔を合わせる前にショーンとパーティを抜けだしたければ、そろそろ戻ってショーンを引っ張りださなくては。でも、必死になっていると思われるのは避けたかった。多少は面目を保ちたい。

三人は優しい花の香りが漂う桜並木を、アンダーソン家の庭へと下りていった。授業で学んだ句がふと浮かんだ。一六〇〇年代に芭蕉《ばしょう》という歌人が歌ったものだ。芭蕉は毎年春に桜が咲くと友人を集め、桜の木の下に並んで横になり、連歌と呼ばれる長い詩を作ったという。ひとりが読んだ俳句に、次々に繋げた長い即興の詩。使うのは言葉だけだが、一種のジャズのようなものだ。

「〝古池や蛙《かわず》飛び込む水の音〟か」

スーザンがちらっと見て、低い声で笑う。マリファナのせいでなんでもおかしく思えるのだろう。同じ詩の授業を受けたホーリーはちゃんと気づいた。

「俳句ね」

「芭蕉よ」

「俳句はいいわね」ホーリーは微笑した。「頭を真っ白にして、物事をあるがままに捉え、蛙をぴょんと飛ばせる」

「でも、〝水の音〟って？　蛙は水の音をどう思うのかな？」フェリシアはホーリーにというより、桜の花に向かってつぶやいた。


パーティに戻ると、ショーンはビールを手にサッカーチームの仲間と話していた。サッカーチームの男の子たちは、親がどれだけ裕福かによってフォルクスワーゲンかＢＭＷを乗りまわし、胸ポケットにポロのマークが入ったシャツにトップサイダー（古くからのデッキシューズブランド）をはき、《ザ・スミス》みたいなわけのわからないイギリスのバンドを聴く。ショーンは低俗なものは大嫌いだとよく口にするが、ショーンこそ低俗だという子もいる。まあ、たしかに少々自惚《うぬぼ》れているかもしれない。でも、ユーモアのセンスはある。それに、詩の授業で彼が口にした意見には、頭のよさがにじみでていた。だけど、今夜いちばん重要なのはショーンがハンサムだということだ。

フェリシアの姿が目に留まると、ショーンは仲間から離れてそばにやってきた。「やあ、楽しんでる？」

「まあまあ」フェリシアはショーンを無理に仲間から引き離さずにすんでほっとしながら、同じくらい楽しめることはほかにもある、と仄めかした。ショーンはフェリシアが言いたいことに、すぐに気づいた。

「退屈なパーティだよな。ドライブでもする？」

「結構飲んだんじゃないの？」

ショーンはボトルの残りをあおり、芝生に投げ捨てた。「ほんの一、二本さ」

フェリシアは笑った。「慎重に運転してよ。仕事中の父さんと顔を合わせるはめにはなりたくないもの」

「俺の運転はいつも慎重だよ。知ってるだろ」

ふたりはまず川沿いに走り、街を出た。ショーンの車はＢＭＷ。ネヴィンス家なら新車でも買えるはずだが、二、三年前の型だ。両親は息子を甘やかしたくないのだろう。ショーンは鉄橋の下のまわりからは見えない場所に車を停めた。坂を下れば、夜の川の暗い水面が見える。エンジンを切ったとたん、ショーンはフェリシアがその気になっているかどうかを確かめようとした。フェリシアは黙って好きなようにさせておいたが、彼の手が這いおりていくと、それを押しやった。ショーンはあきらめずに、短いスカートのなかに手を滑りこませ、腿のあいだを探ろうとする。フェリシアは体をひねり、その手から逃れた。

「わたしもしたいけど、車のなかじゃいや」そう言って座り直す。ショーンはついさっきフェリシアが荒々しくつかんだ襟元の乱れをなおしている。ジーンズの前がテントのように膨らんでいるのを見たとたん、突然ショーンがハンサムかどうか自信がなくなった。

「いいよ、うちに行こう。親父《おやじ》たちは別荘に行ってて、明日までは帰ってこないんだ」

ふいに、胸が締めつけられたように苦しくなった。下の川を流れていく水の音が、重苦しい旋律のように耳のなかで響く。でも、どういうわけかまだショーンが欲しかった。

ショーンは曲がりくねった道をゆっくり街へと戻っていった。ヘッドライトの光と夜の闇、目に入るのはそれだけだ。まるで街の灯《あか》りに引き寄せられていくようだ。ラジオではクリス・アイザックが物憂い声で《ウィキッド・ゲーム》を歌っている。家並みが見えはじめるころ、その歌が〝誰も本気で誰かを愛しちゃいないのさ〟という気の滅入《めい》るような一節で終わった。フェリシアは自分がもう状況をコントロールできないことに気づいた。川から離れたとき、家に送ってくれと頼むべきだったのだ。いったい、なぜそうしなかったのか？


ショーンがネヴィンス家の車庫の日本製小型車の横にＢＭＷを入れたときには、すでに十一時半になっていた。ふたりはまっすぐショーンの部屋に向かった。角にある窓から樹木の多い庭を見下ろす広い部屋。そこは生い茂る木で隣人の目からは見えないが、日中はよく陽が入りそうだ。真ん中に置いてあるダブルベッドが、フェリシアに両親の部屋を思い出させた。違うのは暑いことだけだ。

ネヴィンス家のほかの場所はクーラーが効いて涼しかったが、ショーンの部屋だけは暑かった。クーラーが切ってあり、開いている窓から湿った外の空気が入ってくる。

「暑いほうがよく眠れるんだ」ショーンは言った。

フェリシアはほほ笑んだ。

「暑すぎるなら、服を脱いだら？」

フェリシアはごくりと唾をのんだ。「明かりを消してよ」

もう、何ひとつ正しく思えなかった。ふたりは暗がりで服を脱いだ。ショーンは素早く、手際よく。まるで寝る用意でもするように。フェリシアの手はともすれば止まりそうになる。緊張のあまり、ブラジャーをはずすのに手間取った。すでに一糸まとわぬ姿でダブルベッドのすぐ横にいるショーンが、じれて手を伸ばしてきたらどうしよう？　フェリシアは不安にかられた。だが、ショーンは暗がりのなかで影のように動かない。フェリシアのほうを見ているのか、目を閉じているのかすらわからなかった。ようやくブラジャーがはずれると、フェリシアはショーツを脱がずに彼の隣に横たわり、身を乗りだしてキスした。が、ショーンはキスを返そうとはせず、ショーツのゴムの端をつかみ、それが弾けるまで引っ張った。

「このほうがいい」かすれた声は、いつものショーンの声とはまるで違う。彼はそのあと二度ばかりショーツを引っ張り、すっかり取り払ってしまうと、笑いながら破れたショーツを床に放り投げた。うっすらと体を覆う汗が一気に冷えたような気がして、フェリシアは体を起こした。

「やっぱりしたくないわ」

「なんだよ、どうしたんだ？　女はみんな乱暴なのが好きだろ？」

「違うわよ」フェリシアは言い返した。声が震えているのに気づいて、唇を嚙む。しっかりしなさい。

「まさか、このまま帰る気じゃないだろうな？　男をその気にさせて焦らすのが好きなんだってな。けど、俺はごめんだぞ」

ショーンの口から飛びだしてくる言葉が信じられなかった。こんなやつにバージンをあげるつもりだったなんて信じられない。フェリシアは何も言わず寝返りを打ってベッドを下りようとした。するとショーンが髪をつかんだ。もう片方の手をフェリシアの腿のあいだに入れてくる。いきなり二本の指をヴァギナに突っこまれ、下腹部に焼けるような痛みが走った。

「くそ、全然濡れてないじゃないか。こっちがだめなら、口でやってもらうぞ」ショーンは指を引き抜き、つかんでいる髪を引いてフェリシアの顔を自分に向けた。

フェリシアは思わず声をあげた。怒りと恐怖の悲鳴を。だが、小さな子どもみたいな声しか出なかった。「髪を引っ張るのはやめて。やるわよ、やればいいんでしょ」

「ああ、そうさ。くそったれ」

フェリシアは怒りに震えていたが、涙をのみこんだ。こんな男の前で泣いてたまるもんか。言われたとおりにするしかない。そうすれば家に帰れる。

　マットレスに膝をつき、口を開けると、ショーンがペニスを突っこみ、一定のリズムで動きはじめた。彼がうめき声をもらしながらそれを引き抜くたびに、自分のなかから何かが吸いとられていくようだった。ショーンが達した瞬間、フェリシアは顔をそむけようとした。でも、ショーンは股間に顔を押しつけ、口のなかに精を放った。フェリシアはショーンの手が頭から離れるとすぐに仰向けに倒れながらベッドを離れ、床に落とした服を拾って頭からかぶった。それから靴をはいた。ショーンは頭の下で手を組んで横たわり、笑いながら言った。

「きみも同じくらい気持ちよかったといいけどな」

　フェリシアは飲みこまずに口に含んだままだった精液を憎むべき相手の顔に吐きだし、平手打ちをくらわせた。

「くそったれ」冷ややかな声で毒づき、きびすを返して部屋を走りでた。ありがたいことにショーンは追ってこなかった。

19

モニュメント・アヴェニュー・パークの家まではかなりの距離があったが、フェリシアは歩きとおした。暖かい夜だというのに全身が震え、心が麻痺するような空しさと怒りが交互に襲ってきて途中何度か立ちどまらなくてはならなかった。どうしてあんなやつを選んでしまったの？　その疑問が頭のなかでぐるぐるまわる。いくら見た目がよくても、心は腐ってる。そんなやつの思いどおりになるなんて。わたしもその程度だってことになる。

二階にあるアパートに入ると、居間には明かりがついていた。午後四時から深夜までの勤務があけ、父が戻っているのだろう。フェリシアの父は警官だった。居間でくつろいでいるに違いないが、父にレイプまがいの仕打ちをされたと打ち明けることはできない。絶対に。ショーンもそれがわかっていたんだ。わたしが警察に行かないことが。父には決して話さないことが。そう思うと、吐き気がいっそうひどくなった。フェリシアは足音をしのばせて居間の前を通り過ぎ、バスルームに入った。喉に指を突っこみ、父に聞こえないようにできるだけ静かに吐いた。母はいつも睡眠薬を飲んで寝るから、そっちは心配ない。ひとしきり嘔吐すると、歯を磨き、二十回は口をすすいでから、そっとバスルームを出て自分の部屋に行った。父さんはパーティで飲みすぎたと思うだろう。でも、今夜の経験に比べれば、飲みすぎたと思われるくらいなんだというの？

その夜はまんじりともせずに天井を見つめていた。汗を掻いているのに、震えが止まらない。何もかもだいなしになってしまった。もうすぐ十八歳、卒業式はほんの数週間先なのに、学校へ行けるかどうかわからない。もちろん、ショーン・ネヴィンスと顔を合わせるのも耐えられないが、あんな経験をしたあとで、どうやって友だちの目を見られる？スーザンとホーリーのことが頭に浮かぶと、屈辱と激しい怒りが入り混じったなんとも言えない気持ちで胸がいっぱいになった。処女膜は残っているが、ほかのすべてを失ってしまった。本当なら秋には大学生になり、新しい友だちや、もしかするとボーイフレンドができて、旅行も楽しむはずだった。でも、こんな体験をしたあとで、どうすれば無邪気に新生活を楽しめるの？

午前五時、フェリシアはそっとバスルームに入って母の睡眠薬を二錠盗んだ。そのあとはすぐに眠り、昼近くまで目を覚まさなかった。母も父も起こしに来なかった。

大きなほら貝を耳に当てると聞こえる、みんなが海鳴りだという音が、耳のなかに居座っている。でも、両手の震えは麻痺した感覚に取って代わった。間欠的に吐き気がこみあげ、そのたびに起きあがろうとするとめまいに襲われる。二日酔いとは逆に、この症状は時間がたつにつれてひどくなった。フェリシアが日曜日の夜になっても部屋から出ていかないと、母が来てベッドの端に座り、髪をなでた。母の手は氷のように冷たかった。

「具合が悪いの、フェリシア?」母が心配して尋ねた。娘の部屋に二日酔いのしるしがないことに気づいたに違いない。

「気分が悪いだけ」泣きださないうちに、頭をなでるのをやめてほしい。フェリシアはそう思いながら答えた。

「食事をここに運んであげましょうか? 今夜は子牛のローストよ」

「いらない。胃がむかむかするの。でも、お水が飲みたい」

母は水のグラスを持って戻り、それっきりフェリシアを放っておいてくれた。

フェリシアは学校を三日休み、夜になると母の睡眠薬を盗んだ。四日目になるとめまいはなくなったが、〝麻痺〟は残っている。それがありがたくて、もっと麻痺したいと願った。麻痺が指先から染みこんで皮膚を浸透し、神経組織にまで達すれば、何も感じないですむ。睡眠薬を飲んで眠る前の漂うような感じを、起きているあいだずっと保っていたい。四日目に、フェリシアはよくなったふりをしてスクールバスが停まる場所へ行った。でも、学校へ行くためではない。隣人でマリファナ常用者のブラッド・デイヴィスに会うためだ。

ブラッドはいつものようにバスを待ちながら、ちょっとした商売をしていた。相手は火曜日の早朝をやり過ごすために、少しばかり手助けが必要な年下の生徒たちだ。フェリシアは昔のように愛想よく声をかけた。このブラッドがファーストキスの相手だなんて、いま思うと信じられない。それも、自分からブラッドにキスしたのだ。ブラッドは内気で、とても女の子にキスできるような少年ではなかった。ふたりが八歳ぐらい、デイヴィス家の裏庭にある木の上の小屋で遊んでいるときだった。べったりしたキス――でもいい感じだった。ブラッドはものすごく喜んで、翌日ロリポップをひとつくれた。キスをしたのはそのときだけだったが、ふたりはその後も一緒に遊びつづけた。十三歳になり、にきびができはじめたブラッドがマリファナを吸いはじめるまでは。そのころにはフェリシアのほうも、その後たいして大きくならなかった胸がかすかに膨らみ、詩を読みはじめた。でも、毎朝バスの停留所で顔を合わせると、いまでも挨拶を交わす。

今朝のフェリシアは、まっすぐブラッドに歩み寄った。すでに心は決まっている。フェリシアが二十ドルを手渡すと、ブラッドはびっくりして顔を上げた。ふたりの手はもう何年も近づいたことがなかったのだ。

「気分が落ち着くものがいるの」フェリシアは言った。

「卒業試験が心配なのか？」

フェリシアはぽかんとブラッドを見つめた。そうだった、来週は試験があって、再来週には卒業式がある。ガウンを着て房飾りのついた帽子をかぶり、卒業証書をもらうのだ。ホーリーが卒業生を代表し、列席している保護者の前で挨拶をすることになっていた。

「手に入るいちばん強いやつをちょうだい」フェリシアはそれだけ言った。

「少し時間がかかるな」

「明日の朝、また来るわ」

そのまま煉瓦造りのアパートに戻ったが、二階には上がらずに地下室へと階段を下り、廊下の突き当たりにある部屋へ向かった。その部屋のドアには鮮やかな色の子どもの字でこう書いてある。〝秘密クラブ！　ホーリー、スーザン、フェリシアのみ入室を許可する！〟ペンキでこれを書いたのは、八年前のことだった。なかの壁にはプリンセスや馬や星、惑星が描かれ、蠟の雫がこびりついたボトルのなかで蠟燭が、真ん中のテーブルで燃え尽きていた。花柄模様のカーテンの隙間から光がもれてくる窓の下には、ソファもあった。まもなく十八歳になるフェリシア・ストーンは、眠れる望みのまったくないままそのソファに横になり、天井を見上げた。昼になり、図書館の分館で働く母が家を出ていく音がすると、こっそり二階に上がり、母の睡眠薬を手のひらに三錠振りだした。このままでは、母に気づかれるのは時間の問題だ。

ブラッドになんとかしてもらわなくては。

ブラッドは役に立ってくれた。

ブラッドが調達してくれた抗不安薬ヴァリウムは、ほとんどの人間に麻酔のような効果を発揮する。ふつうに処方されるより多く飲めば、感情も麻痺状態になりうる。ブラッドはフェリシアに、試験と卒業式を乗り越えるだけのヴァリウムを調達してくれた。おそらくショーンは誰彼かまわず自分の〝成果〟を吹聴《ふいちょう》しているだろう。でも、フェリシアはホーリーやスーザンには嘘をつき、万事順調、ショーン・ネヴィンスとは何もなかったと報告し、もうセックスなんてどうでもいい、その気になるまで待つわ、と告げた。でも、そんな日は決して来ないことはわかっていた。

さいわい、卒業試験ではショーンと同じ教室にはならなかった。卒業式では目を合わせずにすむように、できるだけ離れた席に座った。やがてショーンはヨーロッパ周遊の旅に出かけ、その後ニューイングランドにあるアイビーリーグの大学に入った。フェリシアはヴァリウムの錠剤を手にリッチモンドに留まった。

ところが、高校最後の苦しい日々を乗り越える助けになってくれた麻痺するような感覚は、卒業式のあとしだいに薄れはじめた。フェリシアは薬が効くように、ビールかバーボンで流しこんだ。昼間のほとんどを、ぼうっとした状態で地下室の部屋で過ごす。両親は娘がホーリーの家にいると思い、ホーリーはスーザンの家にいると思い、スーザンは自宅にいると思っていた。

でも、ときどき麻痺が切れると、口のなかにショーンに突っこまれたペニスの味がし、アンモニアのようないやなにおいがする。それと一緒に、喉の奥に亀頭があたったときの吐き気、引き抜かれるときの吸われるような感じが戻った。深々と突っこまれたあのいまいましい一物を、ちぎれるほど噛んでやりたい、と思ったことも。でも、自分にはその勇気がなかった。

秘密クラブのソファに横たわり、何時間もあのときのことを考えながら、気がつくと痛くなるほど顎をくいしばり、歯ぎしりをしている。それで、もっと錠剤かビールかバーボンが必要だと気づくのだった。最初のうちは朝しか飲まなかったから、両親が仕事から帰ってくる時間には酒のにおいは消えていた。夜の残りは錠剤だけでなんとかやり過ごした。ブラッドは親切で、常に途切れぬようにヴァリウムを売ってくれた。何も言わず、損をするほど格安で。フェリシアの問題は卒業試験よりもっと大きなものだということは、とっくにわかっているに違いないが、自分がフェリシアを助けているると思っているようだ。実際、彼は助けになっていた。

やがて、何もかもどうでもよくなり、一日中アルコールを飲みつづけて、夜は両親と顔を合わせるのを避けるようになった。自分の部屋にこもるか、父がまだ仕事から帰らず、母が睡眠薬を飲んで寝たあとに遅く帰ったふりをした。でも、どんどん自分の状況を隠せなくなっていったから、もうすぐ誰かが気づくに違いない。霞《かすみ》のかかったような頭でもそれはわかっていたが、夏が深まるにつれ、すべてに無関心になり、ますます現実から逃避していった。さいわい、疑いを抱く前に、ふたりの親友は休暇で街を離れていた。ふたりをアリバイに使えるように、両親にはふたりとも休暇でいないことを黙っていたが、そのうちばれるに決まっている。そして娘の状態を知った両親は、娘をリハビリ施設に送る。自分はそこで立ち直ってしまうかもしれない、フェリシアは何よりもそれを恐れた。この霞のかかった世界から引きずりだされることを。そうなったら、口のなかに残るショーン・ネヴィンスのペニスの味とともに、残りの一生を送るはめになる。逃れる道はひとつしかない。

　八月初めのある朝、フェリシアは母がキッチンのテーブルに置いていった封筒を開けた。リッチモンド大学から届いた、英文学科への入学を許可する、という知らせだ。フェリシアは一片の喜びも感じずにそれをくしゃくしゃに丸め、ポケットに突っこんだ。そして外に出ていき、隣のデイヴィス家の呼び鈴を押した。ありがたいことに、ブラッドがドアを開けた。

「もうなくなったのか？」ブラッドは一歩下がり、入れと合図しながら尋ねた。

「いいえ、すぐにすむわ。今度はヴァリウムの錠剤じゃないの」

「へえ？」

「ほかのクスリを手に入れてくれない？」

「ほかって、何さ？」

「ヘロインよ」

　ブラッドは目を細め、フェリシアをじっと見つめた。

「ヘロインだって？　自殺したいのか？」

「そんなわけないでしょ」とっさにとぼけたものの、ブラッドの言うとおりだと気づいた。ただ、すぐさま死ぬわけではない。じわじわと死んでいくのだ。

20

二〇一〇年九月　リッチモンド

どうやら九月も八月と同じくらい暑くなりそうだ。湿気を帯びた空気はじっとりと重かった。エフラヒム・ボンド館長が分析のためＶＣＵに送った表紙の皮が五百年前の人間の皮膚だとわかったあと、ポー殺人事件の捜査は新たな局面を迎えた。プライス夫人が見たという表紙のはずれた本の捜索が行われ、鑑識のローバックがすぐにボンドの机の引き出しにあった本を見つけた。

「人間の皮膚を使って装丁した本だなんて。聞いたことがあります？」フェリシア・ストーンは呆れて首を振りながら、ボスのモリスに尋ねた。モリスは音をたててニンジンを食べている。オフィスにはふたりしかいなかった。

「実はあるんだ。一冊だけだが」少し得意げに答えるモリスに、フェリシアは期待をこめた目を向けた。モリスの博識にはとうの昔に驚かなくなっていた。

「エディンバラ大学の解剖学博物館にあったんだよ。はるか昔、妻とハネムーンでそこに行ったんだが、いや、あれは忘れがたい博物館だった」

「ほんとですか？　その皮膚を提供したのは、どんな気の毒な人物だったんです？」

「気の毒とは言えんよ。ウィリアム・バークの皮膚だからな。われわれの知るかぎり、最古の連続殺人鬼のひとりの。ウィリアム・バークと相棒のウィリアム・ヘアの事例は、ＦＢＩの講習でも取りあげられただろう？」

「ええ。たしか十九世紀のスコットランドで墓から死体を盗み、解剖したがっている人々に売っていた二人組ですよね？」

「そのとおり。当時の大英帝国では、処刑された人間しか解剖することができなかった。しかし、それだけでは急速に拡大する医療分野の需要に追いつけない。そこで解剖医たちは研究や講義に使う死体を墓泥棒から買ったわけだ。警察はこれに目をつぶった。ところが、バークとヘアはやがて自分たちで死体を作りだすようになった。そして少なくとも十七人は殺し、死体をロバート・ノックスという医者に売った。ノックスが真相を知っていたかどうかは、いまでも不明だがね」

「でも、どうしてバークの皮膚が本の装丁に使われるはめになったんですか？」

「法律がようやくバークとヘアの犯罪行為に気づき、ふたりは死刑を宣告された。つまり、解剖医が死体を合法的に解剖できることになったわけだ。ま、皮肉な成り行きだな。ところが、バークの死体を解剖中に皮膚が盗まれ、数週間後、複数の品物に使われて浮上した。わたしが見た本はそのひとつだったのさ」

使われていた。

「なんて恐ろしい！」フェリシアは鳥肌のたった腕を見た。そういえば、エフラヒム・ボンドの死体を見た日に、ローバックが口にした殺人鬼エド・ゲインも同じようなことをした。逮捕されたあと、自宅で人間の皮膚をあれこれ加工したものが見つかったのだ。死んだ母親になりきるときに使っていた服もそうだが、電気スタンドの笠《かさ》や椅子の張り布にも使われていた。

「たしかに気味の悪い話だな」モリスがうなずく。「しかし、皮膚を使われたのはバークだけではなかったと思うぞ。博物館のガイドの話では、ヴェサリウスとかいう名前のイタリア人解剖学者が残したルネッサンス期の有名な解剖図録の十九世紀版は、人間の皮膚を使って装丁されたという。ハイウェイマンとして知られる悪名高き追剥ぎのジェームズ・ウォルトンが書いた回想録も、ウォルトン自身の皮膚で装丁されたらしい」

「それ、わたしがここに来るちょっと前に調べたんですよね。まさかハネムーンのときに仕入れた知識じゃないんでしょう？」

「すぐれた記憶力は、警官には欠かせないものだ。それに、あの旅は実に素晴らしかったからな」モリスはそう言ってにやっと笑った。「それはともかく、いまやわれわれの手元には、忌むべき素材で装丁された本がもう一冊あるわけだ。できるだけ早くポー博物館の学芸員と話すべきだろうな」モリスは言った。「表紙がはずされたバイロン卿の本と、それに使われていた人間の皮膚についてもっと知る必要がある。それが目下の最優先事項だ。エフラヒム・ボンドはなぜあの本の表紙をはずしたのか？　これは大きな疑問だ」

「で、その学芸員はどこの誰なんですか？」

「待ってくれ」モリスは半分嚙み砕いたニンジンを口のなかで動かしながら、覚書に使っている大判のノートをめくった。こんなノートにメモを取るのは、めったにオフィスを出て現場を訪れることのない捜査官だけだ。

「ジョン・S・ネヴィンスだ。オフィスはリッチモンド大学の構内にあるボートライト記念図書館にある」

フェリシアは急にめまいに襲われ、体が震えはじめた。こういう反応は、とっくに克服したはずなのに。「ジョン・ショーン・ネヴィンス」思わずつぶやきがこぼれる。

「ああ、Sがショーンの略だという可能性はあるな。ポー博物館だけでなく、ボートライト記念図書館の学芸員にして、リッチモンド大学の教授、書籍の収集家でもある。年齢は五十五歳。わかっているのはそれだけだ。知り合いか？」

「いいえ、わたしが知っているのは息子のショーンのほうです」どうにかそう答える。

「そうか。きみと同じくらいの歳なんだろうな」どうやらモリスは少しばかり世間話を続けたいらしい。

「ええ、残念ながら」フェリシアは冷たい声で言った。ネヴィンス親子について雑談する気分ではない。

「あまり愉快なやつじゃないってことか」モリスは言った。「しかし、父親と話すのは構わないだろう？　この手がかりはきみが見つけてきたものだ、きみが追ったほうがいい」

　モリスの言うとおりだ。そう思うとめまいが薄れはじめた。

「話を聞いてきます」驚いたことに、立ちあがってもよろめいたりはしなかった。「ネヴィンスに関するメモは、もうケースファイルに移しました？」

「いや。ファイルの作成もまだだ」モリスはフェリシアを見上げた。「どこまで事件に関わってくるかわからないからな。いまのところは、たんに捜査に必要な知識を持っている専門家にすぎない」

「わかりました」

「ネヴィンスが事件に関わっていると思うのか？」

「わかりません。ただ、いやな感じがします」

「容疑者はまだひとりも挙がっていないからな。その可能性も否定はしないよ。五百年前の人間の皮膚を使った本――そう聞いて、何が頭に浮かぶ？」

「五百年の隔たりはありますけど、ふたりの人間がそれぞれ、精神を病んだ人間に皮を剝がれた、ってことでしょうか」フェリシアはしっかりした声で答えた。「こういう加虐的な殺人は現代特有のものだとみなすべきではないと思います。一五〇〇年代のヨーロッパは、いまよりはるかに暴力的な場所だった。心を病んだ邪悪な犯罪者がいたとしても不自然じゃないでしょう。でも、それとこの事件がどう繫がるのか……」

「過去の亡霊か」モリスが微笑し、またがりっとニンジンを嚙んだ。「心を病んだ人殺しが本の表紙からよみがえる、まさにエドガー・アラン・ポーの怪奇小説だな」

「そして皮を剝ぐ殺人鬼が舞い戻った」フェリシアは不気味な冗談に笑った。「でも真面目な話、犯人はこの本の装丁に人間の皮が使われていたことを知っていて、そこからああいう猟奇的な殺し方のヒントを得た可能性がありますね。そして博物館の学芸員なら、そこにある稀覯本や装丁の材料に詳しい」

「たしかに。しかし、いまのところは、たんなる仮説のひとつだ。ネヴィンスを味方につけたいからな。とりあえずは」

「ええ。ただ、そう思っただけです」フェリシアはそう言って上司のオフィスをあとにした。


とはいえ、モリスの前で口にしたことは、たんなる思いつきではなかった。ろくでもない息子を持つ父親なら、同じくらい病んだろくでなしに違いない。こういう思い込みを抱いている自分は、本来なら話を聞きに行くべきではない。ほかの捜査官に任せるべきだ。でも、この思い込みこそ、自分が話を聞きに行きたい理由だった。いま追っている手がかりは、きっと惨めなソシオパスに繫がる。そしてフェリシアはそういうソシオパスのにおいを嗅ぎつけた。あとはひたすらその跡をたどるだけだ。

リッチモンド大学のボートライト記念図書館は、キャンパスの真ん中にある小さなウェストハンプトン湖を見晴らす大きな赤煉瓦の建物だった。大部分の建物と同じく、ネオゴシック様式。多くのアメリカ人にとって、これは由緒ある学び舎《まなや》が何にもまして敬われた時代を象徴している。実際には、溢れる蔵書を収めるため一九五〇年代に造られたのだから、建物自体はとくに古いわけではない。ひときわ目を引く大きな鐘楼にはデジタルのカリヨンが備えられ、それが一日二回、様々な高低をひと組にした打楽器の響きで学生や教授たちの耳を楽しませる。

駐車場の、湖にいちばん近いスペースに車を停め、鐘楼の前を通る小道から図書館に入った。ネヴィンスのオフィスは三階にあった。ドアをノックすると、豊かなバリトンの声が応えた。

そこは本を知識源だけでなく社会的地位の象徴とみなしている人物のオフィスだった。床から天井までの書棚があらゆる壁を占領している。ネヴィンスはどっしりした大きな机の前に立ち、片手を差しだした。驚いたことに、とても友好的に見える。襟元のボタンをひとつはずした半袖のシャツとベージュのチノパンツというラフな服装も好感が持てた。白いものが多い髪はまだ豊かで、額のしわと涙袋が、優しい祖父のような印象を与える。人間をバールで殴打し、生きたまま皮を剝ぐことなど、どう見てもできそうもない。フェリシアは握手に応じた。しっかりと握る、気持ちのよい握手。第一印象は悪くないわ、しぶしぶながらそう認めないわけにはいかなかった。

レイノルズがすでに聞き込みを行っているため、形式的なやりとりをする必要はない。それに事前に電話で何を訊きたいかも知らせてあった。

「バイロン卿のあの本は、ちょっとした謎でね。ポーがどこの誰から手に入れたか、まったくわかっていない。もちろん、非常に価値のある稀覯本であることは間違いないよ。何しろ『チャイルド・ハロルドの遍歴』の初版本だから。しかも、あれにはとくに興味深い点がいくつかある。まず表紙だが、灰色味の強い白という色味からして、一般的に使われる素材とは違うと常々思っていたんだ。しかし、まさか人間の皮膚だとは。考えるだけで、恐ろしいね。ほぼ間違いなくパリンプセストであることは、二、三カ月前にわかったんだが」

「つまり、ほかの本のページを再利用したもの、ということですね?」フェリシアは少々得意な気持ちで学んだばかりの知識を口にした。が、その半面、ショーン・ネヴィンスの父親に認められたいと思っている自分に腹が立った。

「そのとおり」ネヴィンスは感心したようにうなずいた。「そこにあるのかね?」

　フェリシアはショルダーバッグ代わりに持ち歩いているブリーフケースを開け、問題の表紙が入った透明のビニール袋を取りだした。バイロンの本も取りだし、どちらもネヴィンスの机に置いた。

「いいかな?」ネヴィンスは礼儀正しく断ってから、袋を手に取った。

「手袋をお持ちですか?」

「もちろん、わたしの仕事には必需品だからね」ネヴィンスは笑顔で答え、机の引き出しから白いシルクの手袋を取りだした。それをつけ、袋から表紙を手に取る。

「こっちに来てごらん」ネヴィンスは部屋の隅に置かれた高さのある白いテーブルへと向かい、表紙に使われていた皮をそこに置いて、丁寧に広げた。それからライトをつけ、拡大鏡を手に取ると、フェリシアが見られるように表紙の上にかざした。刷りこまれたような文字がうっすらと見えるが、フェリシアには読めない単語ばかりだ。

「ラテン語だよ。残念ながら、学者のあいだでは、これはまだ大して話題になっていない。発見されたばかりで、組織的な解読作業も始まっていないんだ。長いことポーが所有してきた稀覯本とみなされていただけで、歴史的な資料とはみなされていなかったから」

「でも、ここにある単語を読むことができるんですか?」

「たぶん。X線撮影や、感度波長域を変えて現像し、薄れたインクの明暗差を増幅させる手法など、この種の資料を解読する技術はいくつかある。ジョンズ・ホプキンス大学が、有名なアルキメデスのパリンプセストにある下の文字を八十パーセント解読したが、あれもそうした技術のおかげだった。下に書かれていたのは、ギリシアの科学者アルキメデスが記した未知の文章だったんだ」

「アルキメデスは、〝見つかった《ユリイカ》!〟と叫んだ人物ですね?」

「そのとおり。『ユリイカ』はポーが著した唯一の科学的な本でもある。知っていたかな?」

「それは知りませんでした」

「この件とは関係ないが、『ユリイカ』は文学者が〝相互テクスト性〟と呼ぶ明らかな例なんだ。これは要するに、文章はひとつの作品からべつの作品に移すことができる、そして古いテキストの断片は新しいテキストのサブテキストとなる、という概念でね」

「すると、テキストが〝深い〟というのは、たんに以前書かれたものを含んでいる、という意味なんですか？」

「そういう見方もあるな」ネヴィンスは気持ちのよい声で笑った。「パリンプセストはその概念の最たるものだと言えるだろう。羊皮紙に記されたあらゆるテキストが、ある意味では過去の人間たちが書いたものの上に書かれているわけだからね。しかし、さきほどの質問に戻ると、さっき言ったアルキメデスのパリンプセストは、現在、ウォルターズ・アーツ・ミュージアムが所蔵し、残りの二十パーセントを読むために蛍光X線分析を用いている。しかし、このパリンプセストは、二回以上、ひょっとすると四回か五回上書きされた形跡がある。解読するのはそれだけ難しいが、不可能ではない」

「解読してもらおうと考えたことはありますか？」フェリシアは尋ねた。

「あの本はポー博物館の所蔵だから、それを決める権限はわたしにはないんだ。ボンドはこの春あれがパリンプセストだと突きとめたあと、少し調べたようだな。その結果に関してはよく知らないが、関連するデータベースにその新情報を載せておいた。その方面に詳しい学者数人にも知らせたし、出席した会議でもこの表紙のことを発表した。しかし、さきほども言ったように、まだ誰も餌にくいついてこない。学会というのはそういうところでね。驚くほど保守的なんだ。そのせいで驚異的な発見がまだ山ほど眠っている。見込みのなさそうなものに時間を割くのも、自分たちの威信をかけるのも嫌う。まして、この皮にあった記述は、名もない人間の些末な覚書か何かにすぎない可能性が高いからね。名もない人物の理論とか」

「でも、歴史を知る貴重な資料だという可能性もありますよね？」

「まあね。この件に関しては、当該パリンプセストが元々どんな本に使われていたのか不明であることが問題だろうな。しかし、興味を持つ人間がいれば、有力な手がかりはある。この皮で装丁されていたバイロン卿の本の扉ページに、所有者のものと思しき名前が書かれているんだ」

ネヴィンスは机に戻り、バイロンの本を手に取ってそこを開いた。たしかに何かが書かれている。でも、フェリシアには読めなかった。

「どう発音するのか知らないが、書いてあげよう」ネヴィンスはそう言ってメモ用紙に走り書きし、フェリシアに手渡した。

Ｂｒｏｄｅｒ　Ｌｙｓｈｏｌｍ　Ｋｎｕｄｔｚｏｎ。

「スカンジナビアの名前だと思う」

「ご自分でも本を収集されているそうですね」フェリシアはメモをブリーフケースにしまいながら言った。

「ああ、している」

フェリシアはオフィスを見まわした。「ここにある本も収集品なんですか？　それとも、これは図書館の？」

「ほとんどがわたしの本だが、見かけほど価値のあるものはない。これはみな仕事で使う本だ」

「でも、稀覯本もお持ちなんでしょう？」

「ああ、持っている」

「それはどこに保管してあるんですか？」

「自宅に」ネヴィンスの返事は急にそっけなくなった。

「盗難の心配はないんですか？」フェリシアはくいさがった。

「警報装置がある。それがこの件と何か関係があるのかな？」

「いいえ。失礼しました。たんなる個人的な興味で」何が気に障ったのか、ネヴィンスは急に不機嫌になった。この豹変《ひょうへん》には意味があるのだろうか？

「でも、金庫に入れてあるわけじゃないんでしょう？」

「なぜだね？」

「大事な宝は金庫にしまっておくというコレクターの話を読んだことがあって。誰にも見せずに隠しておくだけなら収集する意味がどこにあるのかとずっと思っていたものですから」

「もっともな意見だな」ネヴィンスは喉の奥で笑った。気のせいか、声がこわばっているようだ。

「ご自分のコレクションのほかにも、あちこちのコレクションをご存じなんでしょうね」

フェリシアはさりげなく尋ねた。

「ある程度はね」話が自分からそれたせいか、少し肩の力が抜けたようだ。

「外国のコレクションにも詳しいんですか？」

「ああ。ヨーロッパにはよく出かける」

「ご自分のために買うこともあります？」

「あるよ、仕事がらみの会合がないときは、プライベートで出かけたりもする。保険会社に査定を頼まれることもあるな」

「あなたのような方が、さきほど名前を書いてくださったバイロンの本のもとの所有者に心当たりがないとすると、この名前の人物はとくに重要な本の収集家ではないか、もしくはなかった、ということになりますね？」

　フェリシアはネヴィンスの表情を観察した。どうやら、痛いところを突かれたらしく、ネヴィンスはためらった。

「いや、それはどうかな。本の世界は広いからね。スカンジナビアのコレクションのことはよく知らないし」

「そうですか。でも、調べていただくことはできますよね。この件に関しては、こちらで調べていただくほうが、はるかに効率がいい気がするんです。本の表紙だけでなく、本自体のことも、できるかぎりのことを知る必要があるものですから」

「やってみよう」ネヴィンスはそう答えてから、付け加えた。「実は、来週ヨーロッパに行く予定がある」

「ほんとですか？　どちらにいらっしゃるんです？」

「フランクフルトに」

「毎年ブックフェアが開催されるところですね？」フェリシアは自分にそんな知識があったことに驚きながら尋ねた。

「そう。だが、わたしが行くのはブックフェアではなく、個人のコレクションを査定するためだ。持ち主がアメリカの保険会社を使いたがっていてね。その保険会社に頼まれたんだ」

「なるほど」

「ドイツ人の仕事仲間に何人か会う予定だから、この名前のことを訊いてみよう」

フェリシアは本の表紙を白いテーブルからビニール袋に戻し、本とともにノリーフケースにしまうと、ネヴィンスに協力を感謝してドアへ向かった。

「フェリシア・ストーン。きみの名前はどこかで聞いた気がするな。ショーンと同じクラスにいたんじゃなかったかな？　高校で？」

フェリシアはびくっとして足を止めた。

「ええ」口でレイプされた相手のことはよく覚えてます、そう付け加えたい衝動にかられた。「ショーンは元気ですか？」ショーンのことなど、これっぽっちの関心もない、と言えたらどんなにいいか。でも、ずっと忘れようとしてきたにもかかわらず、ショーン・ネヴィンスはフェリシアの頭の隅に居座り続けていた。最悪の人生を送っているとわかったら嬉しいだろうが、その可能性はほとんどない。

「ああ。結婚して、可愛い娘がふたりいる。ニューヨークで法人の顧問弁護士をしているんだ」

ほらね。

「それはよかった」フェリシアはそう言うと、オフィスを出た。

階段を下りながら、ネヴィンスとの会話を思い返してみた。この表紙について、あまりしゃべりたくなさそうだったような気がする。たとえ書かれているのが中世の些事だとしても、本の専門家にとって新たなパリンプセストを発見するのは、考古学者が失われた過去の街を発見するようなものではないのか？　温厚なネヴィンス氏は何かを隠しているのだろうか？

車に戻ると、乗りこむ前にｉＰｈｏｎｅでローバックに電話を入れた。

彼はすぐに応じた。「なんだい、スイートハート？」

フェリシアは前置きなしで尋ねた。「あの本を見つけたとき、ボンドのオフィスにある書類にも目を通した？」

「大部分は見た。だが、本を捜すために、ざっと見ただけだよ。指紋は採取したが。そういう資料は、われわれが拡大鏡で調べたあとで、きみたちの手元に届く。わかってるだろう？」

「ええ。でも、ボンドのオフィスで写真を見なかった？　X線写真とか？」

ローバックは即座に答えた。「わたしが知るかぎりでは、一枚もなかったな」

「そう」残念。

「きみの仮説からすると、あそこに写真があるはずだったのか？」

「どうかな。なんだか新しい事実がわかればわかるほど、謎が増えるみたい」

「わかるよ。わたしより若いきみに、こんなことを言うのもなんだが……」

「何よ？」

「近ごろの写真は、現像されてそのへんに散らばってることはほとんどないぞ」

「もちろん。でも、わたしが考えていたのは、大きなX線のネガのことよ。ほら、病院で医者が診断を告げるとき、後ろから光をあてるやつ」

「医療系番組を見すぎだな」

「かもね。ボンドの携帯電話とパソコンはもう調べた？」

「被害者の携帯はものすごく古いやつで、ストレージ容量が少ない。だいぶ年配だったろう？　あの年代だと、ふつうは携帯なんか持ってないよな。パソコンはオフィスにあるだけで、自宅にはなかった。まだすっかり調べたわけじゃないが、暗号化されたデータやパスワードで保護されたデータもなさそうだな。個々のファイルの中身はこれから見るところだ」

「誰かに調べさせてもらえる？　重要な手がかりだという気がするの。写真かX線写真を探させて――ぼやけているか、消されている文字を写したやつ」

「文字のX線写真？　隠されたメッセージでも探してるのか？」ローバックが軽口を叩いた。

「そのようなものよ」フェリシアは適当な相槌《あいづち》を打って電話を切った。

車に乗りこみ、エンジンをかけると、ラジオも一緒にかかった。まるで過去からの亡霊のように、クリス・アイザックの曲が。歌詞が皮膚の下に這いこむ。文字通り、アイザックの歌う言葉が、羊皮紙にインクで記されるように一語一語皮膚に刻まれるような気がした。フェリシアは金縛りにあったように、その歌がフェードアウトするまでじっと座っていた。それから自分の腕を見下ろした。そこに、皮膚の下に、何かが書かれていない？ほとんど判読できない言葉が？　〝誰も本気で誰かを愛しちゃいないのさ〟という《ウィキッド・ゲーム》の一節が？　いつのまにか呼吸が荒くなっていた。少し働きすぎなのよ。あのくそったれの父親に会ったせい。それといまの歌のせい。なんてぞっとする偶然だろう。フェリシアはそう思いながら、もう一度腕を見下ろした。見えるのは静脈だけだ。もちろん、何も書かれていない。

一杯飲みたいわ、ふいにそう思った。危険な誘惑だ。次いでもっと危険な言い訳が頭に閃く。〝あのとき依存していたのはアルコールじゃない、錠剤だった。お酒なら少しぐらい飲んでも平気よ〟

エンジンを切ると、DJが次の曲を紹介する前にラジオも切れた。フェリシアは車を降り、静かな湖面を見つめてめまいが収まるのを待った。高校時代はこの大学に入るのが夢だった。文学と歴史を学び、人生の疑問の答えを見つけるつもりだった。毎年、卒業生が蠟燭を手にこの湖を囲み、美しい別れの会を催す。昔は自分でもそれを経験したいと思っていたが、代わりにリハビリ施設でクスリを抜くはめになり、それから両親とアラスカに移った。ここで学べなかったことを後悔しているの？　でも、この道は自分が選んだものではない。だから悔いを感じる必要もないわ。

フェリシアはゆっくり湖のほとりに下りていった。かがみこんで水をすくい、顔を洗う。いま必要なのはお酒じゃない、ふいにはっきりとした頭でそう思った。我が家に帰ることだ。

フェリシアにとって〝我が家〟とは、モニュメント・アヴェニュー・パークにあるアパートだった。母が数年前に死んだあと、いまは父がひとりで住んでいる。

車はデイヴィス家の前の歩道際に停めた。もう何年も会っていないが、ブラッドがまだそこに住んでいることは知っていた。フェリシアが家を離れてからしばらくすると、ブラッドはクスリを売るのをやめた。たぶん顧客が高校の友人だけで、そのほとんどが大学へ行き、散り散りになったせいだろう。明らかにある時点でマリファナの量も減らしたらしく、どうにか大学を卒業し、結婚して一男一女の父となり、いまでは広告会社の重役におさまっている。彼の子どもたちが庭で遊んでいるのを、見かけることもあった。どうやらブラッドは、昔フェリシアが彼にキスした樹上の小屋を、子どもたちが復活させるのを手伝ったようだ。奥さんの姿はまだ一度も見たことがない。今朝のデイヴィス家はがらんとしていた。

まだ持っている鍵を取りだし、父のアパートへ行く階段室のドアを開けた。なかに入ると、自然に地下室のドアに目が行く。ここに来るたびに見るが、階段を下りたことはあれ以来まだ一度もない。

でも、今日は思い切ってドアを開け、階段を下りていった。昔と同じかびのにおいがする。少し息が荒くなったものの、落ち着いて通路を進み、かつてふたりの親友と秘密クラブを共有していた部屋の前に立った。ドアには子どものころに書いた字がそのまま残っている。ゆっくりドアを開け、なかに入る。何ひとつ変わっていない。燃え尽きた蠟燭も、まだテーブルの上にあった。コップもそこにあるのを見て心が震えた。自分が使っていたコップだ。あれ以来、誰もここに来ていないんだわ、反射的にそう思ったが、そんなはずはない。錠剤のボトルも、ビールやバーボンの空き瓶も、注射器もどこにもないのだから。誰かが人目に触れてはまずいものだけを、始末したに違いない。

フェリシアは部屋を見まわした。ここが秘密クラブの本部だったころの古い思い出がよみがえってくる。いちばんはっきり覚えているのは、壁に絵を描いたときのこと。何を描くかどういう内装にするかさんざん話し合った。クラブに関する計画もあれこれ練ったものだった。計画を立てているときが、いちばん楽しかった。でも、〝本部〟ができたあとここで何をしたかは、よく思い出せない。三人で語り合った夢は覚えている。大人のいない場所で親友と過ごす楽しさ、すべてを決定する場所を持っている嬉しさも。通路の突き当たりの小さなこの部屋には、無限の自由があったのだ。

フェリシアはソファに横になった。高校を卒業した年の夏は、何時間もここにこもり、ある日クスリの過剰摂取で死にかけた。あまり気持ちのいい体験じゃなかったわ、そう思いながら立ちあがり、かびくさい地下室のにおいを吸いこんだ。酒を飲みたいという衝動は消えていた。

そこから階段を上がり、ノックを省略してアパートに入った。父はソファでうとうとしていた。

「いいわね、引退した警官は。のんびり昼寝ができるんだもの」少し大きめの声で嫌味を言ってやる。

父が目を開け、体を起こしてすばやくテーブルの上を片付けた。くるくる巻いた新聞のあいだにビールの空き缶を隠し、そそくさとキッチンへ運んでいく。

「当分は来られないと思っていたよ。ひどい事件を抱えたもんだ」

「ええ、ほんと」父が警察本部で起きていることを気にかけているのが、なんとなく嬉しかった。最近は、ふたりの年齢差を考えることが多い。フェリシアが生まれたとき、父は四十歳を過ぎていた。学生のころ、父はまだ働いていたから、歳のいった親だということをとくに意識したことはなかったが、このごろは、まるで父が突然祖父になってしまったかのように大きな年齢差を感じる。この先いつまで元気でいてくれるのか？　思考力が衰えたらどうしよう、そんなことがよく心配になる。

「でも、あの事件の話をしに来たんじゃないの」

がっかりした父を見て、思わず口元がゆるむ。退職したとはいえ、まだ警官気質が抜けないのだ。

フェリシアはテレビで野球を観るときに父がいつも座るリクライナーに腰を下ろした。父がテレビをつけるのはそのときだけ。野球の試合のときだけだ。

「あのときのことを訊こうと思って」

父の顔を翳《かげ》がよぎった。驚いた？　不安になった？　それとも、ほっとしたの？ほっとしたように見える。これは話したいと思っていたことだった。しばらく前から、あまり先に延ばさないほうがいい、と思いはじめていた。父はもう若くないのだから。

少しのあいだ、父は身じろぎもしなかった。それから、フェリシアが驚くようなことをした。自分でも驚いているかもしれない。立ちあがってキッチンへ行き、ビールの缶を開けたのだ。そんなことをするのは、あの夏以来だった。父は居間に戻ってくると、そのビールをひと口飲んだあとコーヒーテーブルに置いた。

「もう、これを見ても平気になったようだな」

「ええ、平気よ。父さんが飲みすぎなければね」フェリシアはまるで母のような口調でそう言った。父がひとりになってからはそれが癖になっている。

「わたしのことは心配はいらんよ。この歳になって、やっと自分の好きなようにできるんだからな」父はにやっと笑い、フェリシアが促す前に話しはじめた。

「おまえを見つけたのはホーリーだったんだよ。最初に打ったヘロインが過剰摂取だった。ホーリーがちょうどあの日休暇から戻ったのは、奇跡としか言いようがない。絶対におまえを見つけよう、と決めていたそうだ。休暇中におまえのことを考え、何かがおかしいと気づいた、とな。で、あの子はおまえが見つかるまで捜しつづけてくれたのさ。母さんとわたしに訊き、友だちに片っ端から訊いてまわったあと、隣に電話をすると、ブラッドが一週間前におまえの命を助けていたことがわかった。ヘロインを頼まれたが、断ってな。ヘロインはやめろと説得し、おまえが聞き入れたと思ったそうだ。厄介なことに、おまえはあきらめずに街の反対側まで行き、欲しいものを手に入れた。

　それでも、おまえはたぶん地下の秘密クラブにいるとホーリーに言ったのはブラッドだよ。不思議なことに、あいつに言われるまで、わたしたちの誰ひとり、あの部屋のことを思い出さなかった。ブラッドがたしかに知っていたのか、あてずっぽうに言っただけなのか、それはわからん。おまえが夏のあいだこっそり飲みつづけていた錠剤を手に入れるのに、あいつがどこまで関わっていたかも、問いただす気にはなれなかった」

父は息を継ぎ、ビールをもうひと口飲んだ。

「おまえはソファで意識を失っていた。すぐそばの床に注射器が落ちているのを見て、ホーリーは階段を駆けあがってきた。わたしたちはすぐに救急車を呼んだよ。母さんは真っ青で、呆然《ぼうぜん》としていた。病院に付き添い、医者がおまえを蘇生《そせい》させてくれるのを待つあいだ、ひと言もしゃべらなかった。医者が呼びに来て病室に入ると、おまえの顔はまだ青かったが、ほんの少し血の気が戻っていた。それを見たとたん母さんは泣きだした。見たこともないほど大泣きしたよ」

フェリシアは座って、父を見ていた。この話を聞くのは初めてだ。あの夏のことは、ほとんどが濃い霞がかかったようにぼんやりとしか思い出せない。クスリとアルコールを抜くのがものすごく苦しかったこと、車でウェストヴァージニアにあるリハビリセンターに運ばれたことは覚えている。あそこに入れたのは幸運だった。センターでの生活がどれほど助けになったことか。それから父が迎えに来て、一家でアラスカに引っ越した。父は小さな町の保安官になった。この引っ越しがフェリシアを救ってくれたのだった。世界から離れた、凍土の上で暮らした一年。あれは誰も知らない場所での新たなスタートだった。フェリシアは父の助手として働き、意外にも自分が警官の仕事を好きなことに気づいた。そして一年の終わりに、永遠に世界から離れた場所で娘を守りつづけることはできないと判断した両親とともにリッチモンドに戻り、警察学校に入ったのだった。

父の話を聞きながら、フェリシアは思っていた。秘密を抱えているのは自分のほうだ。

たった二カ月のあいだに、なぜ娘が幸せな高校生からヘロインを過剰摂取するジャンキーになったのか、両親は問いただそうとはしなかった。この問いがどんなにかふたりを苦しめたろうに。一度として無理やり訊きだそうとはしなかった。いつか自分から話せるほど強くなってほしい、そう願っていたに違いない。

「父さんとあのときの話をするのは初めてね」

「ああ」父は残りのビールを一気にあおった。

「最初の一歩を踏みだせてよかった」

「そうだな」

次はわたしが話す番ね。フェリシアはそう思った。この次こそは。

「仕事に戻らなきゃ。やることがたくさんあるの」フェリシアは立ちあがった。

父はうなずいた。もちろん、長年警官だった父は殺人事件の捜査がどんなものか承知している。

「犯人が……」ドアに向かうフェリシアの背中に父が言った。「……剝いだ皮で何をしているか考えたほうがいいな」

フェリシアは足を止めてうなずき、この寄り道の結果に満足して、父の言葉を反芻しながらアパートを出た。

階段を下りる途中、エド・ゲインのことが頭に浮かんだ。自分が殺した人間の皮を剝ぐ人殺しが、実際に存在するのだ。とはいえ、今後の捜査では、この事件の非現実的な側面こそが最大の難問になるだろう。エド・ゲインの例は、どれほど参考になるのか？　映画『サイコ』や『テキサス・チェーンソー』、『羊たちの沈黙』のモデルとなったゲインも、いま追っている犯人と同じように想像の世界に住んでいた。そして死んだ人間の皮膚で縫った服を着て、生きていたときの状態に保った亡き母の寝室で踊りまわった。

ポー博物館の館長を殺し、皮膚を剝いだ犯人が、その皮膚を何に使っているかを考えろ、と父は言った。この質問に合理的な答えがあるのだろうか？　ふつうの人間は、殺した相手の皮膚を剝ぎ、それを何かに使おうなどとは考えない。

ただし、今回にかぎり、その答えは明白だ。犯人は剝いだ皮膚を紙の代わりに使うのよ。父のアパートがある建物の扉を閉めながら、フェリシアは思った。

署に戻り、殺人課の自分の机に腰を下ろすと、ノートパソコンを開いた。鑑識官はすでにボンドのパソコンを調べ、削除されたフォルダーから復元したものも含め、そこにあるファイルを抜きだしていた。ボンドのメールアドレスは、仕事関係の目的にしか使われていなかった。それもほんのときたま、無視できない問い合わせに答えるときだけだ。もちろん、Gメールなどウェブメールサービスを個人的なメール用に使っていた可能性はある。だが、純然たる仕事上の関係しかなかった人々は、仕事以外のEメールアドレスを聞いたことがないという。

フェリシアはボンドのパソコンのファイルを自分のノートパソコンにコピーし、画像ファイルを探しはじめた。残念ながら、探していたものはどこにもない。ファイルにあった写真のほとんどは、博物館の在庫目録と写りの悪い同僚のスナップで、すべて博物館で撮られたものばかり。でも、一枚だけ、目を引いた写真があった。かなり豊満な赤毛の女性が写っている。ポー博物館の職員ではない。家族のひとりだろうか？　ひょっとしてボンドの娘？　興味深いのは、なぜかそれだけはほかの写真と違い、ポー博物館で撮られたものではないことだ。戸外に立つその女性の後ろには、リッチモンド大学のウェストハンプトン湖が見える。誰が撮ったのだろう？　だが、いくら考えても、それらしい人物は思い浮かばなかった。フェリシアは苛々してノートパソコンを閉じ、ローバックに電話をした。

「どこにいるの？」

「ここさ」ローバックはそう言って、自分の携帯電話をフェリシアの机に置いた。

「いやだ、びっくりするじゃない。電話が鳴る音も聞こえなかったわ」フェリシアは笑いながら彼を見上げた。

「バイブレーション設定にしてあるからな。後ろからこっそり近づくのに便利なんだ」

「なるほど。ねえ、ボンドのパソコンにあったファイルからは、何も見つからないんだけど」

「うむ。探している写真が実在すると思う根拠は？」

「ないわ。ただの勘よ。X線写真があれば、いろんなことが腑《ふ》に落ちるの」

「すると、実在してほしいと思ってるだけか」

「まあね」フェリシアはため息をついた。

「たいていは、あったらいいと願う証拠ではなく、手持ちの証拠を手がかりに捜査をするほうがうまくいくぞ」

フェリシアは苦笑いを浮かべた。

21

　その週の残りと翌週は、実りのない聞き込みとボンドの書類や私物を調べて終わった。新しい写真は一枚も見つからなかった。遠方にいるボンドの家族を訪ねたレイノルズとパターソンが戻ってきた。何ひとつ成果はなし。だが、パターソンはボンドのパソコンにあった写真の女性が家族ではないと断言した。「ボンドの家族は全員が暗褐色の髪で、骨と皮だけみたいに痩せてる」からだ。豊満な赤毛の女性に対するフェリシアの興味は、この報告でいや増した。ボンドはカメラを持っておらず、携帯電話にもその機能がない。しかもほかの写真と違い、仕事用のメールアドレスで受けとっているわけではないため、送り主に関して様々な憶測がなされた。パターソンは、ボンドには捜査チームが知らないEメールアドレスがあり、そこからダウンロードしたのではないか、と推測した。しかし、パソコンに画像が保存される場合は、ほかにもたくさんある。したがって、写真の出所は解明できない謎として残った。

　同じくパターソンの報告によれば、エフラヒム・ボンドはあまり家庭的な男ではなかった。もっとも、子どもたちの口から否定的な言葉は出なかったという。それどころか、父親に対して愛情を持っていたようだが、ボンドが父親として積極的に自分たちと関わることを期待するのはとうにあきらめていたらしい。ボンドのほうから電話をかけるとか連絡をとったことは一度もなく、時の経過とともにその距離は開く一方だったようだ。

子どもたちには全員アリバイがある。彼らが父親を殺す動機、とりわけあれほど非情なやり方で殺す動機はなさそうだ、とレイノルズが付け加えた。

滑り出しは順調に思えたが、捜査は行き詰まった。

数日後、フェリシアは〝ネヴィンス学芸員〟をグーグルで検索した。もちろん、これが初めてではない。捜査チームはインターネットやその他のデータベースで、すでにネヴィンスについて詳しく調べていた。だが、さまざまな単語を組み合わせて何度も検索を行うと、思いがけない繋がりが見つかることもある。

ジョン・ネヴィンスで検索したところ、博物館の学芸員よりも、大学でフットボールのクォーターバックとして活躍したらしいジョン・スチュアート・ネヴィンスという人物の検索結果のほうが断然多かった。とはいえ、ミドルネームの〝ショーン〟を検索ワードとして追加すれば、きっと息子のショーンの検索結果が多くなる。だから、そのままスクロールしていくと、正しいネヴィンスに関する記事もいくつか見つかった。一部は図書館と大学のウェブサイトのもの。地元の新聞記事もある。そのほとんどが古いもので、十周年、二十周年などの記念日に、図書館のコレクションから展示された初版本の著者を称えるコメントが多い。科学雑誌の寄稿者、合衆国各地で催される多岐にわたる会議の参加者としてもネヴィンスの名前は検索結果に出てきたが、そのどれも事件と関係があるとは思えない。

フェリシアは鉛筆の端を嚙みながら、スクリーンに表示されたネヴィンスの写真を見つめた。エレガントな白い手袋をつけ、古い本を手にしている。リッチモンド・タイムズ・ディスパッチ紙に載ったものだ。記事の見出しは〝わが市のコレクターが稀覯本コレクションを購入〟とある。

個人的に稀覯本を売買しているネヴィンスが、煙草で財をなしたリッチモンドの旧家のひとつから、高齢の未亡人が所蔵していた稀覯本を買いとったことが書かれている。どれもすでに知っている話ばかりだ。ふと、ネヴィンスが手にしている本の書名が目に留まった。『ペール・ギュント』、著者はヘンリック・イプセン。どちらの名前も赤い布地に金で箔押しがしてある。この著者の名前は知っているわとフェリシアは思った。ヘンリック・イプセンはスウェーデン人じゃなかった？　違うとしても、スカンジナビアの出身であることはたしかだ。ネヴィンスはスカンジナビアの稀覯本コレクションに関してはよく知らないはずなのに、ヘンリック・イプセンの本を手にしている。もちろん、たんなる偶然かもしれない。ネヴィンスがこの写真で掲げているのは外国のコレクションから買った本ではなく、地元ヴァージニア州で手に入れたものだ。でも、なぜこのときに買った本のなかから、イプセンの本を選んで手に取ったのか？

ふと思いついて、フェリシアは検索ページの設定をクリックした。検索言語のカテゴリーに複数の選択肢が表れる。スウェーデン語、ノルウェー語、デンマーク語をクリックして、今度はフルネームの〝ジョン・ジョーン・ネヴィンス〟を打ちこむ。出てきた検索結果は一件だけだった。adressa．noというサイトだ。どこかの国の新聞か何かだろう。

ネヴィンスの言うとおり、スカンジナビアの国々では彼の名前はあまり知られていないようだが、短い記事がひとつある。それには写真もついていた。背景に写っている十九世紀の調度からなる部屋の壁は、フェリシアが訪れたネヴィンスのオフィスそっくりに本で埋まっている。その部屋のなかで、ネヴィンスを中央にして少人数のグループが笑みを浮かべていた。リッチモンド大学図書館の学芸員は、この部屋で最も重要な人物ではなかったらしく、ネヴィンスの名前は写真のキャプションにしか出てこない。でも、なぜこの写真に写っているのか？

フェリシアにはこの記事が何語で書かれているのか見当もつかないが、ドメインの名前からするとノルウェーから発信されているようだ。だからと言って、この写真がスカンジナビアで撮られたとはかぎらない。アメリカで催された会合をノルウェーの新聞が取りあげた可能性もある。フェリシアは写真のキャプションを見つめた。全員がスカンジナビアの人々かどうかはわからないが、ほとんどの名前は外国人のようだ。キャプションを見ているうちに、最初にある単語が目を引いた。〝I　Knudtzonsalen〟。机の引き出しを開け、ネヴィンスが名前を書いてくれたメモ用紙を取りだす。Ｂｒｏｄｅｒ Ｌｙｓｈｏｌｍ Ｋｎｕｄｔｚｏｎ。

Ｋｎｕｄｔｚｏｎ。Ｋｎｕｄｔｚｏｎｓａｌｅｎ。

スカンジナビアの言語を英語に翻訳できる人間を探してリッチモンド大学のホームページを開いたが、職員のリストに目を通している途中で、ふいに閃いた。フェリシアはノートパソコンを閉じ、受話器をつかんで、地下にある死体安置所《モルグ》の内線番号を押した。

「はい、クヌート・イェンセン」建物のはるか下で検死官が応じた。ツイてるわ、いま必要なのはこの男だ。

「上階のフェリシア・ストーンよ。ちょっと変わった質問があるの」

「いいとも、この仕事は変わってるからね」イェンセンが応じる。

「あなたって、ひょっとしてスカンジナビア系？」

「ちぇっ、そんなにわかりやすい？　どうしてそう思ったのかな？　名前から？　それとも青い目で？」

「両方よ」フェリシアは笑いながら答えた。

「そうか。実は父がノルウェー生まれなんだ。十五歳のときに両親と、つまりぼくの祖父母とこっちに来たのさ。で、どんな罰を受けるのかな？」

「それは次の質問の答えしだいね。お父さんからノルウェー語を教わった？」

「おまえたちはアメリカ人だ、というのが父の口癖でね。家でも英語しか話さなかった」

「まあ、残念」

「ああ、基本的にはね。でも、祖母はぼくらにノルウェー語で話したよ。文字も少し教えてくれた。老眼になったあと新聞を読んでもらいたいからってね。親戚から毎月ベルゲンス・ティデンテ紙が送られてきたんだ。祖母の目は最後までよかったから、新聞を読んであげる機会はあまりなかったけど、簡単なノルウェー語なら、いまでもなんとか読める」

「だったら、いますぐわたしのオフィスに来て。あなたの罰は三十分の労役」フェリシアは笑いながら言った。

「一本の電話で起訴され、判決も言い渡されるなんて、まるで警察国家だな」クヌート・イェンセンが軽口を叩く。

「いいえ、ただの警察本部よ」なんだか互いに気のある男女が戯れ合っているみたいだと思いながら、フェリシアは言った。

「いいとも。すぐに行くよ」イェンセンは答えた。


クヌート・イェンセンはスクリーンの記事を長いこと見てから言った。

「たんなる地元のニュースだな。これはノルウェーで三番目に大きい都市、トロンハイムにある新聞社のウェブサイトだ。まあ、三番目と言っても小さな街だが、トロンハイムには大学がある。写真はその大学の図書館で撮られたものだ。そこで中世のノルウェー人の手稿と写本に関する会議のようなものがあったらしいね。ノルウェーにはその種の手稿がほとんど残っていないが、残っている手稿は非常に興味深いものだ、と書いてある。ヨハンネス司祭という人物が書いた本は、とくに興味深いそうだ」イェンセンはフェリシアを見上げた。「本当にこれが事件と関係があるのかい？」

「さあ。でも、写真の下にあるキャプションは、なんて書いてあるの？」

「この写真はクヌートソンホールで撮影された、とあるだけさ。おそらく、クヌートソンという人物にちなんで名づけられた部屋だろうな。あとは写っている人々の名前が連ねてある。会議の参加者だろうね」

「その参加者のひとりが、スカンジナビア諸国の本のコレクションに関してはほとんど知らない、と言ったとしたら？」

「かなり奇妙だ、と言わざるをえないな。その男がたまたまこの写真に紛れこんだとは思えない」

「ええ、わたしもそう思う。でも、この記事はいつのもの？」

「ええと、これが日付だ。今年の四月の記事だね」

「このクヌートソンホールについて調べてくれる？」

イェンセンが指示に従うと、大量の検索結果が表れた。イェンセンは最初の記事をクリックした。「この部屋はブローデル・リスホルム・クヌートソンという名前の人物にちなんで名づけられた」イェンセンはどこかの施設、たぶん図書館か大学のホームページのようなものをしばらく読んだあとで言った。「どうやらかなり有名な収集家だったらしい」

「やっぱり」フェリシアはつぶやいた。

イェンセンは次の記述をクリックした。これもアドレッサヴィーセン紙の記事だ。が、かなり最近のもの、実際、今日の日付だった。

黙って読んでいたクヌート・イェンセンが、ぼそりとつぶやいた。「どういうことかな?」

「ノルウェー語がよくわからないの?」

「いや、読むのは問題ない。だが、記事の内容が不可解なんだ。大学付属図書館に勤務するすべての職員が、クヌートソンホールに集められ、警官に話を聞かれたらしい。その聞き取りの原因となった事件は……驚いたな。これで何もかも変わるぞ。きみは天才か、最高にツキのある刑事だ」

「なんて書いてあるの?」イェンセンの襟をつかんで揺すぶりたいのを我慢して、フェリシアは尋ねた。

「きっかり十二時間前、トロンハイムの大学付属図書館の書庫で女性の死体が発見された」

「なるほど、それは奇妙な偶然ね」

「ああ。だが、もっと奇妙なことがある。その女性も頭を切り落とされ、皮膚を剝がれていたんだ」

フェリシアは言葉もなくイェンセンを見つめた。これで事件は大きく前進する。偶然この情報に行き当たったのでなければ、もっと嬉しかったろうが、たとえ偶然だとしても、突破口に変わりはない。この仕事に就いて本当によかったと思えるのは、こういう瞬間だった。ようやく事件を解く鍵が見つかったのだ。

それからフェリシアはスクリーンに表示された写真を見つめた。赤毛の、たっぷり脂肪のついた女性の写真。どこで見たかはすぐにわかった。ボンドのパソコンにあった写真の女性だ。

「それは誰？」答えはもうわかっていたが、フェリシアはスクリーンを指さして尋ねた。

「殺された女性だ」

フェリシアはイェンセンに抱きつきたいのをこらえ、肩に手を置いた。

「できるだけ早くこの記事を翻訳してタイプしてくれない？　捜査チーム全員に招集をかけるわ。あなたも出席してちょうだい」

一時間後、捜査チームは会議室に集まった。まずイェンセンが、自分が翻訳したノルウェーの新聞記事を読みあげた。会議に先立ち、オンラインでほかのノルウェーの主要新聞にも目を通したイェンセンは、図書館の書庫における殺人事件はノルウェー全土でトップニュースになっていて、警察はすでに容疑者を勾留しているようだ、と告げた。例によってガムを噛みながら、レイノルズが言った。

「向こうの新聞もこっちと似たようなものなら、半分は疑ってかかったほうがいいな。こっちにもかなり有望な容疑者が出てきたわけだし」

「そうかしら?」フェリシアはその発言に疑問を呈した。この突破口がもたらした興奮が鎮まったあと、いくつか事実をさらう時間があったのだ。「ネヴィンスがこのときノルウェーにいた可能性はどれくらいある?」

「理論上は、かなりあるだろう?」レイノルズが言い返す。「三日前、ヨーロッパに向けて発《た》ってるんだ」

「彼の行き先はドイツよ」フェリシアは指摘した。「先週会ったとき、そう言ってたわ」

「ボンドが殺されたときの、ネヴィンスのアリバイを確認したが」パターソンが口をはさんだ。「ケンタッキー州のルイヴィルで書籍商と会っている。相手の書籍商にも、ネヴィンスが事件の夜に泊まったホテルのスタッフにも確認済みだ。ネヴィンスがルイヴィルにいなかったと疑う理由はまったくないな」

「いまのところ、ネヴィンスに関して確かなことは何ひとつない」それまでテーブルの上座で黙って聞いていたモリスが口をはさんだ。「しかし、彼自身が手を下してはいないとしても、容疑者からはずすことはできんぞ。いまいちばん重要なのは、同種の殺人がもう一件、起きたことだ。たしかにネヴィンスは事件と繋がりがあるようだが、ここで注意を喚起したいのは、被害者どうしが顔見知りだったらしいことだ。ノルウェーで殺された女性グン・ブリータ・ダールの写真が、ボンドのパソコンにあったんだからな」

「繋がりはもうひとつある。稀覯本よ。それを重点的に調べるべきだと思う。二件の殺人は稀覯本および人間の皮膚を使った装丁と関係があるんじゃないかしら」

「とりあえず、ノルウェーの事件が、実際にこっちの事件と類似しているかどうかを早急に確認しよう。イェンセン、ノルウェーの書庫で起きた事件を担当している警部の名前はなんと言ったかな？」モリスは検死官に尋ねた。

「いえ、彼の名前はまだ言ってません」イェンセンは自分のノートパソコンに顔を近づけた。「ええと、オッド《オッド》・シンセーカーです」

「オッド？　へんてこな名前だな」パターソンが低い笑い声をもらす。

フェリシアは呆れて天井を仰いだ。

「ストーン、その警部に電話をして、事件の要点を比べるんだ。ノルウェーに飛ぶ準備にかかったほうがいいかもしれんな」

「電話をするのは簡単ですけど、いいんですか？」

「どういう意味だね？」

「これはほかの国で起きた事件です。問い合わせに必要な手順とか、そういうものはないんですか？　もっと上におうかがいを立てるとか？」

「いまの段階では必要ないさ。とりあえずは、こっちにはこっちの事件があり、向こうには向こうの事件がある。その情報を交換したいだけだ。向こうもわれわれと同じくらい興味を持つと思うね」

「わかりました。でも、電話するのは、ノルウェー語のわかるイェンセンのほうが適任かもしれません」

「イェンセンは警官ではない」モリスは言って、イェンセンを見た。「すまんな、べつに他意はないんだ」

「モリスの言うとおりさ。それに、ノルウェー人は語学に長《た》けているんだ。二年前、休暇で行ったとき、ぼくのつたないノルウェー語を聞いて、相手はすぐに英語に切り替えた」

「生まれたときからノルウェーに住んでいるノルウェー人のほうが、きみがノルウェー語を話すよりもうまい英語を話すってわけか？」パターソンが尋ねた。

「まあ、そうとも言えるな」イェンセンがにやっと笑う。

「やれやれ、きみの翻訳はどの程度あてにできるんだ？」

その言葉に、全員が驚いてパターソンを見た。

彼は肩をすくめ、きまりが悪そうにつぶやいた。「ただの冗談さ」


それから一時間後、いくつか新しい発見をしたあとでフェリシアは緊張しながら受話器を取った。イェンセンはああ言ったが、こちらの言うことが通じなかったらどうしよう？トロンハイム警察本部の番号は、海外情報部の親切な女性が調べてくれた。フェリシアがその番号にかけ、英語で名乗ると、感じのよい女性が訛りはあるものの、すぐさまわかりやすい英語に切り替えて応じた。

それからその女性はオッド・シンセーカーに繋いでくれた。

22

一五一八年　パドヴァ

「猿とは！」マスター・アレッサンドロは吐き捨てるように言った。「猿だぞ！」

少年と床屋は黒パンと塩漬ハムの朝食をすませた部屋の奥で、ベンチに座っていた。マスターはその前をせわしなく行ったり来たりしている。朝の散歩から戻ったばかり。いつものように頭のなかは様々な思いでいっぱいで、新鮮な空気にあたり、気持ちを落ち着ける必要があったのだ。マスターの思いは、日によって違う。感嘆すべきアイデアや洞察に占領されることもあれば、非難や文句ばかりのこともある。そうした非難が人体に関する偉大な学者、ペルガモンのガレノスに直接向けられることはめったにないのだが、今日はガレノスに向けられていた。マスターは胸に花の刺繍《ししゅう》がある毛皮の襟付きの、新調したばかりのベルベットの外套をまだ着たままだった。朝の散歩と講義台に立つときしか着ない黄土色の外套が、体のまわりではためき、風に躍る落ち葉のように渦を巻いている。少年と床屋はどうすることもできずに、黙ってマスターの非難に耳を傾けた。ガレノスと人体内部について話すとき、マスターの頬はいつも上気し、言葉が口から噴水のように湧きでてくる。が、いまみたいに怒りがともなっているのは珍しかった。

「ああ、創造主なる神よ、猿とは！」

　少年は猿を見たことがなかった。近所の子どもたちは少年と床屋がパドヴァに着く前の夏、市場で三匹の猿を買った商人の話を飽きずに繰り返している。三匹の猿は商人が縫ってやった帽子をかぶり、様々な道具を使う職人の物真似をしたという。ところが、そのうちの一匹がとある辺境伯の頭をハンマーで殴ったため、商人は市場に立ち入るのを禁じられてしまった。さいわい、ちょうどその日に買った山高帽をかぶっていたおかげで、ドイツ北部から来た学生である辺境伯の頭は事なきを得た。この事件のあと、もう芸をさせられなくなった猿を商人から買ったのは、ハンマーで猿に殴られた辺境伯その人だというから奇妙な話だ。その辺境伯が猿にしたことで、マスター・アレッサンドロはこんなにかっかしているのだった。

　本物の猿を見たことはないが、近隣の家々の壁に描かれた猿の絵はたくさん見ている。子どもたちが描いた猿は長い腕を持つ人間のようだった。ところが、マスターが持っている東洋の本の、もっと上手に描かれた猿は、大きくて愚かな目をした毛むくじゃらの動物にしか見えない。部屋を歩きまわり、空中に文字を書いているように羽根ペンを振りながらマスターが嘆いているのは、まさにその点だった。

「愚かな動物だ。人間とは何ひとつ似ておらん。猿を切り開いたところで、人間の体の秘密がわかるものか」

人間の体の秘密。マスターは常にそのことを口にする。この表現が大好きなのだ。たぶん自分がその秘密をほかの誰よりも知っているから。マスターはそうした秘密を覗くことができる立場にいる。興奮に顔を赤くして、せわしなく歩きまわりながら、いまマスターが考えているのは、自分はガレノスには想像もつかないような事実を知っているということだった。

ガレノスの有名な解剖学の知識は、遠い昔、ガレノス自身が教えた学び舎、壮麗なペルガモン市の郊外にあるアスクレーピオス神に捧げられた神殿で、人体解剖学の必修科目とされてきた。実際、マスター・アレッサンドロ自身が教えているここパドヴァだけでなく、サレルノにある医学校でも、あちこちの大学でも必修科目とされている。

少年はマスターの講義でガレノスの教えを何度聞いたかわからない。マスターは大まじめに〝直腸の端っこ〟と呼ぶ講義台から、人間の直腸はその名のとおり、まっすぐである、と瞬きもせずに告げる――ガレノスがそう教えたからだ。ところが、ある日、三匹の猿がアレッサンドロの解剖台に置かれることになった。復讐《ふくしゅう》に燃える辺境伯が、一年近く書斎に閉じこめていた猿を大学の医療機関に寄付したのだ。猿たちはそこで床屋とアレッサンドロの巧みなナイフさばきにさらされることとなった。一般公開の解剖ではない。ふたりは夜、猿を解剖し、じっくり調べたのだ。

少年は参加することを許されなかった。猿を見る最後のチャンスだったのに、とがっかりしたが、マスターが突然のひらめきに打たれたのはその解剖のさなかだった。ガレノスが解剖したのは動物だったことは周知の事実だ。猿を解剖した夜、マスターは猿の体内が人間とはまるで異なることを知ったのだった。したがって、人体を理解するのに猿を使うことはできない。この事実に気づいたあと、マスターには変化が表れた。少年はときどきマスターが講義台から、「まっすぐな直腸を持っているのは猿であって、人間ではない」と大声で叫びたがっているのを感じた。だが、キリスト教世界最大の医学学校では、人体は猿のそれによく似ていると教える。大半の大学にとってこれは神聖な知識であり、ガレノスと異なる理論を口にする者は、とんでもない異端の烙印《らくいん》を押されるのだ。人体の解剖学に関して受け入れられるのは、ガレノスの教えだけ。異なる理論の具体的な証拠を手に入れようとすれば、異端者として杭《くい》に縛りつけられ、生きながら焼かれる可能性すらあった。マスターは憤懣《ふんまん》やる方ない思いを無理やり胸のなかに押しこめて、ひそかに自分の発見を蓄積させていった。マスターがそれを分かち合うのは、信頼する同僚や学生、床屋を含むほんのひと握りの人々だけだった。少年は何度かマスターが自分の考えを口にするのを耳にした。

しかし、ヴェネツィアの賢い守りの下にあるパドヴァでは違う。この偉大な商業都市の法律は、他のキリスト教世界とは対照的に、あらゆる医師が最低年に一度は処刑された囚人の解剖に立ち会わねばならないと定めている。少なくとも毎年二回は公開解剖が行われ、マスター・アレッサンドロはその多くで講義を受け持つ。そしてさる貴族の館で行われた最新の解剖で巧みにナイフを使ったのは、新しく信頼できる助手となった床屋だった。

こういう公開解剖のあいだ、マスターは死体からだいぶ離れた場所にいる。そこにある講義台に立って、自分の考えを詳しく説明するのがマスターの役目だ。まさしくこの状況こそが、マスターの頭のなかに深い分裂をもたらしたことを、少年は知っていた。講義台ではガレノスの教えが告げられるが、実際に死体を見るのはそばにいる者だ。床屋はガレノスが一度として見なかったものを、なんの妨げもなく見ることができる。一方、マスターは、教科書の囚人よろしく、大昔の医師が残した教科書に目をくぎ付けにしていなくてはならない。

とはいえ、あらゆる公開解剖一回につき、少なくとも五回は非公開の解剖が行われる。少年はマスター・アレッサンドロの屋根裏で何度か非公開の解剖を目撃した。そういうときに使われる死体の一部は、アレッサンドロに命じられて床屋が手に入れる。もちろん、少年もそれを手伝った。非公開の解剖では、マスター自身がメスを握ることができる。そうやって自分の目で見て、自分の指で感じ、自分の鼻でにおいを嗅いで、人間がどれほど自分たちの体のことを知らないかに、マスターは目を開かれていった。

ガレノスの教えには重要な間違いがあるというマスターの疑いは、しだいに確信に変わっていき、ついに三匹の猿を解剖したときに最大の間違いが明らかになった。動物に比べて、人間は様々な徳と魂を持つ点で優れているが、人間の器官も動物より優れているのだ。人体には猿の解剖ではとうてい学ぶことのできない部分がある。

いよいよ明日は、マスターが欲しながらもあえて口にしなかったことが実現する。マスターは最も近しい人々だけを招き、初めて見学者の前で自らメスをふるうのだ。ただし、これは公式に許可された解剖ではないから、死体は自分で調達しなければならない。

階段状の教室である解剖劇場は、マスター・アレッサンドロの発想から生まれたものだった。マスターはもう長いこと、こういうものを作りたいと思いつづけてきたのだ。まずイメージを思い浮かべることから始め、頭のなかでスケッチを描いて、少しずつ具体的な形を作りあげていった。そしてついに全体図をしたためると、それを大工の親方アルフォンソのところに持ちこんだ。

マスターは三段の階段状ベンチで囲んだ円形の解剖劇場を、パドヴァにある自宅の裏庭に造らせた。一段目から二段目、三段目へと急傾斜で上がっていくのは、最上段から解剖テーブルまでの距離をできるかぎり短くするためだった。光をふんだんに取り入れるため、屋根はない。死体は中央の回転式テーブルに横たえられる。建材はすべて木だが、マスターの言うとおり、「こういうものは、本来なら石造りにして、何百人も見物人を収容できる規模で、街の一等地に造るべきだ。個人の家の裏庭に隠されるべきではない」のだ。

ようやく外套を脱いで床屋と少年を見るころには、マスターの顔は穏やかになっていた。知性を宿した瞳も、少年がよく知るものに戻っている。

「例のものは、アルフォンソが昨夜完成させた。あとは死体があればいいだけだ。それも日没には手に入る」

地元の住民が〝罪なき者の墓地〟と呼ぶ墓地は、パドヴァの街の壁の外、ヴェネツィアに向かう街道を少し行ったところにあった。そこはふつうの墓地とは違い、聖別されていない土地が石壁でぐるりと囲まれているだけだ。流行《はや》り病が猛威をふるい、街に近い教会の墓地には埋葬しきれないほど大勢の死人が出たときに、気の毒な魂はここで最後の安息を得る。また処刑された者、己が手で自らの命を断った者、その他なんらかの理由で永遠の滅びに落とされた者もここに埋葬される。

人間の死体が欲しい者が探しに来るのもここだった。墓は浅く、墓守はいい加減で、墓石もところどころしかない。少年は以前も床屋と一緒にここに来たことがあった。マスター・アレッサンドロの知識の多くは、この墓地で調達した死体に負うところが大きい。

常に完全な死体が見つかるとはかぎらないが、知識欲の旺盛なマスターは、骨だけになり、一、二か所残った筋肉がかろうじて腱で繋がっているような死体でも文句は言わなかった。床屋と少年は様々な腐敗の段階にある死体から骨を揺り動かしてはずす。あるときは肩甲骨、片方の腕、指のない片方の手、片方の足しか手に入らず、それを見たマスターに胸部を持ってこい、と墓地に送り返された。翌日彼らは、ほとんど損なわれていない死体がマスターの手に届くように、罪なき者の墓で各部位を調達し、荷車に積んで、何度も回り道をしながら街に持ち帰った。

ふたりは各々シャベルを脚のそばに垂らし、墓地を囲む石壁に座っていた。背後では太陽が沈んでいく。床屋はドイツで覚えた曲を口笛で吹いていた。怠けて眠りこんでしまい、目が覚めたら生き埋めになっていたろくでもない男の歌だ。少年は夜の音に耳を傾けていた。

やがて荷車ががたがた石壁の角にある門へと近づいてきて、門の南京錠《なんきんじょう》がはずされた。ふたりは壁の外に飛びおりた。太陽は完全に沈み、夜の帳が下りるなか、墓地からは墓掘り人たちが処刑の話をしながら穴を掘る音が聞こえた。

召使いの若い女が、自分が産んだ私生児を殺した罪で死刑になったのだ。はらませたのはその主人、地元の裕福な商人だという。噂の真偽はともかくも、娘は今日の午後、市が開かれる広場の絞首台で吊るされた。いまはその死体のそばで、ふたりの墓掘り人が自分たちの勤労倫理に見合う浅い墓穴を掘っている。穴を掘るにはそれほど時間はかからなかった。終わるころには、片方の墓掘り人の女房が市場で買った掘り出し物の闘鶏と、それを闘わせるか交配させるかに話が移っていた。

男たちのおしゃべりと陰気な仕事がようやく終わり、塀の外にいるふたりにも、墓掘り人が門を閉める音、荷車が暗がりのなかへ遠ざかっていく音が聞こえた。

墓泥棒を締めだすためではなく、外から墓地が見えないように造られた石壁は、床屋の背丈よりほんの少し高いだけだ。床屋と少年は簡単にそれを乗り越え、ふたりの墓掘り人が死体を土で覆った場所を見つけた。それほど深く掘らなくても、目当ての死体が見つかるのはわかっている。実際、ほんの十二、三回土をすくうと、固い肉にシャベルが当たった。

膝をついてあとは素手で掘れ、床屋はそう少年に命じた。少年は頭があると予測した端に行き、手で掘りはじめた。柔らかい土を押しやると、真っ白な顔が現れた。開いている目に黒い土が入っている。女の体はなめらかで、冷たく、黒い髪が夜の闇に溶けている。少年は首の下に片手を差しこんで頭を持ちあげ、慰めたいような気持ちで少しのあいだ両手で頭を抱えた。青ざめた唇をじっと見つめていると、ふいに悲しみに胸がふさがれた。これまでは死体を見て悲しいと思ったことなどないのに。

「何をしてる、掘りつづけろ」後ろから床屋が苛立った声で言う。

少年はおとなしくしたがい、胸、お腹《なか》、恥骨、脚の上から土を取り除いた。それから床屋とふたりで死体を墓穴から持ちあげた。

それを石壁の外に出すために、床屋が壁の外に立って死体のわきの下にまわしたロープを引っ張り、少年が足を押しあげた。苦労して石壁を越えさせ、荷車に積みこんで、しっかりと固定する。ろばに鞭《むち》をくれる前に、ふたりして死体に布をかけるとき、床屋が顔を覆うのを見ていた少年は、ふいにあることに気づいた。この娘はトロンハイムにいる母に似ている。床屋もそれに気づいただろうか？　少年は手を止めてそう思った。

翌朝、少年はマスター・アレッサンドロの浴槽を使って湯あみし、最上のオリーブオイルで体をこすった。水を拭きとって清潔な服を着てから、マスターの仕事場に向かった。そこで床屋と少年はテーブルをはさみ、柔らかい椅子に座った。少年はまだ商人の猿のことを考えていた。そういえば、マスターが猿に関していくつか物語を話してくれた。

「アレクサンドリアにいた猿の話をしてくれる?」少年は身を乗りだし、りんごをつかみながら頼んだ。

「おお、アレクサンドリアの猿か」マスターはきれいに髭を剃った顎を片手でなでながら言った。床屋は今朝、見事なナイフさばきを見せ、マスターの顎は少年の顎のようにつるつるだった。マスターは乾燥いちじくをつかみ、それをじっと見てから口に入れた。少年は称賛の目でマスターを見守った。マスターがすることは、すべてにとても深い意味があるようだ。かすかな手の動きが、少年にはとうてい理解できない考えを表現しているように見える。でも、ぼくだっていつかわかるようになる、自分で難しいことを考えるようになる、少年は自分にそう言い聞かせた。マスターのすべてが、少年にとっては称賛の的だった。もちろん、床屋のことも尊敬しているが、床屋は怖いときがある。ドイツの居酒屋では、何度も癇癪《かんしゃく》を起こした。そんなとき、床屋は体のなかに胆汁がありすぎる、と席を立つ。突然こみあげる怒りを抑えるために、ときどき白いパンとハーブしか摂《と》らないこともあった。が、せっかくの精進も役に立たず、パンとハーブの食事が続いたあとの週末には、またしても怒りを爆発させる。しかし、少年に手を上げたことは一度もなかった。

少年が恐れているのは床屋の暴力だけではない。床屋が自分と同じくらいの歳の少年と一緒にいるのを見たことがあるのだ。旅のあいだ、床屋はときどき少年とはべつの部屋を取り、男の子を連れこんでいた。でも、少年には手を触れなかった。幸運のお守りだからだ。ふたりとも、それはわかっていた。でも、幸せが見つかったあとはどうなるのか？そのあとも床屋を信頼することができるだろうか？

マスター・アレッサンドロは信頼できる。自分はマスターに好かれていると思うが、少年が信頼しているのはマスターの心ではなかった。マスターの頭だ。理性的に物事を考える人間は信頼できる。だから、正当な根拠のある意見を信じられるのと同じで、マスター・アレッサンドロを信じることができるのだった。

「アレクサンドリアの猿の話が好きなのか？」

少年はうなずいた。

「面白い話だからな。あれには奇妙な知恵が含まれている。わたしはあの猿をこの目で見たのだよ。アレクサンドリアの猿を。ギリシア文字をすべて書くことができる猿をな。昔の栄華が色褪《いろあ》せたあの街に滞在したのは一週間ぐらいのものだったろう。アレクサンドリアには、かつて世界のあらゆる知識が集まっていたのだよ。わたしは街の医者たちと話した。彼らは多くの分野で実に優れた成果を残しているだけでなく、全員がアラブ人とユダヤ人だというのに見事なギリシア語を話したよ。〝筆記者キンシャー〟と呼ばれる一流の職人にして商人のことを教えてくれたのも、そのうちのひとりだった。その筆記者はバグダッド出身で、かの有名な古代の図書館を灰にした火事よりも以前の本を持っているという。きみもよく知っているように、わたしは本に目がないからな」

少年はその言葉が誇らしくて胸を膨らませた。

「わたしはその筆記者に会わずにはいられなかった。そこで使いを送り、数日後に会う約束を取りつけた。不幸にして、本には失望したがね。比較的新しいものばかりで、二十年以上古いものは一冊もなかったのだよ。しかし、せっかくだから手元にないアルキメデスの立派な写本を何冊か買った。少なくとも、アルキメデス本人の言葉が多少は含まれているように見えたからな。とはいえ、キンシャーを訪ねたのは時間の無駄ではなかった。彼が見せてくれた写字室は、長きにわたる様々な旅で見たどこの写字室よりも立派だった。十人あまりの男たちが作業を行い、街の印刷屋でわたしの友人でもあるマヌティウスと同じくらい、多くの本を作っていた」

マスターの言う〝街〟がヴェネツィアだということも、少年は知っていた。

「しかし、筆記者キンシャーのもとを訪れたときの記憶がいまも鮮明に残っている理由は、キンシャーの一番弟子、アレクサンドルと呼ばれている猿にある」

「猿?」もう十回は聞いた話だが、少年は初めて聞くように笑った。

「そうとも、猿だ」マスターも笑って、またひとつついちじくを口のなかに放りこんだ。

「しかし、ただの猿ではない。文字を書ける猿だ。ちゃんとペンをつかみ、大判の紙にのたくるような字を次々に書いていく。ギリシア文字をすべて知っていて、まるで言葉や文章のように紙の上にそれを書いていくんだよ。しかも、ときどき字と字のあいだを空けることまで学んでいた。句読点の意味はわからないらしく、句点や読点はほんのときたましかなかったがね。マヌティウスの優れた新発明であるセミコロンについては、アレクサンドリアの筆記者たちはまだ知らなかった。とにかく、その猿は書くことができた。しかし、しょせんは動物だから、ジェノアから来た波止場で働く男たちほどにも頭は回らない。自分が何を書いているかさっぱりわかっていなかった。ただ次々にでたらめな順番で、乱雑な文字を綴っていただけだ。とはいえ、毎日、書くために腰を下ろす。まるでほかの筆記者の手本となるつもりでいるように。そしてある日、奇跡が起こった。まあ、キンシャーに言わせればこれは奇跡ではなく、起こるべくして起こったことなのだ。〝十分な数の猿が一連の文字を長いこと書きつづければ、遅かれ早かれそのうちの一匹が意味のある文章を書くようになる。大量の猿に大量の文字を書かせれば、いつか想像を絶することが起こり、猿がプラトンやホラティウスの言葉を書くこともあるはずだ〟とキンシャーは言った。驚異的な考えだな。

猿のアレクサンドルが書いたもののうち、意味がある文章はひとつしかなかった。しかし、これが実に哲学的な文章でね。わたしの頭に焼きついた。実際、人生のモットーのようなものになったのだよ」

「その猿はなんて書いたの?」謎めいた言葉をまた耳にできることが嬉しくて、少年はわくわくしながら尋ねた。

「〝宇宙の中心はあらゆる場所にあり、その外辺はどこにもない〟」マスター・アレッサンドロは朗々たる声でギリシア語の一文を暗唱した。「猿はそう書いたのだ。キンシャーはそれを見せてくれた。その紙はよく見えるように書き物机の前の壁に貼ってあった。猿が文字を書いているところをすでに見ていたわたしは、それが猿の筆跡だということを認めざるをえなかった」

ふたりはしばらく黙って座っていた。

「その話、大好き」やがて少年は言い、たとえ本当の話じゃないとしても、と心のなかで付け加えた。

ほかの子どもたちが豚の胃袋でボールを作り、一緒に遊ぼうと少年を誘ってくれた。ゲームで勝ったら茶碗《ちゃわん》一杯の干《ほ》し葡萄《ぶどう》がもらえるという。でも、その日の午後は遊ぶ気分ではなかった。

代わりに考え事をするため、ひとりで散歩に出た。街の通りを市が開かれる広場まで歩いていくと、そこは昨日の処刑を見物に来た人々が落としたゴミだらけだった。

少年は思った。どうして母さんは、ぼくを床屋と一緒に旅に出したんだろう？　ぼくのなかには怪物が住んでいると言ったけど、あれは本当だろうか？　本当だとしたら、どういう意味だ？　怪物は床屋のなかにも住んでいるのかな？　ふたりとも、いつか幸せを見つけられるんだろうか？

昨夜ふたりで盗んだ死体は、すでに解剖劇場の回転テーブルに横たえられていた。床屋とマスター・アレッサンドロは長いこと話し合ったあと、死体の鮮度が高いから、ひと晩同じ布の上に置いても大丈夫だと判断したのだ。マスターは腐りはじめた古い死体を扱った経験もあった。粘つく死体の滲出液《しんしゅつ》の大部分は、おそらく人間の四体液が混じり合ったものだろう。それが暑さで発酵すると、講義などできないほどひどいにおいになる。

マスターにはその逆と教えられたが、どうしても少年の目には太陽が空を横切っていくように見えた。地球のほうが動いているとはまだ信じられない。

「われわれのほうが太陽を通過して滑るように動いていくのだよ」マスターはそう言い、常にこう付け加える。「まもなく誰かがそれを本に書く日が来る。しかし、命が惜しければ司祭の前でこれを口にしてはいかんぞ」

でも、少年には人々がどれほど賢くなっても、みんながそれを信じる日が来るとは想像できなかった。知恵のほうがぼくらよりも偉大なこともある、少年はそう思った。

その日、太陽が空を横切ったあと、少年は自分でもわからない強い力で解剖劇場に引き寄せられた。扉には〝誰にも壊せない錠前鍛冶屋〟のアンジェロが作った錠前がかかっている。だが、扉を開ける鍵のある場所はわかっている。マスターの作業室にある果物の器のなかだ。

六時間もすると、母に似た死体の顔を見たくてたまらず、どうにも我慢ができなくなった。その時間に家に戻るのは、決して珍しいことではない。忙しい学者でも昼食をとる時間とあって、ふだんはテーブルに食べ物がある。でも、この日は食事の用意ができていなかった。マスターと床屋は解剖を見学する人々と街の居酒屋で食事をしているからだ。解剖は陽がまだ高く、明るいうちに行われる。召使いは少年のために卵と燻製肉《くんせい》、果物を用意してくれた。

それを食べたあと、マスターの作業室にしのびこむと、鍵は思ったとおりの隠し場所で見つかった。それを持って裏庭に出る。彼はよくそこで遊ぶから、召使いたちの目に留まることはない。池のそばに座り、水蓮《すいれん》を見つめることもあった。水の上に浮かんでいる大きな葉っぱが心臓みたいで、水面から口を出す鯉《こい》がその心臓をつかまえ、引き裂こうとしているように見えるのだ。でもいまは池を通りすぎ、できたばかりの解剖劇場を回りこんだ。真新しい木が陽の光を浴びて金色にきらめいている。少年は錠前に近づいた。劇場の扉はオリーブの木立と庭の奥の赤煉瓦の塀に面している。家にいる者から姿を見られる心配はない。差しこんだ鍵はなんなく回った。

扉を開けたあと、少年はつかのまためらった。足元の湿った粘土の地面に目を落とす。朽ちていく死体のにおいが漂ってきた。思い切ってなかに入ると、明るい陽射しが劇場全体に降り注いでいた。

死体はテーブルに横たわっていた。陽射しを浴びて、まるで幻のよう、母がそこにいるようだ。神でも悪魔でもない者が司る《つかさど》力に導かれ、少年はうっとりとテーブルに近づいた。死体の顔は紙よりも白かった。雪みたいなその白さに、北の冬が思い出される。毎年冬になると、あの暗く岩だらけの人間の世界を覆う雪。母の顔も雪のように白かった。死体の肌も冬そのもののように冷たかった。少年はそっと頰に手を置き、氷のように冷たい、乾いた皮膚に指を走らせた。首から胸のあいだ、お腹へと。その毛の下は夜のように冷たい、森の木と木のあいだのように黒い。少年は荒い息をついて、手を止めた。床屋が来るまで母のベッドを訪れていた男たちのことが頭に浮かんだ。自分が町を出たあとも、あの男たちは母のベッドに通いつづけたのだろうか？　それとも母があの男たちを迎えたのは、息子のためだったのか？

背後の影が思いのなかにするりと入りこんできた。澄んだ冷たい水のなかに泥が流れこむように。音はまったく聞こえなかったが、ふいにその影があらゆる方向から押し寄せてきた。

それから、床屋の手が狩りをする鷹《たか》のように少年の肩をつかんだ。少年はぱっと死体から手を離し、床屋を見上げた。床屋の顔には、これまで一度も見たことのない表情が浮かんでいる。居酒屋で何杯もビールを飲んだあと、テーブル越しに言い争っている相手を見るときですら、こんな顔はしていなかった。床屋の目は、少年が夢のなかでしか見たことのない邪悪に満ちていた。これは悪魔の目だ。

床屋は少年の首筋をつかんで力をこめると、そのまま解剖劇場の外に連れだし、突き放した。

「これでおしまいだと思うな」床屋は劇場の扉を勢いよく閉めた。

少年は少しのあいだ呆然として地面に倒れていた。床屋の恐ろしい形相に、どうしてあまり驚いていないのか自分でもよくわからない。

やがて立ちあがると、池のほとりに向かい、そこにあるベンチに腰を下ろした。まもなくマスター・アレッサンドロが門を入ってきて、すぐ横を通りすぎた。解剖を見学したい学生や医者、貴族がその後に従っていく。マスターはこわばった笑みを投げてきたが、少年はうなずいただけで笑みを返さなかった。

まもなく全員が劇場のなかに姿を消した。

アレッサンドロ邸の広い敷地には、自前の菜園、鶏を放し飼いにした庭、オリーブと桃の実をつける小さな果樹園がある。庭の一方の端にある母屋は漆喰を塗った白い建物で、そこと鯉のいる池のあいだには、召使いが道具をしまっておく小屋があった。家と庭が荒れないように手入れをするには、たくさんの道具が必要なのだ。小屋には長い梯子《はしご》もしまわれていた。

マスターと興奮した取り巻きが解剖劇場に入ってしまうと、少年はその小屋から梯子を取りだした。少年は小柄で軽いが、梯子は長くて重い。それを劇場まで引きずっていくのはひと苦労だった。その梯子の向こう端を持ちあげ、劇場の壁に立てかけるのはもっと骨が折れた。でも、床屋がいつも言うように、どうしてもやり遂げたければ、人はやり遂げ梯子がどれほど重くても、向こう端を持ちあげなくてはならない。さきほどの床屋の顔は恐ろしかったが、梯子を立てかけたあとはそれを登らずにはいられなかった。いちばん上の段に達して爪先で立つと、どうにか壁の縁からなかを覗くことができた。

劇場のなかはよく見えた。

解剖はすでに始まっていた。これまでの解剖とは異なる方法で行われているのは、ひと目でわかった。メスをふるっているのは床屋ではなく、マスターのほうだ。アレッサンドロ自身が死体にかがみこみ、下腹部を切り開こうとしている。あらゆる巧みな解剖は、腹の切開から始まる。マスターが〝皮膚の中心〟と呼ぶ臍のすぐ下の一点から。

マスターの横に立っている床屋は、まだ険悪な表情を浮かべていた。でも、さきほどの出来事を考えているからだとは思えない。床屋と二年も一緒にいる少年には、その心のなかが手に取るようにわかった。床屋があんな顔をしているのは、誇りを傷つけられたからだ。自分のナイフをほかの人間に使われるのがいやなのだ。床屋のナイフは死体のすぐ後ろ、白い布がかかった小テーブルに使う順に並べられ、きらきら光っていた。床屋の唯一の仕事は、求められたナイフをマスターに手渡すだけ。床屋は外科医からただのアシスタントに降格されてしまった。たしかに解剖を間近で見ることはできるが、床屋にとって解剖は傍観するだけのものではない。肉を切るとき、骨を砕くときの手ごたえを味わうことが重要なのだ。触感のともなう発見の旅が。ナイフを完璧に使うことが。床屋にとっては人体のなかに何を見つけるかではなく、人体を切ること自体に意味があるのだ。傷ついた誇りと妬ましさ。おとなしくマスターの後ろに立っている床屋の目に、少年はそれを見てとった。

解剖は五時間続いた。終わったときにはもう暗くなっていた。マスターが頭と目を切りはじめると、少年は梯子をおりた。母にそっくりの顔が切り刻まれるのは見たくない。そのまま部屋に戻り、いつのまにか眠りこんで、鼻孔に満ちる悪臭の夢を見た。

その夜、蝶番《ちょうつがい》がちぎれんばかりの勢いでドアが開いた。すぐには夢の世界から戻れず、何が起きているか理解できずにぼうっとしていると、床屋が飛びかかり、大きな手で少年の口を覆った。

「あの死体に何をしていた？　このクソガキが」床屋は押し殺した声で尋ねた。

答えたくても、こんなにきつく口をふさがれていては声が出ない。

「きさまはすべてを台無しにした。死体はナイフで切り刻むためのものだ。いいか、切り刻むものでしかないんだ。あんなふうに触れることは許されん。いったい何に取《と》り憑《つ》かれた？　きさまの母親にはこの体に巣食う怪物が見えた。わたしは守護天使だと思ったが、母親が正しかったようだな」

床屋はもう片方の手で少年の首をつかんだ。少年は目を見開いた。窓から差しこむ弱い月明かりで、首を絞めつける床屋の頬を涙が流れ落ちるのが見えた。頭がぼうっとして夜が昼間のように白くなり、それから最初よりももっと暗くなった。

「またしてもわたしは幸福に捨てられた」その闇のどこかで床屋がつぶやいた。

意識が戻ったときには、体が断続的に揺れ、振動していた。ぼくは地獄へ向かう街道を進んでいるんだ。まぶたが勝手にぴくぴく動いている。ようやくそれが止まると、少年はじっと横たわった。周囲のものが輪郭を取りはじめ、荷車に横たわっているのが見てとれた。すぐ前に座り、ろばの手綱を取っている床屋の背中も見える。ふたりで一緒に地獄に行くのかしら？　そう思いながら暗い夜のなかを見まわすと、あたりの景色には見覚えがあった。これは滅びに至る道ではない。正確には違う。

助かるためには身じろぎもせずに横たわり、できるだけゆっくり音をたてずに呼吸するしかない。やがて荷車は罪なき者の墓地の石壁を裏手へとまわっていった。床屋が壁の外に穴を掘るあいだ、少年はじっと横たわっていた。穴の深さが十分だとみると、床屋は荷車に戻り、少年の髪をつかんだ。まるで殺した動物のように荷車から引きずりおろされたが、少年は歯を食いしばって悲鳴をこらえた。それから蹴り転がされて、穴に落とされた。少年は片方の腕を顔に載せ、仰向けに横たわった。床屋は急いでいるらしく、すぐにシャベルで土をかけはじめた。暗いおかげで口を手でふさぎ、ほんの少し空気をそこに保つことができた。まもなくすべてが真っ暗になった。恐ろしい重みが胸を圧迫してくる。最後の土がかかる音がして、足音が遠ざかっていった。床屋が荷車に乗り、ろばに鞭をくれた。

すっかり静かになると、少年は口を覆っていた手を動かし、自分を穴の底に押しつける重みを減らしはじめた。かけられた土を掘りはじめる。とたんに土が顔に落ちてきた。顔が覆われると、急に恐怖がこみあげた。息をするたびに口のなかに土が入りこむ。小さな体から命を搾りだそうとするように、全身を覆う土の重みが増していく。

だが、少年は手を動かしつづけた。パニックに駆り立てられ、夢中で掘った。さいわい、土は柔らかく、床屋が掘ったのも浅い墓だった。

最初に片手が、次にもう片方の手が自由になった。顔の近くを掘りながら、同時に頭上の星空に向かって顔を押しあげる。新鮮な空気が肺に入ってくると、ひとしきり咳《せき》が出て、土や小石が口から飛び散った。ひと息ごとに肺が新鮮な空気に満たされていく。やがて手足からしびれが消え、ちくちく刺されるような痛みがなくなった。めまいもいつのまにか消えていた。梯子をおりてベッドに潜りこんでから初めて、少年は完全に目を覚ました。

全部夢だったのだろうか？　重かったのは土ではなく、マスター・アレッサンドロの分厚い毛布だったのか？　少年は両手で体に触れた。違う、やっぱり土だった。全部本当に起こったことだ。それも、あんなに突然。床屋の場合は、すべてが突然に起こる。少年が床屋の不興を買ったから、床屋はいきなり少年を殺そうとした。床屋があんなに怒るなんて、ぼくは昼間何をしたんだろう？　いくら考えてもわからなかった。ただ死体に触れただけ。自分の母だと想像し、母の命を取り戻すところを想像しただけなのに。ぼくがこんなに母さんを恋しがっていたことがわかれば、床屋はあんな凶暴な真似はしなかったかもしれない。それとも、やはり殺したいほど怒っただろうか？　きっと胆汁のせいだ。少年はそう思った。ほかの理由は考えられない。

今年の秋は大して雨が降らなかったから、地面は乾き、土はさらさらしている。それが少年を恐ろしい死から救ってくれたのだった。少年は両手で土を掘りつづけた。上半身の土をすっかり取り除くには長い時間がかかったが、そのあとはあっという間に両脚が自由になった。生き埋めになった少年は墓からよみがえった。昨夜ここに来たとき、床屋が口笛で吹いていた歌。ふたりとも気づかなかったが、あれは予告のようなものだったんだろうか？　それとも、床屋はずっとぼくを殺すつもりでいたの？

少年は少しのあいだ墓穴を見下ろしていたが、やがてきびすを返して歩きだした。街道に出たあとはパドヴァに背を向け、ひと晩中歩きつづけた。やがてもうひとつの街道が交差している場所に達した。まっすぐ進めばヴェネツィアに着く。少年は郊外へと足を向け、夜が明けると道端の溝に横になって眠った。午後遅く、灰色の外套を着た男が少年を揺り起こした。灰色の外套は以前も見たことがある。托鉢の修道士だ。

「ずいぶん家から遠くまで来たようだな」修道士は心配そうな、それでいてどこか面白がるような目で少年の顔を覗きこんだ。

第三部
メス

宇宙の中心は至るところにあり、
外辺はどこにもない
――ジョルダーノ・ブルーノ（一五八四年）

23

二〇二〇年九月　トロンハイム

フェリシア・ストーンが電話をかけてきたとき、オッド・シンセーカーはシリ・ホルムのアパートからオフィスに戻ってきたばかりだった。

上階に向かう途中、必要に迫られて「やあ」とつぶやくのをべつにすれば、オッドは誰とも言葉を交わさなかった。激しい葛藤にさいなまれ、それどころではなかったのだ。〝どれほど無実に思えても、事件の関係者と個人的な繋がりを持ってはいけない〟という警察官にとって暗黙不変のルールを破ってしまった。何度自分を呪っても、呪いたりないくらいだ。

だが、正直に言えば、怒りよりも驚きのほうが大きかった。あれはなんの前触れもなく、あっという間に起こった。シリ・ホルムが見抜いたように、ふだんのオッドは、今回のような大事件でキャリアを棒に振るはめになりかねない、愚かな間違いをしでかす男ではない。どれほどシリ・ホルムに魅力を感じたとしても、それを押しやる自制心を持ち合わせている。だが、つい数時間前はその自制心がまったく働かず、シリの誘惑に身を任せてしまった。何十年も妻に誠実だった夫、これまで女と言えば妻と若いころの恋人しか知らなかった禁欲的な男が、突然、欲望にのみこまれてしまったのだ。いったいどうしてあんなことをしてしまったのか。

最悪なのは、あのセックスが素晴らしかったことだ。シリは何十年も連れ添った妻よりもオッドの好みを熟知しているように、とても思いやりのある、優しいやり方で主導権を握った。それでいて、最初から最後まで、個人的な感情はいっさい持っていないようだった。それなのに、あの赤いソファであれほど奔放に自分を誘惑した理由はなんなのか？自分に特別な好意を寄せているそぶりはひとつも見せなかった。まるで一種の奉仕。オッドにはセックスをする必要があると見抜き、その必要を満たすのが自分の義務だと感じたかのようだ。大人のガールスカウトが善行を施すように。頭に浮かんだこのたとえに、オッドは苦笑した。だが、そうやって欲望に身を任せたことが、心身を解放してくれたのはたしかだ。シリ・ホルムは既成概念には収まらぬ女性らしい。次に顔を合わせたときには、おそらく何もなかったような態度をとるだろう。証人としても同じように客観的なはずだ。しかも非常に重要な証人となる可能性がある。だが、容疑者ではない。それとも……俺は頭ではなく、べつの器官で考えているのか？

電話が鳴りだす前、オッドは別れぎわに交わした会話を思い出していた。アパートを出る直前、黒帯を腰に巻いただけのあられもない姿でソファに横たわっているシリに、ふと思い出して尋ねたのだ。「ぼくは組織的に捜査にあたるタイプかな、それとも直観で勝負するタイプ?」

「どちらか一方だけの刑事なんて、小説のなかにしか出てこないわ」シリは笑いながら言った。「あなたは人間よ、オッド・シンセーカー。だから、自分がなりたいものになれる。でも、犯罪小説の主人公にはなれないと思うな。優しすぎるもの。だから妥協する。上司と対立することなんて、めったにないんでしょう? お酒を飲むとしても、決して飲みすぎることはない」

「オールボーの赤を、毎朝ショットグラスに一杯だけ飲むよ」

「あら、少なくとも、好きなお酒はあるのね。それに事件の目撃者と関係を持つような、ばかげた間違いもおかす。ふむ、もしかすると、まだ望みがあるかも」

オッドは笑いながらアパートを出た。自分をこきおろし、愚かな間違いを悔やんでいるにもかかわらず、その笑いはまだ耳のなかに残っていた。

「オッド・シンセーカー警部です」気のせいか、そう応える自分の声は、今朝よりもずっと明るいようだ。

女性の声が言った。「わたしはフェリシア・ストーン、ヴァージニア州リッチモンドから電話をしています」素朴なだけでなく、洗練されている南部訛りのアメリカ英語だ。よく響く低い声からすると、ジャズ歌手か何かだろうか? この予想ははずれ、相手は殺人課の刑事だと早口に説明し、すぐに本題に入った。

「わたしたちは同じ犯人を追っていると思うんです」

「失礼だが、もう少し詳しく説明してくれませんか」オッドは流暢《りゅうちょう》とは言えない英語で頼んだ。

　エドガー・アラン・ポー・ミュージアムで発見された死体と、五百年前の人間の皮膚で装丁された本――フェリシア・ストーンの説明を聞くうちに、心臓があばらから飛びだしそうなほど激しく打ちはじめた。

「それで、こちらの事件と繋がりがあると確信している理由は？」

「トロンハイムの被害者の写真が、こちらの被害者のパソコンに保存されていたんです。それがそちらの事件にどういう意味があるのかはわかりませんが」アメリカの刑事の率直な物言いに、オッドは好感を持った。

「ふたつの意味があるね。まず、きみが言ったように、事件どうしに繋がりがあること。おそらく、かなりの確率で同一犯の犯行だろう。第二に、犯人がすでに同種の方法で殺しているとなると、連続殺人鬼だという考えは捨てられる」

　オッドは相手を煙に巻いたつもりだったが、意外な返事が返ってきた。

「連続殺人鬼のことをよくご存じのようね。わたしも同じことを考えていたの」フェリシア・ストーンは当然のように言った。「連続殺人鬼は、通常、無作為に被害者を選ぶ。いくつかの基準で被害者を選ぶかもしれないし、しばらく被害者を観察し、長いこと殺害を計画するかもしれない。でも、殺す相手をよく知っていることはめったにないわ。これほど離れた場所にいる、しかもお互いに知り合いだった被害者を選ぶなんて、聞いたことがない。犯人と被害者にはなんらかの繋がりがあるはずよ。たんなる殺害という行為を超える動機が」

「どんな繋がりだと思う?」

「さあ。でも、本と関係があると思う」

「本ね。本のために人を殺したという話は聞いたことがないな」

「たしかに。動機はべつにあるんでしょうね。でも、エフラヒム・ボンドとグン・ブリータ・ダールの繋がりは、さきほど言った、ポー博物館所蔵のバイロンの本だと思うの。犯人もその本となんらかの関係があるはずよ」

「すると、結局、犯人は連続殺人鬼ということになるかな。人間の皮膚で装丁した稀覯本に取り憑かれた人物で、その本と関わりのある者を無作為に殺しているとか? しかし、グン・ブリータ・ダールは、そちらのバイロンの本とどんな関係があったのだろう?」オッドは自分たちの会話が堂々巡りをはじめたのに気づいた。

「ブローデル・リスホルム・クヌートソンという名前の人物をご存じかしら?」フェリシア・ストーンが尋ねた。

　オッドは何度か発音し直してもらってから、ようやく誰のことを言っているか理解した。英語風の発音のせいで、まるで違う名前に聞こえたのだ。

「ああ、リスホルム・クヌートソンね。もちろん知っているとも。グン・ブリータ・ダールが勤務していたグンネルス図書館には、クヌートソンホールと呼ばれる部屋がある」

「だったら、それが繋がりだわ。バイロンの本はもともとクヌートソンのコレクションに含まれていたそうだから」

「それは手がかりになるかもしれないな。しかし、まだ情報が不足している」オッドは考えこんだ。これまでのところは、リッチモンド警察が発見したことに耳を傾けてきた。そろそろこちらからお返しをすべきだろう。「そちらの捜査で、グン・ブリータのほかにノルウェー人の名前が挙がっていないか？」

「というと？」

「ヨン・ヴァッテンとか？」

「ジョン・ワトソン？　『シャーロック・ホームズ』シリーズに登場する人物？」

　オッドは低い声で笑った。

「いや、ヨン・ヴァッテンだ」オッドははっきりしたトロンハイム訛りで発音した。「その男も、職場ではヴァッテン博士と呼ばれているが」

「いいえ。その名前は挙がっていないわ」

「それは残念だ。ヴァッテンはわれわれが詳しく調べている男なんだ。非常に詳しく。殺人が行われた時刻に図書館にいたし、尋問の答えが曖昧で疑わしい。しかも何年か前の失踪事件でも、容疑者とみなされた男でね。生物学的な痕跡の分析結果を待って、逮捕することになると思う」

「生物学的な痕跡?」

「被害者の体に残されていた精液だ」

「どうしてそれをもっと早く言ってくれなかったの? その点はこちらの手口とは違うわ。かなり重要な違いね。ポー博物館の館長はとても残酷な方法で殺されたけど、性的な暴行の痕跡はまったくないの」

「その違いは何を意味すると思う?」

「さあ。グン・ブリータ・ダールは女性で、犯人はしなびた老人よりも女性を好むからかしら?」だが、フェリシア・ストーンは自分の冗談に笑わなかった。

「とにかく、われわれはヴァッテンに的を絞っている。こちらでも探りを入れてみるが、事件のあった日に彼がアメリカにいたかどうか、全力を挙げて調べたほうがいいな」

「いいですとも。そういう情報はいくつかキーをたたけばわかるわ」

「では、そうしてもらいたい」オッドは電話を切る用意をした。

「でも、パソコンの調べものは同僚に任せるしかないの。あと三時間で飛行機に乗る予定だし、その前にラッシュアワーで渋滞するなかを、急いでアパートに戻って荷造りをしなくてはならないから」

「どこかへ行くのかい?」オッドはうろたえて時計を見た。ヴァージニア州ではまだ夕方の五時だが、トロンハイムではそろそろ午後十一時になる。まったく。復帰初日だというのに、ずいぶん長い日になった。

「そちらにうかがうの。大事件ですもの、すべて電話ですますわけにはいかないわ。わかっていることを逐一照合しないと」

「そうかもしれないが。そういう緊密な協力をするには……きみの上司がぼくの上司と話すのが先じゃないか？」

「こうしているあいだも、彼らはメールでやりとりしているはずよ。万事手配済み。必要書類はサインされ、ファックスで彼に送られた。そのコピーがここにも届いているわ」

「ぼくの上司は彼じゃなく彼女だ」

「ほんと？　だったらノルウェーはわたしの理想の国ね」フェリシア・ストーンは低い声で笑った。話しだしてから初めて聞くアメリカ人らしい台詞だった。

「結論に飛びつかないほうがいいぞ」オッドは警告した。

フェリシア・ストーンは笑いながら電話を切った。

受話器を置いたときには、ブラットベルクが戸口に立っていた。

「明日の夜、空港に出迎えてちょうだい」

「それまではどうする？」

「方針どおりに進めましょう」

「ヴァッテンに一日猶予をやるんだね」

「そうよ。あなたは少し寝たほうがよさそう。けど、その前にイェンス・ダールのところに寄ってもらえる？　奥さんが最近ヴァージニア州に行ったかどうか確認しないと」

「わかった」オッドは目をこすった。「興味深いことがわかればべつだが、さもなければ報告は省略させてもらう。ひと眠りするだけじゃ、とても足りそうもない。十二時間は昏《こん》睡《すい》状態になれそうだ」

この冗談にどちらも笑ったが、その笑い声は少しこわばっていた。


ちょうど寝入りばなに携帯電話が鳴りだし、オッドはがばっと起きあがった、明かりを消し忘れている。東ノルウェーの刑事に関する記事のページが開いたまま、だいぶ前の『ミッシング・パーソンズ』誌が床に滑り落ちた。

携帯電話をつかみ、緑の縞が入ったキーを押して、何度か咳払いしてから応じた。かけてきたのはブラットベルクだった。時計を見ると、真夜中少し過ぎ。署で話してからまだ一時間あまりしかたっていない。

「昏睡状態になる前に、言っておきたいと思って」

「そうなる寸前だったよ」

「検事がヴァッテン家の捜査令状を手配したわ。明日の朝八時に家宅捜索に入ることになった。ヴァッテンの家で落ち合いましょう」

「わかった」くそ、オッドは心のなかで毒づきながら答えた。さっき話してくれれば、寝入りばなを起こされずにすんだのに。

「報告がないってことは、イェンス・ダールの話には興味深い情報は含まれていなかったのね」どうやらブラットベルクは、それを確認したかったらしい。

「実は、ちょうど電話をしようと思っていたんだ」またしても声に出さずに毒づきながら、とっさに言い繕った。イェンス・ダールからは、興味深い事実を聞くことができたのだ。報告するつもりでいたのだが、ブラットベルクの番号を押す前に横になったのが間違いだった。「イェンス・ダールはまだ起きていて、質問に答えてくれた。被害者は今年の春、図書館の会合に出席したそうだ。古い本か原稿に関する会合だったらしい。その会合はどこで開催されたと思う?」

「まさかヴァージニア州リッチモンドじゃないでしょうね?」

「そのまさかさ。正確には、リッチモンドにある大学のボートライト記念図書館だ」

「明日出迎えるアメリカの刑事と話すことが増えたわね」

「ああ。だが、今夜はこれで失礼するよ。夢の国で約束がある」

「昏睡状態では、夢を見ないと思ったけど」ブラットベルクは笑った。

「そうならよかったんだが」オッドは応じた。彼は笑わなかった。

24

オッド・シンセーカーは夢の国でひとりではなかった。そこにはシリ・ホルムもいた。全裸のシリが、南部訛りのアメリカ英語で話していた。どうやらエドガー・アラン・ポーについて蘊蓄を垂れていたらしい。とはいえ、目覚めたあとオッドの記憶に残っていたのは、話の内容ではなく、話しながらシリがしていたことだった。久しぶりに甘い夢を見て、爽快な気分だ。今日のどこかで、その代償を払うことにならなければいいが。

トロンハイムの九月は疑問の余地なく秋に属しているが、ドブレ山脈の南側に住んでいる人々が、〝夏のような陽気だ〟という日がごくたまに訪れる。しばらく雨と曇天が続いたあと、どうやら今日はそういう一日になりそうだ。まだ朝の八時前だというのに、キッチンの窓に下げた温度計は十八度を示している。オッドは皮の固いパンを見つけ、オレンジマーマレードを塗って朝食をすませた。湿度が異様に高く、食べているとこめかみに汗が浮いてくる。長袖のウールのシャツを着たのが間違いだった。彼はパンの残りを嚙みながら、着替えをすませた。

汗を掻くのは嫌いだ。それが最初の徴候だったのだ――去年の秋、肌寒い夜に汗を掻きはじめたのが。まもなくしつこい頭痛に悩まされるようになり、怒りっぽくなって、この世界が現実ではない感じがするようになった。クリスマスの翌日に倒れる前から、すでに幻聴や幻覚に苦しめられていた。といっても、ピンクの象や空中の城が見えたわけではない。いるはずのないアンニケンの声が聞こえるとか、実際は家に忘れてきたのに財布を手に持っている気がするとか、そういうちょっとしたことだ。クレジットカードで買い物をしようと自分ではカードを機械に通しているつもりなのに読み取ってもらえず、そのうちレジの女性に〝お客さん、カードを持っていませんよ〟と言われたこともあった。死に直面し、それを出し抜いたいま、もう死ぬことは怖くないが、もう一度同じ思いをするのは、考えるだけでも耐えられない。しだいに神経が張り詰め、正気を失っていく恐怖。癌がもたらす、耐えがたいほどのろのろと進行するドラマは。

結局、何年も前に友人がタイ土産にくれた、淡いブルーのシャツを着ることにした。しょっちゅう着るわけではないが、その友人に会う回数よりは頻繁に着ているだろう。今日のような暑い日には、シルクのシャツはすこぶる着心地がいい。汗ばむのは暑いからだ、俺は健康だ。着替えをすませ、そう自分に言い聞かせる。実際、そのとおりなのだ。脳の腫瘍は切除され、あとに残ったのは傷跡だけだ。

腫瘍だと診断される前、オッドは起こらなかったことまで覚えていたが、いまは実際に起こったことも忘れてしまう。幻覚や幻聴がなくなった代わりに、記憶がなくなった――ちょうど超新星がブラックホールに吸いこまれるように。

ヴァッテンの家へと通りを渡りながら、昨日の出来事を頭のなかで整理しようとしたが、順序だてて思い出すことができなかった。イェンス・ダールと話したのは、シリ・ホルムを訪ねる前だったか？　それともあとか？　ヴァッテンを尋問したのはいつだった？　オッドは家の外の歩道で立ちどまり、シリ・ホルムが昨日言ったことを思い出そうとした。それとも、あれは夢のなかだったか？　犯人は記憶喪失の刑事で、そうとは知らず自分を捜査している、たしかそんな内容の本がある、と？

だが、これはミステリー小説ではない。現実の事件だ。小説ならよかったのに、オッドはそう願いたいような気持ちで、自分に言って聞かせた。俺は自分のアリバイを確認する必要はない――まだいまのところは。

ヴァッテン家の前には、警察の車が二台停まっていた。前庭の門を入ると、ヴァッテンの自転車がフェンスに立てかけてあった。車寄せにはいつものように古いボルボが停まっている。

家のなかは、せわしなく動きまわる白衣姿の鑑識官たちでいっぱいだった。服装の規定はないのに不思議と似たような格好になる私服警官の数は、それよりもずっと少ない。実際、玄関扉のすぐ内側で微笑を浮かべているモーナ・グランと、二階に上がる階段のいちばん上に立っている誰かさんのジーンズの膝から下が見えるだけだ。

昨日は気づかなかったが、モーナ・グランはとてもきれいな娘だった。目を引く程度には大きいが、全体の印象を台無しにするほど大きくはない鼻。ダークブロンドの髪に青い瞳が魅力的だ。

「何か見つかったか？」オッドは尋ねた。

「それは鑑識の人たちに訊いてください。でも、探しものは見つかりませんでした」

「ヴァッテンはもう仕事に出かけたのか？」

「いいえ。グンネルス図書館に問い合わせた同僚の話では、まだ出勤していないそうです」

　オッドはグランを見つめた。まだ少しぼんやりしている頭に複数の可能性が浮かぶ。

「すると、どこにいるんだ？」

「ええ、それが問題ですよね」

「くそ」ヴァッテンに関するすべてを覚えているわけではないが、ひとつだけは確かだ。あの男は逃げだすタイプではない。「あいつが逃亡だって？」独り言のようにつぶやいたとき、先ほどはジーンズしか見えなかったトルヴァル・イエンセンが階段を下りてきて、あきらめたように肩をすくめた。その後ろにブラットベルクの姿が見える。

「鳥は飛び去ったよ。だが、これが見つかった」

　トルヴァルが手にしたノートを差しだし、開いた。そこにはイギリスの田舎のコテージのような煉瓦造りの小さな建物の写生画が貼ってある。もっと大きな建物がその後ろに連なっているように見えるということは、おそらくどこかの街なのだろう。

「なんの絵だ？」オッドは尋ねた。

「隣にある看板を見てみろよ」

オッドは歩道の上に突きだした看板を見た。エドガー・アラン・ポー・ミュージアム。

「こいつは何かの本か？」

「ただのノートさ。ヴァッテンは日記代わりに使っていたらしい。キッチンのテーブルに同じようなノートが積み重ねてある。これには奇妙なことがたくさん書いてあるぞ。スケッチとか、頭に浮かんだこと、哲学的な観測、ちょっとした事実。エドガー・アラン・ポーに関する記述もある。知ってたか？　ポーは従妹《いとこ》ヴァージニアがまだ十三歳のとき結婚したんだ。いまそんなことをしたら、即、逮捕だな。書いてあることのほとんどは戯言《たわごと》だが、このスケッチが貼ってあるのに気づいた。その下の説明によると、ヴァッテンは今年の夏、ポー博物館を訪れている」

「くそ。だが、事件が起きたのは夏じゃないぞ。ヴァッテンが訪れたのが、一週間前ならべつだが」

「まあな。リッチモンドで殺しがあったときの、やつのアリバイは確認したか？」

「いや。昨夜アメリカから電話が入る前は、そんな確認が必要だと思いもしなかった」

ふたりとも、考えこむような顔になった。

「俺がいちばん気になってるのがなんだかわかるか？」ややあってトルヴァルが言った。

「ヴァッテンが逃げるとは思ってもいなかったことさ。ところが、やつは姿をくらました。

俺たちは、誰よりも人を見る目があるはずだろ？」

「ヴァッテンはわかりやすい男じゃないからな」

問題は、控えめで内気でどこにも行かない男、毎日同じ時間に自転車で図書館に出かける――そういう男が、殺した相手の皮を剝ぎ、首を切断するなどという狂気じみた犯罪をおかすとは思えないことだ。しかし、状況証拠はヴァッテンが犯人であることを示している。本当にあの男が犯人なら、真のヴァッテンは誰にも想像すらできない男で、狂気を隠す仮面の奥を見てとった者はひとりもいないことになる。

「広域手配《APB》はしたのかな？」

「全国にね」ブラットベルクが答えた。

オッドは上司を見た。疲れ切っているように見える。昨夜は何時に寝たのか尋ねたかったが、これまでそんなふうに気遣う言葉をかけたことがないのを思い出した。

「記者会見はどうする？」

「容疑者を勾留してもいないのに、記者会見をしても仕方がないわ」ブラットベルクがうんざりした声で言った。「〝この事件に関しては進展なし〟とだけ発表しましょう」

「殺人事件の容疑者が逃亡中だと、市民に知らせたほうがいいんじゃないか？」

「それはだめ。そんなことをしてもパニックが起きるだけよ」

オッドは肩をすくめた。「で、差し当たってはどうする？」

「図書館で職員に当たってちょうだい。ヴァッテンが隠れている場所に心当たりのある人間がいるかもしれない。キャビンを持っているか？　外国に旅行したことがあるか？　あるとしたら、どこへ行ったか？　そういうことを聞きだして」

オッドは上司がひとつの可能性を指摘し忘れたことに気づいた。

「五年前、自殺未遂を起こしたことも一応念頭に置くべきだろうな」

「そんなことはわかってるわ」ブラットベルクが鋭く言い返した。「とにかく、なんとしても彼を見つけなくては」


パトカーでグンネルス図書館に向かう途中、館長のペール・オッタル・ホルネマンから電話がかかった。かなりのプレッシャーにさらされているらしく、あせった声だ。

「あれが消えた」

「あれと言うのは？」オッドは、混雑した通りを走りながら片手で携帯電話を耳に当てた。赤信号で停まると、ようやく電話に集中することができた。隣の車の女性が怖い顔でにらんでくる。パトカーに乗った警官が法をおかすなんて！　だが、道路脇に停めて話す時間がもったいない。オッドは申し訳なさそうに肩をすくめた。

「『ヨハンネスの書』だ。あれがなくなった。グン・ブリータが死体置き場に運ばれたあと、昨日の午後、書庫に鍵をかけたあとのことだ。わたしが自分で鍵をかけたんだが、そのときはまだ書庫にあった」

「どうすれば消えるんです？　書庫には押し入った形跡があるんですか？」

「いや。だから持ちだした人間が誰にせよ、両方の暗証番号を知っていたに違いない。しかし、ふたつとも知っているのはわたしだけなのだ。しかも、暗証番号のひとつは、月曜日の朝にシリ・ホルムが出勤したときに変更したばかりだ」

「念のために確認しますが、あの書庫の暗証番号を管理しているのは、あなたと、シリ・ホルム、ヨン・ヴァッテンだけで、ほかにはいないんですね」

「そのとおりだ。そしてふたつとも知っているのはわたしだけだ」

「たしかヴァッテンは今日、出勤していないんでしたね。シリ・ホルムはどうです？　出勤しましたか？」

「いや。それで心配しとるんだよ。ミス・ホルムも出勤しておらん。われわれが置かれている困難な状況を乗り切るために、八時から打ち合わせをしたんだが、彼女とヴァッテンだけは顔を見せなかった」

　信号が青に変わり、オッドはパトカーを発進させ、アクセルを踏みこんだ。

「とにかく、そこにいてください。十分でうかがいます」シリ・ホルムが職場に姿を見せていないと聞いて、事件とは関係なく心がかき乱された。

　ホルネマンは青い顔で、オッドと同じくらい不安にかられているようだった。早く引退しておけばよかったと思っているのかもしれない。殺風景なオフィスに座り、呆然とオッドを見ている。本を扱う連中ときたら。オッドは腰を下ろしながら、半分呆れて思った。

職員の死体が見つかった昨日より、貴重な本を失った今日のほうが途方に暮れているようだ。まあ、続けざまにふたつも大事件が重なったからかもしれないが。

オッドは尻ポケットから真新しいモレスキンの手帳を取りだした。たぶん、書きこむことは何もないだろうが、警官が手帳を取りだすのを見て、相手が落ち着くこともある。彼は単刀直入に尋ねた。

「『ヨハンネスの書』がないことには、いつ気づいたんですか？　今朝の打ち合わせの前ですか？　あとですか？」

ホルネマンの目に少しだけ光が戻った。

「あとだ。書庫に行ったのは打ち合わせの直後、八時四十五分ごろだった。その十五分後にきみに電話をかけた」

「わかりました」それらしく見えるように、白いページを少しめくる。「なぜ書庫に行くことにしたんです？　あそこは当分立ち入り禁止だと言われませんでしたか？」

「言われたよ。しかし、わたしはここの館長だ。それなりの責任もある。打ち合わせのあと、防犯カメラの電源が入っていないのに気づいてね。きみが昨日ヴァッテンとビデオを確認して以来、ずっと作動していなかったんだ。だから問題がないことを確認しておきたかった」

「何も盗まれていないことを？」

「そういうことだ」

「暗証番号を知っている人間がかぎられているのに、盗まれる可能性があると思ったんですか？　つまり、誰かが書庫のなかに入ったと疑う理由があったのか、ということですが」

「いや。合理的に考えればない。勘のようなものだな。わたしは昔から、ここのコレクションには非常に大きな責任を感じてきた。『ヨハンネスの書』は国宝級の稀覯本なのだよ。あれをオスロの国立図書館ではなく、ここで保管していたのは、善意の農場主がそれを条件に寄贈してくれたからだ。したがって、昨日のような事件が起こったあとは、ふだんよりも警戒心が強くなる」

「ええ、当然でしょうね」オッドは館長をじっと見た。この男が何かを隠していることを示す兆しはひとつもない。だが、確実に隠していないとは言いきれなかった。

「どうしてぼくに電話をくれたんです？」

「名刺をくれたのはきみだけだったからな」

オッドはいつこの男に名刺を渡したか思い出そうとしながら尋ねた。

「これまで、『ヨハンネスの書』が正当な理由で書庫から出されたことがありましたか？」

「今年は何度か貸しだした。それに、図書館で本の保全や修復などを行う学芸員が、あれを使ってちょっとした作業を行った。シルヴィア・フロイトというドイツ人だがね、あの本の複製を作っていたんだ」

「複製？　どうして複製を？」オッドは手帳にメモを取るふりをした。

「この秋、科学博物館でノルウェーの中世に関する展示会が催される。それに出品することになっているのだが、そういう展示会の警備は、貴重な資料を展示するには心もとないからだよ。きみもシルヴィアの作る複製を見るといい。まさに第一級。素晴らしいできだ。わたしでさえ本物と区別がつかない。複製には、手元にある子牛皮を使った。クヌートソンは多くの稀覯本だけでなく、子牛皮やそれに類するものを大量に遺してくれたのだよ。その一部は『ヨハンネスの書』で使われている珍しい羊皮紙と同等のものだった。もちろん、保存すべき量についても話し合ったよ。遺された子牛皮のすべてを使ったわけではない」

本の話をしていると自分が置かれた苦境を忘れられるのか、ホルネマンの口調はだいぶなめらかになっていた。

「そのシルヴィア・ユングには、どこに行けば会えますか?」オッドは尋ねた。

「フロイトだ」ホルネマンは訂正した。「シルヴィアの仕事場は地下にある。案内しよう」

そこに向かう途中、オッドはホルネマンにシリ・ホルムと連絡を取ったかどうか確認した。ホルネマンは取っていなかった。職員が勤務時間を過ぎてから病気で休むと連絡してくるのは、よくあることだという。

「ここでは、それぞれに担当を持っていて、個別に働いているからね」

しかし、その答えではオッドの不安は消えなかった。彼はシリ・ホルムの電話番号を尋ね、シルヴィア・フロイトと話したあと電話をしてみるとホルネマンに約束した。それからブラットベルクに電話を入れ、図書館の稀覯本が一冊なくなったことを報告した。

ホルネマンはフロイトのオフィスの前で別れを告げ、上階に戻っていった。目の前の白い大きなドアには、名札も何もない。ひとりで来たら、絶対に見つからなかっただろう。ドアをノックすると、ドイツ語訛りのノルウェー語で応えが返ってきた。シルヴィア・フロイトは、まだ四十歳前の、小麦色に焼けた肌の女性だった。眼鏡さえかけていない。学芸員と聞いてオッドが思い浮かべたイメージには、まったく当てはまらなかった。

フロイトはタイトなデザイナー・ジーンズに色鮮やかなぴったりしたトップ姿で、窓のない広い部屋の真ん中にある、製図台のように傾斜した作業台の向こうに座っていた。歯医者が羨むほど明るい作業ランプがその台を照らし、天井のすぐ下にある換気パイプからは、かすかな音が聞こえてきた。

握手を交わしたあと、フロイトは昨日の事件にとても取り乱していると言った。そのわりには、あまり動揺しているようには見えない。ところが、『ヨハンネスの書』が紛失したことを話すと、真っ青になり、少しのあいだ椅子の上で固まった。しかも、オッドと目を合わせたくないように、視線を泳がせている。

「紛失したというのは、どういう意味でしょう?」ようやくそう言った声に、オッドは震えを聞きとったような気がした。

「書庫にはもうないということです」

「盗まれたんですか？」この問いを口にしたときには、すでに表情がほぼもとに戻っていた。声もさきほどよりしっかりしている。必死に自制しているようだ。

「自分で書庫を出ていったとは考えにくいですね」

「でも、そんな恐ろしいこと！　あれは国宝級の書籍なんですよ。人殺しが持ち去ったんでしょうか？」

「さあ。しかし、いくつか質問に答えていただけるとありがたいんですが」

「もちろんですとも」シルヴィア・フロイトは、すっかり落ち着きを取り戻していた。

「あの本が書庫から最後に取りだされたのはいつのことですか？」

「二週間ほど前になります」

「あなたが展示会用の複製を完成させているときでしたか？」

「そうです。館長からお聞きになったんですか？」

「ええ。で、その複製はどこにあるんです？」

「ここにあります」フロイトは壁際にある背の高い戸棚を指さした。鍵のついた戸棚だ。

「見せてもらえますか？」

「いいですとも」フロイトは言った。また少し声が震えたか？　それとも気のせいだろうか。フロイトはすばやく戸棚を開け、なかから本を一冊取りだして、あっという間に扉を閉めた。オッドには戸棚のなかはほとんど見えなかったが、似たような本が二冊あったような印象を受けた。

フロイトは手にした本を差しだした。

「なかを見てもかまいませんか？」

「お好きなように。ただの複製ですもの。でも、丹念に仕上げたものですから、丁寧に扱ってくださいね」

オッドは次々にページをめくった。原本がどんなものか知らないが、シルヴィア・フロイトが腕のいい専門家であることは間違いなかった。この本は相当古く見える。最後の数ページは、原本と同じようにちぎられた跡まで復元されていた。シリ・ホルムが話してくれたページだ。

「ちぎられたページに関して何かご存じですか？」

シルヴィア・フロイトは微笑した。

「その複製では、実際にちぎられたわけではないんですよ。そう見えるように作ってあるだけで。『ヨハンネスの書』に関してはとてもたくさんの噂があるんです。そのほとんどが、原本を所有していた農場の一家から出たものです。代々そういう話を引き継いできたんでしょう。最後の数ページには、この本が呪われている理由が書かれていたために以前の所有者が引き裂いたとか、かつて所有していたブローデル・リスホルム・クヌートソンがほかの本の装丁に使うために破ったとか。後者のほうが信憑性は高いでしょうね。グンネルス図書館では、もっぱら後者の噂が優勢です。もしもクヌートソンが装丁に使うために破ったのであれば、きっと意味不明の記述しかなかったのでしょう。その数ページは何度か消しては書かれ、残っている文字もほぼ判読不能だったようですから。だからクヌートソンは再利用しようと考えたのかもしれません。でも、彼はこの本が呪われていると信じていた、晩年にはますますその思いが強くなった、とも言われているんですよ。クヌートソンの身に実際に不幸な出来事が起こったかどうかは知りませんが、自らフォーセンの農場へ出向いて、この本を安置できる場所に返した。でも、自分が装丁に使った最後の数ページをもとどおりにするのを忘れてしまった、とね。破ったページを使って装丁した本は、その後クヌートソンがアメリカに移住した帽子屋に売った五、六冊のうちの一冊だったという説もあります。でも、クヌートソンが所蔵していたという話も含め、何ひとつたしかではないんですよ」

「有名な本の来歴に、それほど多くの不明な点があるのは珍しいことじゃないんですか？」

「ええ、そのとおりです。でも、『ヨハンネスの書』に関してはたしかなことはほとんどないんです」

オッドは時間を割いてくれたことに感謝してオフィスをあとにしたが、階段に行く途中で訊く必要があったことを思い出した。急いでとって返し、ノックを省略してドアを開けると、携帯電話を手にしていたフロイトが、ぎくっと飛びあがった。オッドは謝った。

「すみません、訊き忘れたことがあって。ヨン・ヴァッテンのことはどれくらいご存じですか？」

こわばっていた表情がわずかにゆるんだ。

「あまりよくは……書庫の本を取りだしたいときにしか話しませんから」

「ヴァッテンが仕事以外の話をしたことはありませんか？」

「あの人に、仕事以外の人生なんてあるのかしら」

「この三週間、毎日図書館に来ていたかどうかわかりますか？」

「来ていたと思います。このとおり地下室にいますから、毎日顔を合わせるわけではありませんけれど。それは館長のほうがよくご存じです」

　オッドは協力を感謝し、すでに礼を述べたことに気づいた。くそ、脳に開いた穴のせいだ。彼はそのあとすぐにオフィスを出たが、二階には戻らなかった。代わりに廊下から見えないように階段下の壁に張りついた。五分もしないうちに、疑いは確信に変わった。シルヴィア・フロイトがオフィスから出てきて、急ぎ足に廊下を進み、オッドの頭上の階段を上がっていく。

　少し遅れてあとをつけると、裏口からスーム館のそばにある駐車場へ出ていくフロイトの後ろ姿がちらっと見えた。フロイトは緑の小型車に乗りこみ、バックで駐車スペースを出ようとしている。オッドは図書館のなかを走り抜け、その駐車場とは正反対の場所に駐車してあったパトカーに飛び乗り、アーリング・スカッケス通りへと曲がった。緑の小型車は劇場の近くで左折の合図を出している。パトカーは尾行に適した車とは言えない。それにフロイトの車とは少なくとも信号ひとつ分は離れている。まもなく緑の小型車はプリンセンス通りへと曲がり、見えなくなった。

オッドがその交差点に達したとき、信号が赤になった。フロイトが走り去った方向に目をやったが、緑色の小型車は影も形もない。くそっ。再びあの車を見つけるには、かなりのツキが必要だ。かといって、応援を頼むだけの根拠はない。なんとなくあやしいというだけで、フロイトが殺人事件に関与していると主張するのは飛躍のしすぎだろう。それに少しばかり奇妙な行動をとった図書館の学芸員を尾行していると言ったら、ブラットベルクは顔をしかめるに違いない。これはひとりでやるしかなかった。

見つかる見込みもないまま同じ方向に曲がり、ほかの車とともにコンゲンス通りに向かった。腕利きの刑事でさえ少しはツキが必要なのだから、自分のような並みの刑事は幸運がなければお手上げだ。そう思いながら次の交差点に差しかかり、信号で停止して左右を確認すると、プリンセンホテルの前に目当ての車が停まっているではないか。オッドはホテルの向かいにパトカーを停め、通りを渡った。

街の三ツ星ホテルではましな部類に属するプリンセンは、ビジネスマンや近代的なホテルを好む観光客に人気がある。昔、このホテルで催された学校のダンスパーティにラーズを迎えに来て、ペパーミントガムで酔いをごまかしている息子を黙って乗せたことがあった。だが、それ以外は、建物の裏に入り口がある地下のバーを訪れたことがあるだけだ。そのバー、シェグレクロアは上品な身なりの宿泊客が多いため、地元の人間には敬遠されがちではあるが、トロンハイムで最も古い酒場だと言われている。病気休暇をとる前は、仕事のないとき、ここでトルヴァルとときどき一杯やったものだ。とはいえ、まだ午前十時とあって、シェグレクロアは閉まっている。フロイトが誰かと落ち合うとすれば、レストラン、エーゴンのほうだろう。

エーゴンのテーブルは、遅めの朝食をとっているホテルの滞在客で半分ほど埋まっていた。ウェイターがテーブルをまわり、皿やカップを片付けていく。シルヴィア・フロイトはこちらに背を向け、ドアからいちばん離れた窓際の席で年配の紳士と話しこんでいた。相手はタートルネックのセーターにツイードのジャケットという学者風のいでたち。〝店内禁煙〟という表示がなければパイプをくわえていそうなタイプだ。フロイトの話に耳を傾けながら、心配そうに眉間にしわを刻んでいる。オッドはフロイトが背を向けているあいだにできるだけ近づき、さりげなく携帯電話のシャッターを押した。それから電話をポケットに戻し、店を出て、撮ったばかりの写真を確認した。新しい携帯を買うときにこれを選んでよかった。カメラの性能が素晴らしい。未知の紳士の顔全体がはっきりと写っている。この写真がなんの役に立つかはまだわからない。あのふたりの会合が何を意味するのかもわからないが、きっと何かの役に立つという気がした。

パトカーに戻ったときには、わきの下に汗がにじみ出ていた。ダッシュボードの温度計は二十二度の少し上を指している。どうやら今日は、九月の最高気温に近くなりそうだ。

警察本部に戻ると、ブラットベルクに呼ばれた。

オッドはホルネマンとフロイトから聞いた話を繰り返したが、フロイトのあとをつけたことは黙っていた。

グロー・ブラットベルクは苛立っていた。

「ヴァッテンのことは？　何もわからなかったの？」

「図書館には、彼をよく知っている人間はいないようだ。もっとも、『ヨハンネスの書』の盗難事件で時間をとられ、大勢の職員に当たる時間がなかった。誰かを送ったほうがいいかもしれないな。奇妙なことに、何年も彼と働いてきた連中より、入ったばかりのシリ・ホルムという司書のほうが、ヴァッテンをよく知っているようだ」

「だったら、どうしてその司書と話さなかったの？」

「まだ出勤していなかったんだ。電話をするつもりだった」

「わかったわ。そっちを調べてみて。でも、その前に検死官と話してちょうだい。解剖がほとんど終わったようだから、口頭で報告をもらえるはずよ。それと、フラックとルアヴィーク間も含めてオートパスの記録をすべて調べたけど、土曜も日曜もイェンス・ダールの車がフェリーに乗船した記録はなかった。でも、本人が言ったように、金曜日の午後と月曜日の朝に通過した記録はあったわ。モーナ・グランが祖父母の家に行って子どもたちから話を聞いてきた。子どもたちは何が起こったか知らされて、すっかり動転していたらしいの。父親が土曜日いっぱいキャビンにいたことを聞きだすだけで、精いっぱいだったそうよ」

「すると、夫は容疑者リストからはずせるな」

「どんな事件でも夫をはずすことはできないけど」ブラットベルクは皮肉混じりに言った。「これでヴァッテンひとりに絞れるわね。彼は何を企んでいるの？　なくなった本を盗んだのもヴァッテンかしら？　それで逃亡資金を作るつもり？」ブラットベルクは次々に疑問を口にした。

シルヴィア・フロイトがプリンセンホテルで学者風の男と会っていたことを報告すべきだろうか？　オッドはつかのま迷い、やはりやめることにした。ブラットベルクの言うとおりだ。いまや容疑者はヴァッテンひとりに絞られた。

25

　聖オーラヴ病院の検死官キットルセンは年配で背中も丸まっているとはいえ、細部まで目が行き届く。冗談は決して口にせず、常に単刀直入、世間話で時間を潰すこともなかった。オッドが好きなタイプの検死官だ。もっとも、通常は報告書を受けとるだけで、口頭で報告を受けるためにキットルセンのオフィスに出向くのは、そうしばしばあることではない。キットルセンは、報告書に書いたこと以外はほとんど何も言わないから、質問をしても大した収穫はないのだ。しかし、これは通常の事件とは違う。あれだけ損傷した死体となれば、一冊の本が書けるほどの情報が得られるに違いない。

「要点だけお願いします」オッドは腰を下ろしながら言った。病理学および臨床遺伝学部門内の新しい研究室にあるオフィスの現代的な内装と調度は、部屋の主とまるでそぐわない。この検死官の実務一点張りの態度とハート形の机が、なんともちぐはぐな印象だった。少しでもくつろげるようにとキットルセンが古いオフィスから持ちこんだ骸骨が、照明が届かない片隅からオッドに懐疑的な目を向け、何枚もの黄ばんだ人体解剖図がペンキを塗ったばかりの壁の一部を覆っている。キットルセンのすぐ後ろには、白黒の解剖図のポスターが貼ってあった。ロープで首をくくられ、座っている女性の死体――いつ印刷されたものか知らないが、今世紀でないことはたしかだ。生きている若い女性なら、背をまっすぐ伸ばし、ごく自然に片方の腿を曲げた姿勢は、蠱惑的《こわくてき》に見えるかもしれない。しかし、この女性は皮膚をすっかり剝がれ、臀部《でんぶ》には皮下脂肪がめくれた毛布のように垂れている。まさにグロテスクなストリップだ。皮を剝いだのは科学的検証のためだと言わんばかりに、背中の筋肉に番号がふってあった。こういうポスターを壁に貼るのはキットルセンらしくない。今回の事件を考えるととくにそう思えるが、本人は長年見慣れているせいで、きっと気づかないのだろう。

「要点ね」とキットルセンは唇をすぼめてぽんと音をさせ、効率を重視する性格が許すかぎりの間をとった。「残留精液に関する報告はすでに届いているよ。わたしの所見では、あれは殺されるかなり前から被害者の体内にあった」

「〝かなり前〟というのは、どれくらい前です？」

「膣《ちつ》内の精液の位置と、膣壁に吸収されている量などからすると、おそらく一時間か二時間だな。あるいはもう少し前か」

「つまり、被害者とセックスをしたのは、必ずしも殺した人間とはかぎらない、ということですか？」

「そういう結論をくだすのは、きみたちに任せる」キットルセンはそっけなく言った。

「わたしはわかったことを告げているだけだ。グン・ブリータ・ダールを殺し、その喉を切り裂き、皮膚を剝いだ犯人は、以前にも同じことをした可能性がある。しかし、熟練しているとは言いがたいね。外科医と比べると切り口が荒く、でこぼこだ。皮膚と首の大部分は、被害者の死後に取り除かれた」

「首の大部分、ですか？」

「そう。被害者が死んだのは、おそらく最初に喉を切られたためだが、被害者が最初の傷で死にかけているあいだも、犯人は首を切りつづけた。背骨を断ち切るのには、小型の斧か非常に鋭いナイフが使われた。明らかに、いろいろなナイフを試そうとしているね。しかし、最も重要なのは、これかもしれんな」キットルセンは机のアルミニウムの器から黒っぽい金属片を取りだした。

「それはなんです？」オッドは脈が速くなるのを感じた。

「金属片だ」

「もう少し説明してくださいよ」

「死体に残っているふたつの椎骨にはさまっていた。背骨を切るために使っていたナイフが折れて、つかえたのだろう。で、べつのナイフを取りだし、首のもう少し上を切断した」

「すると、それは犯人が使ったナイフの一部分ですね」

「ああ、そうだと思う」

「その金属片について、もっと教えてもらえませんか？」

「わたしにはわからん。専門家に分析してもらうんだな」キットルセンは透明のビニール袋を取りだし、金属片をそこに入れると、袋を閉じてオッドに渡した。「見せるなら考古学者がいいだろう」

「どうしてです？」

「これはステンレス鋼ではないからだよ」キットルセンは簡潔に言った。


「この鋼の質と刃先の形からすると、少なくとも一七〇〇年代のものですね。驚くほどよい状態だから、おそらくたえず油を差し、手入れしていたんでしょう。特別まめに手入れされていたとすれば、もっと古いかもしれない。それでも、五百年が限度でしょうが」イェンス・ダールがそう言って顕微鏡から顔を上げ、オッドの前で体を起こした。

ダールは科学博物館のオフィスで会うことを承知したのだった。オッドは電話で彼に頼みたいことを説明し、金属片の分析はほかの人間に任せてもかまわないが、またいくつか訊きたいことができた、と付け加えた。科学博物館に到着すると、ダールはすでにオフィスで待っていた。無精髭で顎が黒ずみ、額に玉の汗をかいている。午後一時、外の気温は二十四度に上がっていた。イェンス・ダールはオッドが手渡したナイフの先を見て、眉を上げた。

「これは間違いなく鋼だな。実質的には鉄と同じだが、鉄よりも炭素含有量が高い。しかし、鋼は古代からいろいろな方法で作られているから、ものを見れば、おおまかに時代を特定することができるんですよ。詳しく分析すればもう少しわかるでしょう。たとえば、異なる特質を与えるために現代の鋼には鉱物が含まれています。ステンレス鋼を作るにはクロムが使われる。いわゆる外科用メスはニッケルと、最低でも十一パーセントのクロムを含んでいるんです。この破片は明らかにそうではない。しかし、正確な時代が知りたければ、放射性炭素による年代測定を行わないと。その手配をするのはかまいませんが、時間がかかりますよ」

「ありがとう。しかし、詳しい分析は警察のほうで行うことになると思います」オッドは言った。「いまはおおまかなことだけで結構です。出所の見当はつきませんか？」

「この欠片《かけら》から全体の形を摑むのは、ちょっと無理ですね。狩猟用ナイフか肉切り包丁かもしれないが。いずれにしろ、ほとんどの男が腰にナイフを着けていた時代のものであることはたしかです。ずいぶん先端が尖っているから、床屋が使っていたナイフではないでしょう。床屋が持っていた可能性は十分あるが」

「そう言われる根拠は？」

「いま言った時代の床屋は、きわめて様々な用途のナイフを取り揃えていたんです。のこぎりやドリルまでね。そして髭を剃るだけではなく、しばしば町の外科医や処刑者の役目も果たしていた。あらゆる種類の刃に関する専門家でした。大陸南部にある一部の大学では、一四〇〇年代から、人体を解剖することがしだいに受け入れられるようになったが、当時は、床屋兼外科医が死体を切り、教授が解剖テーブルを見下ろす壇上から、手元の覚書を見ながら講義を行うのがふつうだった。当然ながら、古代の資料から筆写された教授の覚書と床屋兼外科医が実際に見ているものは、くいちがうことが多かった。だが、疑問が生じた場合、正しいのは常に教授だとされたんですよ」イェンス・ダールは低い声で笑った。

ダールはこの話を何度もしたことがあるのだろうか？　話をしている最中は、妻を殺された悲しみを忘れているように見えた。それに、最後の笑いも、まるで話の一部に組みこまれているように聞こえた。

「いずれにせよ、有名な解剖学者であるヴェサリウスが一五〇〇年代にパドヴァで一連の解剖を始めるまでは、そんなふうでした。ヴェサリウスは自分で死体を切り開き、それで有名になったんですよ。まあ、場所によっては悪名を馳せたと言うべきだが。ピサでは、床屋外科医というあだ名をつけられましたからね。ヴェサリウスは解剖学の分野で押しも押されもせぬ権威を確立した最初のひとりです。それ以前に人体の権威として知られていたのは、ローマ帝国の医者であるペルガモンのガレノスでしたが、ガレノスの人体に関する知識は、大部分が猿やほかの動物を切り開いて得たものだった。ヴェサリウスは人間だけでなく動物も解剖したので、それがわかったわけです。ガレノスの間違った結論は、まだ解剖学用語のなかに残っていますよ。たとえば、猿の直腸はまっすぐですが、人間の腸の末端である直腸は、実際はこの言葉が示すようにまっすぐではなく、曲がっているんです」

考古学者なのに驚くほど医学の歴史に詳しいダールの説明を聞きながら、オッドはこのテーマが殺人となんらかの関係がある、という気がしてならなかった。グン・ブリータの死体は、検死官のオフィスで見た解剖図にそっくりだった。犯人はイェンス・ダールのように解剖学に魅せられた人間に違いない。もっとも、こういう科学的な関心ではなく、はるかに歪《ゆが》んだ形だろうが。

「ヴェサリウスは解剖図を描いたんですか?」オッドは尋ねた。

「彼自身は描かなかったが、描く人間がいたのはたしかですね。『ファブリカ』と呼ばれる人類初の解剖図譜を出版しましたから。そこには八十五の詳細にわたる人体図が描かれ、そのなかで人間の様々な部位が一層ずつ明らかにされています」

まるで一枚ずつ服を脱ぐストリップのようだ、とオッドはまたしても思った。彼はキットルセンのオフィスにあったポスターの絵を描写した。

「それはヴェサリウスではなさそうだな。一六〇〇年代の有名な解剖図制作者が、銅板に彫ったものでしょう。なんという名前だったかな? ヘラルト・デ・ライレッセだったか」

「ずいぶん解剖学に詳しいんですね」

「あなたも墓を掘り、古い骨を研究すれば、このテーマに関心を持つようになりますよ。それに、われわれは人体に関してはもっと知るべきです。自分の体を理解するのは、自分を理解することですから」ダールは急に言葉を切り、暗い顔になった。いま初めて自分を客観的に眺め、科学的な説明と深い悲しみのあいだに存在する隔たりに気づいたのかもしれない。

オッドはもうひと押しすることにした。

「アレッサンドロ・ベネディッティという解剖学者についてはどうです？　ご存じですか？」彼が本当に知りたかったのはそれだった。

「もちろん。しかし、ベネディッティについてはヴェサリウスほどわかってはいないんです。ヴェサリウス以前にヴェネツィアとパドヴァに住んでいた医者で、ヴェサリウスのために基礎を作った人物のひとりだと言われていますがね。相当数の解剖をこなし、その一部は自ら行っていた可能性が高い。したがって、ヴェサリウスを有名にした発見の多くを、すでに知っていたかもしれません。ヴェサリウスのように墓地から死体を盗ませただけでなく、明らかに公開解剖も行っています。ヴェネツィアでは一四〇〇年代から解剖が法律で認められ、定期的に行われていましたから。アレッサンドロ・ベネディッティは解剖劇場の考案者だと言われています」

「解剖劇場？」

「ええ。われわれが知っている最初の解剖劇場は、ベネディッティが住んでいたパドヴァで造られたんです。いまでもひとつ残っていて、観光の名所になっていますよ。暫定的な劇場は、おそらくもっと早く造られていたでしょう。ひょっとすると、ベネディッティの指示でね。確かなことはわかっていません。解剖劇場は、大勢の見学者を集め公開解剖を行うために造られたんです。学生や医者、その他の見学者が、解剖で明らかにされることを自分たちの目で見ることができた、これが重要な点です。解剖劇場は、どの角度からもよく見える大きな解剖テーブルを置いた、採光と通気のよい、警備の者がいる場所でなくてはならない、とベネディッティは考えていた。入場料をとるのもよい考えだと思ったようです。彼の考えは一五〇〇年代から一六〇〇年代にかけて様々な大学に広まり、まもなくあちこちに解剖劇場が造られた。最も北の果てにあるのは、スウェーデンのウプサラの大学に一六〇〇年代半ばに造られた解剖劇場です。これは当時の面影を残している三大劇場のうちのひとつでもある。いつか見に行かれるといい」

「ええ……この事件が解決したら」オッドが言うと、ダールの目が再び翳った。

「この金属片は」イェンス・ダールはそれまでよりそっけない声で言った。「刃が薄く、非常に鋭く、先端が現代のメスのようにわずかに湾曲しているところを見ると、そういう解剖に使われたナイフの先だということもありえますね。いま話した時代、ノルウェーでは解剖が行われなかった。だから、これがノルウェーのものであれば、たとえば手足の切断など、医療行為に使われた可能性が高い」

「ヴェネツィアかパドヴァのものではなかった？」

「ええ。そう考える根拠がありますか？　しかし、解剖に使われていたナイフなら、もちろん、その可能性もある」

「いまの世の中で、こういうナイフを持っているのはどういう人間でしょう？」

「多くはないでしょうね。コレクターとか、納屋に昔のがらくたを放りこんである農場主とか。この種のものは、うちのような博物館の倉庫にしまいこまれていることが多いんじゃないかな」イェンス・ダールは、自分には見当もつかないというように両手を広げた。

「もしも、このナイフが一五〇〇年代のもので、個人が所有しているとすれば、高価なものですか?」

「鋼の質と状態を見るかぎり、相当な値がつくでしょうね。もちろん、来歴によります。たとえば、歴史上の人物にまつわるものであれば、コレクター市場で目玉が飛びでるほどの値がつくはずです。この欠片からすると、驚くほどよい状態だから」

オッドの頭には、いまや鮮明なイメージが浮かんでいた。シリ・ホルムがタオルで体を拭いているときに、自分がアパートの床から拾いあげたアンティークのメス。あのときは美しい柄に気をとられ、刃先にまで気がまわらなかった。ここを出たら、真っ先にシリに電話をするとしよう。

「少しはお役に立てたでしょうか」ダールが言った。「たしか電話では、ほかにも訊きたいことがあるとか?」

「ええ。あるんですが、それはまたべつの機会にさせてもらいます」

26

オッドは科学博物館を出ながら毒づいた。ヴァッテンを捜せと言われているのに、舞いこんでくる手がかりはどれも違う方向ばかり示している。この事件はまるで迷路、いや、驚異の部屋のような様相を呈してきた。カタログもラベルもない段ボール箱やファイルの箱でいっぱいの博物館の倉庫が頭に浮かんだ。次の箱に何が入っているか、見当もつかない。

携帯電話を取りだし、シリ・ホルムの番号を押した。

〝ただいま留守にしております。ご用の方は発信音のあとにメッセージをどうぞ〟オッドはメッセージを残す代わりにローゼンボリへ向かっていた。

アパートの呼び鈴を三回続けて鳴らしても応答がないと、オッドは鍵に目をやった。ひとつはふつうの鍵で、おそらく簡単に開くだろう。だが、最近取り付けられたらしいデッドボルトのほうはてこずりそうだ。ドア自体も比較的新しく、頑丈だった。蹴り破るには、かなりの損傷を与えなくてはならない。ちらっと腕時計に目をやると、もうすぐ三時になる。ここに着く直前に、図書館のホルネマン館長に電話をして確認したが、シリ・ホルムはまだ出てこないという。つまり、今日はほぼ一日職場に顔を出していないことになるが、この不在は犯罪活動を示唆しているわけではない。したがって、アパートのドアを蹴り破るだけの法的根拠はなかった。

オッドはいったん外に出て、四世帯が入っている建物を見まわした。建物全体が静まり返っている。明かりがついている窓はなく、動いている人影もない。裏庭にまわると、トランポリンが置いてあった。アパートの住人に子どものいる世帯があるのだろう。右上のシリ・ホルムのバルコニーを見上げると、ガラス窓が開いている。オッドはうなじの毛が逆立つのを感じた。壁に梯子がたてかけてある。

アパートにしろ一戸建てにしろ、その気になればどれほど簡単に押し入ることができるか、警官なら誰でも知っている。とくに昼間は、周囲の住人はたいして注意を払わない。たとえオッドが梯子を登っているところを誰かが目にしても、ほとんどの人々は彼が違法行為を働いているとは思わない。それはこれまで行ってきた数えきれないほどの目撃者への聞き込みからも明らかだった。大部分の住民は、なんらかの作業員が仕事をしているか、不幸な間借り人が鍵を持たずに家を出て、自分を閉めだしてしまったと思うだけだ。もちろん、疑いを抱く者もいるだろうが、彼らが相手に面と向かって疑問をぶつけることはほとんどない。ノルウェーの人々は、見知らぬ人間を煩わせるのを避けるために、驚くほど見て見ぬふりをするのだ。たとえ梯子を登っていくのが泥棒だとしても。

ベランダから居間に入ると、そこはこの前と同じように散らかっていた。キッチンへ行くドアのそばに、犬が寝そべっている。あの犬はこの前もあそこにいたのか？　だとすれば、性交渉を犬に見られた初体験になる。どうやら番犬ではないらしく、シリ・ホルムの犬は部屋に入ってきたオッドに、ちらりと目を上げただけだった。犬がアパートにいるのは、シリ・ホルムが予期せぬ出来事で姿を消した証拠かもしれない。アフガンハウンドは目を閉じて、すっかり退屈しているように大きなあくびをすると、前足のひとつに長い鼻を休めた。不法侵入者が部屋を歩きまわっても、まるでおかまいなしだ。

それから、オッドは誰かがいることに気づいた。キッチンの戸口に立っている。いや、人ではなく、昨夜のシリと同じようにヌードのマネキンだ。オッドは惚《ほ》れ惚《ぼ》れと見つめた。何と美しい。一本の木から彫ってある。オーク材だろうか？　いつも磨かれていると見えて艶々していた。丸みを帯びた手足には、ポーズを取れるように関節もあった。ほぼ完璧なプロポーションの、男性のマネキン。これもアンティークだ。オッドには、十九世紀にイタリアの仕立て屋がこれを使っているところが想像できた。シリ・ホルムのアパートは、奇異なものがごたまぜになった博物館のようだった。

オッドは目当てのものを探して部屋を見ていった。すると部屋のほぼ真ん中、たぶんこの前と同じ場所にそれが見つかった。アレッサンドロ・ベネディッティのメスが。オッドは床から拾いあげ、メスの先端を見た。

くそ、思わずつぶやきがもれた。気負ってきたぶん力が抜け、しばらくぼんやりと立ちつくしていた。右手の親指と人差し指のあいだに押しつけた刃からぬくもりが伝わってくる。先端は欠けていない。内心毒づいたものの、心のどこかではほっとしていた。シリ・ホルムは人殺しではなかった。だが、いったいどこにいるのか？

もう一度見まわしたが、たとえこの部屋に手がかりがあるにせよ、すべてをひっくり返してそれを探している時間はない。どうしたものかと考えていると、携帯電話が鳴った。またしても新聞記者のヴラド・タネスキだ。少々優越感の混じった苛立ちを感じながら〝通話終了〟ボタンを押した。言論の自由の戦士に、いつまで籠城を続けられるかわからないが……。

再び携帯電話が鳴りだした。今度はブラットベルクだった。

「どこにいるの？」ブラットベルクは鋭い声で尋ねてきた。

「シリ・ホルムのアパートの外に」オッドはとっさにそう答え、キットルヒンとイェンス・ダールから聞いたことをかいつまんで報告した。

「それは面白いこと。でも、シリ・ホルムのアパートで何をしているの？　わたしたちはヴァッテンを捜しているのよ」

オッドは少し考え、学芸員のシルヴィア・フロイトのことを話した。

「あまり有望な手がかりには思えないわね。フロイトがプリンセンホテルで誰かと会う約束をした。だからなんなの？」

「まあ、犯人に繋がる見込みは薄いだろうな」オッドはしぶしぶ認めた。

「ええ、かなりね。でも、その件を完全に無視したくない理由がひとつだけある。グロングスタが事件のあった土曜日に、図書館でカードキーを使った職員のリストをくれたの。グン・ブリータ・ダールとヴァッテンのほかには、閉館まで貸し出しカウンターにいた学生。ただし、この学生はオフィスがある管理棟に入るキーは持っていない。でも、シルヴィア・フロイトの名前もあるの。たぶん殺人が行われたとおぼしき時間のだいぶ前にオフィスを出ているでしょうけど。シリ・ホルムが図書館にいたこともわかっているけど、リストには載っていないから、グン・ブリータ・ダールと一緒に入ったんでしょう。それに被害者が殺害された時刻よりも前に退館しているはずよ。ほかにも入った人間がいたとしたら、個人情報が入っていないキーを使ったに違いないわ。入った証拠を残したくない人は、そうした可能性がある。あの図書館ではマスター・キーがいくつか使われているの。ホルネマンは誰がそれを使っているか、きちんと把握していないようだわ」

「しかし、土曜日に図書館にいたとなると、俺たちの予想とは違って、シルヴィア・フロイトが事件に関与している可能性もあるな」

「いま言ったように、シリ・ホルムもフロイトも、推定殺害時刻よりも早く退館しているはずよ。現状でこのふたりのどちらかを事件と結びつけるのは無理だと思うけど」

「俺もそう思う。だが、何かある気がするんだ」

「いいこと、シンセーカー。あなたの勘はとても尊敬しているわ。これまで何度も役に立ってきた。でも、久しぶりの勤務でこんなひどい事件をいきなり担当して、疲れているのかもしれない。家に帰って、何時間か横になったらどう？　今夜はヴァーネスまで運転して、アメリカから来る刑事を迎えに行くんだし。今日の仕事はそれだけでいいわ。ヴァッテン捜しはわたしたちに任せて。この事件の中心にいるのはヴァッテンよ。シリ・ホルムが行方不明で、それが事件になんらかの関わりがあるとしても、ヴァッテンが容疑者からはずれることはありえない。グロングスタのチームが図書館の外にあるごみ箱に、スペイン産の赤ワインのボトルを見つけたの。何がわかったと思う？」

「指紋が検出された？」

「ええ、しかも、問題の人物の指紋よ」

「ヴァッテンの指紋か」

「それとグン・ブリータ・ダールの」

「精液のほうは？　何かわかったのかい？」

「シンセーカー、いまは九月よ。サンタクロースが贈り物を配るのはまだまだ先。オスロの科学警察研究所がそんなに早く結果を出してくるはずがないでしょう」

「キットルセンは、グン・ブリータ・ダールの膣内に残っていた精液が射精されたのは、殺人が起こる一、二時間前だと言ってる」

「ええ。報告書が届いているわ。でも、ヴァッテンはワインのことで嘘をついたのよ」

「ワインを飲むのは違法行為じゃない。そのボトルだって、いつごみ箱に捨てられたかわからないぞ」なぜ、ヴァッテンをかばうようなことを言ったのか？　オッドはそう思いながら付け加えた。「だが、たしかにすべての証拠がヴァッテンを示しているな」

「だから、いまはその線で捜査を進めましょう。明日のためによく休んでちょうだい。夕方、誰かをあなたのアパートにやるわ。ナイフの欠片をできるだけ早く見たいから」

家に戻り、昼寝をするのはいい考えかもしれない。ブラットベルクが電話を切ったあとそう思いながら、キッチンに入った。戸棚を開けると、驚いたことにボトルがずらりと並んでいる。オッドはラベルを見ていった。ほとんどが口をつけていない一リットル入りのボトルだ。免税店か外国で買ったのだろう。さもなければもらいものか。奥のほうにアクアヴィットが一本あった。デンマーク産のオールボーの赤ではなく国産のリンニェだが、封が切られ、半分に減っていた。オッドはコルクを抜いてボトルから直接飲んだ。うまかったのは最初のひと口だけ、あとの四口は惰性で流しこんだ。ブラットベルクの言うとおり、俺には休息が必要だ。

シリと情熱的に愛を交わしたソファと、唯一の〝目撃者〟に視線を投げながら、ゆっくり居間を横切る。寝室のベッドには、テコンドーの胴着が放りだしてあった。そこに横になり、深く息を吸いこむと、エッグノックとラズベリーに熟したチーズをからめたようなシリのにおいが鼻孔をくすぐる。少量のアルコールが入ったせいかすぐにまぶたが落ちてきて、オッド・シンセーカーは深い眠りに引きこまれた。脳腫瘍の手術から回復し、復帰した初日に働きすぎた警官のように。

女性の係員がにっこり笑ってパスポートを受けとった。

「空の旅はいかがでしたか？」

「快適だったわ」フェリシア・ストーンは嘘をついた。アトランタ経由でリッチモンドを発ってから二十時間以上になる。飛行機を乗り換えてからは、非常口のすぐ前の席に座ったきり。安全のために背もたれをほとんど倒せなかったせいで、ロンドンに着くころには腰が固まっていた。オスロ行きの飛行機に乗り継いだあとも、事態はたいして改善されなかった。

「トロンハイムまではどれくらいかしら？」苛立ちを抑え、パスポートのコードをスキャナーに読みこませようとしている入国審査官に尋ねた。写真を見れば本人だとわかるでしょうに。顔を上げて、確認すればいいじゃないの。ようやくコンピューターが電子音を発し、審査官のモニターに必要な情報が表示された。

「ほんの四十五分ですけど、今夜は乱気流がひどいそうです。風とトロンハイムの珍しいほど温かい空気のせいですわ」

フェリシアはうめいた。

「せっかく涼しいところに来たつもりだったのに」フェリシアはパスポートを受けとり、国内線のターミナルを探して歩きはじめた。

八時に電話が鳴った。五時間夢の国の片隅にいたことになる。夢のなかでオッドは、解剖劇場のテーブルに横たわっていた。麻酔をかけられたように動くことができないが、意識はある。検死官のキットルセンがメスを握り、ゆっくりと皮膚を剝いで、高値をつける相手にその皮膚を売ろうとした。自分でそれを買い、肩のまわりにケープのように巻きつけたところで目が覚めた。心臓が早鐘のように打ち、少しも休息をとったような気がしなかった。

「シンセーカーだ」起きあがりもせずにポケットから携帯電話を取りだし、咳《せ》きこむように告げる。

相手も名乗ったが、はっきり聞きとれなかった。

「あの、証拠を引きとりに来ました。いまお宅の前にいます。科研に持ちこむことになっているんですが」

のろのろと体を起こし、まわりに目をやった。外は暗くなっている。部屋のなかも暗かったが、自分のアパートでないことだけはすぐにわかった。

「ちょっと買い物に出ているんだ。もう少ししたら、こっちから持っていくと伝えてくれないか」そう言って電話を切る。気分が悪かった。吐き気がするのはよい徴候ではない。発汗と同じくらい、吐き気もおぞましかった。おそるおそる足を動かし、ベッドから下ろして絨毯にのせると、そのまま少しのあいだ体を揺らしていた。ややあってナイトスタンドが目に入り、そこに積んである本が見えた。上に置かれた電話の子機と、いちばん上の本の背表紙に貼ってあるメモ用の黄色い付箋に目が留まる。メモの文字が読めるようになるまでに少しかかった。

〝プリンセンホテルのエーゴン、十時。本を持っていくこと〟

オッドはメモを摑んで立ちあがった。

ドアのデッドボルトは鍵がなくては開きそうもなかったから、やむを得ず入ったときのように梯子を使って外に出た。十段下りてから芝生に飛びおりると、トランポリンで遊んでいた子どもたちが、屋根から落ちてきた男を見るように目を丸くして見つめてきた。オッドは手を振って、落ち着いた足取りで建物の角をまわった。


オッドはホルネマンの自宅に電話をかけた。

「シルヴィア・フロイトに連絡をしたいんですが」

「きみの携帯にシルヴィアの名刺の写真を送ることはできる」ホルネマンは礼儀正しく答えた。

「今日は何時に退館したかご存じですか？」

「いや。しかし、だいぶ早い時刻だったに違いないな。午後は姿を見ていない」

「もうひとつうかがいます。フロイトが作った『ヨハンネスの書』の複製ですが、非常によくできていますね？」

「ああ、そうだとも」

「どうやって本物と見分けるんです？」

「ルーペを使って、蛍光灯の下で念入りに調べればわかるが、あの本のことをよほど詳しく知らないと無理だろうな」

「裸眼で見ただけだとしたら？」

「よほどの目利きでないと、原本との違いは見分けられんだろう」

「図書館にそういう目利きがどれくらいいます？」

「多くはないな。裸眼でわかるのはおそらくシルヴィアだけだ」

「もしも原本かどうかを調べる必要が生じたら、調べるのは誰ですか？」

「それもシルヴィアだろうね」

「あの書庫の本は、これまで貸し出されたことがありますか？」

「一部はときどき研究者に貸し出される。しかし、注意深くモニターされているよ」

「なるほど。『ヨハンネスの書』はどうです？」

「鑑定のために、ごく少数の選ばれた歴史家に送ったことはあるが、今後はシルヴィアが作成した複製を貸しだし、原本は書庫で保存することになっていた。手を触れず、永遠に……。あまりにも貴重な本だからね」

「では、ほとんど存在しないも同じことですね」

「ある意味では、そうなるな。しかし、そのほうがはるかに長く保てるのだよ」

オッドはホルネマンに礼を言い、電話を切った。

名刺の写真が送られてくるとすぐに、シルヴィア・フロイトに電話をかけた。シリ・ホルムにかけたときと同じ案内が流れてきた。〝おかけになった電話番号は……〟オッドは、名刺を見直した。そこには住所もある。フロイトが住んでいるのはソルシーデン。うまい具合に本部に戻る通り道だ。

シルヴィア・フロイトのアパートは、ショッピング地区から橋を渡ったところにあった。呼び鈴の位置からすると、部屋は二階にあるようだ。プラトゥーラの倉庫とフィヨルドのなかにムンクホルメンが垣間《かいま》見える最上階からの高価な眺めとは縁のない、ふたつの建物にはさまれた部屋だろう。

三十秒ほど間隔をあけて呼び鈴を五回鳴らしたが、フロイトの応答はなかった。部屋にいないのか、ドアを開けるつもりがないのかもしれない。オッドは桟橋のほうへと戻って、ずらりと並ぶバーとレストランに面したベンチに腰を下ろした。太陽はすでに沈んでいるが、まだ暖かい。バーは大勢の人でにぎわい、古い波止場に点在する水たまりに反射した店の明かりや街灯の光が揺れている。

携帯電話を取りだし、朝撮った写真を確認した。表示された時刻は午前九時五十三分。シシリ・ホルムはオッドがエーゴンを離れたすぐあとで、あの店に到着したに違いない。シリはシルヴィア・フロイトと未知の紳士に会うつもりだったのだ。だが、なぜ？

もうひとつ大きな疑問がある。この件はグン・ブリータ・ダールが殺害された事件と関係があるのか？

ソルシーデンから少し歩いて本部に戻ると、オッドは自分のオフィスを覗いた。どうしても話さねばならない人間はいないようだ。ついでにヴァーネス空港に行くパトカーを確保した。オスロからのフライトが到着するのは十一時だ。

ブラットベルクが十時半に自宅から電話をしてきたときには、すでにラーンハイムで電子《E》検問《C》ゲートを通過していた。ナイフの欠片をどうしたかと訊かれ、自分のオフィスの机に置いてきたと答えた。

「よかった。グロングスタをやってすぐに回収させるわ」

「あいつ、こんな時間にまだ署にいるのか？」

「いつものことでしょ」ブラットベルクは笑いながら言った。「新たな証拠は、彼にとってはインカの使いがもたらしたコカの葉に等しい効果をもたらすのよ」

「それか玩具《おもちゃ》の兎《うさぎ》のバッテリーだな」笑いながらそう返したが、すぐにこの冗談は〝疲れたユーモア〟だと気づいた。働きすぎたとか、欠席すべきだった二次会に行ったときに口にするような冗談だ。

自然はそのなかの
あらゆる場所に中心が存在し、
外辺がどこにもない無限の球体である
――パスカル（一六七〇年）

第四部
正気の仮面

27

旅の締めくくりであるトロンハイムへのフライトで、フェリシアの気力と体力はついに限界に達した。運の悪いことに、明らかにおむつを換える必要がある赤ん坊を連れた母親と隣り合わせたのだ。しかも乱気流のせいで、ほとんど席を立つことができなかった。機体が着陸態勢に入ると、トロンハイムの街を見ようと窓に目をやったが、黒々とした山が連なっているだけで、ひとつの明かりも、人間が住んでいるほかのしるしもまばらにしか見えない。だが、こういう景色にはなじみがある。アラスカもちょうどこんな感じだった。

夜の十一時だというのに、リッチモンドと大して変わらない暑さのなか、フェリシアはエアコンのない小さな空港の到着ロビーに出た。

出迎えてくれる刑事の外見はまったく知らなかったが、すぐにわかった。疲れた顔のせいか、長袖の脇の下にある汗染みのせいか、早撃ちガンマンのように携帯電話を右手でつかんでいるからだろうか？

オッドも同じくらい早くアメリカから来た刑事を見つけた。が、女性にしては低い電話の声と、ほっそりした姿が重ならなかった。フェリシア・ストーンは肩までの暗褐色の髪に陶器のように白い肌、大きな茶色い瞳の三十代の女性だった。アメリカ人にしては珍しく、化粧はまったくしていない。オッドはひと目で好感を持った。

携帯電話をポケットに入れ、歩み寄ってスーツケースに手を伸ばした。フェリシア・ストーンは逆らわずにそれを渡し、右手を差しだした。オッドはスーツケースを持ったまま左手でその手を握り、名乗った。そのあとは何を言えばいいかわからず、少しばかりぎこちない沈黙が訪れた。

「フェリシア・ストーンです、よろしく」

「こちらこそ。外に車を停めてあります」

ふたりは出口に向かった。

「ひどい事件ね？」気まずさを和らげようとしたのか、フェリシア・ストーンが言った。

「ええ、たしかに」オッドはうなずいた。


オッド・シンセーカーは車を出すまでほとんどしゃべらなかった。典型的な男ね、とフェリシアは思った。ほかのことで忙しいときは口が重くなる。もっとも、運転は〝ほかのこと〟には入らないようだ。

オッドは電話で話したあと起きたことをすっかり話してくれた。

「その学者風の紳士の写真を見せてくれる？　シルヴィア・フロイトと会っていた人」フェリシアは説明が終わると砕けた口調で頼んだ。

オッドは携帯電話を取りだし、半分だけ道路に目を向けながら該当する写真を表示させ、電話を差しだした。フェリシアがかすかに目を見開く。「やっぱり。ジョン・ショーン・ネヴィンスだわ。ポー殺人事件の容疑者なの」そう言って、さりげなく付け加える。「もっとも、ほぼ完璧なアリバイがあるんだけど」

「そういうアリバイほど憎たらしいものはないな」オッドは顔をしかめた。

フェリシアは電話で聞いたのと同じ低い声で笑った。

「でも、この男がなんらかの形で事件に関わっているのはたしかよ。謎を解く手がかりをもらえたら、と思って来たんだけど、すべての糸が思ったよりもっと複雑に絡み合っているみたい」

「そう、この事件は何から何まで混乱することばかりだ」オッドは果たして正しい単語を使っているかどうかと心配しながら、嘆いた。「しかし、そのネヴィンスについて話してくれないか。学者なんだね？」

「シルヴィア・フロイトと同じ仕事をしているの」

「本の装丁者？」

「保全や修復を行う学芸員よ。ヴァージニア州にある大学図書館のね。それにかなりの数の稀覯本を所蔵しているコレクターでもある。資産の一部は本を売買して築いたらしいけど、資金のほとんどは亡くなった奥さんが遺したものだと思うわ。煙草で財をなした一族の出だったから」

「すると裕福なんだね。陽の当たる場所には決して出せない本にひと財産投資するほど?」

「ええ、投資したとしても驚かないわね。ネヴィンスのような臆病な金持ちはその種の力を持っていると感じたいのね。ほかの誰も持っていないものを所有したいという子どもじみた欲望を抑えられないタイプでもある」

ずいぶん苦々しい口調だ。

「しかし、自慢もできないようなものを所有して、何が楽しいんだろう?」

「自分の世界にこもっている人間にとっては、自分に自慢できるだけで十分なのよ」フェリシア・ストーンはまたしても背筋がぞくぞくするような低い声で笑った。

オッドは、自分がこの会話と同じくらい、フェリシア・ストーン自身に興味を持っていることに気づいた。

「ところで、悪い知らせがあるの。旅の途中で受けとったメッセージによると、ヨン・ヴァッテンがこの二、三週間のあいだにアメリカ合衆国を出入りした記録はないそうよ。これはもう知っているでしょうけど、彼は夏の初めに観光に来た。でも、それはポー博物館で館長が殺される何週間も前。グン・ブリータ・ダールについても同じことが言えるわ。グン・ブリータがアメリカに来たのは春だったんですもの」

「ほかにもいくつか、確認してもらいたい名前があるんだが」オッドは道路をちらちら見ながら、ダッシュボードに取り付けてあるメモ用紙に走り書きした。フェリシアはリストの名前を見てうなずいた。

「本部にメールを入れておくわ。でも、当面は主要な容疑者ふたりに集中すべきかもしれないわね。こっちの容疑者から始める？　それとも、そちらのほう？」フェリシアはため息をつきながら尋ねた。

「ヨン・ヴァッテンは姿を消してしまったんだ」

「わたしの容疑者も現在どこにいるのか。本当はフランクフルトにいるはずなのに、今朝の時点でトロンハイムにいたとなると……」

「『ヨハンネスの書』を持っていても いなくても、いまごろはどこにいてもおかしくないな。とりあえず、ほかの場所から始めないか」

「どこから？」

「これはたんなる思いつきなんだが、フォーセンの農場主を訪ねてみようと思っているんだ」

フェリシアは曖昧にうなずいた。おそらくなんの話をしているのか、見当もつかないのだろう。だが、わかってもらうには、かなり長い説明をしなくてはならない。フェリシア・ストーンはとても疲れているように見える。

「明日から始めよう」

フェリシア・ストーンは窓の外を見た。

「この荒れ野のどこかに、街があるはずじゃないの？」

オッドは笑った。マルヴィクが荒れ野だと思ったことはないが、それは見る者によるのかもしれない。

人生は一連の偶然からなっている、とはよく言ったものだ。フェリシア・ストーンが予約したホテルがプリンセンだったのもそのひとつだった。オッドは部屋まで荷物を運んだあと、フェリシアを階下のバーに誘った。ふたりで淡色ビールのピルスナーを一杯ずつ飲みながら、オッドはトロンハイムと街の歴史を少し話した。フェリシア・ストーンはそれよりも、バーで行われている奇妙なボーリング試合に興味を覚えたようだった。オッドがルールを知らないと言うと驚いていた。午前一時にパトカーに戻ったときには、彼の血液にはかなりのアルコールが混じっていた。オッドはまっすぐ帰宅し、枕に頭がついたとたんに眠っていた。

ヴァッテンは物音を聞いたような気がして顔を上げ、耳を澄ました。キャビンの外のマツの葉を、泣くような音をたてて九月の風が吹きすぎていく。一羽の鳥が夜のなかへ空しい鳴き声を放った。それだけだ。ヴァッテンは耳を澄ましつづけた。ほら、また聞こえた。外の小道を誰かが近づいてくる。足音はしだいにはっきりしてきた。ヴァッテンは手と足を固いロープで縛られていた。ロープが手首をこすり、焼けるような痛みをもたらす。転がされたままの姿勢で、できるだけ動かずに近づいてくる足音に耳を澄ます。いったいどうしてこんなことになったのか？　自宅で玄関の扉を開けたとたん、バールで殴られた。自分を拉致した相手の顔を見ることさえできなかった。

　ドアが開き、薄暗い光に自分を殺しに来た男の顔が見えた。意外な人物だったか？　それはわからない。だが、古い憎しみが腹の底からこみあげてきた。いまやそれを誰に向ければいいかわかったのだ。

「ここに来る途中、エドガー・アラン・ポーのことを考えていたんだ。きみはポーが好きなんだな？　今年の夏、ヴァージニア州にあるポーの博物館に行っただろう？」

　誰も知らないはずなのに、どうしてこいつがそれを知っているんだ？

「わたしも行ったのだよ。あの庭には神秘的な雰囲気があるな。そう思わないか？　ちょうど日の出どきに、見るチャンスに恵まれてね。夜明けのあの庭を見た者はほとんどいないだろう。長いこと墓石もない墓に埋められていたポーが、いまや不滅の存在として崇《あが》められているとは、世の中何が起こるかわからないものだな」

　誘拐犯はまだじっと横たわっているヴァッテンを見た。

「どうして何も言わない？　お気に入りの話題だろうが。ポーはほとんど偏執的に死に魅せられていた。死者をよみがえらせることに。死んでしまったものを目覚めさせ、失われた世界に命を吹きこむ、文学とはそういうものなのかもしれんな」

　ヴァッテンの前にいる男は問いかけるように首を傾けた。そのとき、ようやく男が手にしているものが見えた。ひと巻きにした灰白色の皮。何かを包んでいるようだ。憎むべき人殺しは部屋の真ん中にあるテーブルへと移動すると、包みを広げた。頭を上げたヴァッテンの目に入ったのは道具だった。様々な大きさや形のナイフ、メス、のこぎり、ドリルまである。昔、本のなかで見た写真が目に浮かんだ。その一五〇〇年代の古い銅板彫刻には、優れた解剖学者が人体を切り開くのに使う道具のすべてが描かれていた。テーブルにあるのは、それとまったく同じものだ。

異様に落ち着いた目が、テーブル越しにヴァッテンを観察している。

「どうだ、素晴らしい道具だろう？　いまでは、こういうものを持っている人間はもういないな」

ヴァッテンは悲鳴を押し殺した。

「しかし、包んでいる皮のほうが道具よりもっと興味深い」

窓から射しこむ光で、ナイフを収めた皮の内側が見えた。羊皮紙のように、余分なものをこそげとられてなめらかにされている。実際、そこには丸みを帯びた大きな文字で何かが記されていた。ずいぶん古いものらしく、消えかけている。

「これがなんだか知っているかな？」

ヴァッテンは黙っていた。男が教えてくれるに違いない。

「『ヨハンネスの書』の最後の数ページだよ。あの本のページが一部欠けていることは、学者たちも知っていた。つい最近、ヴァージニアでもその一枚が見つかったそうだ。ちぎられたページには、ヨハンネス司祭が教区の信徒たちの命を奪い、皮膚を剝いで、解剖してからひそかに埋めたことが書かれている。わたしはもう長いことそれを知っていた。誰も知らないが、これは最後の一ページなのだよ。本自体には一度も含まれなかったページ。しかし、あの書のほかの部分と同じようにヨハンネスその人が記したページだ。この皮がそれなのさ。ヨハンネスは、ナイフを包むのに使っていた。それにしても、刃物を見る目はよほど肥えていたとみえる。実に見事な品揃えだ。それにこの皮には、生体解剖の詳細がほかのどこよりも詳しく書いてある。生体解剖とは何か知っているかな?」

　生体解剖とは、まだ生きているうちに皮を剝ぎ、体を切り刻むことだ。ヴァッテンが知っているのはそれだけだった。ルネッサンス期には、ときどき動物を使ってそれが行われた。ヴァッテンは囚人を使って生体解剖を行った大昔の医者に関して読んだことがあるが、とうてい信じられなかった。この男は生きてる俺の皮を剝ぐつもりなのか。それがもたらす痛みを思うと、正直、すさまじい恐怖がこみあげてくる。しかし、考えてみれば、俺はヘッダとエドヴァルが姿を消して以来、ずっと死ぬのを待っていたんだ。それに、こんなことを言えば正気を疑われそうだが、生きながら切り刻まれるのが最悪の死に方だとは思わない。これは生き埋めになるのとは反対の死に方だ。切り開かれ、みんなに見えるように光のもとにさらされるのだから。

「〝われわれはみな血液からなる本である〟」あきらめた心に、どこで読んだのかこの言葉が浮かんだ。「〝どこを切り開いても赤い〟」

「きみのことがますます好きになるな。おかげでいっそう興味深いことになりそうだ」ナイフの刃が砥石《といし》を滑る音が部屋を満たした。

「死者をよみがえらせる、それがわたしたちの望みなんだわ」フェリシア・ストーンが言った。「だから警官になったの。無意味な死に意味を与えるために」

「そういう見方もできるな」オッドはうなずいた。

「難しい顔をしないで」フェリシアは笑いながら、エーゴンのなかを見まわした。「コーヒーを飲むまでは、ちょっと哲学的になるの。もうすぐ来るといいけど」

アメリカ人のフェリシアは、てっきり卵とベーコンとトーストの朝食をとると思っていたが、実際に頼んだのはトーストとコーヒーだけだった。

「きみが哲学的な思索をしているあいだに、少し調べてきた。シルヴィア・フロイトは図書館に出勤していない。昨夜ぼくたちが話してから自宅にも戻っていない。シリ・ホルムもそうだ。これで行方不明者が三人だな。ネヴィンスを含めれば四人。しかも見込みがありそうな手がかりはゼロ。この街は大勢の警官が捜索しているから、われわれは少し外まで捜査を広げ、フォーセンの農場主に話を聞きに行こう」

「ゆうべもそう言っていたわね。その農場主はどういう人なの？」

「『ヨハンネスの書』を図書館に寄付した人物だ。今回の事件はこの本を中心に回っているようだから、会いに行って詳しい話を聞くのもいいと思ってね。ヴァッテンに直接繫がる手がかりがひとつもないとあって、上司もしぶしぶだがこの手がかりを追う許可をくれた。ただし、ノルウェーではなんの権限もないきみを巻きこむのはまずい。昼までここに座って、きみと事件を最初からさらい、午後からひとりでフォーセンへ向かえ、と指示された。でも、一緒に行けばいますぐ出発できるし、途中でいくらでも事件の話ができる」

「あなたは上司の指示に逆らう癖があるの?」フェリシア・ストーンは笑いながら言った。

「ああ、いつもね」

「たしかに警官としての権限はないけど、パスポートがあるから好きな場所に行けるわ」

フェリシアはそう言ってにやっと笑った。その瞬間、オッドは自分がこの女性にためにならないほど惹かれていることを確信した。

28

フェリシア・ストーンはフォーセン・フェリーのトップデッキにあるカフェの外でオープンデッキの手すりにもたれ、すでに背後の湾のなかに隠れてしまったトロンハイムの街を振り返っていた。黒い髪が風に躍り、血管が透けて見えるほど皮膚の薄い、白くて細い首があらわになる。昨日はあんなに暑かったのに、一夜明けた今日は九月の標準気温に戻っていた。肌寒い気候に備えてきたらしく、フェリシアは取り外しのできるフードが付いた全天候型の緑のジャケットを着ている。流行とはほど遠い、狩猟で着るようなごつい上着だ。

オッドはブラックコーヒーのカップをふたつと、小さなバニラパンケーキをふたつ手にしてカフェから出た。

「ノルウェーのフェリー・フードだ」そう言ってスヴェレが載った紙皿を差しだす。

「ありがとう。でも、朝食を食べたし、パンケーキはあまり好きじゃないの。シロップなしの冷めたパンケーキはとくに」そう言って、バターの上にうっすら砂糖がかかったスヴェレに目をやる。

「パンケーキじゃなく、スヴェレだよ。ノルウェーの伝統的な食べ物だぞ」怒ったように言う。「好奇心が湧かない？」

「ありがとう。でも、好奇心を満足させるより、自分の気持ちに正直に生きるほうがいいわ」フェリシアはまた笑った。

「われわれノルウェー人のプライドを蹴り飛ばしても、だな」オッドも一緒に笑い、ふたつのスヴェレをひとつにしてひと口嚙んだ。会ったばかりの相手とこれほど早く打ち解けられるのは、めったにないことだ。「きみが正しいよ。ノルウェー人は、ぱんぱんに膨らんだサッカーボールみたいにプライドが高い。蹴り飛ばされて当然だな」

「なかなか言うわね」ほほ笑みながらコーヒーを受けとり、トロンハイム・フィヨルドに目をやる。「ここはアラスカによく似ているわ。こうして気温がさがるとくに。どこを見ても山とマツの森ばかり」

「アラスカに行ったことがあるのかい？」

「ええ、何年も前だけど。少しのあいだ人生を氷浸けにしたの」

「そのあと、氷が溶けたといいが」

「ある意味ではね。でも、解凍したものは、生ものに比べればぐんと味が落ちる」フェリシアは苦笑し、話題を変えたがっているように付け加えた。「この事件では、連続殺人鬼を探しているわけじゃないのに実際は探しているから、すごく混乱するのよね」

「どういう意味かな？」

「二件の殺人からは、個人的な感情が感じられるわ。犯人はどちらの被害者も知っていたと思うの。グン・ブリータ・ダールのことはとくに。殺す前に鈍器で殴って意識を奪おうとせずに、すぐさま喉を切っているでしょう？　それも後ろからはがいじめにして。これはバールや金属パイプで殴るより親密なやり方よ。だから二件の殺しには個人的な動機があると思う。ただ、猟奇的な殺し方だという事実も無視できないわね。犯人は殺しを楽しんでいる。おそらくスリルを得るために殺す異常者ね。そしてわかっているだけでもふたり殺している。ＦＢＩでは、ある程度の時間を置いて、少なくとも三人殺した犯人を連続殺人鬼と定義しているの。今回、確定された死はふたつだけだけど、ヨン・ヴァッテンの奥さんも息子も殺されている可能性があるわ。だとすれば、三人という基準を超えるわね」

「ヴァッテンの家族のことはひとまず置いて、いまは直近の二件のことだけを考えよう。事件関係者で、グン・ブリータ・ダールとエフラヒム・ボンドの両方と個人的な関係を持っていたのは誰か？　だが、ぼくは犯人がボンドよりグン・ブリータと親しかったという確信はもてないな。手口が異なるのは、ボンドのときより容易にダールの抵抗を奪えたからかもしれない。あるいはボンドのときよりも自信を持ったか。殺人犯の多くは、被害者が死ぬ瞬間にできるだけ近くにいたがるというしね。それと、やはり『ヨハンネスの書』が事件と関係があると思うんだ。きみの言う個人的な関係は、犯人とあの本の関係ではないかな。いずれにせよ、いまのところ、ボンドとグン・ブリータのあいだを繋いでいるのはあの本だけだ」

「たしかに。でも、それだけで犯人がふたりを殺す動機になるかしら？　どちらの犯行も綿密に考え抜かれた部分があるわ」

「われわれはまだ摑めていないが、犯人には殺すだけの合理的な理由があったということ？」

「さあ。人を殺す合理的な理由なんてあるのかしら？」

「殺人課にはどれくらいいるんだい？」オッドは、つい父親のような口調になっていた。

「二年よ」

「だったら、わかるだろう？　人を殺すには、残念なほど多くの合理的理由がある。ほとんどの人間が殺さずにいるのは、殺さないほうがいい理由のほうが、殺したほうがいい理由より多いからだ」

「このフェリーには、もうひとり哲学的な警官がいるみたいね」フェリシアはにっこり笑った。「あなたの意見に同意できるかどうかわからないけど、わたしも似たような結論に達しはじめたところ」

　フェリーを降りてから二時間近く走ったあと、オッドは高速道路を下りてイサクとエリン・クラングソースの農場へ向かった。降りはじめた雨を、休みなく動くフロントガラスのワイパーが拭う。フォーセン半島は霧に霞み、びっしりと茂る針葉樹のところどころに氷河に磨かれた岩がきらめいて見える。ゆるやかにうねる緑の丘の上に立つクラングソース農場は、濡れた巨大キノコのように見えた。

農場の住所は電話帳で見つけた。それをパトカーのGPSに打ちこみ、途中でクラングソースに電話を入れた。農場の夫婦はすでに事件について知っているだろうが、グン・ブリータ・ダールの事件には触れず、『ヨハンネスの書』のことを聞きたい、とだけ告げた。

クラングソース夫妻は前庭でふたりを出迎えた。夫は作業着、妻は着心地のよさそうなランニングスーツ、どちらもそろそろ引退する年齢に近づいている。

夫妻は、水漆喰を塗り直したほうがよさそうな、庭に面した母屋にふたりを通した。最近流行のインテリア・デザインを取り入れたらしく、キッチンはすべてステンレス。クルミ材の床を敷いた居間には、イタリア製らしいデザイナーズ家具が置かれている。しかし夫妻のほうは現代的にモデルチェンジをしたわけでないため、モダンな部屋では浮いて見えた。

エリン・クラングソースは大きなワッフルを山ほど焼いていた。オッドはふたつ取り、この農場で採れたに違いない苺《いちご》のジャムをたっぷり載せた。フェリシア・ストーンはハート型のワッフルをひとつ取った。その表情からすると、クラングソース夫人の心づくしは〝シロップなしの冷めたパンケーキ〟の範疇《はんちゅう》に入れられたようだ。

オッドが居間の奥の大きな窓へ歩み寄ると、イサク・クラングソースがやってきて隣に並んだ。

「素晴らしい眺めですね」オッドはゆるやかにうねるフォーセンの丘陵を眺めながら言った。小高い丘や森のあいだに、黒い弧を描くフィヨルドが見える。

「慣れちまえば、どうってことないさ」クラングソースはそっけなく応じた。

「『ヨハンネスの書』を発見したのは、発掘チームだったとか」

「あれを〝発見〟と呼ぶかどうかはわからんがね。ここの書棚にあったたんだから」

「でも、非常に貴重な稀覯本だと気づいたのは、チームのひとりだったんでしょう？」

「ああ、そうだ。イェンス・ダールだよ。気の毒に、グン・ブリータがあんな恐ろしいことになって。イェンスはどんな様子だね？」

オッドは心のなかで舌打ちした。ダール一家は長年この農場の隣にあるキャビンを使っているのだ。何よりもまず、お悔やみを口にすべきだった。

「なんとか持ちこたえています」使い古された言い回しが喉につかえた。

クラングソースはしばらく黙って窓の外を見ていた。

「わしらには、あれは書棚で埃をかぶっている本のひとつでしかなかった」

「発掘チームはどんな作業をしていたんですか？」

「うちの地所にある大昔の墓地を掘り返していたんだ。ウーラン教会の墓地と同年代のものだから、何百年も前の墓地だよ。だが、一五〇〇年代半ばに教会に付属した墓地のほうにすべて移されたあとは、草にのみこまれて、そのうちこの農場の一部になった。いまじゃその名残は、家畜が草をはむ牧草地になっとる。そのおかげで生えてくる草はとくべつ瑞々《みずみず》しいがね」イサク・クラングソースは低い声で笑った。

「イェンス・ダールのことは、どれくらいご存じなんですか？

「すぐ隣に、ダール家のキャビンがある以外にかね？　イェンスの両親も農場を持っていたんだ。変わり者の夫婦だったが、イェンスは昔から頼りになる男だった」

「キャビンがすぐ隣にあるなら、イェンス・ダールは発掘のときなぜお宅に泊まったんです？」

「あのキャビンはダール家のものじゃないからさ。グン・ブリータの実家のものなんだ。グン・ブリータの両親もこのあたりの人間でね。当時、ふたりはまだ結婚していなかった。グン・ブリータはイェンスよりもずっと若かったんだよ。イェンスの両親の農場は、もう少し先に行ったところにある。両親が死ぬ前の数年、イェンスはほとんど訪れていなかったな」

「隣のキャビンはどこにあるんですか？」オッドは尋ねた。

「あの緑の車が停まっている木立のすぐ先だ。見えるかね？　あれは客の車だろう。キャビンに入る道がこの雨でぬかるんでいるから、道路に停めたに違いない。見たことのない車だが、グン・ブリータとイェンスはよくあそこを友人や同僚に貸すから――」

　オッドはみなまで聞かずに、フェリシアに声をかけて表に飛びだした。運転席に飛び乗ってから、まだワッフルの皿を持っていることに気づいた。苺のジャムが手を伝い落ちている。

「強欲はたいてい汚いものよ」雨のなかを走ってきたフェリシアが車に乗りこみ、シートベルトを留めながら笑った。頬が上気して、とても魅力的に見える。オッドはワッフルを三口でのみこもうとして、四口でたいらげ、指についたジャムをなめた。

「どうして急に飛びだしたの？」

「イサクの話を聞いていなかったのか？」

「わたしにわかったのは、テーブルクロスの刺繍を説明する奥さんの片言の英語だけよ。あなたとご主人はノルウェー語で話していたもの」

「そうだったね。悪かった。イェンス・ダールのキャビンがある道に、緑の小型車が停まっているんだ」オッドはそう言って車を発進させた。「シルヴィア・フロイトが乗っている車だ」

フェリシアが口笛を吹いた。

「すると、イェンス・ダールとシルヴィア・フロイトは共犯なの？」

「興味深い可能性だが、そうとはかぎらない。イェンス・ダールはときどきあのキャビンを知り合いに貸すそうだ」

「奥さんが殺された数日後だというのに？」

「たしかに不自然だね。しかし、借りる約束をしたのは事件が起こる前だったかもしれない。とにかく、シルヴィア・フロイトはあそこにいる、それが肝心なことさ」

オッドは道路に沿って少し走り、緑の車の数百メートル手前の追い越しができるスペースがある場所で車を停めた。キャビンはまだ木立に隠れて見えない。

「ここからは歩こう」

「武器を持ってる?」フェリシアが尋ねた。

「武器?」オッドは困惑して訊き返した。「ぼくの逆らいがたい魅力のことかな?」いったいどこからこんな冗談が出てきたのか?　こういう冗談を言う男ではないはずなのに。それも仕事中に。アンニケンを笑わせたことさえ、めったになかったくらいだ。

「銃のことよ。ばかね」

ふたりのやりとりは、別世界から来た者どうしのようにかみ合っていない。どうやら説明が必要なようだ。

「ここはテキサスじゃないよ」

「わたしが住んでいるのはヴァージニアよ」

「そこでもない。ノルウェーの警官は、カウボーイ気取りで歩きまわったりしないんだ」

「だったら、相手がスリルを求めて人を殺すイカれた殺人鬼のときはどうするの?」

「三枚綴りの書類を提出して銃を借りだす。だが、今回はうかつにも丸腰だから、用心のうえにも用心することにしよう」オッドは車を降りた。

フェリシアも降りてきた。

「何をしているんだ?」

「わたしも十分注意するわ」

「わかったよ。とにかく、ここはテキサスじゃないことを忘れないでくれ」

今度は訂正が入らなかった。どうやら比喩だとわかったらしい。

木立を抜け、なだらかな坂を登りきると、一転して急な斜面がログキャビンへと下っていた。木立のあいだに、いかにも考古学者と図書館の司書が週末を楽しみそうな、古い丸太を組んだ草葺き屋根の小屋が見える。外にある新しそうな小屋は、イェンス・ダールが自分で建てたのだろうか。どちらの手入れも行き届いている。キャビンが建っているのは背の高い草や野花に覆われた空き地で、道路からそこに至る私道は、クラングソースが言ったようにぬかるんでいた。

キャビンの雨ざらしのマツ材の扉は、誰かがずっと昔に塗装するつもりで、結局、その時間がなかったように見える。ふたりして苔のなかにしゃがみ、雨に濡れながら様子を見ていると、その扉がかすかにきしみながらゆっくり開き、グレーのジャケットを着た長身の男が出てきて、イタリア製らしき上等の靴で扉の前にある分厚い敷石の上に立った。男は体を伸ばし、ひと渡り見まわしてから片手を伸ばしてまだ雨が降っているのを確認した。

かたわらのフェリシアがつぶやく。

「ネヴィンスよ」

「とうにノルウェーを出たと思っていたよ」

「まだここですることがあるようね」

ネヴィンスは外の小屋に向かった。そこには扉がふたつ。ひとつには大きな赤いハートの飾りが掛かっている。おそらくトイレだろう。ネヴィンスはハートが掛かっていないほうのドアを開けて、なかに入った。

「行くぞ。不意をつくとしよう」

下のほうに木が密生している急斜面をまっすぐ下りる代わりに、外の小屋の裏側へと坂の上を移動した。フェリシアは灌木《かんぼく》の茂みを移動するオコジョのように、音をたてずに動いていく。ふたりとも、ネヴィンスが出てくる前に小屋の裏壁に達した。ネヴィンスは物音に気づかなかったようだ。ふたりはゆっくり小屋の前へまわり、扉の両側に立った。さいわい、空き地の向こうの母屋には、こちらに面した窓はひとつもない。

オッドは指を三本立て、一本折り、もう一本折った。最後の指を折って拳を作り、かがみこむのと同時に、フェリシアが扉を引いた。バンと大きな音がして、何かが壊れかけたように鋭いきしみ音があがる。ドアはなかから鍵がかかっていた。つかのまの静寂、それからなかにいるネヴィンスが動いた。あわてて立ちあがり、手探りでズボンを上げようとしている。フェリシアは再び取っ手をつかみ、思い切りそれを引いた。今度はボルトが弾け、大きな音をたてて扉が開く。ズボンを腿の半分まで上げた状態でネヴィンスが前に倒れこんできた。フェリシアがすばやく飛びかかり、右腕をつかんで背中にねじりあげる。倒れたネヴィンスは荒い息をついているが、わめき声はあげなかった。オッドは手錠を取りだし、慣れた手つきで片方の手にかけ、もう片方の手にかけた。

「声をあげたら痛い目を見るわよ」フェリシアが警告し、オッドを見た。「ミランダ警告を読みあげるべきじゃない？」

「ノルウェーでは、あの警告は必要ないんだ。厳密に言えば、ぼくらはすでにいくつかルールを破っているし」彼はちらっとむきだしの尻を見た。

フェリシアがこの仄めかしに気づいて、ネヴィンスのズボンを引っ張りあげる。

「きみはこの男を車に乗せてくれ」

フェリシアは前腕をつかんでネヴィンスを立たせた。ようやく誰に逮捕されたのか気づき、ネヴィンスは恐怖を浮かべてフェリシアを見つめた。

「きみが？　ここに？」

「予想外でしょ？　パトカーのなかでゆっくり説明してあげるわ。さあ、行くわよ」

オッドは急いで口をはさんだ。「その前に、キャビンには誰がいる？」

ネヴィンスはオッドが空中からいきなり姿を現したかのように、さっと振り向いた。その目にはあきらめが浮かんでいる。賢い男だ、言い逃れはできないと観念したのだろう。

「ミス・フロイトがいる。図書館の――」

「ああ、フロイトが誰かは知っている。ほかには？」

ネヴィンスはノルウェーのパトカーを見つめた。

「ミス・フロイトだけだ」

「武器は持っているか?」

「いや」ネヴィンスはそう言うとうなだれ、フェリシア・ストーンに導かれるまま小道を歩きだした。上等の靴が泥を踏むたびにキュッキュッと音をたてる。


オッドは扉を開け、キャビンに走りこんだ。だが、バールを手にフロイトが待ち構えていた。肩を強打され、彼は床に突っこんだ。殴られたほうの半身を激痛が貫く。次の一撃を覚悟したが、フロイトは彼をまたいで外に走りでた。殴られた肩に手を当て、首をひねってその後ろ姿を目で追うと、フェリシアたちが歩いていた道路を駆けあがっていく。

オッドはぱっと立ちあがり、あとを追った。泥を撥《は》ねちらし二台の車に向かって走る。膝まで泥だらけになりながら道路に達すると、シルヴィア・フロイトが車に飛び乗るところだった。その五十メートル先をフェリシアがネヴィンスをパトカーに連行していく。

突然、携帯電話が鳴りだした。くそっ。乱暴につかんでディスプレーを見ると、息子のラーズだ。

「こんなときに!」オッドはわめいて着信を拒否した。

フロイトがバックで方向を転換してフェリシアたちのほうに車を向け、アクセルを踏みこんだ。が、ギアが入らないらしく車は動かない。あきらめてエンジンを切ってくれれば、そう思ったとき、緑の小型車が猛然とフェリシアたちに向かって飛びだした。

さいわい、フェリシアはこの展開を予想していたらしく、ネヴィンスの首をぐいと押し、道端の溝に飛びこんだ。間一髪、緑の車がその横を通りすぎ、猛然と坂を登っていく。フエリシアは死人のように青ざめたネヴィンスとともに溝から這いあがると、駆け寄ったオッドに叫んだ。

「あの女を追って！　わたしはネヴィンスと農場まで歩くわ」

オッドは親指をぐいと立て、パトカーへ走った。乗りこんだときには、遠くの木立のなかに緑の車が消えるところだった。

「『ヨハンネスの書』のどこがいちばん気に入っているかわかるかな？」ふたつの邪悪な目が、ヴァッテンをひたと見据えている。

「あれが呪いに関する本だという点だよ。思うに、ブローデル・リスホルム・クヌートソンは、どういう経緯か『ヨハンネスの書』の真の正体を知ったのではないかな。司祭があのなかで人殺しを告白していることを。ひょっとすると、被害者の皮膚を使って書かれていることにも気づいたのかもしれん。とにかく、聖人ぶった愚かな男は『ヨハンネスの書』を手元に置きたくなかった。〝呪われた本〟というのは、そのためのこじつけだろう。人間は斬新な考えはすべて悪だと決めつけたがる。しかし、たんなるこじつけだとしても、わたしのしたことは〝呪い〟という言葉に相応しい。呪いの話を思いついたのがわたしならよかったと思うくらいだ。しかし、わたしは呪われているわけではない。ヨハンネスが見たものを見たい、そう願っているだけだ」

ふいに自分でも理解しがたい発作に襲われ、ヴァッテンは笑いだした。それはやけくその笑い、深い解放感をもたらす笑いだった。ここまでひどい笑いの発作に襲われたのは、四十年近い人生でも数えるほどしかない。グン・ブリータとワインを飲んだ夜。それから、ずっと昔ベッドでヘッダと初めて愛し合ったとき――ヴァッテンがひとつだけ持ってきたコンドームが二度目に着けようとすると破れてしまったのだ。口でしようと言うヘッダに、「イクまで吸ってほしい?」と訊かれたとたん、笑いが止まらなくなった。そんな出来事があったにもかかわらず、その後ふたりは結婚し、やがてエドヴァルが生まれた。父親の葬儀にホーテン教会の祭壇の前で列席者に挨拶をしたときも笑いの発作に襲われた。父がヴォラーネの海水浴場で素っ裸のまま泳いだ滑稽なエピソードから始め、ふたりの老婦人とスコッチテリアのエピソードで結ぶつもりだったが、途中で吹きだし、止まらなくなった。笑っているのはヴァッテンひとり。静まり返った教会のなかに轟《とどろ》くような笑いが響きわたった。最後はヘッダが彼を救いに来て、席に引き戻してくれた。さいわい、牧師のおかげで父の葬儀は厳粛なうちに終わり、すべてが悲しみのせいだと解釈された。あの大笑いは深い悲しみの発露だ、と。たしかにそのとおりだったが、それだけではなかった。

いまヴァッテンはそのときと同じように腹の底から笑っていた。おそらくこれが人生最後の笑いになるだろう。笑い声がやんだとき、すべてが終わるに違いない。

ウルランの曲がりくねった細い道を、フロイトが走り去ったとおぼしき方向に飛ばしていくと、ふいに美しいルネッサンス期の建物が視界に入ってきた。アウストロット城だ。それが建っている緑の草地は、個人所有のマリーナがあるフィヨルドへと下っていく。まもなく訪れる冬に備え、マリーナのボートはほとんどが引きあげられ、格納されているに違いないが、このときオッドの目に留まったのは、城の正面、門の前に駐車された緑の小型車だけだった。彼はその横にパトカーを停めた。

アウストロット城の入り口は暗褐色の木で造られた分厚い扉だった。紋章を彫りこんだ粘板岩の枠が巨大なその扉を囲んでいる。なかに造られた小さなドアが少し開いているのを見て、オッドはそれを引き開け、城の敷地に入った。前庭の真ん中に、短く刈った顎髭と真っ赤な蝶《ちょう》ネクタイの、品のよい初老の男が立っていた。身につけているスーツは上等なもの、紳士服のチェーン店、ドレスマンで買ったものでないことは間違いない。おそらくウエストに肉がつく前に仕立てたのだろう、腹のあたりが膨らんでいる。赤いネクタイがいやに目立つ。

「ずいぶん乱暴な運転だな」男は叱責するように言ったが、目元は笑っていた。

「警察の者です」そう告げて、バッジが入った胸ポケットをたたく。

「これは驚いた」初老の男は呆れたように言った。が、その目はまだいたずらっぽくきらめいている。「凶悪犯でも追っているのかね?」

「ここに入ってきた女を見ましたか?」

「見たとも。だが、今日は休みだよ。わたしはこの城を管理しているグンナル・ヴィンスネスだ。いくつか実務を片付けようとなかに入ったんだが、うっかり鍵をかけ忘れてね」〝実務〟という言葉がこの男の外見とそぐわない気がして、オッドは城の管理人をまじまじと見た。

「どっちに行きました？」

「本館に入っていった。そこの扉も開けたものだから」城の管理人はべつの階段に繋がる階段と、円柱と赤い扉のある入り口を示した。「礼儀を知らん女だ。こっちはちゃんと挨拶しようとしたのに」

「あの女の罪は、無礼だというだけじゃないんですよ」オッドは言った。「申し訳ないが、ここを出ていただかなくてはなりません」

グンナル・ヴィンスネスはそう言われてショックを受けた。

「何をするつもりだ？」

「警官の仕事を。女を逮捕するんです」

「ひとりでかね？」

「ほかに誰か見えますか？」オッドはそう言って、出口のほうに顎をしゃくった。

管理者はそそくさと門へ向かった。

くそっ、こんなことになるなら銃を持ってくるんだった。オッドは毒づきながら階段に向かった。だが、ここに来たのは農場主の話を聞くためで、まさか容疑者を追跡するはめになるとは思いもしなかったのだ。

息を荒らげて階段を上がると、オッドは赤い扉を見つめた。フロイトが武器を持っていないというネヴィンスの言葉はあてにならないが、さきほどバールを使ったところを見ると、銃は持っていないと考えてもいいだろう。とはいえ、フロイトは躊躇《ちゅうちょ》せずに警官を襲ったのだ。あのバールが今度は肩ではなく頭に、ひょっとすると手術の傷に当たり、仰向けに倒れてこの階段を転がり落ちる光景が、ふいに目に浮かんだ。そんなことになったら、さんざん苦しみながら脳腫瘍と闘った意味がまったくなくなる。

ブラットベルクに電話を入れるべきだ。そう思ってポケットから携帯電話を取りだす。そうすれば、五分とたたずに近くの保安官のオフィスから応援が駆けつける。だが、オッドは電話をかける代わりに、自分のすぐ下の、城の木壁に彫りこまれた彫像に目をやった。そこに並んでいるのは、住民がいまとは異なる言語を話していたころの寓話《ぐうわ》のなかの人物ばかり。彼らが何を象徴しているか見当もつかない。突然めまいに襲われ、思わず毒づく。くそ、こんなときに。オッドは扉に目を戻し、それを開けた。

「どうしてわかったと思う？」フェリシアはゆるみそうになる口元を引きしめ、オッドのパトカーが木立のなかに消えたあとの静寂を破った。自分の手柄を自慢したいわけではない、ネヴィンスに何か言わせたいだけだ。丘の上に見えるクラングソース農場までは、まだ一キロ近くある。

ネヴィンスは答えようとしない。

「スカンジナビアの本のコレクションのことはよく知らないだなんて、なぜあんな嘘をついたの？　秘密がばれるのは、いつだって必要のない嘘をついたときなのよ。もしかして捕まえてほしかったのかしら？　クヌートソンの名前を教えてくれたのは、あなたですもの。そしてわたしたちの目をノルウェーに向けてくれた。それとも、警察を手玉にとっているつもりだったの？」

ネヴィンスは手錠をかけられたまま、黙ってすぐ横を歩いている。フェリシアは腕をつかんではいたが、逃げる心配はないだろう。ネヴィンスにとっても、ここは見知らぬ土地なのだ。しばらくそのまま歩きつづけていると、出し抜けにネヴィンスが沈黙を破った。

「きみに言われ、この危険で愚かしい買い物をやめようという気になりかかったんだが」

「買い物？　あなたはこれをそう呼ぶの？」

「ああ。わたしの関与はそれだけだ。今年の春、リッチモンド大学の会議にトロンハイムの大学図書館の司書が参加した。それからまもなく、いわばそのお返しに、わたしはここで催された会議に出席したんだ。たまたまその司書が数日前にノルウェーの図書館で、ポー博物館のボンドと同じ方法で殺された、それだけのことだ。その司書とは、ほとんどやりとりしていない。しかし、最初にここに来てシルヴィア・フロイトと会ったときに、『ヨハンネスの書』を買わないかと持ちかけられた。その誘惑に負けたのさ。昔から本を集めるのが好きでね。金はたっぷりあるし。ミス・フロイトの申し出は素晴らしいチャンスに思えた。だが、きみのひと言で気が変わりかけた」

「わたしのひと言？」

「大金を払って買ったところで、『ヨハンネスの書』は誰にも見せられない。それは最初からわかっていた。取引の条件に含まれていたからね。リッチモンドできみが言った、誰にも見せずに隠しておくだけなら収集する意味がどこにある、という言葉は、奇妙に説得力があったよ。それでも結局、手に入れたいという気持ちを抑えられなかった。ボンドがあの、人間の皮膚を使った表紙を見つけたあとはとくに。わたしが解読する手助けをしたのは、きみに教えた名前だけではなかったんだよ。あのとき殺されなければ、ボンドはわたしが突きとめたよりも多くを発見していただろう。だが、あの表紙の皮が『ヨハンネスの書』と関係があることは、わたしにもわかっていた。しかも、『ヨハンネスの書』には、ほかの本にはとうてい太刀打ちできない歴史がある。まるであの本が生きていて、独自の秘密を保ちつづけているかのように。わたしはそれを知りたかった。愚かだと思うかね？」

「愚かかどうかはともかく、独占しようと考えるなんて異常だし、自分勝手だわ」

「罪をおかそうと決めたら、自分のなかにそれまでなかった場所、ほかの誰のためでもない自分だけの場所ができる。世界の残りとは異なるルールを持つ、そういう内なる場所を持ちたがる人間もいるんだ。わたしもそのひとりかもしれんな。だから『ヨハンネスの書』を自分だけのものにすることに、罪悪感を覚えなかったんだろう」

フェリシアは赤裸々な告白に驚き、ある種の同情すら覚えた。この男は息子よりもましな人間のようだ。

でも、息子と同じ犯罪者よ。

「ショーンの友人に捕まるとは、不思議なめぐりあわせだな」

「学校は同じだったけど、友だちではなかったわ」その言葉が口から出たとたん、後悔した。これでショーンのことが話題になる。それがどんなふうに終わるのか見当もつかなかった。だが、ネヴィンスは暗い顔でこう言い、またしてもフェリシアを驚かせた。

「世の中には、ふた通りの人間がいる。最初のうちはなぜだか理解できなかった。あの子のことを好きな人間と、嫌いな人間が。あの子が小さいころからそうだった。最初のうちはなぜだか理解できなかった。あの子のことを理解できないだけだと思ったものさ。しかし、やがてその理由がわかってきた。ショーン・ネヴィンスには、少なくともふたつの顔があるんだ。誰にでもすぐに好かれるショーンと、実の父親でさえ好きになるのが難しいショーンの。後者のショーンは、ついこの前告訴された」

「告訴？」

「なぜきみにこんな話をしているのかわからんが、わたしのことがなくても、ネヴィンス家には大した名誉は残らないだろうな。告訴の罪状はセクシャル・ハラスメントだ。ショーンが所属している法律事務所の秘書が、実におぞましい訴えを起こした。父親なら息子を信じるのが当然だろうが、おそらくその秘書の非難は事実だ。そんなことを言うわたしは悪い父親かな？」

こういうことは以前もあった。逮捕された者が、自分の罪を認めたあと、ちょうどいまのネヴィンスのように心にわだかまっているすべてをぶちまけることがある。高い教育を受けた博学な人物だけではない。冷酷な人殺しでも、売春婦のひもでも同じだった。

でも、この打ち明け話はフェリシアにとっては大きな意味があった。もう長いこと、ショーン・ネヴィンスはまんまと罪を逃れた、とフェリシアは思ってきた。心のなかには怪物がいるのに、あの品行方正なマスクで世間をまんまとだましている、と。だが、ショーンはその怪物をうまく隠すことができなかった。糞はにおう。実の父親すら、そのにおいを嗅ぎつけたのだ。

フェリシアはクラングソース農場を見上げた。門はもうすぐそこにあった。

「あなたがどんな父親かはともかく、息子をありのままの姿で見ることが、悪い父親だということにはならないわ」

「ショーンは離婚調停中なんだ。ハラスメントの裁判のほうは執行猶予がつくだろうが、弁護士の資格は剝奪《はくだつ》される。誇れる息子だとは思わないよ。しかし、わたしはまだあの子が好きだと思う。奇妙なことだが」

「ふたりとも、これがやり直すきっかけになるといいわね」フェリシアは無難な言葉でこの会話を締めくくった。お腹のあたりにあった血の塊が溶け、急に新鮮な血が流れはじめたようだった。たぶん、ほっとしたのだろう。ネヴィンスに危害を加えたいという願いは、いつのまにか消えていた。彼はノルウェーの警察で取り調べを受ける。フェリシアはもうこの男には用はなかった。

ノルウェーで宗教改革が進むあいだ、アウストロット城のレディ・インゲル・ヴォン・アウストロットと、権勢を誇ったニーダロスの大司教オーラヴ・エンゲルブレクトソンは争いつづけていた。大司教が一五三七年にノルウェーから逃げだすとこの個人的な確執は終わったが、大司教は身ひとつでオランダに逃げたわけではない。教会の所有していた富の多くを持ち去っただけでなく、トロンハイム・フィヨルドへ向かう途中、宿敵であるアウストロット城の鉄のレディに最後の襲撃をかけ、アウストロット城の貴重品も略奪していった。そのため、今日、この城に保存されているレディ・インゲルの時代からの宝物は、主館のエントランスホールに下がっているシャンデリアだけだった。ルネッサンス期に流行った大きく膨らんだ袖を模しているこのシャンデリアは、当時の職人の技を伝える逸品だ。

主館に足を踏み入れたオッドの目に最初に飛びこんできたのは、ひと組の靴だった。金色のいかにも高そうなサンダルだ。シルヴィア・フロイトは身なりに金をかけていた。靴の上にスラックスと花模様のブラウス。その上の首には、ロープが巻きついている。フロイトはそのロープでシャンデリアからぶらさがっていた。青ざめた顔がきちんと化粧をしたルネッサンスの乙女のように見える。フロイトの呼吸はオッドが入ってくる何分か前に止まっていた。ふだんのオッドは死体を見ても取り乱すことはない。だが、ずっと走ってきたせいか、この光景を見たとたん、吐き気がこみあげてきた。オッドはきびすを返して外の階段に出た。少しのあいだエレガントな錬鉄製の手すりから身を乗りだしていたが、胃の中身はそのまま留まり、荒い呼吸もしだいにもとに戻った。

先ほどの庭におり、門を出ていくと、管理人のヴィンスネスは外で煙草を吸っていた。喫煙の経験がないオッドも、このときばかりは吸いたくなった。

「追跡は終わったのかね」

「終わりました。しかし、警察と救急車が到着するまで、主館には入らないでください。逃げこんだ女がなかで首をつったんです」

ヴィンスネスは息をのんでうなずき、深々と煙を吸いこんだ。

オッドはブラットベルクに電話をして、何があったか説明した。

「事情はわかったわ。でも、いまの説明にはいくつかとても気になることがある」

「たとえば？」

「まず、アメリカ人の刑事がどうしてそこにいるの？　それに、なぜシルヴィア・フロイトをひとりで追いかけたの？　ここはアメリカではないし、わたしたちは刑事ドラマに出演しているわけでもなかったはずよ」

「フェリシアを連れてきたのはふたつの作業を同時にこなすためさ。時間を無駄にしたくなかった」

「フェリシア？　ふたりは名前で呼び合う仲になったわけ？」ブラットベルクの声はいつもより尖っていた。

「好感のもてる女性なんだ」オッドは、さきほどよりばつが悪そうな声になった。

「どんなに好感のもてる女性でも、この国では民間人よ。なぜネヴィンスをストーンに任せたの？　容疑者ではなさそうだけど――重要な証人なのに」

「腹立ちはもっともだが、彼女は信頼できるよ。実に優れた刑事だ。ネヴィンスを逃がすようなへまはしないさ。とにかく、アウストロット城に応援を頼む。それとネヴィンスを正式に逮捕できるように、クラングソース農場にも車を一台送ってもらいたい」

「逮捕する理由は？」

「公然わいせつ罪とか？　ぼくらはネヴィンスが膝までズボンを下ろしているところを見つけたんだ」オッドは上司の気持ちを和らげようと軽口を叩いた。

電話の向こうの沈黙からすると、この試みはうまくいかなかったようだ。

「わかったよ。ネヴィンスは逮捕しない。尋問のために本部に連れていくだけにする。それでいいかい？」

「二、三電話をかけるわ」ありがたいことに、ブラットベルクは落ち着きを取り戻したようだ。「ほかにも何かあったら、連絡して。勝手にばかげたことを思いつく前に、ってことよ」

「了解、ボス」

「ボスともめているのかね？」城の管理人が近づいてきた。馴《な》れ馴《な》れしい言い方が少し気に障った。

「べつに」

「あの緑の車――女が乗ってきたやつから妙な音がするんだが。聞こえるかな？」

「どういう音です？」

オッドには城を囲む樫《かし》の木の葉が風にそよぐ音と、少し離れている道路を車が走る音しか聞こえなかった。フィヨルドでボートのエンジンがかかり……それから、ドンドンという音が聞こえた。誰かがなかからトランクをたたいているのか？　ゆっくり近づきながら音の出所を確認した。間違いない、トランクから聞こえる。なかに誰かいるのだ。急いで歩み寄り、運転席のドアを開けると、イグニションに差しこんだままのキーが見えた。それを引き抜き、トランクの鍵穴にキーを差しこんで回す。とたんにたたく音が大きくなった。トランクが勢いよく開き、ブロンドの頭が現れた。

「シリ・ホルム」オッドは猿轡《さるぐつわ》をはずしてやった。

「オッド・シンセーカー。わたしたち、名前で呼び合ってもいいんじゃない？」シリはほっとしたように笑いながら、少し震える声で言った。オッドはシリが狭いトランクを出るのに手を貸した。シリが縛られているのは両手だけだった。

「ああ、あなたに会えて嬉しいわ」

オッドは手首のロープをはずしてやり、首に抱きついてきたシリの背中を用心深くなでた。

「どうしてこんなところに？」

「ばかだったからよ」

「もう少し詳しく説明してもらいたいな。だが、話はクラングソース農場で聞くよ」それから少し離れて興味深そうに眺めているヴィンスネスを見た。「もうすぐ警察の車が到着します。それまでよろしく。誰もなかに入れないでください」

「お安いご用だ。ここには誰もいないからね」ヴィンスネスは、城の周囲の、雨に濡れた暗緑色の木立しかない景色を両手で示した。


　クラングソース農場に戻ると、ふたりの婦人警官がネヴィンスを連れて出てくるところだった。手錠をはずされたネヴィンスは、多少とも自信を取り戻したようだ。

「協力することに同意してくれました」警官のひとり、イラン系の小柄な女性が報告した。

「尋問のため、トロンハイムの本部に送るよう命じられています。アメリカから来た刑事さんに、必要なことはすでに話したようですけど」そう言って、クラングソース家の前の階段に立って、じれったそうにこちらを見ているフェリシアを指さした。

「フェリーでは目を離さないでくれ」オッドは言った。

「フェリーは使いません。本部の指示で、フィヨルド沿いにぐるりとまわって車で向かいます」

「結局、ネヴィンスを信用していないということか」

「そうらしいですね」イラン系の警官は、ネヴィンスの毛のない頭頂部に優しく手を置いて、彼をパトカーの後部座席に乗せた。

オッドはシリ・ホルムと前庭を出ていく車を見送った。フェリシア・ストーンがやってきて横に並ぶ。

「盗品の収受と、重窃盗罪の共犯で起訴されるだろうと言っていたわ」フェリシアは走り去るパトカーを指さした。

「それだけ?」

「おそらく。それで十分じゃない? もっとも、この国の刑務所はリゾートみたいなものらしいけど」

「ネヴィンスのことがあまり好きではなさそうだね」

「ちょっと事情があるの」

それ以上問いただす理由はない。フェリシアはネヴィンスを規定どおりに扱ったのだ。

「彼女はシリ・ホルムだ」オッドは落ち着いてふたりの話を聞いていたシリを紹介した。シリはフェリシアと握手し、とても響きのよい、驚くほど正確なアメリカ訛りの英語で、お会いできて嬉しい、と挨拶した。

「なかに入ろうか。この状況には、ぼくよりきみたちのほうが詳しそうだ」

三人は新しく出されたワッフルを前にして、クラングソース家の居間に落ち着いた。

「この国では誰も実のあるものを食べないの? 情報を交換し合う前にハンバーガーを食

べたいわ」エリン・クラングソースがコーヒーを淹れにキッチンへ行くと、フェリシアがこぼした。オッドは低い声で笑い、弱ったな、という顔でシリを見てから、うなずいて説明を求めた。

「殺人があった土曜日、わたしは地下にあるシルヴィア・フロイトのオフィスにも行ったのよ。グン・ブリータから仕事に出てきていると聞いたから、挨拶しようと思ったの。新人だから、できるだけ早くみんなと知り合いたくて。オフィスに入ると、フロイトは原本をそばに置いて、『ヨハンネスの書』の複製を作っているところだった。そのときは、とくに違和感は持たなかったわ。学芸員なら、稀覯本を直接手に取って作業をすることが許されるはずだもの。でも、いくつか気になることがあった。

わたしはノックをせずにドアを開けたの。あそこの地下に下りたことがあるでしょう、オッド？　ドアがたくさんあるけど、表示がひとつもない。だから、誰かが応えるまで次々にノックしていかなきゃならない。けど、誰もいない部屋に礼儀正しくノックするなんてばかげてる。だから、いきなりドアを開けると、そこがフロイトのオフィスだった。突然入ってきたわたしを見て、ものすごくあせっているように見えたわ。挨拶する口調もなんだかへんだった。少しばかり愛想がよすぎたの。でも、そのときは、知らない相手と話すのは苦手なのね、と思っただけ。フロイトの反応をじっくり考えはじめたのは、だいぶあとになってからよ。二日後の月曜日に書庫を開けて死体を見つけたとき、『ヨハンネスの書』が棚にあったの。へんね、とすぐに思ったわ。シルヴィア・フロイトはいつあれを書庫に戻したの？」

「きみがその本をオフィスで見たのは、土曜日の昼間だろう？　そのあと、返した可能性はあるんじゃないか。グン・ブリータが殺される何時間も前に」

「ええ。わたしも最初はそう思った。だから、あなたがヨン・ヴァッテンを警察に連れていく前にクヌートソンホールで彼に尋ねたの。すると土曜日の午前中に彼がわたしと話したあと、書庫に入った者はひとりもいなかったと断言したわ。書庫に入るには、自分とグン・ブリータを伴わなくてはならないから、自分の知らないところで入るのは不可能だ、とね。しかも、『ヨハンネスの書』がシルヴィアに貸しだされたという記憶もない、少なくともこの一週間はない、と言ったのよ」

「ヴァッテンが嘘をついていたかもしれない」

「その可能性もあるわね。たしかにヨンは何かを隠していたもの。でも、フロイトが原本を書庫に返したのなら、なぜそれを隠さなくてはならないの？　それに、ヨンの言うことが本当だとすればとても興味深い展開になるでしょう？　シルヴィア・フロイトは複製の複製を作っていたか、さもなければグン・ブリータを見つけたとき書庫にあったのは原本ではなかった」

「だが、なぜ複製を書庫に置くんだ？」

「その答えは明らかじゃない？　シルヴィア・フロイトが原本を盗んだからよ。簡単な計画だった。一見しただけでは偽物だとわからない複製を書庫に返す。それを詳しく確認したいとき、確認するのはほぼ間違いなくフロイト自身だし、館長は原本を書庫に保存し、今後それには手を触れないつもりだった。そして複製と偽った本物、つまりわたしがいきなりドアを開けてフロイトを驚かせたときに開けていた原本を盗む段取りをつける。展示会にはそれを使って、展示会が終わったらどこかに消えたことにするの。ただの複製だと思われているから、大して調べられることもないわ。あとになって、書庫にある原本が偽物とすり替えられていたことに誰かが気づいても、原本が消えてから長い時間がたっていれば、誰がすり替えたか突きとめるのは不可能よ。手がかりなどすっかり消えているもの。そして原本はナルシストの収集家に買われて金庫にしまいこまれ、偽物だとばれるころにはフロイトはとうにほかの国で、貴重な稀覯本のコレクションを管理する、べつの仕事についている」

「たしかにうまくいったかもしれないが、警察を甘く見ないほうがいいぞ」オッドは苦い顔になった。

「あら、わたしは甘く見てなどいないわよ」シリはにっこり笑って答えた。「でも、ほぼ完璧な計画だから成功していたかもしれない。頭のいいシルヴィア・フロイトのような女性が危険をおかす気になるほど、よくできた計画だったのよ。もちろん、どんな犯罪でもある程度の危険はあるけど、これはうまくいく確率のほうがはるかに大きかった。少なくとも、最悪のタイミングで書庫が殺人現場になり、計画がめちゃくちゃになるまではね」

「だが、そうなるとフロイトは殺人事件とは無関係だということになるぞ。それがきみの

「ええ、あなたもそう思うでしょう?」

「まあ……」オッドはしぶしぶ認めた。「フロイトは関係なさそうだな」

「ネヴィンスも殺人には関係ないわよ」黙って聞いていたフェリシアが口をはさんだ。「ネヴィンスはいまの話に出てくるナルシストの収集家。それはすでに自白したわ。今年の春トロンハイムで催された稀覯本の会議に出席したとき、シルヴィア・フロイトに会ったそうよ。で、フランクフルトに行くふりをしてヨーロッパに戻り、取引を完了するために、飛行機と違って入出国が記録されない列車で、ドイツからノルウェーに来た。ところが着いてみると、とんでもない事態になった。まず、書庫で職員の死体が見つかり、それからあなたが首を突っこんだ」フェリシアはそう言ってシリを見た。

「書庫から複製を持ちだしたのはきみだな?」オッドもシリを見た。

「ええ。こっそり忍びこんだの。月曜日の朝ヨンがわたしのそばで暗証番号を打ちこむとき、肩越しにこっそり見ていたから、ちっとも難しくなかった。ヨン・ヴァッテンはいい人だけど、有能な警備主任とは言えないわね」

その数秒後に皮膚を剝がれた死体を発見したというのに、暗証番号を忘れなかったとは。かなり冷血だな。ちらっとそう思ったが、口には出さなかった。シリ・ホルムはとんでもなく変わった女性だ。理性的でありながら同時に感情的にもなれる、そしてそれを少しも恥じていない。

「書庫にある本が偽物だと見破るのは、それほど難しくなかったのよ」シリは言った。「綴じてある糸でわかったわ。ほかの作業はとても丁寧だったけど、綴じ糸は手を抜いたのね、古い糸ではなくナイロン糸だったの。偽物を持ちだしたのは、フロイトに突きつけたかったからよ。そのためにプリンセンホテルのレストラン、エーゴンで会う約束をしたんだけど、会ったあとに計画が狂ったの」

あのとき、もう少しプリンセンにいれば、シリと顔を合わせていたに違いない。そうすればこんな事態になるのをあの場で防げたはずだ。

「ネヴィンスがフロイトと一緒で、人に聞かれると困るから車のなかで話そう、と言われたの。愚かにも、わたしは同意した。車の後部座席があんなに狭くなければ、絶対あのふたりには負けなかったのに」

そういえば、シリはテコンドーの黒帯だった。

「でも、何か重いもので後頭部を殴られておしまい。気がついたときには手を縛られ、猿轡をされてトランクに閉じこめられていた。ふたりはまず街を出て少し走ったわ。誰もいない駐車場でトランクが開いたときに、ちらっと周囲が見えた。トローラの近くだったと思う。そこで猿轡だけはずされて、偽物を書庫に戻せ、と言われたのよ。もちろん、拒否したわ。この計画はすでに破綻している、後戻りはできない、と言ってやったの。ふたりともそのとおりだと気づいたらしく、またわたしをトランクに押しこんで、ここに来た。そのあとトランクを開けたのは二度だけ。わたしがトイレに行ったときと、水を少し飲んだとき。二十四時間以上も胎児の姿勢でいるのがどれほどつらいか、想像してみてよ。あなたたちが来たときは、ふたりで逃げる計画をたてていたんじゃないかしら。わたしをどうするつもりだったか知らないけど。でも、あのふたりは人殺しではないと思う」

「で、問題の本は？」

「二冊の本よ。フロイトが盗んだ本物と、わたしが書庫から取りだした偽物。どちらもイエンス・ダールのキャビンにあるはずよ」

「どうして彼らはあそこに行ったんだろう？」

「フロイトがネヴィンスに、あそこの鍵を持っていると言うのが聞こえたわ。グン・ブリータから何週間か前に借りて、返していなかったみたい。逃亡計画が整うまで隠れるには、おあつらえ向きの場所だと思ったんじゃないかしら」

三人は黙りこんだ。オッドはワッフルにかぶりつきながら、フェリシアと同じようにハンバーガーが食べたいと思いはじめていた。

「ひとつ質問がある。ぼくが聞き込みのためにアパートを訪ねたとき、どうしてそういうことを話してくれなかったんだ」〝聞き込みのために〟と英語で言ったとき、少し口調がこわばり、不自然だったかもしれない。フェリシアに気づかれただろうか？　オッドはちらっと彼女のほうを見た。

「さっきも言ったけど、愚かだったからよ。潔く認めるわ。きっとミステリーを読みすぎたのね。犯罪を見破ったと思ったの。でも、警察に行く前に確証を握りたかった。結局、小説の犯罪を解くほうが得意みたい」

「ああ、そのとおりだ。事件の捜査には何よりも経験がものを言う。それを忘れていたようだな」

「いいわ、傷口に塩をすり込みなさいよ。でも、この状況から学べることがひとつあるわ」シリは自信たっぷりに言った。「この事件には犯罪小説の多くと共通する点がある」

「共通する点？」

「めくらまし。フロイトとネヴィンスという男の事件は、殺人とは無関係よ。だから、わたしたちがここに座って時間を無駄にしているあいだも、人殺しはまだ野放しで、気の毒なヨン・ヴァッテンはまだ行方不明」

「ヨン・ヴァッテンが犯人ではないという確信はどこからくるの？」フェリシアが尋ねた。

「まさか、ただわかる、と言うんじゃないだろうな」

「いいえ、そのとおりよ。わたしにはわかるの」

フェリシアは怖いもの知らずの若い司書を好ましく思っているようだ。それがよいことなのかどうか、オッドにはわからなかった。

オッドの携帯電話が鳴りだした。ラーズからだ。オッドは携帯電話の電源を切った。

29

イサク・クラングソースが居間に入ってきた。牛舎にいたらしく、牛糞まみれのブーツで硬材の床に立ち、ノルウェー語で尋ねた。「何か進展があったかな?」

「ずいぶん回り道をしてしまいました」オッドもノルウェー語で返した。このがっしりした農場主と英語で話すのは、なんとなくしっくりこない。

「『ヨハンネスの書』には、ひとつだけ奇妙だと思っていることがあるんだ」クラングソースが言った。「本そのものについてはあれこれ耳に入ってきた。何枚も書類にサインしたし、グンネルス図書館から寄贈を感謝する丁重な礼状も受けとった。しかし、ナイフのことはあれっきりだ」

「ナイフというと?」オッドはぱっと体を起こした。シリ・ホルムも椅子の上で体を起こす。

「ああ。大きな皮に包まれたひと揃いのナイフもあったんだよ。ドリルもいくつか混じっていたな。親父は、『ヨハンネスの書』と対になっとると言っていた。農場にあの本を持ってきた男が、ナイフも持ってきたそうだ。非常に古いものだったが、ほとんどがとても良好な状態だった。それも本と一緒にイェンス・ダールに渡したから、図書館から何か言ってくるかと思ったんだが。ナイフの付録がある本。なかなか面白いだろう？　だが、ナイフのほうはそれっきり消えてしまったようだ」

「メスのような形をしたナイフでしたか？」オッドは身を乗りだした。

「ああ。何本かは外科医が使うメスだと言ってもおかしくなかったな。しかし、だいぶ昔のものだ。自分の手術であんなものを使われるのはごめんだがね」

頭のなかで、いくつかの可能性がめまぐるしく回りはじめた。

「イェンス・ダールの両親が持っていたという農場は、どこにあるんです？」

「この先のフィヨルドのほとりだ。道路をくだり、あんたたちがさっき行った最初のキャビンを通りすぎて――」

「最初のキャビン？」

「ああ。昔ダール農場があったところに、もうひとつキャビンがある。農場はすっかり焼け落ちたがね。イェンスの両親はその火事で死んだんだ。警察は放火の線で捜査したが、犯人は捕まらなかった。何年かあとに、イェンスがそこにキャビンを建てたのさ。だから、イェンス・ダールがキャビンというときは、昔のダール農場のほうに建っているキャビンのことだ。グン・ブリータの実家が持っているほうは〝倉庫〟と呼んどる。なぜだか知らんがね。家族で来たときは、いつも倉庫のほうに泊まっていたよ。キャビンはイェンスの場所、あの男がひとりになれる場所だ。イェンスはそこに自分を連れていきたがらない、とグン・ブリータは言っとった。まあ、気にしている様子はなかったがね。〝男には自分だけの場所が必要よね〟とな」

「すると、子どもたちが父親はキャビンにいたと言えば、フィヨルドのほとりにあるキャビンのほうなんですね？」オッドは尋ねた。様々な断片があるべき場所に収まりはじめていた。

「ああ、そうとも」

「ダール夫妻は、キャビンに、いや倉庫に、子どもたちだけで留守番をさせたことがあるでしょうか？」

「もちろんあるとも。ダール家の子どもたちは親がいなくても平気だよ。何時間か自分たちだけで過ごすのは、なんの問題もない。ゲーム機があるから、退屈などせんさ。いまの子どもはみなそうじゃないかね？」

「イェンス・ダールが〝キャビン〟のほうにボートを持っているかどうかご存じありませんか？」シリが横から尋ねた。

「ああ、持っている。ものすごく高速のモーターボートだ。ときどきそれを使って街に行っとるよ。車を運転するより早いと言ってな」

「つまり、どこの電子料金システムにも痕跡を残さずに、キャビンとトロンハイムを数時間で往復したければ、そのボートを使えばいいわけだ。しかも、父親はどうしていたかと訊かれれば、子どもたちは〝キャビンにいた〟と答える」

メッセージの着信音が聞こえた。フェリシアがジャケットのポケットからiPhoneを取りだし、黙って読みはじめる。

「まあ、そういうことも可能だろうな」クラングソースが言った。「まさか、イェンス・ダールが殺人事件と関わりがあると思っているわけじゃないだろうな？　あいつはそういう人間じゃない。とても冷静で合理的な男だ」

フェリシアが咳払いをした。

「あの、何を話しているのか全然わからないし、たぶん重要な会話だと思うけど、この情報はあなたに知らせたほうがいいと思うの」

「いいとも」オッドは話をさえぎられて少し苛立ちながら言った。

「リッチモンドで殺しがあった前後に、アメリカに入国したかどうか確認をとってほしいと言った人たちがいたわね」

「イェンス・ダールが入国しているのか」

「どうしてわかったの？」フェリシアは感心したように彼を見た。いや、ただ驚いただけかもしれない。

「ノルウェー語がわかれば、きみにも推測できたさ。行こう、車のなかで説明する」オッドはドアに向かった。

が、その前に父親のような口調で、立ちあがろうとするシリを止めた。

「いや、きみはここにいなさい」

「でも、なぜぼくを選んだ？　こんなことをするのは間違いじゃないか？」ヴァッテンは言った。「ぼくがこの事件の最重要容疑者だってことを知らないのか？　放っておけば、たぶん逮捕される。あんたは捕まらずにすむのに」

ヴァッテンは足を縛られ、キャビンの天井の梁《はり》から吊るされていた。床から一メートル弱のところに頭がたれ、自分を殺そうとしている男の姿が逆さに映っている。どういうわけか、そのせいでダールは超人のように見えた。

「そうかもしれないが。わたしはひとつ間違いをおかした。あのときさみを始末しなかったことだ」ダールはメスの先端を見つめた。「いいかね、きみはあの肥えたあばずれを抱いたんだ。なんの報いも受けずにすまされると思ったのかね？　先週の土曜日、図書館を訪れたとき、わたしが赤ワインのボトルとふたつのマグカップに気づかなかったと？　あれを片付けたのは誰だと思う？　喉を切り裂く前にあばずれが白状したよ。稀覯本の書庫をわたしのために開けたままにしておいてくれたのは、ありがたかったがね。おかげですべてあのなかですませ、その後、扉を閉めることができた。だから警察を煙に巻けたのさ」

「思い出せないが、たぶんあんたの言うとおりだろう。ぼくは奥さんとセックスをした。だが、殺人の罪で服役するのが十分な罰にはならないか？」

「最初はそう思った。だが、いま言ったように、わたしは間違いをおかした。きみの家族を殺したあと、わたしが送った〝手紙〟を覚えているかな？　そこに書かれていたことを？」

　この男はヘッダとエドヴァルを殺したことを認めているのだ。皮膚を剝がれたグン・ブリータの死体を見たときから、犯人はヘッダとエドヴァルを殺したやつに違いないとわかっていたが、いま本人の口からそれを聞いたのだ。

「〝宇宙の中心はあらゆる場所にあり、外辺はどこにもない〟」ヴァッテンはつぶやいた。

「ああ、その言葉だ。きみは記憶力がいいからな。わたしはついうっかり、その引用句を刑事に話してしまったのさ。まったく愚かな間違いをしたものだ。ああ、きみがあの〝手紙〟のことを警察に話さなかったのは知っているよ。きみがどういう人間か、それだけでもよくわかるな。しかし、殺人罪で裁かれるのを逃れるすべはないと知ったら、気が変わるかもしれん。そしてあれを警察に見せれば、シンセーカーはきっとわたしが言ったことを思い出す」

「あれは燃やしたんだ。ヘッダの皮膚だったから」

　ダールは意表を衝かれたらしく、少しのあいだ黙りこんでいた。呼吸音さえほとんど聞こえない。ヴァッテンはこめかみの血管がどくどく打つのを感じた。人間は逆さに吊られてどれくらい気を失わずにいられるものか？

「まあ、どうでもいいさ」ダールがようやくつぶやいた。「きみをここに連れてきたのは、始めたことを終わらせたかったからだ。きみの始末さえつけば、どうなろうとかまわん。

しかし、あれは奥さんの皮膚じゃないぞ。子どもの背中だ。最高の羊皮紙になったよ。とても柔らかくて、弾力があって」

視界は黒ずみはじめたが、すさまじい怒りがかろうじてヴァッテンの意識を繋ぎとめていた。

「ふたりをさらった理由が知りたいかね。これが慰めになるかどうかわからんが、無作為に選んだのさ。よく見かけるから、きみたち三人の日課もわかっていた。きみが判で押したような毎日を送っていることも、よく仕事から戻るのが遅くなることも、奥さんがめったに玄関の扉に鍵をかけないことも。あらゆる新聞が、ふたりはなんの痕跡もなく消え失せた、と書きたてたのを覚えているかな？　だが、実際は運がよかっただけだ。ビギナーズラックというやつだな。あの日の午後、わたしは門を開けて、玄関に行き、呼び鈴を押した。奥さんが扉を開けた瞬間、バールで頭を殴り、すぐさま奥さんをトランクに放りこんだ。そばに立っていた子どもは逃げてしまったから、追いかけるはめになったが、子どもが逃げこむ場所は決まっている。ベッドの下に隠れているのを見つけて、髪をつかんで引きずりだしたよ。頭をひと蹴りしただけで静かになった。それからトランクの母親の隣に放りこんで走り去った。

夕方から夜にかけてずっとバルコニーにいた、という目撃者が現れたときには笑ったね。きみの家に近づく前に、あの男の動きをしばらく観察したんだ。あいつはバルコニーでビールを飲んでいたが、十五分おきに次のビールを取りになかに姿を消した。ついでに小便もしていたようだな。バルコニーにいるのと同じくらい、アパートのなかにいたよ。警察がなぜあいつの証言を信用したのか、さっぱりわからんね。四本目のビールを取りに行くと同時に行動を起こし、あの男がバルコニーに戻るまでにはすべて終わっていた。あの男がどういうつもりで警察に、ずっとバルコニーにいたなどというでたらめを言ったのか、いまでもわからん。この先も謎のままだろうな。さっきも言ったが、あれはビギナーズラックだった。綿密な計画を立てていたわけではなく、思い切った賭けがうまくいっただけだ」

イェンス・ダールの姿がふたつになりはじめた。頭がふたつ。砥石も、ひと揃いのメスもふたつずつだ。どちらが本物でどちらが幻かわからない。なぜかふと、図書館の書籍を修復し、管理しているシルヴィア・フロイトのことが頭に浮かんだ。最後に話したときには、作業中の『ヨハンネスの書』の複製を見せてくれた。本物と区別がつかないほどよくできていたのを覚えている。

目の前にいるイェンス・ダールは大昔の殺人の模倣者だ。しかし、それがなんだ？　ヘッダとエドヴァルにとって、そんなことに何か意味があるのか？　ふいにミシンの前に座っているヘッダの姿が目に浮かんだ。ヘッダはよくそうやって何かを縫っていた。エドヴァルとヴァッテンの服を。いまはいているのもヘッダが縫ったものだ。コーデュロイのズボン。イェンス・ダールはズボンを脱がしてはいないはずだ。皮膚を剝がされたグン・ブリータの死体は、スラックスをはいたままだった。ありがたいことに、こいつは殺す相手のズボンを脱がさない。それが奇妙な喜びをもたらす。視界がさらに霞んできた。が、ヴァッテンはどうにか最後の問いを口にした。

「なぜだ？」

「なぜ？」イェンス・ダールはぞっとするような笑い声をもらした。「その質問の答えは、きみにはわかるまいよ。きみには理解できん。ひとつの考えに取り憑かれ、人間をすっかり切り開きたくてたまらなくなる。その気持ちは決してわからない。筋肉、腱、まだ血が流れている血管、仮面を取り除いた人間の息、わたしはそのすべてをこの目で確かめたい。そのあとで、死者の皮膚に文字を書きたい。しかし、おしゃべりはもう十分だ。どういうメスがいいかね？　よく切れるやつか？　中くらいのやつか？　切れの悪いやつか？」

「ちくしょう！」オッドはノルウェー語で毒づき、英語で続けた。「ど素人だった。俺たちはど素人だったんだ。子どもに質問するときは、対照質問法《CQT》を使うのが標準的なのに」これは嘘を検出するために考案された質問法のひとつだ。「〝お父さんはキャビンにいたよ〟、子どもがそう言ったら、〝きみたちもお父さんとキャビンにいたのかな？〟と訊くべきなんだ。信じられないほど雑な聞き込みだ」パトカーは砂利を跳ね飛ばし、猛然とクラングソースの前庭を発進した。道路に出たとたん、オッドはキャビンを目指してアクセルを踏みこんだ。

「落ち着いて」フェリシアが言った。が、運転のことではない。「この事件はあまりにも進展が早かったわ。最初の殺人が起きてから、まだほんの数日にしかならない。それなのに、犯人がわかったのよ。それに、子どもから話を聞くのは簡単じゃないわ。母親を亡くしたばかりだもの、よけいに慎重にならざるをえない」

「だが、とんでもない思い違いだった。そのせいでイェンス・ダールのアリバイが成立し、それが何にしろ、やつにしたいことをする時間を与えてしまった。ぼくが自分で子どものところに行くべきだったよ」

「子どもたちのことは忘れましょう。犯人は判明した。だから、そのことだけを考えて」

「そうしているとも。どうしてこんなに急いでいると思うんだ？」

フェリシアがほほ笑んだとき、携帯電話がメールの着信を知らせた。

「新しい報告よ。ほんとにどんどん進んでいるわ」フェリシアは言った。オッドはシルヴィア・フロイトとネヴィンスがいたキャビンへ下る道を通りすぎた。

「リッチモンドの同僚が、エフラヒム・ボンドが個人的に使っていたメールアドレスを突きとめたの。大量の手続きを踏んだあと、アクセスの許可を得た。ボンドの受信箱にあったメールはたった一通。グン・ブリータ・ダールからのラブレターだけだった。でも、それでふたりは春の会議のさなかにねんごろになったことが判明した」

「きみの同僚は、ずいぶん多くの情報をメールで送ってくるんだな」

「今回ローバックは、ふたつに分けて送ってきたわ」フェリシアは笑顔で言った。「バイロンの本の装丁に使われていた皮のことをボンドに教えたのは、おそらくグン・ブリータ・ダールね。ボンドがオフィスにグン・ブリータを招いて、書棚にある稀覯本を見せたんじゃないかしら。グン・ブリータは稀覯本には詳しかったし、クヌートソンのことも知っていた。だからボンドがそれまで気づかなかったことに目を留めたんだわ。そのあと、ふたりは関係を持っただけじゃなく、このプロジェクトを一緒に調べた。グン・ブリータはリッチモンドでさぞ刺激に満ちた数日を過ごしたんでしょうね」

「最後の謎が解けたな。ラブレターを書けば、返事がくる。ぼくたちは邪悪な意図を持ったサイコパスを探していたが、これで殺人の動機がはっきりした。イェンス・ダールは妻のパソコンにあったボンドの返事を見つけたんだ。だからふたりを殺そうと決めた。しかし、夫が不実な妻とその相手を殺せば、警察の注意を引く。どうすればそれをそらせる？　嫉妬深い夫よりもはるかに邪悪な犯人、連続殺人鬼を警察に探させればいいんだ」

「そして、わたしたちはころっと騙された」フェリシアがうなずいた。「イェンス・ダールの殺害方法が、ただの嫉妬に狂った夫のものではなかったから。ダールの心のなかには連続殺人鬼が長いこと巣食っていたに違いないわ」

オッドはフィヨルドに近づくと車の速度を落とした。イェンス・ダールのキャビンは次のカーブの先にある。ダールがそこにいる場合は、フルスピードで家の前に乗りつけるのはまずい。

「こういう殺人鬼の、演技力はピカ一なのよ」フェリシアの口調からは、この種の殺人鬼に詳しいことが伝わってくる。「こちらが見たいと思う表情を自在に浮かべてみせる。ソシオパスの人生の大部分は、正常な感情を真似ることに費やされるの。彼らは本当に正常ではなく、そのふりをしているだけ。実際はそんな感情はないのよ。連続殺人鬼の講習では、それを〝正気の仮面〟と呼んでいたわ。ほとんどの場合、その演技があまりにもっともらしいから、警官ですら疑わない。状況証拠は明らかに彼らを示しているにもかかわらず、連続殺人鬼が個々のケースで容疑者にならなかった例が山ほどあるのはそのせいよ。こういう犯人は、複数の殺人と結びつけられないかぎり、まず捕まらないの。それに妻も子どももいる連続殺人犯はイェンス・ダールが初めてではないわ。たいていは家族も舞台設定の一部、家族自体が被害者になることもある。ソシオパスの行動は予測がつかないし、善悪の境がないから、あっと驚くことをやってのける。テレビ番組や映画で描かれる彼らは、一定の計画に従い、決まった手口を使って、犯行現場になんらかの〝サイン〟を残す。でも、必ずしもそうとはかぎらない。ソシオパスには真の個性がないの。常に状況に適応しつづけ、あっさり手口や計画を変えたりもする。服役したあとの彼らを見れば、それは一目瞭然よ。多くが蠅一匹殺しそうもない模範囚になるんだもの」

イェンス・ダールのキャビンで見つかるものに備えるかのように、フェリシアは連続殺人鬼に関する情報を話しつづけていた。オッドはギアをセカンドに落とすと、木立を通過して岩だらけの丘をまわり、フィヨルドのほとりにある、氷河に磨かれた緩斜面に出た。その先には草地とキャビンがあった。比較的新しく見える。片側に傾斜した屋根の、茶色いニスを塗ったシンプルな長方形の平屋だ。道路に面して小さな窓がひとつあるが、黒っぽいカーテンがかかっている。フィヨルドの水面には桟橋が突きだし、ボートが係留されていた。全長はせいぜい四メートル半だが、不釣り合いに大きなエンジンが付いている。オッドがそれを指さすと、フェリシアは黙ってうなずいた。これまでソシオパスの人殺しに関して知られている最悪の事実を、これから目にすることになりそうだ。

「キャビンにいると思う?」フェリシアが尋ねた。

「どうかな。車が見当たらない。それに、週末はここにいたんだから、ボートがあるのは当然だな。彼は月曜日の朝、車で自宅に戻ったんだ」

「どうやって入る?」

「窓から覗いてみよう」オッドは言った。「ノルウェーでは逮捕や家宅捜索をする場合には〝相当の理由〟が必要だ。アメリカでも同じだと思うが」

　フェリシアはうなずいた。

「なかに入れるのは、違法行為を示すようなものを見た場合だけだ。窓から何も見えなければ、地元の保安官に電話を入れて、逮捕令状を取ってもらうしかない。だが、ダールが犯行現場にいると思える状況なら、即座にここを離れよう。たとえノルウェーでも、武器を持たずにはやらないこともある」

　オッドは後部座席に手を伸ばし、アウストロット城をあとにする前にシルヴィア・フロイトの車で手に入れたバールをつかんだ。

「万一に備えて、これを持っていこう」オッドは道路の端に車を停め、右手にバールを握りしめると、先に立ってキャビンに向かった。

道路に面した窓を覆っているカーテンの向こうはまったく見えない。そこでふたりは玄関へとまわった。そこには扉があり、同じような小窓がふたつあった。トロンハイム・フィヨルドの雄大な眺めはカーテンでふさがれているが、扉ののぞき窓は覆われていない。

オッドは慎重に近づいた。なかを見たとたん、胃がひっくり返るような光景が目に飛びこんできた。彼は体をふたつに折り、必死に吐き気をこらえた。フェリシアが後ろで何かつぶやいたが、よく聞こえなかった。どうにか体を起こし、再び小窓からなかを覗く。玄関の先が居間で、片側の壁にドアがふたつ並んでいる。おそらくどちらも寝室だろう。広い居間には天井がなく、藁葺《わらぶ》き屋根の内側と梁が見えた。床のランプがひとつ灯り、居間全体が見てとれる。椅子のない、作業台と呼ぶほうが近い荒削りのテーブル、板のベッドがひとつ、壁全体を占領している書棚、それとリクライニングチェアが片隅にひとつあるだけだ。だが、世界中のどんな家具も、中央の梁からぶらさがっているものからオッドの目を引きはがすことはできなかったろう。両足を縛られ、茶色いコーデュロイのズボンをはいたその死体は、首から腰まで皮膚を剝がれていた。頭は切られていない。黒い巻き毛でヨン・ヴァッテンだとわかった。

扉には鍵がかかっていなかった。オッドはなかに入った。そして初めて、目の前に吊るされているのは死体ではないことに気づいた。ヴァッテンが動いたのだ。むきだしの筋肉が固くなり、腱が伸びて、片方の腕がのろのろと持ちあがる。ヴァッテンはオッドを指さした。俺を非難しているのか？　血がたえまなく滴っていた。大きな雫が上半身から腕と首を伝い、顔の皮膚の上を流れて黒い巻き毛を暗赤色に染めながら、すでにたまっている床の血だまりに加わる。だが、勢いよく噴きだしている箇所はない。大きな血管はひとつも切られていなかった。首の皮膚との境で、血管が膨らんでは収縮しているのが見てとれる。しだいに少なくなってはいくものの、まだ血液が循環しているのだ。

ヴァッテンは腕を下ろし、唇を動かした。だが、何を囁《ささや》いたのか聞きとれなかった。光こそ薄れているが、両目は間違いなくオッドを見つめている。オッドはヴァッテンにかがみこみ、まだ皮膚がある顔だけを見ようと努めながら、そっとうなじに片手を置いた。熱をもって、汗ばんでいる。

「こんなことになって、残念だ」どうにか押しだした言葉が空しく響く。

「あんたのせいじゃない」ヴァッテンが消え入りそうな声で言う。喉に水が溜《た》まっているような音がするが、すぐ近くにいるせいでなんとか聞きとれた。ヨン・ヴァッテンはうがいをするような音をたて、激しく咳きこんでから言葉を続けた。

「約束してくれ、あいつを神話の怪物に仕立てあげるな。マスコミの……寵児《ちようじ》にするな。あれは心が壊れた、ただの男だ。本に……書かれる価値はない。ぼくらはただ運悪く、出くわしただけだ」ひとつひとつの言葉が、長い間を開けてこぼれてくる。

「きみとグン・ブリータのことか？」

「ヘッダとエドヴァルとぼくのことだ」

「奥さんと息子さんも、やつが殺したのか？」ヴァッテンの家族が失踪した事件で、何がしっくりこなかったかやっとわかった。ここに来る途中で、なぜあんなに心が騒いだのか。これほど矛盾と謎に満ちた男だというのに、意外にもヨン・ヴァッテンはオッドがこれまで会った誰よりも信頼できる男だったのだ。彼は不運と偶然のせいで家族の失踪事件で被疑者となったが、いま思うと、オッドは心のどこかでずっとヴァッテンを信じていた気がする。だが、それを伝えようとするとヴァッテンがまた口を開いた。

「もうひとつ頼みがある」

「どんな？」

ヴァッテンの最後の願いは思いがけないものだったが、不思議と納得できた。

「あの自転車を……もらってくれ。ヘッダからのプレゼントだったんだ。ちゃんと手入れを……すべきだったよ」

唇をかすかな笑みがよぎる。ヴァッテンは咳きこみ、口の端から血が流れ落ちて鼻に入った。それから動かなくなった。

オッドは何か言いたかった。だが、何を言うべきか？　この人殺しは、自分の容疑者リストの上位にいた、と？　それが多少とも慰めになるのか？　そうは思えない。だからオッドは黙ってヴァッテンの顔を見つめた。その目から徐々に最後の光が失われていき、やがて呼吸が止まり、ほとんどわからぬほどかすかに体が動いて、ヴァッテンは全《まった》き安らぎを得た。

後ろにいるフェリシアの呼吸音が聞こえた。

「オッド、ここを出たほうがいいわ」フェリシアが低い声で言った。「ドアに鍵がかかっていなかったのは――」

フェリシアの言葉が途切れた。誰かがすばやく三歩近づき、ドスっという鈍い音がそれに続く。あわてて振り向くと、背中にナイフが突き刺されたフェリシアが倒れていた。ほぼ同時に、誰かがオッドのこめかみめがけてバールを振りおろした。

「エドガー・アラン・ポーは譫妄状態、完全に意識が飛んだ状態で死んだ」イェンス・ダールが笑いながら言っていた。何度か瞬きをすると、ようやく両目が焦点を結んだ。隣にはヨン・ヴァッテンの死体がぶらさがっている。首がなくなり、居間には金属臭を含む血と肉の甘ったるいにおいが満ちている。オッドは首を動かし、自分の前に立っている男を見た。ダールはシャツを脱いでいた。背が高いうえに、無駄な肉のない逞しい体だ。頭には仮面をかぶっている。長いブロンドの髪の女性の仮面。ヘッダ・ヴァッテン……こいつはヘッダの皮膚で仮面を作ったのだ。

五年前の犯人もこの男であることは、もはや一片の疑いもなかった。それなのに警察はヴァッテンを容疑者とみなし、彼に捜査を集中させた。そのせいでヴァッテンは准教授になるチャンスを棒に振り、最後は命まで失うはめになった。もしも自分たちが偏見を持たずに最初の事件を正しく捜査していたら、グン・ブリータ・ダールもヴァッテンもまだ生きていただろう。オッドは絶望にかられて部屋を見まわした。ナイフが背中に刺さったフェリシアが床に倒れている。仮面をつけたダールの声はくぐもっていた。

「わたしは、ポーが狂犬病にやられて死んだと思っている。偉大なる作家にとっては、大して魅力的でも、神秘的でも、名誉ある死に方でもないがね。人間からあれほど完全に意識を剝ぎとれるものは、ほかにはほとんどない。だから、狂犬病説に一票だ。ヴァッテンはポーとは違い、人間としての尊厳を保って死んだよ。尊厳を保って生き、それを保って死んだ。どうだ、そう言える一生なら悪くないだろう？」

またしても嬉しそうな笑い。そういえば、イェンス・ダールの笑い声を聞いたのは、これが初めてだ。昨日誰かに訊かれたら、せいぜいしのび笑いしかできない、枯れた学者だと評していたかもしれない。いまのダールは仮面をつけている。だが正気の仮面ははずれていた。ヴァッテンが言ったことが頭に浮かんだ。〝あれは心が壊れた、ただの男だ〟

「さてと、あんたはどう死と対峙《たいじ》するかな」

オッドはダールがメスを手にしているのに気づいた。こいつに話しつづけさせなくてはならない。

「両親の家に火をつけたのもあんたか」

ダールは笑った。「何をしてるか、わかってるぞ。原因を探しているんだろう？　どこで始まったのか？　どんな経緯でこんなふうになったのか？　不幸な子ども時代？　父親に折檻《せっかん》された？」ダールは肩をすくめ、仮面をはずした。親指と人差し指のあいだにしっかりとメスを握っている。顔から汗が滴り、唇はきつく結ばれている。「しかし、そんなものはひとつもない」ダールは言いながらオッドに近づき、頭の後ろに片方の手を置いて、もう片方の手で探り、傷跡を見つけた。指先で何度かその上をなで、にっこり笑う。「あんたがわたしのなかを見るんじゃない、わたしがあんたのなかを見るんだよ」そう言ってオッドの目を覗きこみ、手にしたメスを掲げた。

この状況ですら、心を蝕まれた人殺しの目のなかには、悲しみに似たものがあった。実際にはほかのものだが、そうとしか言いようのない表情が。

背中に刺さっているのは短剣だった。ヨハンネス司祭のほかのナイフとは違い、医療や、外科手術、ほかの実用的な目的に使うものではない。装飾のある、ひと突きで死をもたらす武器だ。それはフェリシアの肋骨《ろっこつ》のあいだに突き刺さり、肺のひとつを貫いていた。だが、ほんの一センチほど心臓をはずれているし、重要な動脈も傷つけていない。

意識を取り戻したフェリシアが最初に気づいたのは、そのナイフだった。氷のように冷たくも、燃えるように熱くも思える。人の声と非情な笑い声が聞こえた。誰かがノルウェー語で話している。奇妙にくぐもった、遠くから聞こえてくるような声だが、ほかの音からすると近くにいるのは間違いない。体重を移し替えたらしく、すぐそばで床板がきしむ音がした。顔を上げなくても、それが殺人者の声だとわかった。どうしても必要なとき以外は、ぴくりとも動くな、そう自分に言い聞かせる。

　最初は右手の指しか動かせなかった。それから片脚をゆっくり持ちあげていき、ようやく右手全体をお尻に置いた。そこからナイフに触れるまでじりじり指を這わせていく。ようやくナイフに達すると、音をたてないように細心の注意を払って柄をつかんだ。頭上から降ってくる声が急にはっきりしたが、それでも、こちらに背を向けて話しているのはわかった。腕の腱を酷使し、どうにか短剣の柄をしっかりとつかみ——一気に背中から引き抜いた。そのせいで太い血管を傷つけるか、出血がひどくなり、死ぬ可能性はある。だが、人殺しが計画していることに比べれば、その危険をおかすほうがましだ。

　次の瞬間には立ちあがり、イェンス・ダールが完全にこちらを向く前にその姿を目の隅に捉えると、短剣を振りかぶって首の横に突き刺した。ダールが一歩あとずさり、目を見開く。絶望か、悲しみか、悔い——人間らしい感情を探して、フェリシアはその目を見返した。だが、そこにあるのは苦痛と怒りだけだった。首に刺さったナイフのまわりから血が流れでて、汗と混じり、裸の胸を流れていく。

　視界がぼやけはじめた。焼けるような背中の痛みが全身に広がり、頭まで痛くなってきた。目を閉じて、横になり、このまま眠ってしまいたい。だが、それはできない、ダールが倒れ、すべてが終わったことを見届けるまではだめだ。

　イェンス・ダールは倒れなかった。霞む視界のなかで、まるでぼやけた映像のように、ダールが体を前後に揺らし、のろのろと左手を上げ、首から突きだしている短剣の柄をつかむのが見えた。獣じみた声をあげ、それを引き抜くのが。ぱっくり開いた首の傷が見えた直後、そこから血が噴きだし、左肩を真っ赤に染めた。血で喉を詰まらせ、ダールがむせる。

それから短剣を振りあげ、フェリシアに向かってきた。短剣の刃が視界を占領し、フェリシアはあえいだ。もう一度刺されたら、今度こそ助からない。

両脚がとっさに動き、気がつくと横によけていた。空気が耳のそばでうなり、鋭い刃が頭のすぐ横を切り裂く。つづいて狂気に取り憑かれた大きな怪物が倒れかかってきた。フェリシアは声もなく傷ついていないほうの肺の空気を吐き、床に倒れた。のしかかってくるダールの重みで、残っていた息が搾りだされる。

ぼんやりと、ダールが腕を泳がせ、立ちあがろうとしているのを感じた。まだ短剣を持っているのか？　突きだすだけの力を取り戻すだろうか？　不安にかられたとき、急にフェリシアの両脇に投げだされた腕から力が抜けた。ダールは最後の息をつき、完全に動かなくなった。

フェリシアは力を振り絞り、胸の上から死体を床に転がした。貪るように、何度か息を吸いこみ、立ちあがる。つづけざまに瞬きを繰り返すと、再び周囲が見えてきた。オットー・シンセーカーは、梁から逆さに吊るされていた。が、まだ服はすべてそのまま、皮膚もちゃんとある。ぼうっとしていると、囁くような声が聞こえた。まるでフェリシアではなく彼が肺を短剣で刺されたような、弱々しいかすれた声。

「ありがとう、フェリシア……ありがとう」

すべて終わったのだ。

フェリシアは身を乗りだし、オッドの頭に両手を回すと、彼の頭を胸に押しつけるようにして抱きしめた。

その瞬間、オッドは手術のあとずっと探していたものを見つけた。頭を休めることのできる安全な場所を。


オッド・シンセーカーはフィヨルドのほとりに立ち、遠ざかるヘリコプターを見送った。十五分後には、フェリシアは聖オーラヴ病院に到着する。状態は安定しているので、十五分の飛行にも問題なく耐えられますと救急医療士は請け合ってくれた。キャビンのそばでは、グロングスタ率いる鑑識チームが到着する前に証拠が失われないよう、地元の警察がせっせと犯行現場を確保している。オッドのバイタルサインだけでなく、ヨン・ヴァッテンとイェンス・ダールの死亡も確認した救急救命士たちを乗せ、救急車がキャビンから離れ、道路に出た。現場検証を行ったあと、死体はトロンハイムにあるキットルセンの解剖室に運ばれ、そこで切り刻まれることになる。

救急車が走り去る前に、アドレッサヴィーセン紙の車がキャビンの前で止まった。おそらく近くの支局から記者が駆けつけたのだろう。まさかあのヴラド・タネスキがこんなに早く嗅ぎつけるとは思えない。だがまあ、タネスキだとしても関係ない。マスコミと一度も話さずに殺人事件の捜査を終えたのは喜ばしいことだ。まもなく行われるに違いない記者会見でブラットベルクが次々に質問に対処しなければならないことを思うと、他人事ながらぞっとする。

オッドは海辺を横切り、平らな岩がある場所と、その先の森へと足を向けた。最初は木立が密集していたが、十メートルあまり下ばえをかき分けて進み、ボート小屋へ行く小道に出た。小屋の前にはイェンス・ダールの車が停まっているから、あのボート小屋もダール農場のものに違いない。ダールは用心深い男だった。何事にも綿密で、注意深く、見られたくなければ、誰にも見られずにすむ術を心得ていた。高速道路のカメラに映りこむのを避けるために、トロンハイムからどんなルートで走ってきたのだろう？　この最後の殺しには、どんなアリバイを用意していたのか？　だが、もはやそのすべてがなんの意味も持たない。ダールはもう二度とアリバイを必要としないのだ。

ボート小屋には、壊れた乳母車、壁にかかったぼろぼろの網、ブイがひとつ、片隅に古いタイヤがいくつか積んであった。べつの壁際には作業台が押しつけられ、その上の壁に新しい、手入れの行き届いた道具が吊るしてある。ペンチ、ピンセット、ナイフ、削るために使う多様な工具。小さな道具箱には、太いものから細いものまで針と糸も揃っていた。その隣にはインク壺《つぼ》。床には様々な大きさの枠が壁に立てかけてあった。きわめて秩序だった男の仕事場だ。

作業台の真ん中に置かれた枠には、皮が張られている。ダールが最後に作業していたのはそれだった。明らかに人間のものであるその皮は、おそらく妻グン・ブリータの皮膚だろう。作業台のそばには、シリ・ホルムのアパートにあったようなマネキンが置かれ、その上にヘッダ・ヴァッテンの頭のない体から剝いだに違いない皮膚が吊るしてある。壁のフックからは、明らかに子どものものであるもう一枚の皮膚も垂れさがっていた。こちらは背中の部分がかなり大きく切り取られている。

横の棚には、羊皮紙の巻物があった。かがみこむと、外側に書かれた最初の文が見えた。

〝人殺しは常に独自の想像力に富んだ散文形式を持っているものだ。この少年はわたしが皮を剝ぎはじめたときには、すでに死んでいた。おかげで作業がやりやすくなった。作業台にぴくりとも動かずに横たわり……〟

それ以上は広げなくては読めない。手を触れるのは避けたかった。だが、これはダールを犯人と断定する自白になる。ダメ押しの証拠に。

オッドはダールがつけていた正気の仮面を思った。人はみな仮面をつけている。だが、自分はもう警官の仮面をつけ続けていられない、オッドはダールがしたことのあまりの陰惨さに耐えきれず、よろめくようにボート小屋を出て、激しく嘔吐した。ワッフルと怒り。悲しみとコーヒー。そのすべてを艶やかにきらめくイェンス・ダールの車の前に吐きだした。

なんとひどい仕事だ。オッドは小道の横の濡れた草の上に横たわって思った。何分かそうやってこらえているうちに、ひどいめまいは徐々におさまってきた。霧雨が眉を濡らす。やがて、この数時間のうちに起きたあらゆる出来事が久しぶりに鮮明に頭に焼きついていることに気づいた。手術後初めて、今日一日の詳細のすべてがはっきりと思い出せる。医者が言ったとおり、記憶力が回復しつつあるのだろう。だが、どうせならあと数日戻らずにいてくれればよかった。

やがて立ちあがるだけの気力が戻った。

海辺の平らな岩に戻り、腰を下ろしてヘリが消えた方角に目をやる。あれからもう十五分以上たっている。この地域でいちばん優秀な外科医たちが、フェリシアの手術を始めているだろう。彼女はきっと助かる。いまはその望みにすがるしかなかった。フェリシアにもしものことがあったら、とても耐えられない。

オッドは携帯電話を取りだして電源を入れ、ラーズの番号を見つけると緑のキーをたたいた。

息子は二度目の呼び出し音で応じた。

「で、洗礼式はいつになったたって？」オッドは低い声で尋ねた。涙がひと粒、きらめく跡を残して頬を滑り落ちた。

オッドは、シリ・ホルムを乗せて、フォーセン半島の灰色と緑の景色のなかをパトカーで走っていた。雨があがり、午後の太陽が雲間から顔を出す。シリは何が起こったのか訊きだそうとしたが、彼は話す気になれず、まだ捜査中だからと言い逃れた。シリに告げたのはダールとヴァッテンが死んだこと、フェリシアが重傷を負ったが命を取り留めそうだということだけだった。シリはヴァッテンの死にショックを受けたようだった。ふたりとも長いこと黙りこんでいた。ビョグンを過ぎたころ、オッドはようやく重い口を開き、内心の困惑を隠して尋ねた。

「きみのアパートで起きたこと、あれはなんだったんだ?」

「心配しないで」シリは気弱な笑みを浮かべた。「すてきだったけど、終わったことよ」それからしばらくして付け加えた。「あの人が好きなのね?」

オッドは答えなかった。

「あの人もあなたが好きよ」

少しのあいだ、どちらも話さなかった。シリは窓の外を見ている。

「きみは?　ヴァッテンが好きだったんだね」

シリはうなずいた。

「ええ、とても。はるかに大きな尊敬に値する人だったわ」

「そのとおりだ」

またしても沈黙が落ちた。が、今度は友人どうしの心地よい沈黙が。その沈黙は長いこと続いた。

グロー・ブラットベルクが二度電話をかけてきた。呼び出し音まで興奮しているように聞こえたが、オッドは応じなかった。

シリがうなずいた。

「ボスからね？　手順に従わなかった、みたいなばかげた叱責を受ける気になれないの？」

「まあ、そんなところだ」

「あなたは近づいているわよ」

「何に？」

「本物の犯罪事件のヒーローに」

「そんなものが実際に存在するのか？」

ふたりは声を合わせて笑い、それがおさまると、ふたりともまたしばらく沈黙に身をゆだねた。

30

「四万二千クローネだって？」オッドは呆れて目玉をくるりと回した。が、腹を立てている相手は修理屋ではなく、自分だった。相手が口にした途方もない金額に、完全に意表を衝かれたのだ。

「かなりの金額になると言ったはずですよ」修理屋は用心深く言い返した。「いくらかかってもかまわない、という話じゃありませんでしたか」

「それにしても、四万二千とは。それだけ払えばバスルームの半分は改装できる」

「ロードバイクのことをよく知らないみたいだが」修理屋はたしなめるような声になった。「壊れたも同然のサーヴェロのロードバイクを持ちこんで、すべてオリジナルの部品で完璧な状態にしてくれ、と注文をつけたら、少しばかり払う覚悟はしてもらわないとね」

もちろん、この男の言うとおりだ。オッドは文句をつけた自分が恥ずかしくなった。

「ええと……クレジットカードでいいかな？」

「いや。けど、分割払いにしたければ、月々の支払明細を記載した請求書を送りますよ」

「いや、一括で払う。総額が記載された請求書を送ってくれ」

考えてみれば、自分にはかなりの額の貯金がある。そこから引きだせばいいのだ。

修理屋はオッドが口にした住所を書き留めたあと、店の奥から自転車を転がしてきた。オッドはそれを見て思わず感嘆の声をもらした。ラッカー塗装までぴかぴかだ。

「少なくとも、このあたり一カッコいい自転車に乗れるな」オッドは笑いながら言った。

「ええ、そのとおり」さきほどの刺々《とげとげ》しさはすっかり消え、修理屋は笑顔でうなずくと、オッドの背中をぽんとたたいた。

修理屋を出たオッドは、平屋の木造アパートが並ぶ川沿いの小道に出た。これらのアパートからは、ニーダロス大聖堂が街で二番目によく見える。ただし、大聖堂から見えるいちばん醜い建物がそのアパート群だ。最も美しいニーダロス大聖堂の眺めが見えるのは、オッドがゆっくりとペダルを漕いでいくこの小道だった。自分のものになった新品同様の自転車のギアは、驚くほど正確に動く。オッドはすっかり気をよくして、結局のところ法外な修理代を払う価値があったかもしれないと思った。ウェイヤ半島にあるスタジアムへと向かい、そこで脇道に入って聖オーラヴ病院を目指す。

フェリシアは三日前に経過観察のため、ICUから循環器・呼吸器病棟に移されていた。オッドは毎日欠かさず見舞っていた。今日は驚かそうと売店で花を買ってから、いつものように先にナースステーションに立ち寄った。最初にここに運びこまれ危機的状態にあったときから、オッドはそうしていた。フェリシア自身は何を訊いても万事順調だとしか答えない。手術のすぐあと、まだ内出血と感染の危険があるときでさえ、何も心配いらないと言い張った。さいわい、日がたつにつれて看護師たちの言うことも、フェリシアの主張とほぼ一致しはじめている。これはフェリシアが順調に回復している証拠だろう。

今日の看護師はこれまで話したことのない若い男だった。

「フェリシア・ストーンは……今朝退院しましたよ」

オッドは呆然と若い男を見つめた。

「そんなはずはない。昨日は誰もそんなことを言ってなかったぞ」

「ミス・ストーンと担当医が、今朝、退院できるほどよくなったと判断したんですよ。ぼくもその場にいました」

「しかし、退院は明日だったはずだ」オッドは病室に行き、ドアを開けた。だが、なかにいるのは髪の毛があらゆる方向に突ったった髭面の老人だった。きつすぎる病院のローブを着てフェリシアが使っていたベッドに座っている。

病院を出る途中、フェリシアの携帯に電話をかけた。事件は解決し、犯人は捕まった。フェリシアが一日早く退院できたのは、むしろ喜ぶべきニュースだ。それなのに、なぜパニックを起こしかけているのか？

電話は話し中だった。

「どうしてそれを話してくれなかったんだ」父の声は、何千キロも彼方の自分がどこよりもよく知っている国ではなく、まるでトロンハイムのホテルにいるかのようにすぐ近くで聞こえた。

「だいたいの見当はついていたはずよ?」フェリシアは微塵《みじん》も後ろめたさを感じずに言い返した。父も自分も罪悪感を覚える必要など、これっぽっちもない。

「ああ、性的なことかもしれないと母さんとは話していた」父は正直に言った。

遠く離れているという事実が、助けになることもある。フェリシアは病院を出たあと、いまこそあの夏に何があったか話すべきときだと思ったのだ。遠くにいることもその決心を後押ししてくれた。

「まだ引きずっているのか?」父は言った。

「いいえ、もう大丈夫。心配いらないわ」

この言葉が何を意味するか、父はすぐに理解した。

「過去を忘れる用意ができたんだな?」

「それはわからないけど、もう未来が怖くない。それに今回はネヴィンスのひとりを刑務所に送れそうよ」フェリシアはそう言って笑った。

「今度の事件じゃ大活躍だったな」父の声も嬉しそうだった。「そっちの事件でも、と言うべきだな。ポー殺人事件がわずか数日で解決するなんて誰が思った?」

「あら、わたしの働きを少しは誇りに思ってくれるの?」フェリシアは自分が昔の口調に戻っていることに気づいた。こうしてなんのこだわりもなく父と話すのはずいぶん久しぶりだ。

「少しどころか、おまえは自慢の娘だよ」

フェリシアは昔からほっそりしていたが、ショーン・ネヴィンスの部屋であの夜何があったか父に説明して電話を切ったあとは、何年もわだかまっていた重荷がなくなり、体が軽くなったような気がした。

ナイフがつけた傷に触れようと背中に手をやっても、昨日の抜糸で痒《かゆ》みが消えたせいで、背中の上のほうの、触れたときにかすかに痛む箇所を見つけるのは難しかった。フェリシアはしばらくのあいだ、自分が解決の一助を担った事件のことを考えていた。オッドが毎日病院を訪れ、トロンハイムだけでなくリッチモンドにおけるその後の進展もすっかり話してくれたのだ。

ヨハンネス司祭のパリンプセストを解読しはじめた学者たちによれば、狂った司祭は素晴らしい解剖学の知識を持っていた。イェンス・ダールが持っていたナイフを包んでいた皮には、この司祭がノルウェー史上最大の連続殺人鬼だということを示唆する記述があったという。イェンス・ダールはその記述に触発され、酷似した犯行におよんだのだ。このパリンプセストの解読が容易にできたのは、いまは亡きポー博物館館長の依頼により、アメリカのジョンズ・ホプキンス大学が撮影したレントゲン写真があったおかげだった。これらの写真は、ジョン・ネヴィンスのオフィスの捜索で見つかった。ネヴィンスは非常に個人的な理由から、『ヨハンネスの書』と行方不明のナイフ一式に注意を集めまいと、オフィスに隠したのだ。グン・ブリータ・ダールの協力を得てボンドが何を突きとめたか、ネヴィンスは知っていた。おそらく〝ポー殺人事件〟の騒ぎが収まるのを待って、あたかも自分が発見したかのように、学会で発表するつもりだったのだろう。博物館で死体が発見されたあと、レイノルズが博物館の職員から話を聞いているあいだに、写真を盗んだのだった。リッチモンド警察が行った捜査を正しく評価するうえで、モリスと同僚をいちばん悩ませたのがこの事実だ。盗まれた写真はボンドのオフィスではなく、鍵もかかっていない倉庫代わりの部屋に置かれていた。それをどこで探せばいいか知っていたのはネヴィンスだけだった、と捜査チームを弁護することはできる。それでも、些末とはいえ重要な見過ごしであることは変わらない。ローバックの激怒する顔が目に見えるようだ。それに関しては、帰国したときにより詳しく聞くことになる。

フェリシアは再び電話を手に取り、モリスにかけた。

「ずいぶん早いな」彼は言った。

フェリシアは時計を見た。午後一時。リッチモンドではようやく午前七時になったところだ。

「起こしてしまいました？」

「いや、二杯目のコーヒーを飲んでいるところだ。今日は休みだがね。こっちもようやく落ち着いた。きみはどんな具合だ？」

「今日退院したわ。一日早く」

「一刻も早くこっちに戻りたいだろうな。フライトを予約しようか？」

「実は、そのことで話があるの」


オッドは自転車を漕いで学生会館を通りすぎ、エルゲセテル橋を渡り、プリンセンス通りをホテルへと向かった。ようやく目的の場所に着いたときには、一時二十分を過ぎていた。ホテルのフロントで髪にブロンドの筋が入った男の係に部屋番号を告げ、フェリシア・ストーンに会いたいと説明した。この男の歳からすると、ブロンドの筋は白髪を馴染ませるためのハイライトだろう。フロント係はフェリシアの名前をコンピューターに打ちこむ手間さえかけなかった。

「五分前にチェックアウトしましたよ。タクシーに乗って」

「どこへ行ったかわかるか？」オッドは尋ねた。

「いえ、でも、アメリカ人ですからね。空港へ向かったんじゃないですか？　自分でタクシー会社に連絡してました」

「くそ」自分でも驚いたことに、オッドはカウンターに思い切り拳を叩きつけていた。

「緊急のメッセージがあるなら、空港で捕まえられると思いますよ」フロント係は言った。

「こっちは自転車なのに？」


ホテルの外でオッドは携帯電話を見つめた。電話をするか、メールを送るべきだろうか？　だが、別れも告げずに帰国するつもりの相手に、そんなことをしてなんになる？　夢を追いかけたところで、現実を思い知らされるだけだ。夢なら十分すぎるほど見ている。それが悪夢に変わることも、いやになるほど頻繁にあった。

オッドは国営酒店に行き、オールボーの赤を二本買った。ショッピングセンターの食料品店では、まずまずのデンマーク製ライ麦パンと燻製ニシンの酢漬けを見つけた。ふだんは塩漬けを食べるが、本当はこれが好物なのだ。週末いっぱい、ひとりで過ごさねばならないことを思うと、気が滅入る。アンニケンに電話をするまでどれくらい持ちこたえられるだろう？

これは愚かな間違いじゃないかしら？　フェリシアは急にそう思った。事件は終わったのだ。なぜそれを忘れ、このまま帰国できないのか？　まだ突きとめたいことがあるのだろうか？

ポケットから取りだしたキーホルダーにある鍵は、大西洋のこちら側にあるドアには入らない。でも、このキーホルダーには地理的な限界を持たない万能鍵もついている。開けようとしているドアの鍵穴にそれを差しこむのに、少し苦労した。こういうことは、パターソンのほうがずっとうまい。彼なら犯罪者に転身しても、警官と同じくらい優秀になれる、とよく思ったものだ。フェリシアはそれほど器用ではないが、どうにか鍵を開けてなかに入った。そこが想像していたとおりだと見てとると、こうするのが正しいことだという気持ちも強くなった。まだしなくてはならないことがある。決着をつけなくてはならないことが。

オッドは力の入らぬ足で自転車を漕ぎながらキルケ通りを横切り、ダールの家の前を通った。すべての窓にカーテンが引かれている。子どもたちはグン・ブリータの両親に預けられた。児童福祉局の話では、成人するまでそこに留まる可能性があるという。今後必要となる賠償金の支払いに充てるため、この家はおそらく売りに出されるだろう。

ノルウェーでは五百年ぶりのきわめて陰惨な連続殺人事件は解決したが、まだ多くの捜査が残っている。トロンハイム警察はイェンス・ダールの犯罪の規模を明らかにしようと多くの警官を投入していた。アドレッサヴィーセン紙のヴラド・タネスキは、フィヨルドのほとりにあるボート小屋をすぐさま〝恐怖のボート小屋〟と名付けた。マスコミはイェンス・ダールを神話化するなというヨン・ヴァッテンの遺言のひとつをまったく無視している。

ボート小屋からは、ダールをエドヴァルとヘッダ・ヴァッテンの殺害と、妻のグン・ブリータ殺害に結びつける十分な証拠が発見された。加えて、少なくとももうひとりの皮膚が見つかっている。したがって、イェンス・ダールは連続殺人鬼のあらゆる定義を満たしたことになる。

さらに、ヴァージニア州の殺人をダールに結びつける強力な証拠も挙がっていた。手口が類似していること、グン・ブリータ・ダールとエフラヒム・ボンドの関係が立証されたことで殺人の動機が明らかになったほかにも、イェンス・ダールが事件の前後に合衆国に入出国したという電子機器の記録が見つかったのだ。オッドが最初にダールのアリバイを確認したときには、トロンハイム警察の誰ひとりリッチモンドの殺人事件を知らなかったため、グンネルス図書館で殺人事件が起きた週末のアリバイしか調べなかった。その後の調べで、ダールがワシントンDCに飛び、そこでレンタカーを借りていたことが判明した。メスやほかのナイフは、勤め先の科学博物館からワシントンにある医療品販売店に事前に注文しておき、到着後受けとったことも調べがついている。ダールは出国してから三日とたたずにノルウェーに戻った。いまだに事件の顚末を信じられずにいる同僚たちは、その後の取り調べでダールは休暇に出かけていたのだと思った、と供述した。グン・ブリータ・ダールの両親によれば、妻と子どもたちには会議に出席すると告げていたという。

ダールのアリバイには曖昧な点がいくつもあった。警察が初動捜査でイェンス・ダールをもっと徹底的に洗っていれば、嘘をあばくことができたかもしれない。その意味では、頭のイカれた犯人がスリルを求めて殺したと思わせ、警察の注意を自分からそらすというダールの目論見《もくろみ》は成功したのだ。捜査の方針が異なっていれば、ヴァッテンは殺されずにすんだのか？　その答えは永久にわからない。

ダールをアメリカで起きた殺人に繫げる証拠は、本人が死んだ翌日に発見された。家宅捜索で、郵便受けに入っていた未開封の郵便物が見つかったのだ。ちょうどダールがアメリカを離れた日に投函《とうかん》されたその封筒の宛名は、明らかに彼自身の筆跡。封筒の中身はまだ完全に乾いていない皮膚の切れ端だった。それが被害者であるエフラヒム・ボンドのものかどうかはＤＮＡ鑑定の結果を待たねばならないが、ダールが合衆国でおかした殺人の記念としてそれを手元におくつもりだったことは間違いない。ボンドの皮膚の残りがどうなったかは、謎のままだ。ダールの自宅からは、グンネルス図書館に寄贈する前にダール自身が作ったとおぼしき『ヨハンネスの書』の複製も見つかった。

疑問に答えられる唯一の人間が死んでしまったいま、ポー博物館における殺人がグンネルス図書館の書庫における殺人よりも、ずさんで、計画性に欠けていた理由もまだ明らかになっていない。が、おそらく、二件の殺人をできるかぎり不可解にしたかったのだと推定される。皮膚を剝ぎ、首を落として、陰惨さを強調し、切った首をごみ箱に入れるなど謎の要素を盛りこむことで、殺人が個人的な報復だという事実から目をそらそうとしたのだ。

そして、グン・ブリータを殺すときには手口を変え、前回よりもはるかに手際よく行った。もしかするとそれは、書庫のなかに死体を隠せるという予期せぬ利点のおかげだったのかもしれない。フェリシアがある夜病院で言ったように、人殺しの大半は、計画的ではなく、そのときどきの状況に応じてやり方を変えるのだ。きわめて手際よく殺してのける連続殺人鬼ですら、手口を変えることに利があれば、そうする可能性がある。

あるいは、イェンス・ダールはボンドを殺すときは実際にそれを楽しんだが、妻の殺害はできるだけすばやく、効率よくすませたかったのかもしれない。これをソシオパスであるダールの心の奥にも、少しは人間的感情があったしるしだと解釈した人々もいるが、オッドはこの意見には賛成できなかった。

イェンス・ダールが怪物となった原因も、おそらく解き明かされることはないだろう。両親が焼け死んだダール家の火事は放火だったという噂にもかかわらず、ダールが不幸な子ども時代を送ったとか、なんらかの形で虐待されていたというたしかな証拠はひとつもなかった。ダールを小さいころから知っている人々は、みな口を揃えてこう言う。ダールは、連続殺人鬼にしばしばみられるような動物の虐待や放火や器物破損とは縁がなかった、地元のスーパーで一度だけ漫画本を万引きして捕まったことがあるだけだ、と。ダールが関わった違法行為はそれだけ。ダールを品行方正な少年だと思っていた店主は警察に報告さえしなかった。ダールは女の子をからかったこともなく、町で窓から覗き見したと疑われたことも、誰かを脅したこともなければ、けんかをしているのを見られたこともなかった。ダールが育ったウルランの人々への聞き込みでわかったのは、ダールはおとなしい少年で、ひとりでいることが多かったようだ、ということだけだった。少年時代のイェンス・ダールはパーティにも女の子にも興味を持たず、たいていは部屋で寝そべり、本か漫画を読んでいたという。同年代の子どもたちはダールを、頭がいいが、少し変わった害のないやつだ、とみなしていた。

ダール家の前を通りすぎても、あの男の裸の上半身と、人間の皮膚で作った仮面を思い出さずにすむ日が来るだろうか？　引き裂いた穴から覗いていたふたつの目は、オッド自身とはまるで異なる世界を見つめていたのだ――誰にも知られずに、ダールが自分の頭のなかに作りだした世界を。

その少し先にヨン・ヴァッテンの家が見えてくると、いっそう暗い気持ちになった。オッドは自分のアパートがある建物の裏庭へと曲がり、階段室に入った。ニシンのことは忘れ、オールボーのボトルを開けてベッドに入り、テレビで感傷的な映画でも見るとしよう。

だが、この計画は果たされなかった。

玄関で扉の鍵がカチリと音をたてたとたん、フェリシアはパニックに陥った。またしてもこれは愚かな間違いだという気がして、吐き気さえしてくる。もっといい方法があったのではないか？　まだ始まりもしないうちに、すべてを台無しにしてしまったのではないか？

いまからあわてても遅すぎるわ。こうなったら作戦どおりに進めるしかない。フェリシアは急いで寝室に入り、ベッドに横たわった。ブラウスのボタンをふたつはずしながら、つい苦笑がもれる。こんな真似をしてばかみたい。うまくいかなかったら、どうするの？

いいえ、きっとうまくいく。この日が来るのを十四年も待ったのだもの。

オールボーのボトルを両手に一本ずつ持ち、シャツのボタンをはずしたオッドが寝室に入ってきて、その顔に浮かんだ表情を見たとたん、うまく行くことがわかった。これは愚かどころか、とても正しい行動だった。この事件にはまだ片付けねばならないことがある。そしてそこに、フェリシアの目の前に彼がいて、フェリシアが願っていた言葉を口にしていた。

フェリシアは彼のそばに行き、唇に指をあてた。ボトルを取りあげて床に下ろし、ベルトに手をかける。仰向けに寝て見つめているオッドの前で服を脱ぎ、黒い髪と白い肌だけになった。隣に横になり、唇にキスする。そこから顎へ、首筋、肩から胸へと唇をずらしていき、臍のあたりで焦らすように時間をとってから、目指す場所にたどり着く。オッドはいまにもはちきれんばかり、そしてあっという間に撃沈した。

「いまのは……とても……」オッドはどうにか口ごもった。

「ええ、いまのが何か、あなたには想像もできないわよ。でも、いつか教えてあげるかも」

オッドは自分の横で体を起こしているフェリシアを見た。

「だといいが」

「それより、まだ弾薬が残っているといいけど。いまのは、どうしてもやらなきゃならないことだったの。次はわたしがしたいこと」

「ぼくがもう若くないことを、忘れているんじゃないか」オッドがにやっと笑う。「けど、時間をかければなんでも可能だ……」

一時間後、ふたりはまだ裸のままベッドに起きあがって、『グレイズ・アナトミー 恋の解剖学』の再放送を観ていた。フェリシアはオッドの肩に頭を預け、満ち足りたため息をもらした。近い将来、ふたりが過ごしたこの一時間を、まるで無重力のなかにいるようだったと表現することになる。そのあとは重力が新たな形を取るようになった、と。オッドは、頭の傷が完全に治ったと初めて感じたことを思い出すだろう。

「医者の番組は嫌い」フェリシアは明るい声で言った。

「ぼくもさ。だけど、いい意味でだが」

「モリスは二週間の休暇をくれたわ」

「素晴らしい。一緒にオスロに行かないか。洗礼式に出席しなくてはならないんだ。それにきみはトロンハイムだけでなく、あちこち見てまわるべきだ」

「ええ。でも、トロンハイムは気に入ったのよ。雨と寒いところが好き」

「好きって、どれくらい？」オッドは胸が高鳴るのを感じながら尋ねた。

「あなたが好きになってほしいだけ、かな」

31

一五五五年　ウルラン

司祭は自宅に座り、窓の外に広がる牧草地を見下ろしていた。少女がひとり、小道をこちらへ歩いてくる。両親を疫病で失った小さなマリだ。マリの両親が死んだ一週間後、レディ・インゲルとその娘の遺体が、ベルゲンに向かう途中で難破した船から運ばれてきた。どちらの葬儀もヨハンネス司祭が執り行った。レディ・インゲルとその娘の葬儀は、実に見事なものだった。遺体はオーク材で造られた紋章入りの棺に納められ、教会に溢れんばかりの人々が列席した。マリの両親の葬儀ははるかに質素で、戸外で行われた。棺に土がかけられると、マリは泣いた。司祭が今日マリを招いたのは、あの子にできることをしてやるためだ。

いま読んでいる日記は、子牛皮を使い、自分で装丁したものだった。後ろの数ページには、床屋と最後に会った町、ベルゲンから持ってきた材料を使った。これほど書きやすい皮はまずない。開いている窓からときどき外に目をやりながら日記を読んでいると、マリが近づいてきた。あの子はなんと痩せているのだろう。

司祭は本の後ろのページに目を移した。その数ページは〝彼ら〟に——彼らの血と腸に捧げていた。日記の隣には、皮でくるんだひと揃いのナイフが置いてある。

その皮の内側には、人体にメスを入れてなかを覗きたい、というやむにやまれぬ思いを綴ったのだった。そこには、どのように彼らの命を奪ったか、どのようにその体から皮膚を剝いだか、どのようにその体を切り刻んだか、人間の体内には何が隠されていたかが記されている。

しかし、それだけだ。たんなる思い、それ以上のものではない。司祭はそのなかの誰ひとりとして、実際に手にかけたことはなかった。大司教の命を受けこのフォーセンに赴任してから、初めはカトリック教徒として、次いで新教徒として、誠実に信徒を導いてきた。いつのころからか、宗教は最も重要なものではない、人間のほうがもっと重要だと気づいた司祭にとっては、改宗するのは思ったほど難しくなかった。

若いころにわが身に起きた出来事にもかかわらず、司祭は人間が好きだった。ベルゲンで命をとらずにおいたあの床屋とは違う。あのときは床屋を殴って気絶させ、ナイフ一式だけを奪った。ナイフとドイツの魔女から剝いだ古い皮だけを。その皮を日記の最後の数ページを作るために使い、そこに自分の頭に巣食う最も陰惨な思いを綴った。人を殺して解剖したい、という渇望が自分のなかにあることは否定しても仕方がない。けれど、その願望を文字にすることで、実際に行わずに、想像のなかに留めておくことができた。自分の内に住まう怪物を、隠す場所を見つけたのだった。そのあと彼は悪い司祭ではなくなった。

最後の数ページから遠い真ん中のページに、司祭は結びの文を書いた。アレクサンドリアの幸運な猿がかつて書いた一文を。まあ、パドヴァの偉大なマスターの話が本当であれば、の話だが。書きおえると、やはり同じ魔女の皮膚からなるひと巻きの皮を手に取った。それは内に記された生体解剖に関するむごたらしい空想だけでなく、床屋のナイフも守っている。この皮のなかに残しておくかぎり、どんな空想も無害だ。実際、司祭はこれらのナイフを使い、長年のあいだに何人かの命を救った。最後にこれらのナイフが活躍したのは、ここからさほど遠くない海辺で乱心した地主が、斧を手に自分の農場で五人も惨殺したときだ。地主はほかにも四人に怪我《けが》をさせたが、ヨハンネス司祭はほとんどの四肢を切り落とさずにその四人の命を救うことができた。死んだ五人は礼拝堂のそばにある古い墓地に埋葬された。その墓地に埋められたのは彼らが最後となった。その後まもなくニーダロスの管理者が、もうその墓地を使わないことに決めたからだ。血みどろの殺人はもはや忘れられた。覚えているのは生き延びた関係者だけだ。彼らはヨハンネス司祭がいくつか四肢を切断したものの、様々なナイフと針でいかに自分たちの命を救ってくれたかも覚えている。

マリはもう足音が聞こえるほどそばまで来ていた。両親を失い、悲しんでいるあの子に、よい知らせを告げるとしよう。司祭はすでに教区の農場と話をつけ、少しばかり金を払えば、マリを引きとってもらえるという約束を取りつけていた。司祭には大した支払い能力はない。でも、半生をかけて綴ってきた日記とナイフ一式がある。そのふたつを差しだすとしよう。農場の人々は文字が読めないから、このふたつを人手に渡すことはとくに心配していなかった。農場主には、自分が死ぬ前に売ることだけはやめてもらいたい、売るときはナイフと日記を一緒に売ってもらいたい、と頼んである。将来の所有者にもそう伝えるよう約束してもらわなければならない、と。農場主はこの奇妙な申し出に同意した。

マリが入ってくるのを見て、ヨハンネス司祭はナイフを包んだ皮を、後ろにあるベッドに置いた。

自分がしたためた恐ろしい思いと、きっぱりと別れを告げるときが待ちきれない。老年に達したいま、残りの人生は安らかに過ごしたいものだ。

著者あとがき

本書の重要な出来事や本はすべて想像の産物であり、言うまでもなくすべての登場人物も作りあげたものだ。とはいえ、それぞれの時代に間違いなく実在していた、歴史上の人物の名前も二、三登場する。うちいくつかは小説の筋に重要な役割を果たしていると言っても過言ではない。その最たるものが、ブローデル・リスホルム・クヌートソンとアレッサンドロ・ベネディッティだろう。ただ、どちらも実在の人物ではあるが、本書では、昔から語りつがれている特徴を備えた、小説の登場人物として扱っていることを留意されたい。とくにマスター・アレッサンドロについてはそれが顕著である。

アレクサンデル・ベネディクトゥスとも呼ばれていた実在のアレッサンドロ・ベネディッティ（一四四五―一五二五）は、パドヴァに住み、そこで働いていた。本書のマスター・アレッサンドロのように、地中海沿岸の地域を広範囲に旅して本を収集したが、本を印刷したことで有名なヴェネツィアのマヌティウスがその友人であったかどうかは、さだかではない。アレッサンドロの最も偉大な功績は、*Historia Corporis Humani*（人体構造）を記したことだろう。そこには外科医が人の腕から取った皮膚を鼻に移植する方法も書かれている。アレッサンドロは、早くも十五世紀からシチリアで皮膚の移植を行っていた代々医者の家系であるブランカ家からこの方法を学んだのだった。一四九七年に、アレッサンドロは解剖劇場の設計に関する基礎的なガイドラインを作り、関係のない者が入ってくるのを防ぐために警備員を配し、どこに座っている者にもよく見える解剖台を中央に据えた、採光と通気のよい劇場でなければならない、とした。アレッサンドロが個人的に解剖劇場を造らせたかどうかはわかっていないが、たとえ造らせたとしても、その場所は自宅の庭ではなかったろう。しかし、十六世紀に解剖劇場が複数の場所に造られたことは史実として残っている。初めは本書でアレッサンドロが庭に造らせたような、木材を用いた仮のものだったが、十六世紀末近くには、あちこちの大学で恒久的な解剖劇場が建設された。まずイタリアで造られ、それからヨーロッパのほかの国々にも広まったのである。

解剖学者としてのアレッサンドロの経歴については詳しい資料が残っていないため、彼が何体の解剖を行ったか、どういう方法を用いたかも不明である。わたしは本書のマスター・アレッサンドロを、彼より少しあとの時代に活躍したはるかに有名な解剖学者ヴェサリウス（一五一四－一五六四）の特徴も同じくらい取り入れた人物として描いた。ヴェサリウスについては、間違いなく彼自身が多くの解剖を行ったということがわかっている。

また、罪なき者の墓地は、本書ではパドヴァの街を囲む壁の外に存在しているが、実際にはパリにあった。パリはベルギー人のヴェサリウスが学び、最初に解剖を行い、人体内部を調べはじめた街である。ヴェサリウスは解剖のために、夜暗くなってからこの墓地や、パリに散在する似たような墓地から朽ちた死体を手に入れた、と述べている。その後パドヴァに移り、この街の大学で教えはじめると、ヴェサリウスは当時最高の解剖学者となるのに必要な自由を手にした。

ヴェサリウスはまた、ギリシアの医者ガレノス（一三〇－二〇〇年頃）の教えのほとんどを改定したことでも知られている。本書にもあるように、ガレノスが解剖したのは人間ではなく動物だった。もっとも、ガレノスの知識はそれ以前のギリシアの解剖学者たち、とくに名高いと同時に悪名高くもあるヘロフィロス（紀元前四世紀）の業績を踏まえたものだった。死刑を宣告された囚人たちは、ヘロフィロスが生きたまま解剖できるよう、彼のもとに届けられたと言われている。

ヴェサリウスの最も有名な功績は、人体の地図ともいうべき解剖学書『ファブリカ』（一五四三）を執筆したことである。

ブローデル・リスホルム・クヌートセン（一七八八－一八六四）は、トロンハイムの商家に生まれたが、商売を嫌い、文化と科学に関心を寄せた。彼はバイロン卿の親しい友人で、バイロンの本をとくに多く収集していた。それらの蔵書はノルウェーの科学協会に遺贈され、今日では、トロンハイムにあるグンネルス図書館の羊皮紙部門の一部となっている。不幸にしてクヌートソンは、自分が受けとった手紙の多くを焼却してしまった。バイロン卿からの手紙はとくに一通残らず燃やしたと言われている。しかし、ブローデル・リスホルム・クヌートセンが、呪われていると思っていた本を手にフォーセンに出かけたことがあるかといえば、これは疑わしい。

本書で取りあげたエドガー・アラン・ポーに関する逸話については大部分が真実か、少なくとも旧来からの逸話に基づいている。ポーについての細かな事実は著者の想像の産物で、もしもポーが合衆国に移民したトロンハイムの帽子屋から、人間の皮膚で装丁されたバイロン卿の初版本を買っていたとすれば、驚くべき偶然と言わざるを得ない。

ヨハンネス司祭は著者の想像が生んだ人物であり、グンネルス図書館の稀覯本を収めた書庫には『ヨハンネスの書』は収蔵されていない。しかし、この書庫のコレクションの一部であるアブサロン・ペダーソン・バイエルの日記とバイエルの手になるノルウェーの歴史は本図書館のコレクションの一部であり、ノルウェーに読み応えのある本がほとんど存在しなかった一五〇〇年代を知るうえで、たいへん興味深い情報源となっていることを申し添えておきたい。

——ヨルゲン・ブレッケ、二〇一一年

訳者あとがき

本書『ポー殺人事件（原題*Nådens Omkrets*）』はノルウェーの作家、ヨルゲン・ブレッケのデビュー作。ノルウェーで出版される前から八言語に翻訳されることが決まっていたという折り紙付きの秀作で、二〇一一年にはノルウェーの新人作家に贈られるノーリス・デビュタント賞、二〇一二年には前年度にデビューした作家の犯罪小説から選ばれるマウリッツ・ハンセン新人賞を獲得している。ひとりの少年（長じては修道士、その後ノルウェー、トロンハイムの司祭）の視点で語られる冒頭および適所に挿入される五百年前の物語が、現代のアメリカとノルウェーで起こる陰惨きわまりない二件の殺人事件にからむという多層なプロットが、作品に北欧ものらしい厚みをもたらしている。また、この部分は事件の謎解きとは別次元できわめて興味深く、司祭の記した日記が殺人を引き起こす重要な要因となるという異色のマーダー・ミステリーに仕上がった。

わずか数週間のあいだに、一件はアメリカ、もう一件はノルウェーと広大な距離を隔てて残虐きわまりない二件の殺人が起こった。身の毛がよだつ残酷な手口はどちらも同じ。アメリカで起きた事件を担当する刑事により、やがて謎に包まれた十六世紀の日記と事件の繋がりが明らかになる。この繋がりからノルウェーでも同種の事件が発生したことが明らかになり、捜査チームの刑事がアメリカからノルウェーに到着した直後から、捜査は思いもかけぬ方向へと急展開をみせる……。

リッチモンド警察の殺人課に勤務するフェリシア・ストーンは早朝の電話で事件の発生を告げられ、エドガー・アラン・ポー・ミュージアムに急行する。被害者は首を切り落とされ、あろうことか上半身の皮を剝がれていた。それからいくらもたたぬうちに、今度はノルウェーの三番目に大きな都市トロンハイムで同様の事件が起こる。その日は奇しくも脳腫瘍の切除手術を経て生還したオッド・シンセーカー警部の復帰第一日目であった。過去の記憶がごっそり抜け、現在の記憶も断片的にしか留まらない自分の状態に不安を抱えながらも、オッドは現場に急行する。

著者ヨルゲン・ブレッケは一九六八年生まれ。フリーランスのジャーナリストおよび個人のアシスタントとして働きながら執筆した本書、『ポー殺人事件』で犯罪小説の作家としてデビューを果たした。その後は、ほぼ一年に一冊のペースで犯罪小説を送りだし、ノンフィクションやヤングアダルト小説にも手を広げている。〝歴史の一端を巧みに取りこんだ、病みつきになりそうなサスペンスに満ちた現代の犯罪小説〟と、ニューヨーク・タイムズ紙のベストセラー作家レイモンド・クーリーが評したとおり、本書は英語圏におけるノルウェー犯罪小説の久々のロングベストセラーとなり、多くの読者を獲得して、十七カ国以上の国々で翻訳されている。

アップテンポの展開で攻めまくるアメリカのミステリーとはひと味違い、手に汗握る後半だけでなく、比較的ゆったりとした語り口ながら次の展開から目を離せない前半も不思議な魅力を持つ本書。五百年前の世界に思いを馳せ、主な舞台となる風光明媚なトロンハイムの街を〝探索〟しながら、北欧ミステリーの醍醐味を楽しんでいただければ幸いである。

二〇二一年七月

富永和子

イラストレーション　早川洋貴

訳者紹介　富永和子

東京都生まれ。獨協大学英語学科卒業。主な訳書にバーカー『悪の猿』『嗤う猿』『猿の罰』、パリス『完璧な家』(以上ハーパーBOOKS)、ザーン『スターウォーズ 最後の指令』(講談社)などがある。

ハーパーBOOKS

ポー殺人事件《さつじんじけん》

2021年8月20日発行　第1刷

著　者　ヨルゲン・ブレッケ

訳　者　富永和子《とみながかずこ》

発行人　鈴木幸辰

発行所　株式会社ハーパーコリンズ・ジャパン

東京都千代田区大手町1-5-1

03-6269-2883(営業)

0570-008091(読者サービス係)

印刷・製本　中央精版印刷株式会社

定価はカバーに表示してあります。

Printed in Japan

ISBN978-4-596-01127-5